Future Fiction

Collana diretta da

Francesco Verso

Solarpunk

Come ho imparato ad amare il futuro

A cura di Francesco Verso e Fabio Fernandes

Pubblicato da Associazione Future Fiction
Via Valentiniano 40 – 00145 Roma
C.F. 97962020588

Non c'è nulla di nuovo sotto il sole – e va bene

di Fabio Fernandes

La prima parte del titolo non è mia. Qualcuno di nome Qohélet lo scrisse qualche millennio fa. È nell'Ecclesiaste.

Siamo tutti confinati su questo pianeta sotto lo stesso Sole. A eccezione delle brevi stagioni sulla Stazione Spaziale Internazionale, gli umani non hanno più lasciato il loro pianeta natale. La Luna è ancora lì, ma non la visitiamo più, né sappiamo quando accadrà.

Quindi volgiamo gli occhi dentro. Al nostro pianeta. E sogniamo.

Ma ci sono sogni e sogni.

Cosa sono le distopie, ad esempio, se non dei brutti sogni? Il Cyberpunk ha esposto questa ferita all'interno delle proprie opere – non c'è da meravigliarsi se Fredric Jameson definisce questo sottogenere come "la letteratura del tardo capitalismo per antonomasia" perché mostra, sebbene con un po' d'ingegnosità, la lotta degli oppressi contro l'oppressore.

Ma quando questa lotta è persa e gli oppressi quasi annientati, che cosa resta da fare? Ricorrere a un bel sogno, forse?

Poiché se le distopie sono *nightmares*, le utopie sono *daydreams* – e un sogno durante il giorno arriva sotto lo sguardo del Sole, un Sole che può essere implacabile, ma anche fonte di vita.

Forse è per questo che il sottogenere con cui abbiamo a che fare qui ha come testimone il Sole – come il titolo del film *Delitto in pieno sole*. Qui il crimine al Sole è osare sognare, osare andare oltre, forse per tornare a una fantascienza ottimista senza essere ingenua. Non si tratta di mostrare una società composta da *shiny happy people*, ma da persone che si occupano del qui e ora e, di conseguenza, del futuro. Cosa fare, ha detto Lenin in uno dei suoi saggi più famosi. Cosa fare?

In effetti, il Solarpunk sembra essere emerso come l'ultimo bastione del socialismo contro le forze del mercato. Autori come Kim Stanley Robinson e Paolo Bacigalupi lavorano in questo campo da anni. Robinson – che era un allievo di Fredric Jameson – sostiene i modelli socialisti di collaborazione, perché forse è questa l'unica via d'uscita da ciò che il capitale sta facendo al pianeta Terra. L'Antropocene è una funzione diretta del capitalismo sempre più selvaggio.

Esistono controversie sull'uso del termine *Antropocene*. Per alcuni pensatori marxisti, ciò significherebbe porre l'onere del processo sul lavoratore, mentre la colpa è delle grandi aziende e del famigerato 1%. In ogni caso, è innegabile che abbiamo raggiunto un punto irreversibile, anche se non necessariamente la morte.

Il pensiero Solarpunk è ancora agli inizi. Siamo pochi e le nostre idee sono molto diverse. Ma forse questa è la migliore caratteristica redentrice del Solarpunk. Quindi commettiamo crimini in pieno Sole leggendo queste storie che osano essere ottimiste. E godiamoci le possibilità di tanti futuri migliori.

Sulle dimensioni politiche del Solarpunk

di Andrew Dana Hudson

Traduzione di Stefano Ternavasio

Andrew Dana Hudson è uno scrittore di narrativa di speculazione che ha vinto numerosi premi. Le sue storie sono uscite su riviste come Slate, Future Tense, Vice Terraform, Grist, Little Blue Marble, The New Accelerator *e altre, oltre ad aver pubblicato vari libri e antologie. Vive a Tempe, in Arizona.*

I. Qualcosa si risveglia

È la natura della nostra era osteggiare l'esplorazione di alternative politiche. Viviamo in una nebbia che oscura le nostre possibilità. Ci muoviamo a grande velocità, ma procediamo a tentoni, privi di senso dell'orientamento o del progresso. La nostra immaginazione politica si limita a diagnosticare i nostri problemi, cosa a cui possiamo dedicarci in eterno. Ma la discussione sulle soluzioni reali si perde tra il clamore della crisi globale, il ronzio dei social media e il sibilo del dominio neoliberale a imporre il silenzio alle nostre istituzioni discorsive. Questo smarrimento non durerà per sempre, ma per ora viviamo in un pessimo periodo per i manifesti.

Eppure, il sole si fa strada tra lo smog. Qualcosa di nuovo, luminoso e promettente si sta risvegliando su Tumblr, un fungo variopinto che cresce lontano dagli occhi dei media o dei grandi stack del web. Fatico a inquadrare con precisione il motivo per cui il solarpunk è così attraente, ma lo è. Forse è il suo ottimismo prudente, così fuori luogo in un mondo di crisi. Forse è perché il solarpunk è una creatura totalmente di questo decennio – nativa della società di rete globale. So di non essere l'unico a pensarla così: qualcosa nel solarpunk sa toccare una nota che risalta in mezzo al pandemonio.

Cos'è il solarpunk? Esito a darne una definizione, e dunque delimitarlo, per le migliaia di persone che in questo momento ne esplorano le possibilità. Chiamiamolo in via provvisoria un *movimento speculativo*: uno sforzo collaborativo per immaginare e progettare un mondo di prosperità, pace, sostenibilità e bellezza, raggiungibile con ciò che abbiamo e da dove siamo adesso. Soltanto negli anni 2010 una serie di bozzetti sui social media poteva suscitare un'agenda attivistica così ambiziosa – per non dire di un genere letterario con dei fan accaniti ma che deve ancora produrre una letteratura.

Qualsiasi cosa sia, il solarpunk è *profondamente* politico. La politica è la pratica di determinare le disposizioni in base alle quali distribuiamo le risorse e ci relazioniamo in diversi modi gli uni con gli altri. In altre parole, chi fa le cose, chi riceve le cose, e come siamo tenuti a trattare sia le persone sia le cose.

Quasi ogni contenuto solarpunk che io abbia visto o letto suggerisce che il futuro solarpunk risulterà da scelte sfumate riguardo a queste disposizioni, non da avanzamenti tecnologici incredibili. Il nome stesso, "solarpunk", implica che i progressi tecnologici da soli non risolveranno i nostri problemi ambientali, sociali ed economici. Dopotutto, postula un mondo di energia solare in abbondanza e poi afferma che avremo ancora bisogno dei punk. Niente panacee tecnologiche per noi. Dovremo seguire la strada più difficile: quella politica.

Di questo argomento si è già scritto, ma, dato che io modello ideologie e non cosplay, credo di poter contribuire al meglio alla causa del solarpunk approfondendo alcune di queste nozioni. In questo saggio esplorerò quelle che ritengo essere le dimensioni politiche del solarpunk: il mondo che si trova ad abitare, lo spazio che occupa e le possibilità che gli sono aperte.

Lasciatemelo dire fin dal principio: il mondo del solarpunk è questo mondo. Il qui, l'adesso e il tra pochissimo. Con il fardello di tutto ciò che ci è stato caricato sulla schiena. Per quanto voi possiate ambientare le vostre storie solarpunk in futuri lontanissimi o universi di fantasia (non sarò io a fermarvi), la grande *speculative fiction* riflette sempre le paure e le aspirazioni del tempo e del luogo in cui è stata scritta. È questo che mi interessa: quello che può dirci il solarpunk sulla civiltà che abbiamo oggi, su dove sta andando e su come sarà la nostra vita nel prossimo futuro.

Presenterò inoltre le mie idee personali su che cosa dovremmo farcene, di preciso, di questa strana fioritura che abbiamo trovato. Il solarpunk appare come uno sfogo catartico di un'immaginazione repressa, e quell'energia può essere incanalata in direzioni diverse. Un genere esplora le idee tramite motivi e variazioni su un tema. Un movimento provoca un cambiamento tramite iterazioni di strategia e azione. Amo il primo, ma ci serve il secondo.

La mia speranza è che questo saggio possa ispirare una discussione che aiuti a trasformare il solarpunk da semplice speculazione a un agire significativo. Questa non deve essere per forza la strada del solarpunk. Forse essere un solarpunk diventerà una nuova sfumatura di bohémien. Forse a una simile raccolta di riferimenti estetici può corrispondere un'ideologia, ma non ha bisogno di ispirarne una. L'unico modo di scoprirlo è sollevare la questione delle politiche solarpunk.

II. Le pietre su cui costruiamo

Per cominciare, alcuni fatti compiuti. Il romanziere Bruce Sterling, che ha contribuito a creare il "-punk" originario della fantascienza – il cyberpunk –, sostiene che il futuro sarà in mano ad "*Anziani in grandi città impauriti dal cielo*"[1]. È inesorabile. A meno di un cataclisma radicale, saranno le tendenze ragionevolmente inevitabili dell'urbanizzazione, l'invecchiamento della popolazione e il cambiamento climatico a costituire lo scenario

---

1 Hudson fa riferimento alle considerazioni finali espresse da Sterling all'edizione del 2014 del festival South by Southwest, riprese, tra gli altri, da un articolo della rivista culturale *The Atlantic* datato marzo 2014 e intitolato appunto *Old People in Big Cities Afraid of the Sky*. (N.d.T.) <https://www.theatlantic.com/technology/archive/2014/03/the-future-is-about-old-people-in-big-cities-afraid-of-the-sky/284459/>.

della vita nei cinque decenni a venire. Se sei un essere umano che vive a metà del ventunesimo secolo, probabilmente sarai anziano – o circondato dagli anziani. Probabilmente vivrai in una città. Probabilmente la tua comunità, il tuo paese e le tue catene di approvvigionamento saranno afflitte da qualche combinazione di condizioni meteorologiche estreme, innalzamento del livello dei mari e siccità.

È sopra questi fatti, e intorno a loro, che dobbiamo costruire, sia quando creiamo narrativa solarpunk, moda solarpunk o infrastrutture solarpunk, sia quando avanziamo richieste politiche solarpunk. Perché il solarpunk sia in grado di sostenere il proprio ottimismo con soluzioni significative, o anche nozioni significative, dobbiamo ponderare in modo consapevole le nostre risposte a ciascuna di queste tendenze. Consentitemi di fare qualche proposta.

Anziani. Basta solo guardare al Giappone per vedere come l'invecchiamento della popolazione possa svuotare i piccoli centri e lasciare all'incuria tanto l'infrastruttura quanto la struttura sociale. Questo è un caso estremo, esacerbato dalle politiche giapponesi in materia di immigrazione, ma anche in luoghi dove i giovani del mondo sono liberi di muoversi per occupare posti di lavoro vacanti e ripopolare comunità inabitate gli anziani saranno spesso in sovrannumero rispetto ai giovani. Accudire questi anziani richiederà uno sforzo enorme, in particolare nei paesi sviluppati. E altrettante premure richiederanno le loro morti.

Tuttavia, la longevità è una risorsa incredibile per una società che premia il valore dei progetti a lungo termine. Io credo che il solarpunk possa essere un'ideologia di profonda compassione per come si prenderà cura degli anziani. La sua estetica parla di gentilezza, e del riconoscimento che il colore e la bellezza possono recare gioia e dare un senso alla vita anche nelle circostanze più dolorose. Sono un grande sostenitore di auditorium, biblioteche e centri città solarpunk, ma, tra tutti gli spazi che sono stati resi squallidi, brutali e inumani da architettura e arredi consumistici moderni, di certo ospedali e case di riposo devono essere in cima alla lista. Il solarpunk riguarda in parte la costruzione di una infrastruttura che possa essere sostenibile sul lungo periodo – e che possa sostenere molte generazioni. Quale modo migliore di iniziare se non costruire strutture di residenza assistita granitiche come cattedrali, con passerelle illuminate dal sole, circondate da vetri policromi e ricoperte da tettoie d'edera? Luoghi dove noi stessi vorremmo vivere i nostri ultimi anni infermi, decenni dopo. Per dirlo con una frase fatta, occupiamoci di geriatria mettendo le persone al primo posto.

Prima di diventare troppo sentimentali, ricordiamoci che vivere in una società soggetta all'invecchiamento della popolazione significa anche vivere sotto il potere politico di una maggioranza anziana. I giovani hanno l'energia per mobilitarsi, ma nel mondo sviluppato di oggi (e di domani) non hanno proprio i numeri necessari per organizzare una rivoluzione, vincere battaglie elettorali o fare approvare riforme radicali. Le società degli anziani sono società di stagnazione politica. Le loro politiche producono dinastie *de facto* (Bush contro Clinton) e paranoici decadenti (Berlusconi, Putin, etc.). L'agenda economica dei vecchi mira a preservare costosi privilegi, fare incetta di posti di lavoro e salari per lavoratori con anzianità, e combattere l'inflazione. I vecchi tendono a sostentarsi con beni patrimoniali che perdono di valore in un periodo di inflazione economica, mentre i giovani al giorno d'oggi devono lavorare per saldare dei debiti che decrescono all'aumentare dell'inflazione.

In quanto ideologia "punk", il solarpunk deve opporsi al dominio politico degli anziani. Ma potremmo anche doverci convivere. Se ci affidiamo ai numeri, è molto improbabile che saremo noi a vincere. La strategia del solarpunk dovrebbe essere creare sacche di progresso e immaginazione entro uno scenario politico più vasto dominato da decadenza, immobilismo e lunga emergenza. (Maggiori dettagli a seguire.)

In grandi città. È una verità oscura dell'ambientalismo che le centrali eoliche, i pannelli solari, le dighe idroelettriche e altri trionfi della sostenibilità richiedono paesaggi completamente artificiali. Costruirli significa fare a pezzi il terreno e installare ingenti quantità di metallo e di cemento.

Per le città è lo stesso. Densità abitativa significa trasporti efficienti, infrastrutture condivise, più risorse in comune con cui affrontare i problemi collettivi e talvolta un senso di comunità maggiore rispetto all'isolamento rurale o all'espansione extraurbana. Ovviamente il solarpunk plaude a questi vantaggi e li mette a frutto. Ma le città sono costruite sulla grande devastazione del mondo naturale. Si tratta di strutture che consumano quantità immani di energia e materiali e producono montagne di rifiuti – anche se il consumo pro capite dell'alternativa suburbana è maggiore. Quando le città muoiono, lasciano imponenti rovine che necessitano di ulteriori risorse per essere abbattute. Le città sono una cicatrice sulla terra.

Più precisamente, le città non muoiono. Le città sorgono dove le persone si radunano, e le persone si radunano nelle città. Per questo motivo le città che abbiamo oggi saranno in gran parte le città che avremo per secoli. Dove potranno, cresceranno e si espanderanno. Dove dovranno, si ritireranno dai mari in via di innalzamento. Non possiamo ripartire da zero (si veda più avanti Naypyidaw). Dobbiamo riutilizzare e rinnovare l'ambiente costruito. Parafrasando Sterling, i rottami dell'insostenibile sono la nostra frontiera[2]. Quello che costruiamo non sparisce mai; spesso bisogna viverci dentro.

Le città inoltre cristallizzano i fattori di stress che la modernità fa gravare sulle nostre spalle. L'estetica solarpunk cerca di allentare questa morsa grazie a contenuti grafici e *texture*

---

2 Hudson fa qui riferimento a un'altra conferenza di Bruce Sterling, tenutasi a Copenhagen nel 2009 nell'ambito della convention Reboot 11, in cui lo scrittore americano disse: "L'insostenibile è l'unica frontiera che abbiate. I rottami dell'insostenibile, è questa la vostra eredità." (N.d.T) <https://www.wired.com/2011/02/transcript-of-reboot-11-speech-by-bruce-sterling-25-6-2009/>.

rassicuranti che implichino spazi aperti e rendano omaggio al mondo vivente. Possiamo perfino costruire con materiali che a loro volta continuino a vivere e a crescere con noi. Questa è una visione magnifica, ma occorre contestualizzarla. Per quanto sia utile immaginare futuri e fantasie ampiamente ottimistici, solar-punk non può essere lo stesso di solar-utopia. I punk sono essenzialmente una forza antisociale (o perlomeno controculturale) che rifiuta e combatte la norma. In questo caso ciò significa comprendere che gli splendidi vestiti ed edifici che il solarpunk prefigura saranno probabilmente circondati da qualcosa di molto diverso: il cemento crepato di infrastrutture in disfacimento, la plastica sporca di gadget di qualità scadente, il minaccioso vetro e acciaio delle fortezze finanziarie.

Il nostro perspicace @Threadbare mi ha fatto notare che troppo spesso il design a forti tinte verdi affonda le radici nella tradizione dello sviluppo immobiliare modernista, che vende una visione di luoghi totalmente rinnovati: gli errori del passato sono epurati; i lindi corridoi sono infestati dai *render ghosts*[3]. È seducente, facile da mettere su una rivista, ma chiunque abbia partecipato a una riunione di un comitato di pianificazione sa quanto è irrealistico. Il solarpunk non deve fare lo stesso errore. Noi sappiamo che cosa significa *jugaad*. Conosciamo gli allacci clandestini alla rete idrica, il giardinaggio d'assalto e i graffiti realizzati con idro-pulitrici a pressione. Il solarpunk sa vedere i punti dove gli alberi hanno spezzato l'asfalto per quello che sono: luoghi perfetti per far crescere alberi.

Ma dall'altro lato c'è anche la falsa seduzione dell'ingegnosità da favela, quel "punto sensibile", affascinante nella sua instabilità, dove *Il Robinson svizzero* incontra la pornografia della miseria in stile National Geographic. Dovrebbe essere sottinteso che non dobbiamo feticizzare gli slum. Tuttavia è vero che quei luoghi utilizzano le risorse in modo più efficiente

---

3 Definizione divulgata dall'artista e scrittore James Bridle, questi "fantasmi del rendering" sono le immagini, spesso ricreate al computer, di costruzioni e figuranti senza nome che appaiono in fotografie a uso commerciale e altre grafiche pubblicitarie. (N.d.T.)

e che riescono a ospitare milioni di persone con un impatto ambientale relativamente basso. Ma ho due obiezioni. Primo, una jugaad è una trovata individuale, non il progetto di una comunità. Secondo, i luoghi che non rispettano le norme antincendio tendono a prendere fuoco.

Più o meno a metà strada tra questi due approcci, i solarpunk possono avventurarsi tra quei "rottami dell'insostenibile" per ricostruire città migliori e più verdi. È un compito arduo, e forse dovremo affrontare discussioni difficili sui modi in cui il solarpunk aspira a rapportarsi al "mondo naturale". Potranno mai esistere città in armonia con la natura? Davvero esiste ancora qualcosa che si possa chiamare "natura"? Dobbiamo cambiare radicalmente il nostro modo di rapportarci al mondo naturale? O possiamo ottenere la sostenibilità seguendo la via delle riforme graduali? Io non conosco le risposte, ma sono convinto che il solarpunk non dovrebbe sottrarsi al suo destino urbano. Il solarpunk è una prosecuzione dell'antropocene.

Impauriti dal cielo. Questa dovrebbe essere facile, no? L'energia solare capovolge il disastro climatico rendendo il cielo la fonte dell'abbondanza energetica, non solo le supertempeste, gli inverni ghiacciati e le piogge che non arrivano mai. Questo è il concetto chiave che mi ha attratto verso questa causa: quale altra immagine della nostra salvezza è più elegante di un pannello solare capace di trasformare la luce che surriscalda in modo eccessivo il nostro pianeta in energia, proprio quel bene per cui mettiamo a ferro e fuoco il mondo? È un esordio potente per un'ideologia, e uno per cui siamo giustificati a sorridere. Ma la resa dei conti con il cielo rimane.

Sospetto che a un certo momento, all'incirca nel prossimo decennio, ci renderemo davvero conto che il clima sempre più inospitale è stato provocato da noi, frutto di decisioni programmatiche e fallimenti politici. Questo significa che il cielo non è più moralmente neutrale. Una tempesta all'orizzonte non è indipendente da noi. Un uragano o un tornado non è un atto di Dio. Non abbiamo precedenti per sopportare un tale peso su scala globale. I nostri peccati climatici potrebbero crescere fino a condizionarci. Se non staremo attenti, la risposta di molti sarà: è colpa di tutti gli altri. E, poiché il biasimo è sempre verso il potere, questo dibattito diventerà violento o finirà per esacerbare le disuguaglianze esistenti. ("Coloro che consumano molto sono pronti a tagliare i consumi di chi già consuma meno"[4]). Questa è una ricetta per un mondo ancora più pericoloso.

Abbiamo rovinato il pianeta. Alcune persone e organizzazioni più di altri, certo, ma dubito che consegneremo mai qualcuno alla giustizia. L'atmosfera, e con lei la nostra anima collettiva, non si risanerà da sola per moltissimo tempo. Tutto quello che possiamo fare è cominciare a rimediare, e attraverso quest'opera accorta, forse aspirare a qualche forma di redenzione.

Come avrete capito, prendo molto sul serio queste gravi questioni. Il solarpunk non deve essere per forza così cupo – però tenetelo presente. Quando costruite mondi, riflettete sui motivi per cui indossare mode gioiose in risposta alla tristezza globale. Ricordate che le decisioni di lungo periodo sono minuzie se paragonate ai tempi della scala climatica. Capite che lo "sporco dietro le orecchie" del solarpunk dovrà derivare dal piantare qualcosa che potrà rivendicare un po' del carbonio che abbiamo bruciato. Mantenete il vostro ottimismo davanti alla luce gialla e afosa e assicuratevi che siamo disposti a impegnarci per ottenerlo. Per poterci guidare verso un futuro migliore, il solarpunk deve guardare negli occhi i nostri peccati climatici, riconoscerne la gravità e cominciare a ridurre le emissioni. Non si torna indietro. Ci si può solo trascinare avanti, a passo lento ma costante, e farsi strada verso qualcosa di meglio.

Chi lo sa? I disastri climatici potrebbero fornirci l'impeto per costruire le comunità radicali che prefiguriamo. Le siccità

---

4 Hudson cita, fornendo un link della fonte, l'articolo *Instant reaction: 6 theses on the climate politics of the Greek crisis*, pubblicato nel luglio 2015 dallo studioso di politiche del cambiamento climatico Daniel Aldana Cohen.(N.d.T.) <https://aldanacohen.com/2015/07/05/instant-reaction-6-theses-on-the-climate-politics-of-the-greek-crisis/>.

possono provocare conflitti, ma le persone sanno anche essere straordinariamente altruiste quando sono colpite da incendi e tempeste[5]. Il solarpunk ha bisogno di tenere un piede nella porta; se una folata di vento la farà spalancare, non dobbiamo avere paura di varcare la soglia.

III. Macerie, semi e nebbia

Esauriti i fatti, lasciate che aggiunga alcuni sospetti e opinioni.

Il mio sospetto è che il capitalismo globale stia entrando in un periodo contraddittorio, da un lato di fiera dominazione e dall'altro di lento fallimento. Quando dico "capitalismo" mi riferisco qui sia all'idea che le risorse e l'attività economica dovrebbero essere controllate da chi esercita la proprietà sui mezzi di produzione e le altre ricchezze, sia all'insieme di individui e famiglie facoltose nelle cui mani si concentra il grosso della proprietà e del controllo. Il potere di questi capitalisti si espanderà e invaderà quasi ogni aspetto della vita umana, soppiantando gran parte di qualunque altro tipo di potere. Ma allo stesso tempo, i modi in cui questo sistema crea prosperità diventeranno esigui come un rigagnolo. La sensazione sarà quella di un gonfiore da malnutrizione.

Quanti di noi hanno già provato tutto ciò? Da una parte siamo nauseati dalla decadenza del consumismo, con il bisogno di emanciparci da lavori alienanti. Ma dall'altra ci chiediamo perché le nostre ore di lavoro siano diventate più lunghe e più faticose benché ci sembri di guadagnare sempre di meno; lottiamo per guadagnarci da vivere, incapaci di pagarci una via d'uscita. Ho il sospetto che questo sentimento pervaderà il prossimo futuro, e non so per quanto si andrà avanti così.

---

5 Per esemplificare le due opposte situazioni, Hudson fa riferimento a due libri: Tropic of Chaos: Climate Change and the New Geography of Violence (Nations Book, 2012) di Christian Parenti e A Paradise Built in Hell: The Extraordinary Communities That Arise in Disaster (Viking, 2009) di Rebecca Solnit, noto in Italia come Un paradiso all'inferno (Fandango Libri, 2009, traduzione di Andrea Spila). (N.d.T.)

Vedo l'emergere del solarpunk come una risposta a questa sensazione di degrado soffocante. Le persone vogliono sentire la vitalità del progresso, non solo l'ansioso capogiro della centrifuga capitalistica. Noi vogliamo esplorare e impiegare i nostri veri talenti, non modellare le nostre vite sul far soldi in nome di altre persone più ricche. Vogliamo che il nostro lavoro significhi qualcosa di più della sopravvivenza.

Alla luce del loro potere, rovesciare i megaricchi è un progetto azzardato, e forse uno da lasciare a un genere diverso di visione politica. Da parte sua il solarpunk può sfidare lo status quo capitalista coltivando soluzioni economiche alternative a livello di comunità e di sistema. Incoraggiare una resilienza che isoli paesi e quartieri dagli shock economici. Instaurare patti di mutuo soccorso che proteggano i membri dalla predazione fiscale. Se possiamo dimostrare che non abbiamo bisogno di loro o dei loro soldi, la stretta del dominio plutocratico si allenterà.

Sospetto inoltre che l'istituto dello stato-nazione stia diventando un guscio vuoto. In parte conseguenza della globalizzazione e della spinta verso il "libero mercato", non è proprio un crollo. Invece vediamo che chi governa, a ogni livello, sta perdendo la capacità di agire con autorità, mantenere l'ordine, mobilitare risorse di emergenza, costruire infrastrutture durevoli, fornire servizi pubblici ed essere efficace in altri modi nelle vite dei suoi cittadini.

Al tempo stesso questi governi diventano meno democratici, più corrotti, più burocratici e più vincolati a interessi particolari. Servizi e beni pubblici vengono svenduti a società private. Le autorità locali si trasformano in banditi che sfruttano i poveri e i passanti per arricchire una cerchia ristretta di persone (vedi il caso, Ferguson). L'infrastruttura si sgretola. Gli stati di una nazione bisticciano tra loro. I poliziotti si uniscono in bande perché dove l'autorità viene meno la violenza regna, e le bande stesse acquisiscono nuovo potere nelle loro comunità. In tutto ciò, lo stato-nazione non scompare: si limita a svanire da ogni rilevanza, oscurato dalla società della rete globale e sconfitto (o fatto prigioniero) da criminali, multinazionali e altri poteri non statali.

Se questa perdita di senso è una sfida per la civiltà, per il solarpunk rappresenta un'opportunità. Un sollevamento politico radicale è difficile e pericoloso. "La rivoluzione non è un pranzo di gala." Per un gran numero di ragioni (non ultimo l'invecchiamento della popolazione), non credo che possiamo aspettarci che i movimenti di massa scendano in strada per risolvere i nostri problemi. Possiamo invece costruire la nostra società solarpunk nei luoghi e nei momenti che lo stato trascura – in particolare in risposta ai disastri climatici e agli stravolgimenti non previsti (da "teoria del cigno nero") che costelleranno il secolo in arrivo. Se agiamo bene, il solarpunk potrebbe essere la filosofia di coloro che riempiono i vuoti e l'estetica delle aggregazioni che nascono laddove i governi latitano.

Non è proprio una strategia, ma un modo di pensare a come il solarpunk potrebbe emergere. Immaginate un albero che cresce tra le macerie, che mette radici in mezzo alle pietre in spazi aperti, allargando talvolta le crepe. L'albero non può cancellare il cemento, ma il cemento è troppo malandato per fermarlo. Allo stesso modo penso che il solarpunk dovrebbe sforzarsi di reinventare la civiltà dal suo interno. Tramite la libera associazione locale e le reti globali, il solarpunk può creare sacche interconnesse di vitalità e resistenza, nel bel mezzo di un mondo più ampio di declino e oppressione.

Quest'idea non è nuova: dalle zone autonome della teoria anarchica, al localismo americano reincarnato in movimenti come Resilient Communities e Strong Towns, alle reti di mutuo soccorso di Occupy Sandy, molti hanno reagito alle crisi degli ultimi decenni pianificando e praticando forme radicali di associazionismo che non richiedono né rivoluzioni di massa né riforme democratiche. Il solarpunk può usare questi metodi per mobilitare le persone al fine di costruire spazi e infrastrutture diverse in un mondo decadente. Quello che voglio evidenziare qui è che, mentre noi dobbiamo pensare in grande e in astratto al tipo di società ideale in cui vorremmo vivere, credo che il solarpunk raggiungerà la massima efficienza se prenderà l'iniziativa dove lo stato ha abdicato.

Avete presente lo slogan del mondo hacker "*move fast and break things*"[6]? Il solarpunk dovrebbe muoversi con calma e piantare qualcosa. Non chiedete il permesso a uno stato vincolato agli oligarchi, e di certo non aspettatevi che quegli oligarchi facciano qualcosa per voi. Il giardinaggio politico (o guerrilla gardening) è il modello, ma guardate più in là. Installazione d'assalto di pannelli solari. Ripristino d'assalto di impianti di depurazione. Costruzione d'assalto del magnifico tempio dello spirito umano. Creazione d'assalto di megastrutture per la cattura del carbonio.

Cercate di capire quello che occorre a una comunità per essere florida, pacifica e sostenibile nel periodo più lungo che possiate concepire, e iniziate a costruire qualunque elemento sia maggiormente alla vostra portata, prima che lo stato assente se ne accorga. Nel farlo potreste finire per creare sacche di politica più efficace ed orizzontale. Mentre lo stato s'indebolisce, queste sacche possono crescere in grandezza e influenza, creando un mondo migliore anche se qualche governo reclama l'autorità della legge e detiene un monopolio sulla violenza.

Ebbene, scelte politiche ci hanno trascinati in questo disastro e altre scelte politiche potrebbero tirarcene fuori. Da parte mia, sostengo un vasto insieme di riforme ispirate dalle discussioni che hanno avuto luogo in tutto in mondo durante Occupy: un giubileo del debito globale per liberare sia i paesi sia le singole persone dai debiti che li impoveriscono e li rendono schiavi; una tassa sulla ricchezza estrema per porre un freno alla disuguaglianza e per arginare il potere degli oligarchi; un reddito minimo garantito per sostenere i poveri, i malati e coloro che

---

6 "Muoviti in fretta e rompi pure qualcosa". Si tratta di una celebre frase di Mark Zuckerberg, scelta come motto per i primi anni di Facebook ma successivamente rinnegata. (N. d. T.).

sono più utili come assistenti sociali, artisti e pensatori invece che come impiegati delle imprese; una drastica riduzione della settimana lavorativa per rallentare un'espansione economica a ritmi insostenibili e per eliminare gli infiniti "lavori di merda" che non hanno altro scopo se non tediare chi si trova a svolgerli; la regolamentazione o anche l'abolizione dell'usura (un tempo considerata un peccato di gravità pari alla schiavitù), in modo che gli investimenti in infrastrutture sostenibili, che si ripagheranno nel lunghissimo periodo, non siano intralciati da pagamenti degli interessi che alla fine eccederanno il capitale.

Sebbene si tratti di raccomandazioni radicali, sono tutte attuabili, e con un'attenta messa in atto potrebbero essere molto utili per eliminare i peggiori traumi, predazioni e deprivazioni che definiscono il capitalismo moderno globale per gran parte degli abitanti del pianeta. Le cito qui non perché debbano essere le soluzioni del solarpunk, ma per darvi un'idea di quali potrebbero essere le contromisure rispetto al fallimento di un sistema economico globale. Qualsiasi movimento che abbia intenzione di rivendicare un ruolo nei bisogni futuri dell'umanità deve avere qualcosa da dire su questo fronte.

Il problema è che, per quanto il sistema economico globale sia ovviamente guasto, resta enormemente redditizio per chiunque abbia il potere diretto di cambiarlo. Forse avrete sentito l'espressione "capitalismo allo stadio terminale". Si tratta di un eufemismo ironico, poiché il capitalismo ha considerato se stesso "allo stadio terminale" per quasi tutta la sua storia. Qualunque rapido studio sui magnati, sui "baroni ladri" e sugli industriali dal tardo rinascimento fino alla metà del Novecento mostra come gran parte di questi individui credevano che una rivoluzione violenta o delle riforme politiche fossero alle porte e che avrebbero rovinato loro la festa. Come ha sottolineato l'antropologo David Graeber, è solo di recente che i capitalisti e gli economisti hanno iniziato a pensare al capitalismo come a un sistema che potrebbe non avere fine.

Questa fantasia del libero mercato è sia la genesi sia il prodotto del "neoliberalismo", un movimento per deregolamentare il capitalismo e applicarne i princìpi ad altre sfere della vita umana. Volendo indulgere in una definizione totalmente faziosa: il neoliberalismo vede l'economia capitalista come affine alla fisica, con un sistema di logiche ulteriori rispetto alle scelte degli individui reali; e dunque il neoliberalismo crede che sia il capitalismo a dover riformare le persone, non viceversa.

Sebbene un tempo predicasse la prosperità per tutti, la maschera è caduta nello sfacciato periodo immediatamente successivo alla crisi finanziaria. Il neoliberalismo esige un'oligarchia globale di megaricchi, e per ottenerla deve distruggere la classe media e smantellare lo stato-nazione. Ma deve anche reprimere idee e immaginazioni antagoniste. Dove un tempo la democrazia capitalista sosteneva la propria importanza contro i legittimi fallimenti dei progetti comunisti, ora il neoliberalismo agisce da superpotenza ideologica. La sua missione: fare apparire il capitalismo non solo incontestato ma incontestabile, quasi fosse l'unico sistema possibile. E lo fa a spese dell'accettazione di riforme che rendano in effetti il sistema sostenibile. Qualsiasi interrogativo, qualsiasi tentativo di sondare i limiti, è ricevuto con sostenuta superiorità o rassegnata indifferenza dalle classi colte. L'ho detto in apertura: questo è un momentaccio per i manifesti.

IV. Se falliremo

Solarpunk, è qui che entri in gioco tu. Quando scorro i post solarpunk su Tumblr, vedo una costante ribellione contro i tentativi neoliberisti di soffocare l'immaginazione politica. Più che semplici disegnini e foto di fattorie verticali, vedo come il solarpunk ispiri le persone a mettere in dubbio le disposizioni della vita moderna e, cosa più importante, a proporre alternative. Molto spesso queste assumono la forma della "costruzione di mondi" della fantascienza, il che spiega in parte perché mi piaccia così tanto il solarpunk: per me, la fantascienza è sempre stata il miglior modo di progredire verso un'espansione della coscienza politica. Ma la buona fantascienza deve essere più di un sogno a occhi aperti. Quindi forse, mentre il solarpunk comincia a scaldare i suoi muscoli speculativi, possiamo imparare qualcosa sulle dimensioni della sua agenda politica mettendolo a confronto con alcune delle finzioni e delle realtà che non sono affatto solarpunk. Quello che intendo chiedere è: *che aspetto ha il fallimento per il solarpunk?*

Ha l'aspetto dei cieli di una giornata rovente sopra Pechino, e dei pendolari che si trascinano dentro uffici sigillati con indosso maschere antigas stilizzate. Lo *smogpunk* è la prima condizione di sconfitta del solarpunk: un mondo dove la protezione ambientale viene meno e l'inquinamento e i cambiamenti climatici sorpassano la nostra capacità di fare scelte sostenibili. Portato all'estremo, un velo di nebbia oscura il sole, rendendo sia l'energia solare urbana che l'agricoltura urbana un'inutile imitazione di ciò che sarebbe potuto essere con dei cieli limpidi. Smogpunk significa arrendersi a condizioni ambientali terribili, nonché una perversa ostentazione di questa resa come un vessillo del nostro posto nel mondo. Lo smogpunk è quello che succederà se il solarpunk non agirà abbastanza in fretta.

Il fallimento ha l'aspetto di una Fukushima e di una Bhopal a settimana: un mondo definito dai suoi disastri antropocenici. Lo sviluppo incede lento, forse deviando con riluttanza verso un taglio delle emissioni di carbonio; ma non cambiamo mai l'inerzia del nostro rapporto degenere con la natura, né intraprendiamo mai grandi progetti per paura dei costi o delle conseguenze. L'esperienza umana dell'ambiente diventa una lunga serie di incidenti, sversamenti, contaminazioni ed epidemie. I nostri sforzi maggiori sono finalizzati al soccorso, al contenimento e alla bonifica, ma siamo così occupati a riprenderci da questi traumi che non sappiamo essere proattivi nel prevenire le scelte di sviluppo e il decadimento delle infrastrutture che li hanno provocati al principio. Altrimenti reagiamo ai cambiamenti climatici con soluzioni improvvisate che sono anch'esse insostenibili. Chiamiamolo *hazmat-punk*[7]. È questo che succede se le idee del solarpunk sono troppo reattive.

Un fallimento più strano ha l'aspetto di Naypyidaw, la capitale "appositamente costruita" della Birmania, che si fregia di versioni gigantesche di comfort suburbani introvabili nel resto del paese – ma senza quasi nessun abitante che possa usufruirne: autostrade a venti corsie, deserte all'ora di punta; enormi campi da golf e parchi, manutenuti con cura dai dipendenti anche se usati soltanto da un manipolo di funzionari statali d'élite.

In questo saggio ho proposto progetti infrastrutturali ambiziosi, ma il progetto sbagliato per i motivi sbagliati regredirà a un'autocaricatura paragonabile a Xanadu, malgrado ogni ambizione. Simile è il destino che ci attende se cercheremo di costruire una comunità solarpunk a tavolino, per poi aggiungere le persone in un secondo momento, invece di partire dai desideri e dai bisogni della gente reale. Chiameremo questo stato di fallimento *sprawlpunk*: una riproduzione di approcci non sostenibili con lo sviluppo e perseguita in nome di ideali radicali.

Possiamo osservare altre visioni di solarpunk andato storto nelle storie di Paolo Bacigalupi. Ne *La ragazza meccanica* il futuro è alimentato a molla e trainato dai mammut, mentre l'ingegneria genetica fornisce soluzioni organiche in un modo post-plastica e privo di terre rare sufficienti per andare avanti. Ma, in un tragico colpo di scena, l'abbondanza energetica su cui si basa il solarpunk è assente. Al contrario, con nient'altro che i muscoli di uomini e animali ad alimentare gran parte dei lavori, la carenza di energia è portata al livello delle calorie, e ne conseguono carestie e malattie. Questo è *solarpunk sine solar*.

Un'altra strada sbagliata si può osservare in un libro più recente di Bacigalupi, *The Water Knife*. Nel sudovest americano la siccità permanente trasforma in rifugiato chiunque non si possa permettere un posto in un'arcologia verdeggiante e

---

7 *Hazmat* è termine composto da *hazardous* e *materials*, letteralmente "materiali pericolosi". (N.d.T.)

autosufficiente. Questo mondo è *solarpunk per pochi*. È quello che accadrà se permetteremo al capitalismo di dettare la distribuzione delle tecnologie sostenibili.

Questo ci porta all'ultima condizione di fallimento: *il Jackpot*. Concetto chiave del romanzo di William Gibson *Inverso*, il Jackpot dà nome e forma al confluire di tutte le crisi che incombono sul nostro futuro: cambiamenti climatici, estinzione di massa, resistenza antibiotica, instabilità economica, conflitti e terrorismo, disastri ecologici, dilagare incontrollato di tecnologie post-singolarità. Nessuna di queste cose esplode in un disastro che provochi la fine del mondo, lasciandosi dietro uno scenario post-apocalittico in stile *Mad Max*. Tuttavia, nella visione di Gibson l'insieme di queste cose sfocia in un evento emergente che assottiglia la popolazione umana finché l'ottanta percento muore nel corso di pochi decenni. Perché chiamarlo il Jackpot? Perché per il venti percento che rimane – quelli che potevano permetterselo – questo orrore è un proiettile schivato, e uno che li libera da ogni problema legato al mantenere uno stile di vita lussuoso in un mondo riempito da dieci miliardi di persone.

Ciò che viene costruito in seguito dai sopravvissuti del Jackpot può benissimo corrispondere a molti princìpi solarpunk. Potrebbe essere meraviglioso, e un giorno potrebbe produrre un mondo migliore di quello che avremmo mai ottenuto a partendo da qui. Ciò non ha importanza. Non voglio averci niente a che fare. Agognare la decimazione della nostra popolazione è un abominio. Il solarpunk, come idea politica, deve fare di tutto per scongiurare un tale cataclisma lento e frutto di molteplici cause. Altrimenti non meriterà il nostro sostegno e le nostre lotte.

V. Le vie da seguire

Le radici del Jackpot sono qui, e stanno già iniziando a serrare la loro morsa su di noi. Senza qualche intervento politico, il ceto medio potrebbe benissimo scomparire, spaccando il mondo in due tipologie di vita urbana: i parchi divertimento gotici dei ricchi, immacolati e decadenti, e le vivaci, pericolose, selvagge favelas di tutti gli altri. Da lì, una spintarella da parte della crisi climatica, o di una tecnologia fuori controllo, o di movimenti politici deleteri, potrebbe essere sufficiente a innescare una spirale di disastri globali a cascata simile a quella descritta da Gibson.

Ma dire che vogliamo fermare il Jackpot non equivale ad avere un'alternativa. Allora: che aspetto ha il successo? Come è ovvio, approfondire l'aspetto, le sensazioni e i dettagli tecnici di un futuro solarpunk che funziona è proprio il progetto a cui si stanno applicando oggi gran parte dei solarpunk. Per cui, dedichiamoci invece ad analizzare alcune delle strade che potremmo intraprendere verso quel mondo di assolata abbondanza.

Come ho sostenuto nella mia analisi delle città, il solarpunk deve stare attento a non idealizzare né l'hi-tech gotico né lo chic delle favelas. Per quanti parchi in stile High Line e fattorie verticali si possano costruire, Manhattan non servirà a niente se a riempirla ci saranno solo attici di lusso di uomini d'affari assenti. E le favelas saranno anche colme di innovazioni jugaad e ricche di imprenditorialità alternativa, ma hanno una pecca fatale: nessuna norma antincendio. Gli slum sono affascinanti da un punto di vista progettuale fino a quando non prendono fuoco oppure vengono inondati. In un mondo di condizioni meteo più estreme, i disastri raderanno al suolo le favelas prima ancora che il loro stile di vita a basse emissioni incentrato sul riciclaggio possa salvare il clima.

Invece mi piace l'idea di focalizzarsi su progetti infrastrutturali di vasta scala che a lungo termine rappresenteranno un valore aggiunto per le comunità. Banche dei semi; fattorie in permacultura ad alta densità, progettate per ridurre le emissioni; ingenti sistemi di desalinizzazione a bassa manutenzione; ascensori spaziali. Questi stessi progetti potrebbero diventare i princìpi organizzativi su cui porre le basi per il costituirsi di comunità solarpunk eccezionali.

Forse non dovranno neanche essere infrastrutture in senso tradizionale e utilitaristico, ma sforzi per creare opere umane durature che possano rappresentare le chiavi di volta della continuità culturale nei secoli a venire; opere che, credo, il capitalismo si è dimostrato pressoché incapace di costruire, o in certi casi anche mantenere. Pensate all'orologio dei diecimila anni della Long Now Foundation, oppure alle grotte buie e profonde dove si cerca di individuare il bagliore dei neutrini nell'oscurità assoluta. Forse non hanno nessuna funzione, eccetto la bellezza. Immaginate una comunità che impegni le proprie discendenze nella creazione e nella conservazione di una gigantesca opera d'arte: una montagna scavata come uno strumento a fiato; una foresta pluviale che registra il complesso della storia umana in incisioni sul legno lungo i suoi sentieri; un cerchio nel grano così grande che lo si potrà vedere dallo spazio.

Il problema d'investire in progetti a lungo termine è che sono particolarmente suscettibili alla devastazione ambientale. Se in California la pioggia non tornerà più, la gente sarà costretta ad andarsene abbandonando ogni sorta d'infrastruttura sostenibile. Voglio credere che riusciremo a fare scommesse sensate su progetti validi, ma sono preoccupato che i decenni a venire vedranno milioni di sfollati a causa del clima o dei conflitti. Tali sconvolgimenti potrebbero disperdere le risorse e la forza di volontà necessarie per investimenti megastrutturali.

Sebbene non vogliamo un futuro dove la modalità di civiltà predefinita sia il campo profughi – la mortalità in posti del genere è troppo alta – potrebbe essere questo il ventunesimo secolo che ci ritroveremo, e dovremmo prepararci subito per riuscire a farcela in una realtà del genere. Se vorremo creare città o società solarpunk da zero, i campi profughi potrebbero benissimo essere le fondamenta su cui costruire. Ciò presenta alcune sfide progettuali interessanti, così come altrettante opportunità.

Primo, per quanto molti di questi campi sopravvivano per anni, vengono spesso percepiti come temporanei. Questo si spiega in parte perché le strutture a rapida installazione sono fragili contro le tempeste e altre minacce ambientali, e in parte perché gli insediamenti dei migranti si trovano sempre in situazioni precarie dal punto di vista politico. Vedo grandi potenzialità nel progettare soluzioni modulari e facili da allestire così come da trasportare. Le tettoie abitative sono una bella cosa, ma se ci concentrassimo sui giardini portatili da caricare sui furgoni? Le vetrate a pannelli solari sono meravigliose, ma non trarremmo più vantaggio dai tendoni fotovoltaici?

Tanto importanti quanto i materiali e la tecnologia, i campi profughi avranno bisogno di politiche consapevoli e ottimistiche. Gli occupanti di questi luoghi potranno essere sconosciuti gli uni agli altri, buttati insieme senza chiare linee gerarchiche o strutture organizzative. Questo li rende terreno fertile per iniziative comunitarie radicali, orizzontali e intenzionali. Il solarpunk potrebbe essere tale principio organizzativo, e in tal modo trasformare quella che sarebbe stata una diaspora di conflitti in una rete di pace e progresso.

Questa, credo, è la differenza più grande che il solarpunk possa fare, perché il pericolo reale del nostro attuale percorso non proviene dall'innalzamento dei mari o dallo sfruttamento economico, ma dalla violenza e dal caos, da nazioni che litigano per la scarsità di risorse, dal frammentarsi di paesi e comunità, dalla xenofobia che degenera in pulizie etniche. Che riusciamo o meno a ricoprire ogni tetto di pannelli solari o a riempire ogni grattacielo di fattorie verticali, dovremmo sempre avere gli occhi puntati sul più vitale obiettivo della pace.

A prescindere dai successi che il solarpunk potrà ottenere nel costruire megastrutture o nell'organizzare i migranti climatici, i solarpunk di oggi possono cominciare, come molti di voi stanno facendo, a connettersi gli uni con gli altri per iniziare la battaglia per il mondo fiducioso, verdeggiante e a energia solare che prefiguriamo. Considero il solarpunk come i semi di un movimento open source, forma primordiale di una società globale interconnessa.

Ciò significa che chiunque può partecipare rivendicando la propria appartenenza, chiunque può contribuire offrendo qualcosa di suo. Le barriere d'ingresso sono basse o inesistenti, perché tali movimTenti si basano su princìpi dibattuti piuttosto che sull'acquisizione di determinati benefici per i partecipanti. I leader, dove esistono, sono portavoce e addetti alle pubbliche relazioni, non gerarchi o dittatori. Il collettivo hacker di Anonymous è forse l'esempio migliore: il loro stesso nome è pensato per consentire a chiunque di portare in alto la loro bandiera. Quasi tutti i movimenti popolari di maggior successo e più influenti del ventunesimo secolo sono così, da Piazza Tahrir a Occupy, dall'ISIS a #BlackLivesMatter.

Vorrei concludere suggerendo alcuni princìpi di composizione e norme d'azione per il movimento solarpunk. Molti di questi li vedo già fiorenti! È l'atto di accoglierli collettivamente che farebbe di noi un movimento.

Il primo è una tautologia: il prodotto della comunità è il movimento, e il prodotto del movimento è la comunità. Le aree di interesse del solarpunk sono tali che un cambiamento significativo può venire solo da connessioni interpersonali abbastanza forti e profonde da permettere alle persone di costruire oggetti reali che rendano le loro vite migliori – non solo richiamare abbastanza gente da diventare popolari su Twitter. Per quanto le richieste politiche siano vitali, il vero intento del solarpunk è cambiare i modi in cui le persone organizzano se stesse, non come siamo organizzati dallo stato.

Secondo, senza escludere nessuno, allargate i confini di ciò che significa essere un movimento open source in linea con la norma *"teach one, try one"*[8]. Solo portando i progetti fuori dalle competenze individuali potremo evitare di essere incasellati. Dobbiamo essere sia inventivi sia pratici, estetici e politici, di progetto e d'azione.

---

8 "Una volta insegni, una volta provi". Rielaborazione della metodologia didattica, molto diffusa in Nord America, del *"See one, do one, teach one"* ("Una volta vedi, una volta fai, una volta insegni"). (N.d.T.)

Tante cose possono cambiare molto in fretta quando gli artisti diventano attivisti e gli attivisti diventano pianificatori. Incoraggiate i solarpunk a una partecipazione diversificata, contribuendo a ciò che sanno fare e imparando quello che non conoscono. Inoltre ciò impedirà alla gente di immergersi in qualche idea, e poi sparire senza aggiungere la propria voce. O peggio, buttare dentro i loro suggerimenti mentre sfilano via, senza fermarsi ad ascoltare gli altri. Pensatela come l'equivalente solarpunk di "se questa è la vostra prima sera al Fight Club, dovete combattere".

Ho visto molte persone descrivere il solarpunk come ottimistico. Il mio ultimo suggerimento è questo: non siate ottimisti, siate speranzosi. Come ha spiegato Václav Havel: "La speranza non è affatto la stessa cosa dell'ottimismo. Non è la convinzione che qualcosa finirà bene, ma la certezza che qualcosa abbia senso, indipendentemente da come finirà.[9]" Havel, un artista diventato attivista e poi statista, che ha guidato la sua nazione fuori da un periodo di crisi, personifica per molti versi il potere trasformativo delle idee e dell'estetica – e dunque il potenziale di un movimento come il solarpunk di fare del bene reale nel mondo.

Questo è stato un lungo saggio e ha analizzato molte situazioni e possibilità preoccupanti. Ho scritto queste cose perché ritengo che per ogni contributo logico di riflessione politica sia importante mettere a confronto ciò che vuole con ciò che oppone: a favore della trasparenza e della privacy, contro la sorveglianza e l'inganno; a favore della conservazione e dell'abbondanza, contro l'accumulazione e gli abusi; a favore dei vicinati e dei collettivi, contro le bande e la polizia.

Ho scritto queste pagine anche perché credo che l'enormità dei nostri problemi non ci debba paralizzare. Tutto il contrario: vedere il mondo così com'è, è vitale per chi voglia provare a capire come potrà essere. Adesso è il momento di sentirsi galvanizzati, di sapere che siamo sulla strada giusta

---

9 Václav Havel, Disturbing the Peace, Vintage Books, 1991

e di fare dell'agire secondo queste idee una parte reale delle nostre vite.

Mentre scrivo queste righe la California è consumata dai roghi. Un vento aspro investe il mondo intero, caldo e secco. Ma soffia alle nostre spalle e, se lo lasceremo fare, quel vento gonfierà le nostre vele.

EMPATIA BIZANTINA

di Ken Liu

Traduzione di Stefano Ternavasio

Ken Liu è un autore americano di narrativa di speculazione. Vincitore dei premi Nebula, Hugo e World Fantasy ha scritto The Dandelion Dynasty, *un'epopea fantasy di genere silkpunk nonché* The Paper Menagerie and Other Storie *e* The Hidden Girl and Other Stories. *Inoltre ha pubblicato anche un romanzo ambientato nell'universo di Guerre Stellari,* The Legends of Luke Skywalker. *In italiano è stato tradotto da Future Fiction nell'antologia* Le onde. *Prima di diventare uno scrittore a tempo pieno, Ken Liu ha lavorato come ingegnere informatico, avvocato aziendale e consulente legale. Spesso interviene in convention e conferenze all'università su vari temi tra cui futurismo, criptovaluta, storia della tecnologia, matematica degli origami e altri argomenti di sua competenza.*

Stai camminando in fretta su un sentiero fangoso, parte di una calca che sgomita e spinge. La confusione intorno a te ti costringe a scattare per tenere il passo. Mentre i tuoi occhi si abituano alla luce fioca dell'aurora, vedi che tutti sono appesantiti dai loro averi: un neonato avvolto saldamente al petto della madre; un lenzuolo arrotolato e gonfio di vestiti come un pallone sulla schiena di un uomo di mezza età; un lavandino colmo di litchi e di frutti dell'albero del pane cullato tra le braccia di una bambina di otto anni; un enorme smartphone Xiaomi riconvertito a torcia da una vecchia in pantaloni della tuta e camicetta spiegazzata; una valigia di Topolino con una ruota mancante trascinata nel fango da una ragazza in una t-shirt con la scritta ricamata in inglese "Happy Girl Lucky"; una federa riempita di libri o forse mazzi di banconote penzolanti dalle mani di un vecchio con un cappellino da baseball che pubblicizza sigarette cinesi...

Nella ressa sembrano quasi tutti più alti di te, e questo ti fa capire che sei una bambina. Abbassi lo sguardo e vedi ai tuoi piedi ciabatte di plastica gialle decorate con i ritratti di Belle, la principessa Disney. Il fango denso minaccia a ogni passo di strappartele dai piedi, e ti chiedi se forse per te abbiano un significato – casa, sicurezza, una vita di fantasie sicure – per cui non le vuoi abbandonare.

Nella mano destra stai tenendo una bambola di pezza dal vestitino rosso, con un ricamo a lettere oblique in caratteri che non riconosci. Stringi la bambola, e la sensazione ti comunica che è imbottita di qualcosa di frusciante, forse dei semi. La tua mano sinistra è tenuta da una donna con una bimba in spalla e un fascio di lenzuola nell'altra mano. La tua sorellina, pensi, troppo piccola per avere paura. Ti guarda con degli adorabili occhi scuri e tu le sorridi per confortarla. Stringi la mano di tua madre e lei risponde con una stretta rassicurante e calda.

Su entrambi i lati del sentiero vedi tende sparse, alcune arancioni e altre blu, estendersi lungo i campi fino al limitare della giungla, mezzo chilometro più in là. Non sapresti dire se una delle tende sia stata la tua casa o se sei solo di passaggio.

Non c'è musica di sottofondo, né versi di uccelli esotici del Sud-Est asiatico. Al loro posto ti riempiono le orecchie chiacchiere ansiose e urla. Non capisci la lingua o il topoletto, ma la tensione delle voci ti dice che sono grida per incoraggiare i familiari a tenere il passo, gli amici a fare attenzione e i parenti anziani a non inciampare.

Un forte sibilo fende l'aria, e il campo davanti a te e alla tua sinistra esplode in una conflagrazione di fiamme più brillante del sole. La terra si contorce; tu ruzzoli nel fango melmoso.

Altri sibili risuonano in cielo, e altre granate scoppiano intorno a te, facendoti tremare le ossa. Ti fischiano le orecchie. Tua madre striscia verso di te e ti ripara con il suo corpo. Una oscurità pietosa nasconde il caos. Grida strazianti di pena. Urla terrorizzate. Qualche sconnesso lamento di dolore.

Provi a metterti a sedere, ma il corpo immobile di tua madre ti blocca a terra. Lotti per liberarti dal suo peso e riesci a tirarti fuori da sotto di lei.

La nuca di tua madre è una pozza di sangue. La tua sorellina sta piangendo, a terra accanto al suo corpo. Intorno a te la gente corre in ogni direzione; alcuni cercano ancora di tenersi stretti i loro averi, ma fasci e valigie giacciono abbandonati sul sentiero e nei campi, accanto a corpi immobili. In direzione del campo si sente il boato dei motori e tra l'ondeggiare della ricca vegetazione vedi una colonna di soldati in tuta mimetica venire verso di te, pronti a fare fuoco.

Una donna indica i soldati e urla. Alcuni tra gli uomini e le donne smettono di correre e alzano le mani in aria. Risuona uno sparo, un secondo gli fa eco.

Come foglie soffiate via da una raffica di vento, la folla si disperde. Il fango ti schizza sulla faccia mentre i piedi degli uomini in marcia ti sfilano accanto.

La tua sorellina strilla più forte. Tu gridi: "Smettila! Smettila!" nella tua lingua. Cerchi di strisciare da lei, ma qualcuno ti inciampa addosso e ti scaraventa a terra. Cerchi di ripararti la testa con le braccia per non farti calpestare e ti rannicchi a palla. Qualcuno ti supera con un salto; altri ci provano senza riuscirci, atterrano sopra di te e ti scalciano con violenza nella fretta di rialzarsi.

Altri spari. Sbirci tra le dita. Alcune figure crollano a terra. C'è poco spazio di manovra tra la folla impazzita, e le persone cadono in massa non appena qualcuno finisce giù. Tutti si spingono e si strattonano per mettere qualcuno, chiunque, tra sé e i proiettili.

Un piede in una scarpa da ginnastica sporca di fango calpesta la figura in fasce della tua sorellina, e tu senti uno schiocco raggelante mentre le sue grida si zittiscono di colpo. Il proprietario della scarpa ha un attimo di esitazione prima che l'impeto della folla lo spinga avanti, fino a farlo sparire dalla tua vista.

Gridi, e qualcosa ti picchia forte in pancia, mozzandoti il respiro.

Tang Jianwen si strappò le cuffie dalle orecchie, boccheggiando. Mentre si slacciava la tuta immersiva le mani le tremavano, e prima che perdessero le forze riuscì a sfilarsela a metà. Mentre si rannicchiava sul tappeto omnidirezionale, i lividi sul suo corpo madido di sudore luccicavano di un rosso scuro al biancore fioco dello schermo del computer, l'unica luce accesa nel monolocale buio. Ebbe diversi conati di vomito prima di scoppiare in singhiozzi.

Pure con gli occhi chiusi, riusciva ancora a vedere le espressioni feroci sui volti dei soldati, la poltiglia sanguinolenta che era stata la testa di sua madre, il corpicino spezzato della piccola, ormai senza vita. Aveva disabilitato le misure di sicurezza della tuta immersiva e rimosso i filtri di ampiezza dai circuiti algici. Non sembrava giusto sperimentare l'inferno dei profughi del Muertien con i filtri per il dolore attivi.

Una piattaforma VR era la macchina per l'empatia definitiva. Come avrebbe potuto dire di aver indossato davvero i loro panni se non avesse sofferto quanto loro?

Le luci al neon della notte caotica di Shanghai filtravano tra gli squarci delle tende, disegnando arcobaleni rozzi e imperfetti sul soffitto. Là, ricchezza virtuale e avidità reale si confondevano, un mondo indifferente alle morti e al dolore nelle giungle del Sud-Est asiatico.

Era contenta di non essersi potuta permettere l'integrazione olfattiva. L'odore di rame del sangue, misto all'effluvio della polvere da sparo, l'avrebbe sopraffatta prima della fine. Gli odori scavavano nelle profondità più remote del cervello e risvegliavano le emozioni più crude, come la lama di una zappa che spezzi le zolle anestetizzate della modernità portando alla luce la carne rosa e contorta di vermi feriti.

Alla fine si alzò, si sfilò il resto della tuta e barcollò fino in bagno. Sobbalzò al sentire l'acqua gorgogliare nelle tubature, il rumore dei motori che venivano incontro dalla giungla. Sotto il getto caldo della doccia, rabbrividì.

"Bisogna fare qualcosa," mormorò. "Non possiamo lasciare che succeda. *Io* non posso."

Ma cosa poteva fare? La guerra tra il governo centrale del Myanmar e i ribelli delle minoranze etniche vicino al confine con la Cina riceveva ben poche attenzioni dal resto del mondo. Gli Stati Uniti, il poliziotto globale, restavano zitti perché volevano un fido governo filoamericano a Naypyidaw come pedina da opporre alla crescente influenza cinese nella regione. La Cina, d'altro canto, voleva attirare il governo di Naypyidaw dalla propria parte con attività commerciali e investimenti e, in questo Grande Gioco, dare importanza al massacro di civili di etnia cinese Han a opera di soldati birmani non era di nessun aiuto. Perfino le notizie di quello che stava succedendo nel Muertien venivano censurate da un governo cinese in preda al terrore che la compassione per i profughi potesse sfociare in un nazionalismo incontrollabile. I campi profughi da entrambi i lati del confine erano tenuti nascosti, come un segreto imbarazzante. Le testimonianze oculari, i video e questo file VR dovevano essere trafugati attraverso minuscole falle crittografiche spinte a forza nel Grande Firewall. In Occidente, d'altra parte, l'apatia popolare era ben più efficiente di qualsiasi censura ufficiale.

Non poteva organizzare marce o raccogliere firme per una petizione; non poteva avviare o partecipare a una no profit impegnata nella salvaguardia dei profughi – non che la gente in Cina si fidasse degli enti benefici, che erano tutte truffe; non poteva chiedere a tutti quelli che conosceva di chiamare i loro rappresentanti e dirgli di fare qualcosa per il Muertien. Avendo studiato all'estero negli Stati Uniti, Jianwen non era così ingenua da pensare che queste strade aperte ai cittadini di una democrazia fossero poi così efficaci: spesso si trattava di gesti puramente simbolici che non facevano niente per mutare le coscienze o le azioni delle persone che determinavano davvero le politiche estere. Ma almeno queste azioni le avrebbero fatto *sentire* che stava facendo la differenza.

E *sentire* non era il senso ultimo dell'essere umani?

I vecchi a Pechino, terrorizzati da qualsiasi sfida alla loro autorità e dalla prospettiva di instabilità, avevano reso tutte queste cose impossibili. Essere cittadino cinese significava scontrarsi in ogni momento con la cruda realtà della totale impotenza dell'individuo residente in uno stato moderno, centralizzato, tecnocratico.

L'acqua bollente cominciava a irritarla. Si strofinò con forza, come se fosse possibile liberarsi dei ricordi angoscianti di persone che muoiono grattando via sudore e cellule della pelle, come se fosse possibile ottenere l'assoluzione dalle colpe con del sapone al profumo di cocomero.

Uscì dalla doccia ancora stordita, ustionata, ma quantomeno operativa. L'aria filtrata dell'appartamento odorava leggermente di colla calda, risultato di troppi apparecchi elettronici stipati in così poco spazio. Si strinse in un asciugamano, strisciò i piedi fino alla sua stanza e si sedette di fronte allo schermo del computer. Batté sui tasti, cercando di distrarsi con gli aggiornamenti sui suoi progressi di estrazione. Lo schermo era enorme e la risoluzione all'avanguardia, ma di per sé, era soltanto uno stupido apparecchio insignificante, soltanto l'angolo visibile del potente iceberg di computazione di cui lei aveva il controllo.

La schiera di ASIC personalizzati sul rack che mormorava lungo il muro era dedicata a una cosa sola: risolvere problemi crittografici. Lei e altri estrattori in giro per il mondo usavano la loro attrezzatura specifica per scoprire le pepite fatte di numeri speciali che assicuravano l'integrità di svariate criptovalute. Anche se aveva un'occupazione come programmatrice di servizi finanziari, era questo lavoro a farla sentire davvero viva.

Le dava la sensazione di possedere un po' di potere, far parte di una comunità globale in rivolta contro l'autorità in tutte le sue forme: governi autoritari, statalismo di masse democratiche, banche centrali che per decreto manipolavano inflazione e valori. Era il massimo che poteva fare per sentirsi più simile all'attivista che aspirava a essere davvero. Qui importava solo la matematica, e la logica della teoria dei numeri e della programmazione elegante davano forma a un codice di fiducia inattaccabile.

Modificò il suo gruppo di estrazione, entrò in un nuovo pool, diede un'occhiata a qualche canale di appassionati con le stesse idee che chattavano di futuro, e si sentì più calma mentre leggeva il testo scorrevole senza prendere parte in prima persona alla conversazione.

N❤T>: Ho appena messo a punto il mio Huawei GWX. Qualcuno mi consiglia una buona VR da provarci insieme?

秋叶1001>: Room-scale o da appartamento intero?

N❤T>: Appartamento. Per me voglio solo il meglio.

秋叶1001>: Wow! Devi aver fatto grosse estrazioni quest'anno. Ti direi di provare la "Titanic".

N❤T>: Di Tencent?

秋叶1001>: No! Quella di SLG è molto meglio. Dovrai connettere la tua piattaforma di estrazione per gestire il carico grafico se hai un appartamento grande.

Anon🐾>: Ah, gameplay potenziato o protocollo proof of work. Qual è la cosa più importante?

Come molti altri, Jianwen si era gettata a capofitto nella frenesia consumistica da VR. La risoluzione dei dispositivi era finalmente abbastanza alta da non dare più capogiri, e anche uno smartphone possedeva una potenza di calcolo sufficiente ad azionare un visore di modello base – anche se non del genere ch garantiva l'immersione totale.

Aveva scalato l'Everest; aveva fatto *base jumping* dal tetto della Burj Khalifa; era "uscita" in locali VR con i suoi amici da ogni parte del mondo, ciascuno rintanato nel rispettivo appartamento a bere shot reali di *erguotou* o vodka; aveva baciato i suoi attori preferiti e dormito con alcuni che le piacevano *davvero*; aveva visto film VR (proprio come li si immagina e non un granché); aveva partecipato a LARP in VR; aveva svolazzato per la stanza sotto forma di una piccolissima mosca mentre dodici donne arrabbiate immaginarie litigavano sul destino di una giovane altrettanto immaginaria, suggerendo velatamente la parola alle giurate posandosi sulle prove su cui voleva indirizzare la loro attenzione.

Ma tutte queste cose le avevano lasciato un senso d'insoddisfazione, vago e confuso. La realtà emergente della VR era come argilla informe, piena di potenziale e possibilità, alimentata da speranza e cupidigia, e prometteva tutto e niente, una soluzione tecnologica in cerca di un problema – ancora non era chiaro quale sorta di piaceri, narratologici o ludici, avrebbe prevalso alla fine.

Quest'ultima esperienza VR, una brevissima clip nella vita di una profuga senza nome del Muertien, tuttavia, era diversa.

Se non per un accidente di nascita, quella ragazzina avrei potuto essere io. Sua madre aveva anche gli occhi di mia madre.

Per la prima volta da anni, da quando il suo idealismo giovanile era stato soffocato dall'indifferenza del mondo dopo il college, si sentiva in dovere di *fare qualcosa*.

Fissò lo schermo. I saldi sfavillanti dei suoi conti in criptovaluta erano basati su un consenso di catene crittografiche, una fiducia forgiata da chi non ne aveva. In un mondo che l'avidità aveva schermato dal dolore, era possibile che una tale fiducia servisse anche da strumento per scavare un buco nella barriera, per lasciar scorrere la speranza? Davvero si poteva convertire il mondo in un villaggio virtuale dove l'empatia avrebbe unito gli uni agli altri?

Aprì una nuova finestra sullo schermo e si mise a digitare in maniera febbrile.

Odio D.C., decise Sophia Ellis guardando fuori dalla finestra.

Il traffico strisciava lungo le strade piovose, punteggiato da qualche sporadico clacson di un guidatore arrabbiato – una buona metafora per ciò che di questi tempi passava per normalità politica nella capitale. I monumenti distanti sul Mall, eterei nella pioggia leggera, sembravano farsi beffe di lei con la loro permanenza e trascendenza.

I membri del consiglio stavano chiacchierando tra loro, in attesa che iniziasse la riunione trimestrale. Lei prestava poca attenzione, con la testa altrove.

... sua figlia ... Congratulazioni!

... troppe start-up di blockhain...

... che toccherà Londra a settembre...

Sophia avrebbe preferito essere ancora al Dipartimento di Stato, dove si sentiva a casa, ma il disprezzo dell'attuale amministrazione verso la diplomazia tradizionale le aveva dato l'idea che forse avrebbe avuto prospettive migliori passando al settore no profit come amministratrice di alto profilo. Dopotutto non era un segreto che alcune grandi organizzazioni no profit statunitensi con uffici internazionali fungessero da leve informali della politica estera degli USA, ed essere direttore esecutivo di Profughi Senza Frontiere non era male come trampolino di lancio per tornare al potere quando sarebbe cambiata l'amministrazione. La chiave era fare del bene per i profughi, promuovere i valori americani e stabilizzare il mondo a dispetto dell'attuale amministrazione che sembrava più determinata che mai a dissipare il potere americano.

... ha visto un video sul cellulare e mi ha chiesto se stavamo facendo qualcosa... Muertien, può essere?

Si riscosse dalle sue fantasie. "Non è una cosa di cui ci dovremmo impicciare. È come la situazione nello Yemen."

Il membro del consiglio annuì e cambiò argomento.

La compagna di stanza di Sophia ai tempi del college, Jianwen, le aveva inviato una mail sul Muertien un paio di mesi prima. Lei le aveva risposto esprimendo il proprio rammarico con un messaggio gentile e premuroso. *Siamo un'organizzazione dalle risorse limitate. Non tutte le crisi umanitarie possono essere affrontate in modo adeguato. Mi dispiace.*

Era la verità. Più o meno.

Era anche l'opinione di chi sapeva come funzionavano le cose che interferire con quanto stava succedendo nel Muertien non avrebbe giovato agli interessi degli USA, né agli interessi di Profughi Senza Frontiere. Il desiderio di rendere il mondo un posto migliore, che era il motivo per cui fin dall'inizio si era dedicata al lavoro diplomatico e alle no profit, doveva essere temperato e guidato dal realismo. Malgrado le sue divergenze con l'attuale amministrazione – o forse proprio per quello – lei era convinta che preservare il potere americano fosse un obiettivo meritevole e importante. Attirare attenzione sulla crisi nel Muertien avrebbe messo in imbarazzo un nuovo alleato americano di importanza vitale, e ciò andava evitato. Un mondo così complicato richiedeva che gli interessi degli Stati Uniti (e dei loro alleati) fossero considerati prioritari a spese della sofferenza di qualcuno, così da poter proteggere un numero maggiore di indifesi. L'America non era perfetta, ma era anche, una volta soppesate tutte le alternative, l'autorità migliore che avevamo.

" ...il numero di micro donazioni da donatori sotto i trent'anni è crollato del 75 per cento nell'ultimo mese," disse uno dei membri del consiglio. Mentre Sophia era persa nelle sue elucubrazioni, la riunione era cominciata. A parlare era stato il marito di una importante parlamentare che interveniva da Londra tramite un robot di telepresenza. Sophia sospettava che fosse più innamorato della sua voce che di sua moglie. Lo schermo che troneggiava in cima al collo telescopico dava al suo volto un aspetto severo e imponente e le mani del robot gesticolavano per dare enfasi, presumibilmente a imitazione delle mani reali dell'uomo. "Mi state dicendo che non avete alcun piano per contrastare il declino nella partecipazione?"

È stato lo staff di tua moglie a dirti di sollevare la questione? pensò Sophia. Dubitava che avesse analizzato personalmente i resoconti finanziari con l'attenzione che ci voleva per notare una cosa del genere.

"Noi non facciamo affidamento su micro donazioni dirette da quella fascia demografica per il grosso dei nostri fondi..." iniziò a dire, ma fu interrotta da un altro membro del consiglio.

"Non è questo il punto. Si tratta di reputazione futura, di notorietà. Profughi Senza Frontiere sta scomparendo dalla conversazione sui social media senza grandi numeri di micro donazioni provenienti da quella fascia demografica così essenziale. Questo finirà per influenzare i grandi donatori."

A parlare era stata la CEO di un'azienda di dispositivi mobili. Sophia aveva dovuto dissuaderla più di una volta dall'esigere che le donazioni a Profughi Senza Frontiere fossero usate per comprare ai rifugiati in Europa i telefoni economici della sua azienda, il che avrebbe incrementato la sua quota di mercato dichiarata (e violato le norme sul conflitto di interessi).

"Di recente ci sono stati degli spostamenti inattesi nel panorama dei donatori che nessuno è ancora riuscito a comprendere..." disse Sophia, ma neanche stavolta riuscì a finire la frase.

"Sta parlando di Empathium, non è vero?" chiese il marito della parlamentare. "Allora, avete un piano?"

Senza dubbio una questione che ti ha suggerito lo staff di tua moglie. Gli europei le sembravano sempre più in ansia degli americani quando si trattava dei fanatici di criptovalute. *Ma proprio come in diplomazia, è meglio manovrare i fanatici piuttosto che affrontarli.*

"Cos'è Empathium?" chiese un altro membro del consiglio, un giudice federale in pensione ancora convinto che il fax fosse la più grande invenzione tecnologica di tutti i tempi.

"Sto parlando proprio di Empathium," disse Sophia, cercando di dare un tono conciliante alla sua voce. Poi si voltò verso la CEO informatica: "Le dispiacerebbe spiegare?"

Se Sophia avesse provato a descrivere Empathium, la CEO informatica l'avrebbe di certo interrotta. Non poteva sopportare che qualcun altro si dimostrasse più competente di lei in fatto di tecnologia. Tanto valeva cercare di preservare un minimo di decoro.

La CEO annuì. "È semplice. Empathium è un'altra nuova applicazione blockchain per la disintermediazione che fa largo uso di contratti smart, ma stavolta con la particolarità di ostacolare i compiti che gli enti benefici tradizionali sono pagati per svolgere sul mercato filantropico."

Sguardi vacui fissarono la CEO da ogni parte del tavolo. Alla fine il giudice si girò verso Sophia: "Perché non ci prova lei?"

Aveva ripreso in mano il controllo della riunione semplicemente lasciando strafare gli altri, una mossa classica in diplomazia. "Mi permetta di spiegarle un pezzo alla volta. Inizierò dai contratti smart. Mettiamo che io e lei firmiamo un contratto per cui se domani pioverà, le dovrò cinque dollari, mentre se non pioverà sarà lei a dovermene uno."

"Sembra una cattiva polizza assicurativa," disse il giudice in pensione.

"Non farebbe un grande affare a offrire una cosa del genere a Londra," disse il marito della parlamentare. Deboli risatine dai lati del tavolo.

"Con un contratto normale," proseguì imperturbabile Sophia, "anche se domani ci fosse un nubifragio, non è detto che lei riceverà i suoi soldi. Potrei tirarmi indietro e rifiutarmi di pagare, oppure discutere con lei su quale sia il significato di 'pioggia'. E lei mi dovrà portare in tribunale."

"Oh, non la vedrei bene a discutere del significato di pioggia nel *mio* tribunale."

"Sicuro, ma come il Signor Giudice sa bene, c'è gente che discute delle cose più assurde." Aveva imparato che la cosa migliore era permettere al giudice le sue digressioni, prima di ricondurlo sui binari. "E i processi sono costosi."

"Possiamo entrambi mettere i nostri soldi nelle mani di un amico fidato e lasciare che sia lui a decidere chi pagare dopodomani. Si chiama deposito in garanzia, lo conosce?"

"Certo. È un ottimo suggerimento," disse Sophia. "Tuttavia, per far questo è necessario trovare un accordo per nominare un terzo soggetto, di fiducia per entrambe le parti, a cui dovremo un compenso per il disturbo. Per farla breve: ci sono molti costi di transazione legati ai contratti tradizionali."

"E cosa succederebbe se avessimo un contratto smart?"

"I fondi verrebbero trasferiti a lei non appena si mettesse a piovere. Io non potrei fare niente per impedirlo perché l'intero meccanismo di attuazione è codificato nel software."

"Quindi sta dicendo che un contratto e un contratto smart sono essenzialmente la stessa cosa. Solo che uno è scritto in giuridichese e ha bisogno di persone che lo leggano e lo interpretino, mentre l'altro è scritto in codice informatico e ha solo bisogno di una macchina che lo esegua. Niente giudice, niente giuria, niente depositi, niente ripensamenti."

Sophia era colpita. Il giudice non era esperto di tecnologia, ma era sveglio. "Proprio così. Le macchine sono molto più trasparenti e prevedibili del sistema giudiziario, anche di un sistema giudiziario efficiente."

"Non sono sicuro che mi piaccia," disse il giudice.

"Ma capirà l'attrattiva di questo sistema, specie per chi non si fida di..."

"I contratti smart riducono i costi di transazione eliminando gli intermediari," disse la CEO informatica. "Avrebbe potuto limitarsi a dire così invece di fare questo esempio ridicolo e prolisso."

"Avrei potuto," riconobbe Sophia. Aveva anche imparato che dare l'impressione di essere d'accordo con la CEO informatica riduceva i costi di transazione.

"E quindi questo cosa c'entra con la beneficenza?" chiese il marito della parlamentare.

"Certe persone vedono gli enti benefici come intermediari superflui a caccia di rendite sulla fiducia," disse il la CEO informatica. "Non è ovvio?"

Di nuovo, sguardi vacui da ogni parte del tavolo.

"Alcuni patiti dei contratti smart possono essere un po' estremi," riconobbe Sophia. "Ai loro occhi, enti benefici come Profughi Senza Frontiere spendono gran parte dei nostri soldi per affittare uffici, pagare dipendenti, tenere costose raccolte fondi che servono ai ricchi per socializzare e divertirsi, e fanno un uso improprio delle donazioni per arricchire gli affiliati..."

"Che è una tesi assolutamente assurda sostenuta da idioti con tastiere chiassose e del tutto privi di buon senso..." disse la CEO informatica, avvampando di rabbia.

"O di qualsiasi senso politico," interruppe il marito della parlamentare, come se il suo matrimonio lo rendesse automaticamente un'autorità in fatto di politica. "Noi coordiniamo anche le operazioni di soccorso sul campo, forniamo competenze internazionali, aumentiamo la consapevolezza in Occidente, calmiamo i nervi ai funzionari locali e ci assicuriamo che i soldi finiscano a destinatari meritevoli."

"È questa la fiducia che mettiamo sul tavolo," disse Sophia. "Ma per la generazione WikiLeaks le pretese di autorità e di competenza sono automaticamente sospette. Ai loro occhi, anche il modo di usare i nostri fondi programmatici è inefficiente: come facciamo a sapere come spenderli meglio di chi ha realmente bisogno di aiuto? Come facciamo a negare ai profughi la possibilità di acquistare armi per difendersi? Come facciamo a decidere di collaborare con i funzionari corrotti del governo locale che si riempiono le tasche di donazioni e poi lasciano le briciole alle vittime? Meglio regalare direttamente i soldi ai bambini del quartiere che non si possono permettere la mensa. Gli arcinoti fallimenti delle operazioni di soccorso internazionali in posti come Haiti e l'ex Corea del Nord rafforzano le loro tesi."

"E qual è la loro alternativa?" chiese il giudice.

Jianwen guardò le notifiche scorrere in alto sullo schermo, ciascuna con l'annuncio della stipula di un contratto smart espresso in una criptovaluta totalmente autonoma. Molti affari venivano conclusi così di questi tempi, specie nei paesi in via di sviluppo, visto il gran numero di governi che cercavano di estendere il loro controllo dichiarando illegale la moneta contante. Aveva letto da qualche parte che ormai oltre il venti per cento delle transazioni finanziarie globali avveniva ormai tramite varie criptovalute. Ma le transazioni che stava guardando sullo schermo erano diverse: le offerte erano richieste d'aiuto o promesse di erogazione di fondi; non c'erano altre considerazioni se non la necessità di *fare qualcosa*. La rete blockchain di Empathium abbinava e raggruppava le offerte in contratti smart multilaterali e, quando le condizioni per l'esecuzione erano soddisfatte, li espletava.

Vide che c'erano richieste di libri per bambini; di verdure fresche; di attrezzi da giardinaggio; di contraccettivi; di un altro dottore che venisse ad aprire un ambulatorio per un lungo periodo – e non solo un volontario venuto a stare trenta giorni, che si paracadutava lì per poi volare via subito dopo, lasciando tutto incompiuto e mai completabile...

Pregò che le offerte fossero accolte, che fossero accettate dal sistema, anche se non credeva in Dio, in nessun dio. Sebbene avesse creato Empathium, non poteva influenzare le sue decisioni specifiche. Era quella la bellezza del sistema. Nessuno poteva controllarlo.

Quando studiava al college negli Stati Uniti, Jianwen era ritornata in Cina per l'estate nell'anno del grande terremoto del Sichuan per aiutare le vittime di quel disastro. Il governo cinese aveva impiegato una vasta porzione delle proprie risorse nelle operazioni di soccorso, mobilitando anche l'esercito. Alcuni soldati dell'EPL, della sua età o ancora più giovani, le avevano mostrato le orribili cicatrici sulle mani che si erano procurati scavando tra le macerie fangose degli edifici crollati alla ricerca di sopravvissuti e corpi.

"Mi sono dovuto fermare perché le mani mi facevano troppo male," le aveva detto uno dei ragazzi, con la voce piena di vergogna. "Mi hanno detto che se fossi andato avanti avrei perso le dita."

Non ci vedeva più dall'ira. *Perché il governo non poteva equipaggiare i soldati con pale o vere attrezzature di soccorso?* S'immaginò le mani insanguinate dei soldati, la carne delle dita scorticata dalle ossa, mentre continuavano a tirare su manciate di terra nella speranza di trovare qualcuno ancora in vita. *Non hai niente di cui vergognarti.*

In seguito aveva raccontato quelle esperienze alla sua compagna di stanza, Sophia. Lei aveva condiviso l'ira di Jianwen contro il governo cinese, ma la sua faccia non era cambiata per niente quando le aveva descritto il giovane soldato.

"Era solo un burattino in mano a un'autocrazia," aveva detto la compagna di stanza, come se non riuscisse affatto a immaginarsi le mani insanguinate.

Jianwen non era andata nella zona del disastro con una qualche organizzazione ufficiale; al contrario, era solo una delle migliaia di volontari che erano venuti nel Sichuan per conto loro, nella speranza di fare la differenza. Lei e gli altri volontari avevano portato cibo e vestiti, pensando che ci fosse bisogno di quello. Ma le madri le chiedevano libri illustrati o giochi per dare conforto ai loro bambini in lacrime; i contadini le chiedevano tra quanto tempo sarebbe stata ripristinata la rete mobile; i cittadini volevano sapere se potevano avere attrezzi e materiali per iniziare a ricostruire; una ragazzina che aveva perso l'intera famiglia voleva sapere come avrebbe fatto a finire le superiori. Non aveva nessuna delle informazioni e dei rifornimenti necessari, e a quanto pareva non li aveva nessun altro. Ai funzionari a capo delle operazioni di soccorso non piaceva avere tra i piedi volontari come lei perché non rispondevano ad alcuna autorità, e quindi li lasciavano all'oscuro di tutto.

"Questo ti fa capire perché servono le competenze," aveva detto Sophia, dopo. "Non si può andare lì come una massa priva di scopo e sperare di fare del bene. Al comando dei soccorsi nelle catastrofi c'è bisogno di gente che sappia quello che fa."

Jianwen non era sicura di essere d'accordo: da quello che aveva visto, ben poco testimoniava che anche un esperto avrebbe potuto prevedere tutto il necessario in una catastrofe.

Il testo scorreva ancora più in fretta in un'altra finestra sullo schermo che mostrava nuove offerte di contratto mentre venivano inviate: richieste di insegnanti di greco; di finanziamenti per costruire una nuova antenna telefonica; di medicinali; di persone che insegnassero ai profughi come muoversi nel sistema dei permessi di soggiorno e di lavoro; di armi; di camionisti disposti a recapitare ai compratori oggetti d'arte realizzati dai profughi...

Alcune di queste richieste erano relative a cose che nessuna ONG e nessun governo avrebbe mai fornito ai profughi. L'idea che qualche autorità potesse decidere cosa fosse e non fosse necessario a persone in lotta per la sopravvivenza rivoltava Jianwen.

Le persone in mezzo all'area del disastro sapevano meglio di tutti di cosa avevano bisogno. La cosa migliore era dar loro dei soldi così che potessero comprarsi il necessario: c'erano un sacco di venditori coraggiosi e avventurieri intraprendenti disposti a portare ai profughi qualunque bene o servizio richiesto, a patto di ricavarne un profitto. I soldi facevano girare il mondo, e non era una brutta cosa.

Senza criptovalute, niente di quello che Empathium aveva realizzato finora sarebbe stato possibile. Trasferire denaro oltre i confini nazionali era costoso e soggetto a una pesante sorveglianza governativa svolta da autorità diffidenti. Fare arrivare i soldi nelle mani degli individui bisognosi era di fatto impossibile senza l'aiuto di un qualche processo di pagamento centralizzato, che poteva essere facilmente cooptato da varie autorità. Ma con le criptovalute ed Empatium, uno smartphone era tutto ciò che serviva per far conoscere al mondo i propri bisogni e ricevere aiuto. Si poteva pagare chiunque in modo sicuro e anonimo. Si poteva fare gruppo con altre persone con le stesse necessità e presentare una domanda collettiva, oppure farlo per conto proprio. Nessuno poteva intromettersi e impedire l'esecuzione dei contratti smart.

Era emozionante vedere qualcosa che lei aveva costruito iniziare a funzionare secondo i suoi piani. Tuttavia, moltissime richieste d'aiuto su Empathium restavano inevase. C'erano troppi pochi soldi, troppi pochi donatori.

"...quindi per farla breve le cose stanno così," disse Sophia. "Le donazioni a Profughi Senza Frontiere sono crollate perché molti giovani donatori fanno offerte sulla rete di Empathium invece che a noi."

"Aspetti, non ha appena detto che su questa rete si fanno donazioni in 'criptovaluta'?" chiese il giudice. "Cos'è, tipo denaro falso?"

"Be', non *falso*. Solo non sono dollari o yen… Anche se le criptovalute possono essere convertite in moneta legale a prezzo di cambio. È un gettone elettronico. Lo veda come…" Sophia si sforzò di pensare a un esempio obsoleto che il vecchio giudice potesse afferrare, poi ebbe l'ispirazione. "…come un mp3 sul suo iPod. Cambia solo che lo può usare per fare dei pagamenti."

"Perché non posso mandarne una copia a qualcuno per pagare qualcosa ma tenerne un'altra copia per me, come facevano i ragazzini con le canzoni?"

"C'è un registro elettronico che memorizza a chi appartiene quale canzone."

"Ma chi tiene questo registro? Cosa impedisce agli hacker di violarlo e riscriverlo? Ha detto che non c'è nessuna autorità centrale."

"Il registro, chiamato blockchain, è distribuito sui computer di tutto il mondo," disse la CEO informatica. "Si basa su princìpi crittografici che risolvono il problema dei *generali bizantini*. Le blockchain alimentano sia le criptovalute sia Empathium. Gli utenti delle blockchain si fidano dei numeri; non gli serve fidarsi delle persone."

"Il… che cosa?" chiese il giudice. "Bizantini?"

Sophia sospirò tra sé. Non si aspettava di scendere a questo livello di dettaglio. Non aveva neanche finito di spiegare le basi di Empathium, e chissà quanto tempo ancora ci sarebbe voluto affinché la discussione portasse a un accordo su che cosa Profughi Senza Frontiere avrebbe dovuto fare. Proprio come la criptovaluta mirava a sottrarre il controllo delle riserve monetarie dal volere dei governi, così Empathium mirava a sottrarre il controllo delle riserve globali di compassione dalle competenze degli enti benefici.

Empathium era un'impresa idealistica, ma era alimentata da onde emotive, non da competenze o logica. Rendeva il mondo un luogo più imprevedibile per l'America, e quindi più pericoloso. Lei non lavorava più al Dipartimento di Stato, ma aspirava ancora a rendere il mondo più ordinato, tramite decisioni guidate da analisi razionali e valutazioni dei pro e dei contro.

Già era difficile far capire lo stesso problema a una sala piena di personaggi tronfi, tanto più mettersi d'accordo su una soluzione. Desiderò di avere la stoffa di quei leader carismatici che riuscivano a convincere chiunque ad abbracciare una decisione senza nemmeno capirla.

"A volte penso che tutto quello che vuoi è che gli altri siano d'accordo con te," le aveva detto una volta Jianwen, dopo un litigio molto acceso.

"Che male c'è?" le aveva chiesto. "Non è colpa mia se ho ragionato sui problemi più di loro. Io vedo il quadro d'insieme."

"Tu in realtà non vuoi essere la più ragionevole," aveva detto Jianwen. "Tu vuoi essere quella che ha sempre ragione. Vuoi fare l'oracolo."

Era stato un insulto. A volte Jianwen era così cocciuta.

Aspetta un attimo, Sophia si aggrappò al pensiero dell'oracolo. *Forse ci siamo. Ecco come possiamo mettere Empathium al nostro servizio.*

"Il problema dei generali bizantini è una metafora," disse Sophia. Cercò di non far trasparire dalla voce il neonato entusiasmo. Era contenta che il suo bisogno un po' maniacale di capire i dettagli – così come il desiderio di restare un passo avanti alla CEO informatica, a dirla tutta – l'avesse spinta a informarsi su questo argomento. "S'immagini un gruppo di generali, ciascuno al comando di una divisione dell'esercito bizantino, che stanno mettendo una città sotto assedio. Se tutti i generali riescono a coordinarsi per portare l'attacco, allora la città cadrà. E se tutti i generali concordano sulla ritirata, tutti saranno al sicuro. Ma se solo alcuni del generali attaccano mentre altri battono in ritirata, il risultato sarà un disastro."

"Devono raggiungere un consenso su cosa fare," disse il giudice.

"Sì. I generali comunicano tramite messaggeri. Ma il problema è che i messaggeri che si mandano l'un l'altro non sono istantanei, e potrebbero esserci dei generali traditori che inviano falsi messaggi sul consenso emergente mentre si sta negoziando, così da generare confusione e inficiare il risultato."

"Questo consenso emergente, come lo chiama lei, equivale al registro, non è vero?" chiese il giudice. "È la memoria del voto di ciascun generale."

"Esatto! Quindi, semplificando un po', la blockchain risolve questo problema usando la crittografia – problemi di teoria dei numeri molto difficili da risolvere – sulla catena di messaggi che rappresenta il consenso emergente. Con la crittografia, sarà facile per ciascun generale verificare che una catena di messaggi che rappresenta la situazione del voto non è stata manipolata, ma ci vorrà uno sforzo per aggiungere in via crittografica un nuovo voto alla catena. Per poter ingannare gli altri generali, un traditore dovrebbe non solo contraffare il proprio voto, ma anche il riassunto crittografico di ogni altro voto che venga prima del suo nella catena montante. Ogni volta che la catena si allunga, diventa sempre più difficile farlo."

"Non sono sicuro di avere seguito tutto," mormorò il giudice.

"Il succo è che la blockchain sfrutta la difficoltà nell'aggiunta crittografica di un blocco di transazioni alla catena – ciò che si definisce protocollo proof-of-work – per garantire che, a patto che la maggioranza dei computer nel network non siano traditori, si avrà un registro distribuito di cui ci si possa fidare più che di qualsiasi autorità centrale."

"E questo sarebbe... fidarsi dei numeri?"

"Sì. Un registro distribuito e incorruttibile non soltanto offre la possibilità di avere una criptovaluta, è anche un metodo per avere una piattaforma di voto sicura, senza gestione centralizzata, e un modo di assicurarsi che i contratti smart non possano essere alterati."

"È molto interessante, ma cosa c'entra con Empathium o Profughi Senza Frontiere?" chiese impaziente il marito della parlamentare.

Jianwen si era impegnata molto per rendere fruibile l'interfaccia di Empathium. Non era una cosa che importasse a molti nella comunità delle blockchain. Anzi, molte applicazioni blockchain sembravano progettate apposta per essere difficili da usare, come se il requisito di una conoscenza tecnologica approfondita fosse il modo per separare chi era davvero libero dal resto del gregge.

Jianwen disprezzava l'elitarismo in tutte le sue forme – era ben conscia dell'ironia che una tale idea provenisse da una tecnologa di servizi finanziari come lei, uscita dalla Ivy League e con una stanza piena di macchinari VR top di gamma. Era stato un gruppo di élite a decidere che la democrazia non era "giusta" per il suo paese, e un altro gruppo di élite aveva deciso che loro sapevano meglio di tutti chi meritava compassione e chi no. Le élite non si fidavano dei *sentimenti*, non si fidavano di ciò che rendeva le persone umane.

Lo scopo di Empathium era proprio quello di aiutare le persone a cui non importava nulla delle complessità del problema dei generali bizantini o delle implicazioni delle dimensioni dei blocchi in tema di sicurezza delle blockchain. Doveva essere utilizzabile anche da un bambino. Le tornarono in mente la frustrazione e lo scoramento delle persone nel Sichuan, che non volevano altro che semplici attrezzi per aiutarsi da soli. Empathium doveva essere il più semplice possibile da usare, sia per chi voleva offrire aiuto sia per chi ne aveva bisogno.

Stava creando un'applicazione per quelli che non ne potevano più di sentirsi spiegare di che cosa dovevano interessarsi e in che modo, non per quelli che davano le spiegazioni.

"Cosa ti fa pensare di sapere la risposta giusta per tutto?" Jianwen aveva chiesto una volta a Sophia, al tempo in cui potevano ancora parlare di qualsiasi cosa e le discussioni tra loro erano faccende pacate, condotte per piacere intellettuale. "Non ti viene mai il dubbio che potresti sbagliarti?"

"Se qualcuno evidenzia una falla nel mio ragionamento, sì," aveva detto Sophia. "Sono sempre pronta a essere persuasa."

"Ma non *senti* mai che potresti sbagliarti?"

"Lasciare che i sentimenti guidino il pensiero è proprio il motivo per cui così tante persone non arrivano mai alle risposte giuste."

Il lavoro che stava facendo era, razionalmente, senza speranza. Aveva impiegato tutti i giorni di malattia e di ferie per scrivere Empathium. Aveva pubblicato un articolo dove spiegava i fondamenti tecnici fin nei minimi particolari. Aveva arruolato altre persone per testare il codice. Ma come poteva aspettarsi di cambiare davvero il mondo consolidato delle grosse ONG e dei think tank delle politiche estere attraverso un oscuro network di criptovalute che non contava niente?

Era un lavoro giusto, lo sentiva. E questo valeva più di qualsiasi argomentazione che potesse trovare per sminuirlo.

"Ma continuo a non capire come vengano esaudite queste 'condizioni per l'esecuzione'!" disse il giudice. "Non vedo come faccia Empathium a decidere che una richiesta d'aiuto sia meritevole di finanziamento e a stanziare i soldi voluti. È impensabile che chi mette i fondi debba passare al vaglio personalmente migliaia di richieste e decidere quali finanziare."

"C'è un aspetto dei contratti smart che non ho ancora spiegato," disse Sophia. "Perché i contratti smart funzionino, c'è bisogno di un modo di importare la realtà nel software. A volte, stabilire se le condizioni per l'esecuzione sono state esaudite non è facile come vedere se un certo giorno ha piovuto o no – anche se forse perfino quello è materia di dibattito in certi casi limite – e richiede invece una valutazione umana complessa: se un appaltatore ha installato le tubature in modo soddisfacente, se la veduta promessa è davvero panoramica, o se qualcuno merita di essere aiutato."

"Vuole dire che richiede un consenso."

"Esatto. Empathium risolve proprio questo problema rilasciando un certo numero di gettoni elettronici, chiamati Emp, ad alcuni membri del network. I titolari di questi Emp hanno poi il compito di valutare i progetti in cerca di finanziamento e votare sì o no durante una finestra temporale prestabilita. Solo i progetti che ricevono il numero di sì richiesto – il numero di voti che si possono esprimere è determinato dal proprio saldo in Emp – vengono finanziati dal gruppo dei donatori, e la soglia di sì necessaria aumenta in proporzione alla somma richiesta per il finanziamento. Per prevenire voti strategici, il conteggio dei voti viene svelato solo dopo la fine del periodo di valutazione."

"Ma come fanno i titolari degli Emp a decidere cosa votare?"

"Questo dipende da loro. Possono valutare i materiali forniti da chi ha fatto la richiesta: le loro narrazioni, foto, video, documentazioni, qualsiasi cosa. O possono andare in loco a investigare sui richiedenti. Possono usare ogni mezzo a loro disposizione entro il periodo di valutazione stabilito."

"Ottimo, così i soldi che dovevano andare ai disperati e ai bisognosi saranno assegnati da una cricca di gente che a malapena si prenderebbe il disturbo di rispondere a un sondaggio del servizio clienti tra una partita di videogiochi e l'altra," fece sarcastico il marito della parlamentare.

"È qui che la cosa si fa intelligente. I titolari di Emp sono incentivati con micro quantità di denaro che ricevono dal network in proporzione ai loro saldi in Emp. Terminato il periodo di valutazione di ciascun progetto, quelli che hanno votato per i "perdenti" saranno penalizzati con la sottrazione di parte dei loro Emp, che vengono ridistribuiti a chi ha puntato sui "vincitori". I saldi in Emp individuali sono come una sorta di gettone di reputazione, e, con il tempo, coloro i cui giudizi – o empatometri, da cui il nome del network – sono più in sintonia con la valutazione del consenso generale ricevono il maggior numero di Emp. Diventano gli oracoli infallibili che fanno girare il sistema."

"Che cosa impedisce..."

"Non è un sistema perfetto," disse Sophia. "Anche i creatori – non sappiamo davvero chi siano – lo riconoscono. Ma come molte cose sul web, funziona pure se non sembrerebbe in grado di farlo. Anche quando è stata lanciata Wikipedia nessuno pensava che avrebbe funzionato. Nei suoi due mesi di esistenza, Empathium si è dimostrato davvero efficiente e resistente agli attacchi, e sta certamente attirando molti giovani donatori disillusi dalla beneficenza tradizionale."

Il consiglio prese tempo per digerire questa notizia.

"Sembra che sarà dura competere per noi," disse il marito della parlamentare dopo un po'.

Sophia fece un respiro profondo. *Eccoci, questo è il momento di iniziare a creare consenso.* "Empathium è popolare, ma non è stato in grado di richiamare finanziamenti neanche lontanamente paragonabili a quelli degli enti benefici consolidati, soprattutto perché le donazioni a Empathium non sono, ovviamente, deducibili dalle tasse. Alcuni dei progetti più grandi del network, specie quelli relativi ai profughi, non sono stati finanziati. Se l'obiettivo è fare entrare Profughi Senza Frontiere nel confronto, dovremmo lanciare una grossa offerta di finanziamento."

"Ma credevo che non potessimo scegliere quali finanziare tra i progetti sui profughi del network," disse il marito della parlamentare. "Dipenderà da quello che decidono i titolari degli Emp."

"Ho una confessione da fare. Io stessa ho usato Empathium, e ho qualche Emp. Possiamo trasformare il mio conto personale nel conto aziendale e iniziare a valutare questi progetti. È possibile escludere alcune richieste fraudolente anche solo dalla documentazione, ma per sapere davvero chi sia meritevole di aiuto niente può sostituire la cara vecchia indagine in loco. Con la nostra esperienza sul campo e il nostro personale internazionale, sono certa che riusciremo a decidere quali progetti finanziare con più esattezza di chiunque altro e guadagneremo Emp alla svelta."

"Ma perché farlo se possiamo già allocare noi stessi i fondi direttamente ai progetti che vogliamo? Perché inserire l'intermediario di Empathium?" chiese la CEO informatica.

"È una questione di prestigio. Una volta ottenuti abbastanza Emp, trasformeremo Profughi Senza Frontiere nell'oracolo definitivo dell'empatia globale, l'arbitro dei meritevoli," disse Sophia. Fece un respiro profondo e sferrò il colpo di grazia. "La strada tracciata da Profughi Senza Frontiere sarà seguita da altri grandi enti benefici. Aggiungete tutti i fondi provenienti da posti come Cina e India – dove i donatori interessati alla filantropia hanno ben poche organizzazioni fidate sul territorio, ma sarebbero forse disposti a buttarsi su un'app di blockchain decentralizzata – e presto Empathium potrebbe diventare la piattaforma di finanziamenti benefici più grande al mondo in assoluto. Se accumuleremo la fetta più grossa di Emp, ci ritroveremo a tutti gli effetti nella posizione di controllare l'uso della maggior parte delle donazioni benefiche del pianeta."

I membri del consiglio rimasero immobili sulle sedie, sbalorditi. Anche le mani del robot di telepresenza non si muovevano più.

"Caspita... con questa mossa trasformerà una piattaforma progettata per disintermediarci in una scala per incoronarci," disse la CEO informatica, con reale ammirazione nella voce. "Questo sì che è jujitsu."

Sophia le fece un rapido sorriso prima di tornare a rivolgersi al tavolo. "Ora, ho la vostra approvazione?"

La linea rossa che rappresentava il totale dei fondi erogati a Empathium era schizzata dritta nella stratosfera. Jianwen sorrise di fronte allo schermo. Il suo bambino era cresciuto.

La decisione di Profughi Senza Frontiere di entrare nel network era stata imitata entro ventiquattr'ore da diversi altri importanti enti benefici internazionali. Empathium era ormai legittimato agli occhi del pubblico e c'era anche la possibilità, per i donatori facoltosi interessati alla deducibilità fiscale, di incanalare i fondi attraverso gli enti benefici tradizionali che prendevano parte al network. I progetti che ricevevano l'attenzione degli utenti di Empathium avrebbero senz'altro attirato grandi clamori mediatici, richiamando giornalisti e osservatori. Empathium avrebbe diretto non solo le donazioni benefiche, ma gli occhi del mondo.

Il canale a solo invito #empathium si stava riempiendo di dibattito.

NoFFIA>: È una trappola delle multinazionali della beneficenza. Vogliono buttarsi nel gioco dell'accumulo di Emp per costringere il network a finanziare i loro progetti favoriti.

N♥T>: Cosa ti fa pensare che possano farlo? Il sistema dell'oracolo premia soltanto i risultati. Se pensi che gli enti benefici tradizionali non sappiano quello che stanno facendo, non avranno metodi migliori degli altri per identificare i progetti validi e meritevoli. Il network li costringerà a finanziare i progetti che i titolari di Emp nell'insieme riterranno meritevoli.

Anon🐭>: Gli enti benefici tradizionali hanno accesso a canali di pubblicità negati ai più. Gli altri titolari di Emp sono solo persone. Verranno spazzati via.

N♥T>: Non tutti sono influenzati dai media tradizionali quanto credi tu, soprattutto se si esce dalla bolla in cui vivete voi statunitensi. Credo che ce la giocheremo ad armi pari.

Jianwen guardava il dibattito ma non partecipava. Come creatrice di Empathium, capiva che la reputazione invisibile legata al suo username voleva dire che ogni sua parola avrebbe potuto avere un'influenza spropositata fino a distorcere la discussione. Gli uomini funzionavano così, anche quando parlavano tramite testo scorrevole attribuito a identità elettroniche sotto pseudonimo.

Ma a lei non interessava il dibattito. Le interessava l'azione. La partecipazione degli enti benefici tradizionali a Empathium era quello che aveva desiderato e progettato fin dal principio, e adesso per lei era arrivato il momento di avviare la seconda fase.

Aprì una finestra e avviò un nuovo caricamento sul network di Empathium. Il file VR del Muertien in sé era troppo pesante per poterlo incorporare direttamente in un blocco, per cui era necessario distribuirlo tramite condivisione peer-to-peer. Ma la firma che autenticava il file e impediva manomissioni sarebbe diventata parte della blockchain e sarebbe stata distribuita a tutti gli utenti di Empathium e a tutti i titolari di Emp. Forse anche a quella testa dura di Sophia.

Il fatto che l'autore del caricamento fosse Jianwen (o, più precisamente, l'ID utente del creatore di Empathium, che nessuno sapeva fosse Jianwen nella vita reale) avrebbe garantito al file un'esplosione di interesse iniziale, ma tutto quello che sarebbe venuto dopo era fuori dal suo controllo. Non credeva alle cospirazioni. Confidava negli angeli della natura umana.

Schiacciò INVIA, si appoggiò allo schienale e aspettò.

Mentre la Jeep s'inoltrava nella giungla lungo la strada fangosa di montagna vicino al confine tra Cina e Myanmar, Sophia sonnecchiava.

Come siamo finiti qui?

La follia del mondo era al tempo stesso così imprevedibile e così inevitabile.

Come aveva previsto, l'esperienza sul campo di Profughi Senza Frontiere aveva in breve tempo reso l'account aziendale su Empathium uno dei più potenti titolari di Emp del network. Il suo giudizio era ritenuto infallibile, portava il network a sborsare fondi a gruppi bisognosi e proponeva progetti che erano sensati. Il consiglio era molto compiaciuto del suo lavoro.

Ma poi, quella maledetta VR e altre simili avevano cominciato ad apparire sul network.

Le esperienze VR parlavano agli interattori in un modo che con le foto e i video era impossibile. Camminare scalzi per chilometri attraverso una città sventrata dalla guerra, vedere bambini fatti a pezzi e i corpi delle madri sparpagliati intorno a te, essere interrogato e minacciato da uomini e ragazzini con machete e pistole... Le esperienze VR lasciavano gli interattori scossi e sopraffatti. Alcuni erano stati ricoverati.

I media tradizionali, ancorati a idee d'altri tempi di decenza e appropriatezza, non potevano mostrare immagini di quel genere e si rifiutavano di cimentarsi in quella che vedevano come pura manipolazione emotiva.

Dov'è il contesto? Qual è la fonte? domandavano gli opinionisti sdegnati. *Il vero giornalismo richiede riflessione, richiede pensiero.*

Non ci ricordiamo molte riflessioni da parte vostra quando invocavate la guerra sulla base delle fotografie che stampavate voi, replicava la coscienza collettiva dei titolari degli Emp. *Forse vi dà solo fastidio non avere più il controllo sulle nostre emozioni?*

L'onnipresente uso della crittografia su Empathium significava che gran parte delle tecniche di censura erano inefficaci, e così i titolari di Emp erano esposti a storie da cui fino ad allora erano stati protetti. Votavano per i progetti allegati, tra battiti accelerati del cuore, respiro affannoso, occhi offuscati dall'ira e sconforto.

Attivisti e propagandisti compresero ben presto che il miglior modo di vedere le proprie cause finanziate era partecipare alla corsa agli armamenti VR. E così governi e ribelli si sfidarono nella creazione di esperienze VR avvincenti che spingessero gli interattori verso il loro punto di vista, che li obbligassero a empatizzare con la loro fazione.

Fosse comuni piene di profughi morti di fame nello Yemen. Ragazze in marcia per sostenere la Russia uccise da soldati ucraini. Bambini di minoranze etniche che correvano nudi per strada mentre le loro case venivano incendiate dai soldati governativi del Myanmar...

I finanziamenti presero a riversarsi su gruppi di cui i notiziari si erano dimenticati o che avevano descritto come la parte in causa non meritevole di compassione. Nella VR, un minuto della loro angoscia parlava più forte di diecimila parole di editoriali su giornali rispettabili.

Questa è la mercificazione del dolore! scrivevano i blogger della Ivy League su seriosi pezzi di opinione. *Non è altro che un modo in più per i privilegiati di approfittare delle sofferenze degli oppressi per sentirsi migliori.*

Proprio come una fotografia può essere ritagliata e modificata per farla mentire, la stesso si può fare con la VR, scriveva il commentariato degli studi mediali e culturali. *La VR è un mezzo così profondamente artefatto che non abbiamo ancora raggiunto un consenso su quale sia il significato di "realtà" in questo medium.*

Si tratta di una minaccia alla nostra sicurezza nazionale, si infiammavano i senatori che sollecitavano la chiusura di Empathium. *Potrebbero dirottare i fondi verso gruppi ostili ai nostri interessi nazionali.*

Avete soltanto il terrore di essere disintermediati dalle vostre posizioni di immeritata autorità, li schernivano gli utenti di Empathium, nascosti dietro anonimi account crittografati. *Questa è una vera democrazia dell'empatia. Fatevene una ragione.*

Un consenso di sentimenti aveva sostituito il consenso dei fatti. Il travaglio emotivo dell'esperienza riflessa tramite realtà virtuale aveva sostituito il lavoro fisico e mentale dell'investigare, del valutare costi e benefici, dell'esercitare il giudizio razionale. Una volta ancora, il protocollo proof-of-work veniva usato per garantire l'autenticità, solo di un genere diverso di operazioni.

Forse anch'io e i cronisti e i senatori e i diplomatici potremmo creare le nostre esperienze VR, meditò Sophia mentre veniva risvegliata dagli scossoni sui sedili posteriori della Jeep. *Peccato che sia difficile rendere avvincente il lavoro, per nulla attraente ma necessario, di capire davvero una situazione complessa...*

Guardò fuori dal finestrino. Stavano attraversando un campo profughi nel Muertien. Uomini, donne e bambini, la maggior parte di aspetto fisico cinese, ricambiavano passivamente lo sguardo dei passeggeri della Jeep. Le loro espressioni erano ben note a Sophia; aveva visto lo stesso sconforto sulle facce dei profughi di ogni parte del mondo.

Il successo del finanziamento al progetto Muertien era stato un colpo durissimo per Sophia e per Profughi Senza Frontiere. Lei aveva votato contro, ma gli altri titolari di Emp l'avevano surclassata, e da un giorno all'altro Sophia aveva perso il dieci per cento dei suoi Emp. Altri progetti a trazione VR avevano seguito in scia ed erano stati finanziati malgrado la sua opposizione, così Sophia si era ritrovata con un conto in Emp ancora più assottigliato.

Di fronte all'indignazione del consiglio, era venuta qui per trovare un modo per screditare il progetto Muertien, per dimostrare che aveva avuto ragione.

Sulla strada da Yangon, aveva parlato con l'unico membro di Profughi Senza Frontiere di stanza sul luogo e con diversi cronisti occidentali inviati nel paese. Avevano confermato il consenso raggiunto a D.C. Lei sapeva che la condizione dei profughi era in gran parte provocata dai ribelli. La popolazione del Muertien, per lo più di etnia cinese Han, non andava d'accordo con la maggioranza Bamar del governo centrale. I ribelli avevano attaccato le forze governative e poi avevano cercato di dispersi tra la popolazione civile. Il governo aveva ben poca scelta se non ricorrere alla violenza, per evitare che la giovane democrazia del paese subisse una ricaduta e che l'influenza cinese si estendesse nel cuore del Sud-Est asiatico. Alcuni spiacevoli incidenti si erano di certo verificati, ma le colpe maggiori erano di gran lunga dalla parte dei ribelli. Finanziarli avrebbe soltanto inasprito il conflitto. Tuttavia, questo tipo di pedanteria, di spiegazioni geopolitiche, era tabù per i titolari di Emp. Loro non volevano lezioni; erano persuasi dall'immediatezza delle sofferenze.

La Jeep si fermò. Sophia scese insieme all'interprete. Si aggiustò meglio le cuffie a collare che portava – un prototipo che la CEO informatica le aveva procurato da Canon Virtual. L'aria era umida, calda, intrisa di un fetore di fogna e decomposizione. Avrebbe dovuto aspettarselo, immaginava, ma per qualche motivo non aveva pensato a che odori avrebbe trovato là, quando era al chiuso del suo ufficio a D.C.

Stava per accostare una ragazza dall'aspetto diffidente con una camicetta a stampe floreali quando un uomo si mise a urlare infuriato. Si girò a guardarlo. La indicava e gridava. La folla intorno a lui smise di muoversi per fissarla. L'aria si era fatta tesa.

C'era una pistola nell'altra mano dell'uomo.

Parte dell'obiettivo del progetto Muertien era stato finanziare gruppi disposti a introdurre dal confine cinese armi di contrabbando da mettere in mano ai profughi. Sophia lo sapeva. *Mi dovrò pentire di essere venuta qui senza una scorta armata, vero?*

Il boato dei motori che si avvicinano nella giungla. Un forte sibilo in aria seguito da un'esplosione. Spari intermittenti di pistola così vicini che dovevano venire da dentro al campo.

Sophia fu scaraventata a terra mentre la folla intorno a lei esplodeva nel caos, urlava e correva in ogni direzione. Per proteggerli, racchiuse le braccia intorno al collo, alle telecamere e ai microfoni, ma piedi in preda al panico le calpestarono il busto facendola sobbalzare e sciogliendo la stretta delle sue braccia. Le cuffie a collare dotate di telecamere caddero e scivolarono via nella polvere, e lei cercò di recuperarle, senza badare alla propria incolumità. Un attimo prima che la presa delle sue dita si chiudesse sulle cuffie, uno stivale le schiacciò con uno scrocchio raggelante. Imprecò e qualcuno che le correva vicino la colpì con un calcio in testa.

Perse conoscenza.

Un lancinante mal di testa. Il cielo in alto è a portata di mano e arancione, senza nuvole.

La superficie sotto di me è dura e sabbiosa. Sono dentro un'esperienza VR, vero? Forse sono Gulliver e sto guardando verso il cielo lillipuziano?

Il cielo ruota e ondeggia e anche se sono sdraiata mi sembra di cadere. Mi viene da vomitare.

"Chiudi gli occhi finché non passa la vertigine," dice una voce. Il timbro e la cadenza sono familiari, ma non riesco a capire bene di chi si tratti. So solo che non la sento da un bel po'. Aspetto che la testa smetta di girare. Solo allora mi accorgo del rigonfiamento rigido del registratore di dati che mi pizzica la schiena dove il nastro adesivo lo tiene attaccato. Un'ondata di sollievo mi investe. Posso anche aver perso le telecamere, ma il dispositivo più importante è sopravvissuto al disastro.

"Ecco, bevi," dice la voce.

Apro gli occhi. Lotto per mettermi a sedere e una mano si sporge per offrirmi un sostegno tra le scapole. È una mano piccola e forte, la mano di una donna. Una borraccia si materializza davanti al mio volto nella luce fioca, un chiaroscuro. Bevo un sorso. Non mi ero resa conto di quanta sete avessi. Alzo gli occhi per guardare il viso dietro la borraccia: Jianwen.

"Cosa ci fai tu qui?" chiedo. Sembra ancora tutto così surreale, ma inizio a capire che sono dentro una tenda, probabilmente una delle tende che ho visto prima nel campo.

"La stessa cosa ci ha portate tutte e due qui," dice Jianwen. Dopo tutti questi anni, non è cambiata molto: ancora quel contegno duro da una che bada al sodo, ancora quei capelli tagliati corti, ancora quella mascella serrata, in segno di sfida verso tutto e tutti. Sembra solo più magra, più asciutta, come se gli anni le avessero spremuto via un altro po' di gentilezza.

"Empathium. Io l'ho fatto e tu vuoi distruggerlo."

Ma certo, avrei dovuto saperlo. Jianwen aveva sempre disprezzato le istituzioni, pensava che fosse meglio ribaltare tutto. Comunque è bello rivederla.

Durante il nostro primo anno di college scrissi un pezzo per il giornale della scuola su un'aggressione sessuale avvenuta alla festa di un *final club*. La vittima non era una studentessa e la sua versione fu poi smentita. Tutti biasimarono il mio lavoro, criticando la mia superficialità, rilevando come avevo lasciato che il desiderio di scrivere un bell'articolo intralciasse fatti e analisi. Solo che io sapevo di non aver avuto torto: la vittima aveva soltanto ritrattato sotto pressione, ma non avevo prove. Jianwen fu l'unica a restare sempre al mio fianco, a difendermi in ogni occasione.

"Perché ti fidi di me?" le avevo chiesto.

"È una cosa che non saprei spiegare," aveva detto. "È una *sensazione*. Ho sentito il dolore nella sua voce... e so che l'hai sentito anche tu."

Così eravamo diventate amiche. Era una persona su cui potevo contare in una lotta.

"Che cosa è successo?" chiedo.

"Dipende a chi lo chiedi. Nei notiziari cinesi questa storia non comparirà proprio. Se verrà fuori negli Stati Uniti, sarà solo una scaramuccia qualunque tra il governo e i ribelli, con i loro guerriglieri che si sono travestiti da profughi e hanno costretto il governo alla rappresaglia."

È sempre stata così. Jianwen vede ovunque la corruzione della verità, ma non ti dice quale pensa che sia la verità. Immagino che dal suo periodo in America abbia preso l'abitudine di evitare le discussioni.

"E che cosa penseranno gli utenti di Empathium?" chiedo.

"Vedranno altri bambini fatti saltare in aria dalle bombe e donne uccise dagli spari dei soldati in corsa."

"Sono stati i ribelli o il governo a sparare il primo colpo?"

"Che importanza ha? Il consenso in Occidente sarà sempre che i ribelli hanno sparato il primo colpo – come se questo risolvesse tutto. Tu hai già deciso qual è la tua storia, e il resto ti serve solo da supporto."

"Ho capito," dico. "È chiaro quello che stai cercando di fare. Tu pensi che i profughi del Muertien non ricevano abbastanza attenzioni e quindi stai usando Empahtium per propagandare la loro emergenza. Sei emotivamente legata a queste persone perché hanno il tuo stesso aspetto..."

"Credi davvero che sia per quello? Pensi che faccia tutto questo perché loro sono di etnia cinese Han?" Mi guarda, delusa.

Mi può guardare in tutti i modi che vuole, ma l'intensità della sua emozione la tradisce. Mi ricordo, al college, di quanto si è impegnata nella raccolta fondi per il terremoto in Cina, mentre sia io che lei stavamo ancora cercando di decidere quali corsi seguire; me la ricordo a tenere una veglia con le candele sia per gli Uiguri che per gli Han che erano morti a Ürümqi l'estate dopo, quando eravamo insieme al campus a rivedere la guida per la valutazione didattica rivolta agli studenti; mi ricordo di quella volta a lezione che si è rifiutata di cedere quando un uomo bianco, grosso il doppio di lei la sovrastava minaccioso, pretendendo di farle ammettere che la Cina aveva avuto torto a intervenire nella guerra di Corea.

"Picchiami pure se vuoi," aveva detto, con voce ferma. "Non ho intenzione di dissacrare la memoria degli uomini e delle donne che sono morti perché io potessi nascere. MacArthur stava per sganciare le bombe atomiche su Pechino. È davvero questo il genere di impero che vuoi difendere?"

Alcuni dei nostri amici al college pensavano a Jianwen come a una nazionalista cinese, ma non è proprio così. Lei disprezza qualsiasi impero perché, per lei, sono istituzioni definitive, con concentrazioni di potere letali. Secondo lei, l'impero americano non è affatto più degno di essere sostenuto di quello russo o cinese. Per dirla con parole sue: "l'America è una democrazia solo per chi è abbastanza fortunato da essere americano. Per chiunque altro, è solo un dittatore con le bombe e i missili più grossi."

Lei vuole la perfezione del caos disintermediato invece della stabilità imperfetta di istituzioni difettose che si potrebbero perfezionare.

"Stai permettendo alle tue passioni di prevalere sulla ragione," dico. So che la persuasione è vana ma non posso rinunciare a provarci. Se non mi aggrappo alla fede nella ragione, non mi resta niente. "Una Cina potente con influenza in Myanmar è un male per la pace mondiale. La preminenza americana deve..."

"Quindi per te non c'è problema se la gente del Muertien subisce una pulizia etnica per preservare la stabilità del regime di Naypyidaw, per tutelare la Pax Americana, per cementare i bastioni di un impero americano con il loro sangue."

Faccio una smorfia. Ha sempre usato le parole con leggerezza. "Non esagerare. Questo conflitto etnico, se non sarà contenuto, porterà maggiore avventurismo e influenza da parte cinese. Ho parlato con molte persone a Yongan. Qui non vogliono i Cinesi."

"E credi che qui vogliano gli Americani a dirgli quello che devono fare?" Lo sdegno le infiamma la voce.

"Si tratta di scegliere il male minore," ammetto. "Ma più coinvolgimento cinese provocherà più inquietudine americana e questo potrà solo accentuare il conflitto geopolitico che tu odi così tanto."

"Qui la gente ha bisogno dei soldi cinesi per le dighe. Senza crescita, non potranno risolvere nessuno dei loro problemi..."

"Forse è quello che vogliono i costruttori," dico, "ma non la gente comune."

"Chi sarebbe questa *gente comune* nella tua immaginazione?" chiede. "Io ho parlato con molte persone qui nel Muertien. Dicono che i Bamar non vogliono far costruire le dighe dove vivono loro, ma saranno ben felici di farle costruire qui. È per questo che i ribelli combattono, per preservare la loro autonomia e il diritto di governare sulla loro terra. L'autodeterminazione non è una cosa che ritieni importante e che hai a cuore? Com'è che lasciare uccidere i bambini dai soldati porta a un mondo migliore?"

Possiamo andare avanti così per l'eternità. Non riesce a vedere la verità perché il suo dolore è troppo forte.

"Il dolore di queste persone ti ha reso cieca," dico. "E adesso vuoi che il resto del mondo subisca la stessa sorte. Tramite Empathium hai aggirato i filtri tradizionali di media ed enti benefici istituzionali per raggiungere i singoli individui. Ma l'esperienza di vedersi bambini e madri morire accanto è troppo intensa per quasi tutti e non permette di riflettere sulle complesse implicazioni degli eventi che hanno portato a queste tragedie. Le esperienze VR sono propaganda."

"Sai bene quanto me che la VR di Muertien non è falsa."

So che quello che dice è vero. Ho visto persone morirmi accanto, e anche se quella VR fosse stata manipolata o separata dal contesto, c'era dentro abbastanza realtà da rendere il resto insignificante. La migliore propaganda spesso è vera.

Ma c'è una verità più grande che lei non vede. Solo perché una cosa è successa questo non la rende un fatto decisivo; solo perché la sofferenza esiste questo non significa che ci sia sempre una scelta migliore; solo perché delle persone muoiono questo non significa che dobbiamo abbandonare i princìpi più alti. Il mondo non è sempre bianco e nero.

"L'empatia non è sempre una cosa buona", dico. "Un'empatia irresponsabile destabilizza il mondo. In ogni conflitto ci sono molteplici appelli all'empatia che provocano il coinvolgimento emotivo di persone estranee, cosa che fa allargare il conflitto. Per orientarsi nel pantano serve impiegare la ragione per arrivare alla risposta meno nociva, la risposta giusta. È per questo che alcuni di noi hanno ricevuto l'incarico di studiare e comprendere le complessità di questo mondo e decidere, in nome degli altri, come esercitare un'empatia responsabile."

"Non è qualcosa che possa spegnere e basta," dice lei. "Non posso dimenticare i morti. Le loro sofferenze, il loro terrore... ormai fanno parte della blockchain della mia esperienza, incancellabili. Se essere responsabile significa imparare a non sentire il dolore altrui, non sei al servizio dell'umanità, ma del male."

La guardo. Mi dispiace per lei, sul serio. È una cosa tristissima vedere un'amica che soffre ma sapere che non puoi fare niente per aiutarla, sapere anzi che le devi fare ancora più male. A volte provare dolore, e ammettere il dolore, *è* egoismo.

Sollevo la camicetta per mostrarle il registratore VR che tenevo attaccato in fondo alla schiena. "È rimasto in funzione finché ci sono stati i primi spari – da dentro al campo – e io sono stata gettata a terra."

Lei fissa il registratore di dati VR e sul suo volto si alternano stupore, comprensione, rabbia, negazione, un sorriso ironico, e poi più nulla.

Una volta che la VR su quello che ho passato sarà caricata – la fase di editing non sarà lunga – in patria si scatenerà l'indignazione. Una donna americana, responsabile di un ente benefico impegnato nell'assistenza ai profughi, viene brutalizzata dai ribelli di etnia cinese Han con un arsenale comprato con i soldi di Empathium: difficile immaginare un modo migliore per screditare il progetto Muertien. La migliore propaganda spesso è vera.

"Mi spiace," dico, ed è vero.

Lei mi squadra e io non saprei dire se è odio o disperazione quello che vedo nei suoi occhi.

La guardo con pietà.

"Hai provato la clip originale sul Muertien?" chiedo. "Quella caricata da me."

Sophia scuote la testa. "Non potevo. Non volevo compromettere il mio giudizio."

È sempre stata così razionale. Una volta, al college, le chiesi di guardare un video di un giovane russo, poco più di un bambino, che veniva decapitato dai combattenti ceceni davanti alla telecamera. Si rifiutò.

"Perché non vuoi guardare le azioni delle persone che sostieni?" le avevo chiesto.

"Perché non ho visto tutte le efferatezze compiute dai russi ai danni del popolo ceceno," aveva detto. "Ricompensare quelli che invocano empatia equivale a punire quelli a cui è stato impedito di farlo. Guardare questo video non sarebbe oggettivo."

C'è sempre bisogno di più contesto per Sophia, del quadro generale. Ma nel corso degli anni ho imparato che per lei la razionalità, come per molti, è solo un fatto di razionalizzazione. Lei vuole un quadro abbastanza ampio da poter giustificare quello che fa il suo governo. Ha bisogno di capire quanto basta per poter dimostrare che ciò che vuole l'America è anche ciò che vuole ogni persona razionale al mondo.

Io capisco come pensa, ma lei non capisce come penso io. Io capisco la sua lingua, ma lei non capisce la mia – né le interessa farlo. A questo mondo il potere funziona così.

Quando sono arrivata per la prima volta in America, mi sembrava il posto più bello del mondo. C'erano studenti che s'infervoravano per ogni causa umanitaria, e io cercavo di appoggiarle tutte. Ho organizzato raccolte fondi per le vittime dei cicloni in Bangladesh e delle inondazioni in India; ho preparato spedizioni di coperte e tende e sacchi a pelo per il terremoto in Perù; ho preso parte alle veglie in memoria delle vittime dell'11 settembre, singhiozzando di fronte alla Chiesa del Memoriale nella brezza serale di fine estate, mentre cercavo di tenere accese le candele.

Poi venne il grande terremoto in Cina, e mentre la conta dei morti saliva quasi a 100.000, il campus restava stranamente silenzioso. Persone che ritenevo amici mi voltavano le spalle e il banco delle offerte che avevamo organizzato davanti al polo scientifico era presidiato solo da altri studenti di origine cinese come me. Non riuscimmo a raccogliere neanche un decimo delle cifre che avevamo raggiunto per disastri con un numero di vittime molto inferiore.

Quel poco di dibattito che c'era si concentrava su come l'impulso cinese allo sviluppo avesse portato alla costruzione di edifici poco sicuri, come se enumerare i torti del loro governo fosse una reazione appropriata ai bambini morti, come se riaffermare le ragioni della democrazia americana fosse una valida giustificazione per negare aiuto.

Su newsgroup anonimi comparvero battute sui cinesi e sui cani. "Si direbbe che alla gente non piaccia molto la Cina," meditò un editorialista. "Preferirei riavere gli elefanti," disse un'attrice in TV.

Ma che problema avete? avrei voluto urlare. Nei loro occhi non c'era nessuna empatia mentre io stavo al banco delle offerte e i miei compagni di corso sfilavano via in tutta fretta, evitando il mio sguardo. Invece Sophia fece una donazione. Offrì più di chiunque altro.

"Perché?" le avevo chiesto. "Perché ti importa delle vittime se a quanto pare non interessano a nessun altro?"

"Non voglio vederti tornare in Cina con l'impressione irrazionale che gli Americani detestino i Cinesi," aveva detto. "Cerca di ricordarti di me quando avrai questi momenti di disperazione."

Fu così che capii che non saremmo mai state così vicine come avevo sperato. Aveva fatto un'offerta come mezzo di persuasione, non perché provasse quello che provavo io.

"Mi accusi di manipolazione," dico a Sophia. L'aria umida dentro la tenda è asfissiante e mi sento come se qualcuno mi premesse gli occhi da dentro il cranio. "Ma con quella registrazione non stai facendo la stessa cosa?"

"C'è una differenza," dice. Ha sempre una risposta. "La mia clip verrà usata per persuadere emotivamente le persone a fare quella che razionalmente è la cosa giusta come parte di un piano d'azione ponderato. L'emozione è uno strumento grezzo che va messo al servizio della ragione."

"Quindi il tuo piano è bloccare ogni altro aiuto per i profughi e stare a guardare mentre il governo del Myanmar li scaccia dalla loro terra e li spedisce in Cina? O peggio?"

"Sei riuscita a fare arrivare il denaro ai profughi sull'onda della rabbia e della pietà," dice. "Ma questo come può aiutarli davvero? Alla fine, la loro sorte sarà sempre decisa dalle scelte geopolitiche tra Cina e USA. Tutto il resto sono solo chiacchiere. Non è possibile aiutarli. Armare i profughi servirà soltanto a dare al governo altre scuse per ricorrere alla violenza."

Sophia non ha torto. Non proprio. Ma qui c'è un principio più grande che lei non vede. Il mondo non procede sempre nel modo che viene predetto dalle teorie economiche o dalle relazioni internazionali. Se ogni decisione verrà presa con il bilancino di Sophia, allora vinceranno sempre l'ordine, la stabilità, l'impero. Non ci sarà mai nessun cambiamento, nessuna indipendenza, nessuna giustizia. Noi siamo, e dovremmo essere, prima di tutto creature del cuore.

"La manipolazione più grande è ingannare te stessa così tanto che credi di poter sempre impiegare la ragione per arrivare alla cosa giusta," dico.

"Senza ragione non si può in alcun modo arrivare alla cosa giusta," dice Sophia.

"L'emozione è sempre stata al centro di quello che significa fare la cosa giusta, non semplicemente un mezzo di persuasione. Tu sei contro la schiavitù perché hai condotto un'analisi razionale dei costi e dei benefici di quella istituzione? No, è perché la trovi rivoltante. Provi empatia per le vittime. Lo *senti* che è sbagliata, nel cuore."

"Il ragionamento morale non è lo stesso..."

"Il ragionamento morale spesso è solo un metodo che usi per addomesticare l'empatia e soggiogarla al servizio degli interessi delle istituzioni che ti hanno corrotta. È evidente che non sei contraria alla manipolazione quando va a vantaggio di una causa che incontra l'approvazione del tuo quadro di riferimento."

"Darmi dell'ipocrita non è di grande aiuto..."

"Ma tu *sei* un'ipocrita. Non hai protestato alle foto dei bambini che hanno lanciato i Tomahawks o quando le immagini dei ragazzini affogati sulle spiagge hanno portato a rivedere le politiche sui rifugiati. Hai rilanciato i pezzi dei cronisti che invocavano empatia per i prigionieri del più grande campo profughi del Kenya raccontando agli occidentali storie d'amore sdolcinate alla Romeo e Giulietta con protagonisti giovani profughi, oltretutto enfatizzando come le Nazioni Unite li avessero educati agli ideali dell'Occidente..."

"Quelle sono cose diverse."

"Certo che sono diverse. L'empatia per te non è che un'arma in più a tua disposizione, invece di un valore fondamentale dell'essere umano. Ad alcuni dai in premio la tua empatia mentre altri li punisci negandogliela. Le ragioni si possono sempre trovare."

"E tu saresti diversa? Perché la sofferenza di alcuni ti tocca più di quella di altri? Perché ti importa delle persone del Muertien più che di chiunque altro? Non sarà perché hanno il tuo stesso aspetto?"

Crede ancora che sia un'argomentazione imbattibile. La capisco, la capisco davvero. È così rassicurante sapere che sei nel giusto, che hai trionfato sull'emozione grazie alla ragione, che sei un agente del giusto impero, immune al tradimento dell'empatia. Io proprio non riesco a vivere così.

Faccio un ultimo tentativo.

"Avevo sperato che sradicando il contesto e lo sfondo, mettendo i sensi a contatto diretto con l'asprezza del dolore e della sofferenza, la realtà virtuale sarebbe stata capace di impedire a tutti noi di razionalizzare l'empatia tanto da farla scomparire. Nell'agonia non c'è razza né credo, nessuno dei muri che ci dividono e ci suddividono. Quando sei immersa nell'esperienza delle vittime, siamo tutti nel Muertien, nello Yemen, nel cuore di tenebra su cui prosperano le grandi potenze."

Lei non risponde. Vedo nei suoi occhi che ha rinunciato a farmi ragionare. Sono irrecuperabile.

Attraverso Empathium, avevo sperato di creare un consenso empatico, un incorruttibile registro del cuore che andasse oltre al tradimento delle razionalizzazioni. Ma forse sono ancora troppo ingenua. Forse do troppo credito all'empatia.

Anon🐛:> Allora secondo voi che succederà?

N❤T:> La Cina sarà costretta a invadere. Quelle VR non hanno lasciato scelta a Pechino. Se non inviano le truppe a proteggere i ribelli nel Muertien, ci saranno scontri per strada.

goldfarmer89:> Viene da chiedersi se non è quello che voleva la Cina fin dall'inizio.

Anon🐛:> Credi che la prima VR fosse una produzione cinese?

goldfarmer89:> Era finanziata da uno stato per forza. Troppo perfetta.

N❤T:> Non sono così sicuro che siano stati i cinesi a farla. La Casa Bianca non aspettava altro che una scusa per entrare in guerra con la Cina per distogliere l'attenzione da tutti quegli scandali.

Anon🐛:> Quindi credi che la VR sia partita dalla CIA?

N❤T>: Non sarebbe la prima volta che gli Americani hanno manovrato il sentimento antiamericano per farsi dare esattamente ciò che volevano. Anche quella VR di Ellis sta moltiplicando il sostegno pubblico negli USA verso misure drastiche da adottare contro la Cina. È solo che mi dispiace tantissimo per quella povera gente nel Muertien. Che disastro.

little_blocks>: Ancora a perdere tempo con quelle VR snuff su Empathium? Io ho smesso da un sacco. Troppo snervante. Ti invio un messaggio privato con un gioco nuovo che ti piacerà di sicuro.

*N❤T>: Un gioco nuovo mi fa sempre piacere. ^_^*

Nota dell'autore: sono in debito con il seguente saggio per il termine "algico" e alcune delle idee sul potenziale della VR come tecnologia sociale:

Lemley, Mark A. and Volokh, Eugene, Law, Virtual Reality, and Augmented Reality (March 15, 2017). Stanford Public Law Working Paper No. 2933867; UCLA School of Law, Public Law Research Paper No. 17-13. Consultabile all'indirizzo: <https://ssrn.com/abstract=2933867 oppure http://dx.doi.org/10.2139/ssrn.2933867>.

Nina e l'uragano

di Ana Rüsche

Traduzione di Gabriella Goria

Ana Rüsche è una scrittrice brasiliana. I suoi ultimi libri sono
A telepatia são os outros *(Monomito, 2019),* Do amor - o dia
em que Rimbaud decidiu vender armas *(Quelônio, 2018) e* Fu-
riosa *(poesia, 2016). Ha un dottorato in lettere presso l'Università di San Paolo. Il suo sito web è: <www.anarusche.com>.*

Allarme di tempesta violenta, previsione metereologica di
venti a 110 km/h a partire dalle 18:30. Sono le 9:16 e Nina salta
giù dal letto, lo spazio è limitato, sbatte il ginocchio contro lo spi-
golo del tavolo. Fa un male cane. La ragazza comincia la giornata
di allerta con le pupille dilatate, controlla i messaggi con avidità.
Deglutisce tutte le notizie disponibili sulle manifestazioni di ieri
notte. Nell'immagine principale, una striscia di olio diesel viene
accesa lungo l'*avenida* Paulista e prende fuoco – una frangia di
scintille che attizza un incendio per il viale tra le grida di "accelera". Subito dopo, la miccia si spegne sull'asfalto scuro.

Sulle reti, si dibatte: "La tempesta tropicale di oggi potrebbe trasformarsi in un uragano di categoria tre. Allarme giallo
per la notte a partire dalle 22."

Nina spalanca gli occhi. Consuma altre due decine di notizie. "Non c'è bisogno di evacuare la città," sostengono. Sulle
app, cerca di trovare un posto letto per riparo in ostelli anti-uragano, bunker o alloggi provvisori. Tutti applicano una "tariffa
dinamica" e prezzi impossibili. Be', se l'uragano verrà confermato, cercherà qualcosa sul serio.

In piedi, lega il grande pannello solare il più vicino possibile alla finestra con cavi di rame isolato. Rinforza la sistemazione con nastro adesivo telato e dopo la fatica, un rivolo di

sudore ricopre il suo torace fragile. Controlla la batteria, "tutto a posto, sta caricando". La luminosità è scarsa. Se il pannello prendesse il Sole fino a fine giornata, riuscirebbe ad accumulare un po' di carica. Non è il massimo, ma è qualcosa. I pannelli su misura per le finestre costano un occhio della testa e la ragazza ha deciso di vivere in quel modo come tanti altri. Se avesse ricevuto visite, l'avrebbe nascosta per la vergogna. Per fortuna, Nina non riceve mai nessuno in casa.

Vive lì da due anni, ma sembrano due secoli. È venuta per sfuggire a una vita comune da cittadina dell'entroterra, dove tutti conoscono tutti. Si è guadagnata una vita usa-e-getta da grande città, dove nessuno conosce nessuno. Inoltre, il suo vero nome non è neppure Nina, ma è meglio così. Si è fatta rimuovere i seni e ha levigato i fianchi, tagliato le ciglia e rasato le sopracciglia, al cui posto si è tatuata due fulmini. I denti un po' storti sono incorniciati da un rossetto bianco permanente. Possiede molti vestiti attillati, tutti dello stesso colore nero.

Comincia a dettare a voce alta le risposte ai messaggi di lavoro ricevuti, ne aveva accumulati a trilioni: "Va bene, canaglie, concordo con questo preventivo di merda."

La voce elettronica ripete soavemente il messaggio trascritto: "Salve, sto bene, grazie mille. Concordo con il preventivo ragionevole presentato."

In duetto con l'assistente personale, Nina prosegue: "Grazie per la grana, quanto cazzo ci avete messo a versarla? Oslo, inserisci il periodo. Ma grazie!"

La voce elettronica riorganizza il testo e invia il messaggio: "Salve, vi ringrazio per il bonifico. Ho notato che c'è stato un ritardo di due mesi e 21 giorni sul pagamento. Ad ogni modo, spero di avere l'opportunità di collaborare di nuovo con voi."

Nina comincia quindi con il messaggio registrato più sensibile. Respira a fondo e digrigna i denti per rispondere: "Credevo di essere stata chiara, cazzo. Non lavoro neanche per il cazzo con questi imbecilli corrotti autoburocrati assassini. Non consegnerò nessun progetto, col cazzo!"

La voce elettronica conferma elegantemente l'invio del messaggio: "Salve, vi ringrazio per la proposta presentata. In accordo con la legislazione brasiliana approvata a seguito dell'ultimo Vertice sul Clima, i mezzi di trasporto a combustibili fossili sono proibiti sul territorio brasiliano. Io rispetto la legge. Se doveste avere un'altra prospettiva, resto a disposizione per un riesame."

Nina è esausta. Rispondere ai messaggi appena sveglia è la cosa peggiore per cominciare la giornata. L'assistente virtuale può fare quasi tutto da sola. Tuttavia, Nina è pignola e preferisce controllare i messaggi. Sbraitare contro clienti e fornitori di servizi le restituisce una sensazione di potere e di ciò che avrebbe dovuto fare durante il giorno e la settimana. Grida in mezzo allo studio di 26 metri quadri: "Oslo, colazione, per favore."

Nina scopre che non c'è pane, né caffè nelle capsule. Oslo fa solo lampeggiare un pulsante rosso e le lascia un bicchiere d'acqua di consolazione. Dovrebbe rinnovare l'abbonamento per il pacchetto Nutrex Mattina Nutritiva, ma costa un occhio della testa e finché non appariranno nuovi ingaggi, le consegne programmate di cibo rimarranno sulla lista dei desideri. Decide di andare al piccolo supermercato. Afferra una tutina nera scintillante.

Sono le 10:45 e controlla il meteo, uscire di casa è tranquillo.

Aperta la porta sul corridoio, s'imbatte nella vicina.

"Salve, Signora Joení."

"Ciao, cara. Scendi per andare al supermercato?"

Nina annuisce con una postura rigida nella tuta termica attillata. La vicina si stringe in una vestaglia a fenicotteri, la cui combinazione litiga con i capelli arancioni. Gli occhi a mandorla con le lenti a contatto caramello le conferiscono una discendenza asiatica indefinita e una certa autorità.

Joení si apre in un sorriso e fa le sue richieste: "Ottimo. Potresti portarmi un kit di verdure per il *pad thai*? Solo il coriandolo deve essere fresco. E controlla che non confondano il coriandolo con il prezzemolo. Il kit è quel Nutrex di Mônica, anche loro hanno le verdure."

Con le labbra bianche strette, Nina acconsente alla richiesta. Aspetta che Joení le allunghi una banconota alta. Non è la prima volta che l'anziana le chiede favori di questo tipo. Teme sempre che Joení non la paghi. Invece, la vecchia non solo le porge banconote alte con le unghie lunghe, ma insiste anche che si tenga il resto. Stavolta, non è andata diversamente.

Nina allora vola otto piani giù dalle scale. I due ascensori sono spenti, tutta la batteria solare deve essere razionata in vista delle prossime intemperie. Inoltre, l'ascensore di servizio non verrà riattivato finché dureranno gli embarghi energetici. Dopo le pressioni internazionali, il Brasile ha firmato il Patto di Emergenza di Energie Alternative (PEEA). Ma i brasiliani sono testardi: ci sono macchine che circolano per strada, di solito di gente ricca con buoni contatti. La comunità internazionale adesso è impietosa, ha imposto sanzioni come ritorsione per l'utilizzo di combustibili fossili. A San Paolo c'erano spesso manifestazioni a favore dell'uso delle auto – movimenti come "Accelera" e "Mio Diritto". Il traffico a cielo aperto di diesel e benzina continuano a essere comuni: per esempio, a pochi isolati da casa di Nina, c'è un benzinaio disattivato, nonostante i motociclisti che ci passano a notte fonda. Nessuno ammette di vedere queste cose.

Nina odia gli autoburocrati. Sa che la crisi energetica ha favorito molta gente, i suoi zii corrotti, quella vita nella cittadina dalla quale è fuggita, ma che continua a vivere dentro di lei. La crisi energetica ha riorganizzato la distribuzione del denaro sporco. Il caos favorisce parecchie persone. Nella sua città natale, le tre chiese hanno posti popolari di riparo sotterranei anti-uragano. I suoi zii avevano costruito altri due bunker di lusso con generatori alimentati a diesel. Nessuno ammette da dove salti fuori tutto quel diesel che giurano essere certificato. Nina è scappata per diventare anonima e per non avere bisogno di favori dal parroco e dagli zii in periodi del genere.

Appena mette un piede in strada, una massiccia ventata umida le lecca le ossa: "Oh Signore, che vento!"

Oltre al vento, la tranquillità popola il quartiere di Santa Cecília. Gli uccellini salutano il cielo coperto di nubi. Silenzio benefico.

Nina respira a fondo. Il pianeta può essere caldo come l'inferno, ma il silenzio è tornato. Il divieto quasi assoluto di veicoli a combustibili fossili ha modificato il paesaggio sonoro delle città. L'asma, amica invisibile d'infanzia, la visitava di rado. Le piogge non erano più acide, erano dolci e gli alberi fiorivano allegri nell'Antropocene.

Un adolescente le si avvicina in una divisa scolastica sporca: "Signora, ha dei volt da prestarmi?"

Chiedere una ricarica è il nuovo scroccare una sigaretta. Nina annuisce, allunga il caricatore e aspetta un istante. Il ragazzo ringrazia: "Grazie, signora."

Il piccolo supermercato all'angolo è scuro, con lampade super economiche bluastre. Non c'è nessuna necessità di tenerlo in uno stato tanto orribile, eppure i proprietari vogliono guadagnare punti con il vicinato politicamente corretto.

"Potrebbero abbassare i prezzi."

Nina reclama e Oslo lampeggia cercando di interpretare la frase. Nina batte sugli occhiali affinché stiano zitti. Afferra dieci capsule di MaxCaffeina, sei snack Nutrex per tostapane smart, due ciotole di curry. Trova il kit di Mônica per il pad thai e controlla se il coriandolo è fresco.

C'è fila alla cassa e la cassiera anziana sembra non avere alcuna fretta. Una cliente aspetta il suo turno ingioiellata, con un viso pallido, che contrasta con le guance molto truccate.

Quando vede Nina, sbotta: "Potrebbero lasciarci usare le auto per un giorno, per l'amor di Dio. Pensi, devo attraversare otto isolati per arrivare al Rifugio dei Principi. Io non vado in bicicletta. Devo andarci a piedi, con le ginocchia che fanno male, senza ascensori, che vergogna. Non so dove andremo a finire."

Nina corruga le sopracciglia a fulmini tatuati. L'interlocutrice dà un'alzata di spalle e continua a reclamare: "Avere un'auto, usare la benzina, tutto questo è un nostro diritto. Un mio diritto. Un diritto antico. Per quale motivo dobbiamo vivere di stenti? Per me è indegno camminare per strada, incontrare un mucchio di barboni. Che orrore. Dovrò chiedere a Edivaldo di venire con me."

La donna fa una pausa, agita un insieme di bracciali e prosegue: "Sa chi è Edivaldo? Prima era il mio autista. Ora mi accompagna per strada, è più sicuro. E sa che Edivaldo non ha ancora un posto di rifugio per l'uragano di oggi? E allora dove si rifugerà? Sarò obbligata a pagare un extra perché Edivaldo possa rimanere nel Rifugio dei Principi, mi costerà una fortuna. Questa gente che vieta le auto non ha pietà di noi. Che vergogna."

La cliente reclama, paga e se ne va in una nuvola di profumo e proteste. Nina dice una sola parola tra i denti: 'fanculo.

La cassiera anziana del supermercato ride della scena, dondola la testa e controlla la banconota alta che Nina le ha dato. La strofina sul palmo della mano, dove ha un circuito impiantato. Poi, studia bene Nina come se la stesse fiutando. Aspetta un momento e approva l'acquisto. Perlomeno, la banconota alta della Signora Joení ha pagato tutto.

Nina non fa in tempo a uscire dal negozio che riceve un altro avviso. Ora è l'ufficiale del comune: "Difesa civile: 11:18. Uragano di categoria tre a San Paolo. Evitate di uscire in strada. Prestate attenzione a fenditure e crepe nel vostro immobile. Raccomandiamo un riparo certificato."

Gli uragani rivoltano l'intestino di Nina. Tutto diventa impraticabile. Blocchi di più di 48 ore dell'energia elettrica, già tanto razionata. Smottamenti ovunque, in fin dei conti, tutto ciò che non è legato bene e forte viene buttato per aria – vecchi cartelli stradali, alberi, lamine di finestre, porte, bambini. Gli incendi sono frequenti. Gli uragani portano via tutto, anche alle persone più diligenti. Il periodo delle tempeste comincerà a breve. Quello di oggi è un segnale.

Con la spesa in mano in mezzo al marciapiede, Nina attiva gli occhiali e cerca nelle applicazioni un posto da affittare in cui rifugiarsi. I prezzi dinamici continuano a essere indecenti. In maniera sadica, controlla persino quanto costerebbe il Rifugio dei Principi.

Uno scherzo che presto si trasforma in disperazione: non c'è più posto.

Da nessuna parte. Vicino o lontano, Nina non trova riparo. Né nel Rifugio dei Principi, né in quello dei plebei. Soltanto un posto a Cidade Líder, ma è impossibile arrivarci pedalando con le raffiche di vento. Le autorità avvertono: in vista di un uragano imminente, cercate un riparo certificato.

"Merda."

Nina sente che si è fatta un po' di pipì addosso, le gambe le cedono. Restare da sola durante un uragano è una delle esperienze peggiori che conosce. Per questo ha comprato l'assistente personale. Oslo l'aiuta a superare i momenti di panico peggiori. Ci sono persone che prendono pillole e si addormentano con dispositivi di protezione dell'udito. Tuttavia, se fosse necessario evacuare l'edificio per qualche incendio, il che è comune, quella gente dopata sarebbe rosolata tra le fiamme.

Oslo elimina un insieme di messaggi mentre Nina sale otto piani di scale. La madre le ha inviato una novena e un video smielato. Nina la ignora. Messaggi disperati di altre persone stupide come lei, le quali non hanno creduto che l'uragano sarebbe cresciuto tanto. "La cosa giusta è avere un'assicurazione," le consiglierebbero subito gli zii corrotti, con un occhiolino.

Quando arriva, consegna la spesa a Joení.

"Grazie, Nina, che Dio ti ricompensi. Le mie ginocchia non sopportano più queste scale."

Nina annuisce senza sorridere.

"Vuoi venire a cena oggi, Nina? Dovresti provare il mio pad thai. Be', se vuoi, vieni. Il tempo passa più in fretta."

La ragazza dalle labbra bianche ringrazia e scappa da quella gentilezza viscida.

Chiude la porta di casa sua, infila il chiavistello. Si siede sul gabinetto e piange singhiozzando. Decide di prendere mezzo sonnifero. Si sveglierà solo dopo il tramonto, prima che tutto peggiori. Mette la mascherina sugli occhi e i tappi di silicone nelle orecchie. Meglio aspettare dopata che soffrire.

In teoria, nella pratica, è notte. Nina si sveglia sudata con la bocca piena di incubi. Olso la accoglie con luci gialle e un bicchiere d'acqua.

Toglie i tappi dalle orecchie. Le raffiche di vento presto raggiungeranno la potenza massima. Il frastuono è assordante, la città russa contro settemila demoni, la furia traslucida del vento che sta arrivando, la vendetta contro l'asfalto asfissiante, ali impietose contro i maltrattamenti profanatori. Il branco di tetti ulula e sbatte i denti di alluminio contro le coperture delle case.

Quello è solo l'inizio.

Nina si mette le mani sulle orecchie, ma le conchiglie riecheggiano il suono che si riverbera nel petto. Con difficoltà, si rimette i tappi e impreca contro la propria intelligenza, avrebbe dovuto comprarne un paio con auricolari integrati. La musica aiuta sempre. Adesso, con le orecchie sigillate, ascolta il suo cuore al galoppo. La schiena brucia in una frangia di scintille da postura sbagliata. Cammina per lo studio e ascolta i propri passi che le rimbombano dentro.

Scopre che il pannello solare alla finestra ha raggiunto solo la ricarica minima.

La giornata è stata troppo buia.

"Cazzo!"

Nina ulula assieme ai tetti e si tira i capelli blu, il cuore le arriva alle orecchie. Come sopravviverà durante l'uragano senza batteria, senza poter accendere Oslo? Senza poter vedere notizie, messaggi, meme?

Fa mente locale. La batteria basta a preparare circa due pasti. Se l'uragano non falcerà l'edificio. Se un proiettile inaspettato non colpirà la finestra di Nina. Se non ci saranno cortocircuiti. Se non ci sarà un incendio per negligenza di persone pazze. L'ultima volta, ci sono stati sette morti e trenta feriti solo a Santa Cecília, la maggior parte anziani e donne che non avevano un posto dove andare. E Santa Cecília era un quartiere centrale, ordinato. Le autorità decretavano: "cercate un riparo certificato".

Il fantasma dell'asma si aggira nel petto di Nina. Con i tappi, ingoia la respirazione a ondate, ondate marittime. Stappandosi le orecchie, demoni e lupi la avvinghiano in una pozza di paura, che la sommerge nell'oscurità e nei fulmini dall'altra parte delle pareti.

Cerca di essere pratica.

Prende lo zaino per le emergenze e verifica gli oggetti e le sue chance. Coltellino. Lanterna. Cibo in scatola e in polvere. Vitamine. Impermeabile strappato. Materassino gonfiabile. Piatti e stracci. Antistaminico. Inalatori usati. Antibiotici. Metro. Medicinali. Tenda. Batteria scarica. Meglio di niente.

La ragazza afferra la boccetta di sonniferi. Studia i rubini trasparenti.

Con circa tre pillole si sveglierebbe solo dopo l'uragano, quando la gente già può saccheggiare i supermercati esplosi. Si morde le labbra bianche.

È troppo pericoloso restare senza batteria nel bel mezzo di un uragano.

Ancora più pericoloso è dormire senza batteria nel bel mezzo di un uragano.

Un'idea la colpisce come un fulmine. Nina la esamina e detesta l'idea, l'allontana. Riguardando i rubini del sonno nella boccetta, ammette di non avere un'idea migliore. Si decide, afferra tre cambi di vestiti e si mette lo zaino e la fortuna sulle spalle.

Bussa alla porta di fronte e sente subito: "Che bello che sei venuta, Nina!"

La Signora Joení apre la porta come se riuscisse a parlare sopra i demoni ventosi dall'altro lato del corridoio.

"Vieni, vieni, confido in questa struttura, in queste travi."

Joení accoglie la vicina, dà dei colpetti alle pareti dell'edificio. Odori pesanti di muffa, tempo e foglie bruciate la accolgono.

La porta si chiude e, con sorpresa di Nina, nell'appartamento regna una pace relativa. Le finestre antirumore con silicone di buona qualità sigillano la burrasca. Ci sono anche pannelli solari su misura, tappeti e luminarie con luci basse. Impressionante. Vedendo lo sguardo della ragazza, Joení dà un'alzata di spalle: "I miei lussi, i miei lussi. Alla fine, ci devo vivere qui."

Roberto Carlos risuona nell'aria, Joení si raccoglie i capelli sgargianti in uno chignon e Nina si sente vinta. È terribile dipendere da qualcuno, chiedere aiuto. Il polmone russa piano. Lascia lo zaino vicino alla porta, pronta a svignarsela.

L'anziana lascia la vicina dalle labbra biancastre in mezzo alla sala e scompare in cucina. In quel momento, Nina, di colpo, scopre una terza persona nell'appartamento: un volto con le gambe incrociate sulla poltrona. Pantaloni di velluto, paltò e un grande tizzone che fluttua nella penombra del canto della sala.

"S-salve, buona sera," sibila la ragazza dalle sopracciglia a fulmini tatuati. Sono anni che non vede una persona fumare. Dall'altro lato, silenzio. Il tizzone si muove verso un posacenere nascosto e si spegne.

"Buona sera, tesoro. Siediti. Come ti chiami?"

Nina cerca di vedere la figura rauca, non ne distingue il viso e immagina che gli effetti della mezza pillola rossa siano ancora nella sua circolazione sanguigna. L'asma le accarezza la faringe.

Cerca di concentrarsi: "Nina. Mi chiamo Nina."

"Mm, Nina. È bello, molto bello. Io mi chiamo Maria Eduarda. Ma mi chiamano Papessa. Puoi chiamarmi come preferisci."

"Molto piacere."

La ragazza non decide che nome usare. "Forse mi sta prendendo in giro. Può essere che questa pazza sappia che ho inventato il mio nome?" I pensieri sfrecciano veloci.

La voce rauca tossisce con tutto il diaframma e scatarra in qualche punto che Nina non riesce a vedere. La ragazza decide di sedersi sulla punta di una chaise-longue. Sembra che la signora Joení sia molto indaffarata in cucina, si sentono rumori di qualcuno che spalanca ante di credenze. L'uragano permane discreto all'esterno. Nina si rende conto che Maria Eduarda indossa ancora un cappello. I capelli sono corti o nascosti sotto la tesa marrone.

"Oggi siamo qui per celebrare storie. Ti piace ascoltare le storie, Nina?"

"Preferisco ascoltare i Rolling Stones."

Cerca di fare una battuta che è smorzata dai silenzi e dagli spessi tessuti della sala.

Il campanello suona, Nina sussulta. Dalla cucina, Joení grida un "amore, vai tu per me?" Vedendo l'immobilità di Maria Eduarda, la ragazza si alza e apre la porta.

Il corridoio è una massa assordante di ululati e rumori metallici. Con sua grande sorpresa, ci sono altre tre donne fuori. "Mio Dio, come sono arrivate fin qui?" si chiede Nina.

"Buona sera!"

Le nuove arrivate ridono. Mostrano i palmi delle mani con circuiti impiantati e la investono senza tante cerimonie. Nessuna di loro è giovane. Nina chiude la porta, sigilla il rumore dell'uragano fuori, mentre le urla invadono l'appartamento, la sala, la cucina. Maria Eduarda fa un cenno ma non si alza, accende un altro sigaro.

Joení grida in mezzo a quel caos e annuncia: "È pronto da mangiare! Servitevi pure ai fornelli, signore."

Nina scopre di avere fame, afferra una ciotola e si mette nella fila formatasi nella stretta cucina. Imita le altre e si serve un bicchierino di *cachaça*. Tra le grida alte, riconosce la cassiera del supermercato, ora con una folta chioma sciolta, una risata piena. In mezzo a quell'uragano violento in cucina, la giovane afferra la sua porzione, il suo bicchierino di liquore e si rifugia sulla chaise-longue.

La prima cucchiaiata quasi la destabilizza. "È buonissimo." Non mangiava del cibo fresco da anni. Le va di traverso. Una tristezza fulminante. Le manca la madre. Una vita stabile, alimentarsi di cose fresche. Le manca un altro nome che aveva avuto. Il polmone si accende come se un drago stesse fumando un sigaro lì dentro. Nina chiude gli occhi. Mangia un altro po', lo stomaco caldo per il brodo la coccola per alcuni minuti. La minaccia dell'asma la lascia in pace.

Dall'altro lato, Maria Eduarda non si alza per mangiare. Una delle nuove arrivate la provoca: "Ehi, Papessa, togliti il cappello e fai vedere le corna! Vieni a prenderne un po', se no finiamo il pad thai."

La risata corre liberamente, Maria Eduarda si limita a fare un tiro di sigaro e ad accettare un altro bicchierino di cachaça. Roberto Carlos si sgola in vecchie canzoni:

Se você pretende saber quem eu sou eu posso lhe dizer
Entre no meu carro na estrada de Santos e você vai me conhecer.
Você vai pensar que eu não gosto nem mesmo de mim
E que na minha idade só a velocidade anda junto a mim
Só ando sozinho
E no meu caminho o tempo é cada vez menor.
Preciso de ajuda.

Nina osserva il gruppo con la pancia piena, accetta un altro bicchiere e si sente la testa pesante. Nonostante l'età le avvicini, le cinque donne sono molto diverse l'una dall'altra. La prima ha i circuiti impiantati nella pelle nera del collo a mo' di collana sotto una tunica verde e capelli argentati scolpiti in trecce. La cassiera del supermercato ha un colore di pelle ramato e il rossetto cremisi non si è scolorito con la cena. La terza può essere la sorella di Joení, gli stessi occhi a mandorla sotto le rughe, ma non porta lenti a contatto colorate, ha due *jabuticaba* come iridi. Nina accetta il terzo bicchiere di cachaça dalla cassiera del supermercato, quando qualcuno interrompe la canzone di Roberto Carlos e un'elettricità frusta l'aria.

Maria Eduarda pone la domanda in tono sobrio: "Cominciamo?"

"Cominciare cosa, cazzo?" si chiede Nina, corrucciando le sopracciglia tatuate, "Ecco che arriva l'inghippo, questo cibo gratis era troppo buono per essere vero". Riflette per qualche secondo. Controlla lo zaino per le emergenze che ha abbandonato accanto alla porta. "Se succede qualcosa, esco di corsa." Il piano è ridicolo con un uragano di categoria tre là fuori. Nina sente lo stufato pesarle sullo stomaco.

Si riuniscono tutte in un cerchio. Nina non ha dovuto muoversi per essere inclusa nella circonferenza e i peli sulla nuca le si rizzano. Nemmeno Maria Eduarda si è mossa e non esce dall'ombra. Joení proferisce un saluto: "È luna piena con uragano. Il nostro banchetto è fatto."

Le altre annuiscono.

"Salutiamo la marea di sizigia nell'aria della città. Salutiamo la distruzione che pianta il prossimo raccolto. Salutiamo la furia della forza creatrice maggiore. Salutiamo la devastazione che trarrà pace a molte specie."

Le altre muovono i palmi delle mani verso il centro del cerchio.

Joení ripete le parole chiave della litania, distruzione, aria, forza creatrice, pace. Tutte tengono gli occhi chiusi e i palmi dentro il cerchio, Maria Eduarda inclusa. Nina si rifiuta e chiude i pugni sulla chaise-longue. Trattiene una risata in gola, "Oh mio Dio, queste matte apprezzano quel cazzo di uragano?!" e si morde la lingua per non interrompere.

Maria Eduarda, alla fine, si alza, il volto magro e molto alto. I palmi delle mani di quasi tutte sono rivolti uno verso l'altro. I circuiti impiantati formano degli schemi. A poco a poco, Nina si rende conto che comunicano con una programmazione. Timorosa, cerca di essere gentile con le vecchie. Decide di alzarsi e tende le mani verso il cerchio.

Mentre tende le mani, Nina avverte un prurito. Poi, un bruciore. Oltre al calore, quale altro trucco possono fare quei circuiti? Fin lì è semplice, un circuitino che si compra in qualsiasi supermercato. La voce rauca di Maria Eduarda puntualizza: "Stai sentendo le nostre intenzioni, Nina. Le nostre emanazioni. Non devi crederci o partecipare per forza. Basta portare le tue intenzioni al centro. Cosa desideri che porti l'uragano al pianeta?"

"I-io?"

"Sì, Nina, tu. Questo è il nome che hai usato, no?"

"Sì. Ah, quello che voglio di più è che quegli autoburocrati esplodano."

Nina si spaventa della propria sincerità. La cachaça. Può essere il cerchio, quelle donne matte. Le bollette accumulate, i messaggi irritanti, le proteste di quella gente viziata dal diesel. La mancanza di batteria affinché Oslo la calmi.

Quasi tutte esprimono desideri più affettuosi.

"Che i *pionus* triplichino nel vicinato."

"Che gli alberi si fortifichino."

"Che regni il silenzio."

Il calore nelle mani si mantiene uguale. Ripetono alcune parole, fanno gesti che ricordano programmazioni, sì, è come se programmassero futuri con le mani, gesti tessuti con quei circuiti tra le dita. Nina è compenetrata, cerca di emulare i gesti.

A poco a poco, fanno tutte dei passi, riuniscono le braccia e le allacciano. Poi, in un attimo, disfano il cerchio. Espirano. Joení va a prendere la bottiglia di cachaça. La cassiera del supermercato apre un mazzo di tarocchi con disegni di circuiti al posto delle illustrazioni tradizionali e mostra programmazioni a Nina – le cinquine sono interpretate in maniera metaforica, in unioni, segmentazioni, suggerimenti. La ragazza nota la pressione del sonno sulle palpebre. La musica ricomincia, con Maria Bethânia. Le donne parlano piano e ridono languidamente.

Vinta, Nina sviene nella chaise-longue.

Il giorno irrompe dalle tende morbide. La luce si riverbera nel cervello di Nina. Si scopre in una sala che non riconosce, piena di tappeti. Si ricorda di Joení, dell'invito, della cachaça. Si sente pronta.

Si alza e apre le tende. La luminosità la ferisce. Un cielo blu tappezzato di nuvole diafane. È tarda mattinata nella via di alberi spezzati, lunghe tegole, un pannello solare in frantumi, lattine, rifiuti indistinguibili, una bambola di plastica. Il supermercato sembra sia tornato a funzionare.

Senza pensare ai saluti (e non incontrando nessuno da salutare), Nina salta e afferra il suo zaino per le emergenze di fianco alla porta.

Irrompe giù per le scale come un fulmine e apre il portone del pianterreno.

Non c'è più vento. I *pionus* accolgono il nuovo giorno. Nina calpesta detriti impensabili, scatole, bidoni, altoparlanti, un manubrio di bicicletta. Osserva una scia di fumo che macchia la parte destra del quartiere, fa una passeggiata d'ispezione di quattro isolati e scopre che il benzinaio disattivato è esploso durante l'uragano, prova di un certo contrabbando di combustibili fossili da quelle parti. L'incendio è già in fase di brace. Si allontana come se si allontanasse da un appestato.

Di ritorno al suo isolato, si piazza in mezzo alla via. Ascolta la coltre di calma sul quartiere. Apre le labbra truccate di bianco e scuote i capelli blu. Pensa di far visita alla madre, poi rinuncia a quel pensiero. Per quanti altri uragani dovrà passare nella sua vita?

Il silenzio è tremendo, la brezza è piacevole.

Nina espira e s'illumina di immenso.

Somaterra

di Ciro Faienza

traduzione di Stefano Ternavasio

Ciro Faienza è un cittadino italo-americano (gli piace dire texano-pugliese) che risiede attualmente a Boston. Ha recitato su palcoscenici e schermi in tutto il Texas e il Massachusetts, e il suo lavoro da regista è stato proiettato al Dallas Museum of Art, al Dallas Hub Theatre e alla National Gallery di Londra. La sua narrativa è presente su numerose pubblicazioni tra cui Daily Science Fiction *e* Futuristica, Vol 1. *Il suo racconto* J'ae's Solution *è stato tra i finalisti del concorso internazionale* 3 Minutes Futures *dell'emittente radiofonica nazionale. Di giorno progetta e offre formazione sulla diversità agli enti pubblici e privati. Potete trovalo sulla sua pagina autore di Facebook e su Twitter @cirofaienza.*

Era così, pensò – resina essiccata di caffè cerchia il fondo della tazza vuota; la risciacqui e fiuti il fantasma di ciò che hai bevuto. Risentire la ferita quando cambi la fasciatura. La prostrazione che aspetta il momento in cui tenti di alzarti.

Paolo se n'era andato. Tiche non sprecò tempo a negarlo, perché la speranza era acido nella pancia e il dolore viveva nel petto, dove c'è l'osso a proteggerti. Poteva piangere – una mezz'ora nella notte passata a urlare e ansimare e implorare come una bambina nelle sue camicie vuote – e poi svegliarsi e comunque pedalare sulla cicloturbina per azionare la trappola fredda. Comunque pomparne l'azoto nei campi. Comunque consultare i loro appunti sull'uso dell'acqua di mare.

Lavorare. Attraversare i campi. Studiare. Pianificare. La fasciatura restò intatta.

La sua sparizione era un avvertimento, o una vendetta, o entrambe le cose, ma le sembrava strano che gli uomini avessero preso Paolo, un autoctono, e non la sua compagna americana nera. Non volevano fin dal principio che lei sparisse?

Quando era arrivata la prima volta al villaggio da cartolina di Paolo, un frattale acciottolato di ere e storia immerso tra boschi cedui di pini e dolci pendii, le era parso così simile all'ideale dell'antico paesello agricolo italiano che aveva sgranato gli occhi come se si fosse trovata davanti di colpo una celebrità. La madre vedova di lui, Antonella, un po' curva dopo una vita di fatica, portava a braccetto Tiche ogni mattina per il mercato e i negozi. Un gran numero di schietti occhi bianchi la seguiva, ma li zittiva il profondo piacere di Antonella per la compagnia di Tiche.

Quella prima notte aveva chiesto a Paolo se pensavano che lei gli volesse rubare qualcosa. "Stai scherzando?" aveva riso. "Credo che tu sia la prima persona nera al mio paese, forse da sempre. I rifugiati non vengono perché non c'è niente qui. Nella guerra mondiale non abbiamo mai avuto i soldati americani. Tutto qui. Sei nera. Sei bella. Vai in giro con Nella che conoscono tutti. Guardano." Si era stretto nelle spalle e aveva girato in alto le palme aperte delle mani, sorridendo.

Non gli era venuto il pensiero, allora, di come sarebbero cambiate le cose quando la loro società avrebbe iniziato a cadere a pezzi, o quando infine Nella sarebbe morta. A quel punto anche chi, tra gli autoctoni, non la metteva nel mucchio degli immigrati africani fingeva a volte di non capire il suo italiano, o passava al dialetto per tenerla alla periferia. Quel luogo dove la comunicazione essenziale era un privilegio, non un diritto.

Lei capiva. Il mutare dei tempi non era stato clemente con il loro paese, né il loro paese con loro. La ricchezza del nord, che non era mai fluita liberamente nel Mezzogiorno agricolo, terminò insieme alle piogge, e la regione riprese il suo ruolo storico di zerbino del Mediterraneo.

Lei capiva, e poi si immaginava Paolo – slanciato, brunito dal sole e leggiadro – sciogliersi nella soda caustica.

Supponeva che fosse una sorta di codice in fatto di donne. Questi erano della stessa risma degli uomini che avevano avvelenato la falda acquifera della Campania giusto in tempo perché la nuova era di siccità facesse polvere dei suoi abitanti, o che avevano bombardato interi treni per colpire un singolo poliziotto, ma che si credevano ancora quando parlavano di onore. Donne, bambini, eccetera.

A dirla tutta era stupita che lei contasse.

Tiche e Paolo costruirono la loro fattoria sul terreno della famiglia di lui nel Gargano, negli anni successivi al master. Era un progetto tanto disperato da essere utopistico: trovare una nuova strada, prima che fosse troppo tardi. Quasi tutti i loro colleghi nelle scienze erano fuggiti verso climi nordici – Groenlandia, Islanda, Alaska, Scandinavia – ma mentre il mondo andava avanti, la terra venne spartita, le regole dei confini cambiarono. I ricchi arrivarono prima dei poveri.

Le loro nuove carriere divennero la sopravvivenza. La pianificazione prima di partire, ovvero cosa fare e dove trovare i materiali per farlo, l'avevano compiuta in un vortice di genialità combinata, talvolta intontiti, talvolta in un letto singolo con qualsiasi alcolico fossero riusciti a trovare, entrambi ubriachi l'uno dell'altra.

Ma il lavoro in sé fu molto lucido. Fu arduo e tedioso e spesso intollerabilmente frustrante, spesso una lezione nel ricominciare da capo. Le piante morivano prima di fruttificare. Una cosa che era sembrata facile da costruire si rivelò impossibile. Processi chimici di base, tanto vecchi da portare i nomi ben noti di Haber e Bosch, fallivano inspiegabilmente. La disperazione in questi momenti era forte. Tiche si ricordava di un pomeriggio passato su un banco da lavoro ricoperto di batterie scadute – AA, D, da orologio – che stava aprendo a forza, una per una, nella speranza di recuperarne la grafite, quando Paolo aveva aperto la porta di legno sformata dal sole del capanno e aveva lasciato cadere un sacco ai suoi piedi.

Grafite pura. A chili. Di origine brasiliana. Paolo, si era scoperto, conosceva un tale, "un bravo ragazzo, da un paese qui vicino", che conosceva un altro bravo ragazzo, che conosceva un altro bravo ragazzo, e così via. Tiche era scoppiata a piangere.

Malgrado questo, per lei l'Europa meridionale non era un compromesso. Per quanto potesse diventare calda, comunque lo sarebbe stata meno del Sud degli Stati Uniti, e non era altrettanto piena di negazionisti o di teste calde luddiste che incredibilmente incolpavano la sinistra dell'innalzamento degli oceani.

E adorava il suono della lingua di Paolo, le spesse occlusive, il glissando delle intonazioni. Poteva anche avvertire la *meridionalità* del suo accento, il che per lui era ridicolo. "Sul serio," gli aveva detto. "È quasi texano." Lui aveva riso fin quasi a soffocarsi.

Ascoltare era un passatempo per Tiche, le era arrivato solo a dieci anni, dopo un'operazione che aveva lasciato una ragnatela di fibre ottiche nei suoi lobi temporali immunizzati. Gli esili moduli auricolari erano splendidi grovigli di cavi e quando si conobbero il giovane Paolo, occhi chiari e flessuoso come un disegno al tratto, la lasciò senza parole dicendole nel suo accento non meridionale che lei trasformava le sue parole in luce per capirle.

Signore, pensò mentre si accostava a lui sulla panca della mensa per carpire una furtiva carezza sulla pelle, *Con questo potrei cacciarmi in qualche guaio.*

Aveva mani da pianista con eleganti dita lunghe, e lei se le immaginò sfiorarle la nuda pelle del cranio e altri posti che amavano la sensazione di un morbido attrito – i lati dei suoi avambracci dalle linee tese che lui forse immaginava strette intorno a sé, o i bordi delle sue labbra di una pienezza che sarebbe bastata a fargli percepire il battito del proprio cuore. Alla fattoria, il sole e la fatica con il tempo li resero entrambi un po' più magri e lui un po' più scuro, ma le sue mani rimasero bellissime.

Ma lui aveva pianto – *pianto*, e lei si era meravigliata a vederlo – quando si era reso conto di cosa volesse dire per lei di questi tempi essere una donna nera in Puglia. La infastidiva, guardare la sua angoscia nuova e manifesta per verità che lei aveva sopportato fin dalla nascita, ma si era ricordata che lui non era americano, e qual era il suo contesto per sapere queste cose?

"*Amore*, ascolta," gli aveva detto, inginocchiandosi e prendendogli le mani. "Primo, praticamente non c'è un solo spazio abitabile sulla Terra dove essere neri non sia una lunga strada accidentata. Ma, secondo, adesso sono qui, e indietro non si torna. E io voglio questo. Non è una cosa per cui tormentarsi. È la nostra avventura."

A quelle parole lui aveva sorriso. La loro avventura.

Dottorati, scienze della terra e chimica inorganica. Erano forse i contadini più iperspecializzati che avessero mai coltivato quella terra, ed erano pieni di idee, su modi di rilanciare il deperito ciclo dell'azoto, su recupero idrico e membrane desalinizzanti, efficienza lavorativa, colture simbiotiche, gestione del calore, reti sensoriali, stoccaggio energetico. Da una ingombrante catena di contenitori di plastica sigillati avevano ricavato quello che Tiche chiamava ruminatore, allo scopo di usufruire della vegetazione che non potevano mangiare, alterando le colonie di batteri e lieviti presenti al suo interno con microdosi di essiccanti commerciali (un'idea di Paolo, anche se l'ecosocialista in lui non approvava), finché quell'affare non fu in grado di trasformare sterpami ed erbe in glucosio e metano. Il metano veniva ulteriormente trattato per ottenere fertilizzante, una riserva di azoto per quando la concentrazioni atmosferiche locali erano troppo basse per catturarlo.

Il glucosio, miscelato all'acqua, diventava quello che Tiche chiamava per scherzo "bibita dolce", ignorandone la vaga acidità da rutto. Gli offrì il primo bicchiere una sera quando lui tornò dai campi, qualche settimana dopo la morte di Antonella, mentre il tramonto infiammava di arancione e rosa il cielo alle sue spalle.

"Che cos'è?" le chiese in italiano.

"Una prova," rispose lei. Il suo accento era ancora orribile. "Per vedere se la terra ha altro da darci."

Ne bevve un sorso e fece una smorfia, poi allungò subito il braccio per restituirle la tazza. "È succo d'erba. Non lo voglio." Si voltò per rientrare in casa.

Non l'aveva previsto. "Cosa? Ma, aspetta, io pensavo..."

Lui si voltò di nuovo verso di lei. "Lo so, ma è merda, e adesso non lo voglio."

"Paolo, cosa succede?"

Guardò oltre lei, verso i campi all'imbrunire. "Non possiamo mangiare quelle piante in modo naturale. Mio padre diceva sempre 'naturale' come sinonimo di 'buono'. Una cosa è buona se viene dalla terra. Il nostro vino era buono. I nostri pomodori erano buoni. Il nostro olio era buono. Lo sai come mi ha fatto vedere per la prima volta l'olio dei nostri alberi?"

Centinaia di alberi d'ulivo, gli oliveti che una volta confinavano con questi campi. Morti da tempo. Tiche deglutì e scosse la testa.

"Ero molto piccolo, forse quattro anni, ma me lo ricordo ancora. Me lo versò sulle mani e mi disse di sfregarle insieme e poi portarle al naso e inspirare." Simulò i gesti e i suoi occhi si spalancarono al ricordo. "Ci sentivo dentro l'odore di questa terra. Oro verde. Naturale. Buono."

Guardò in basso, ora con gli occhi umidi. "Non è più buona, Tiche. La nostra terra non è più buona."

La colpì allora fino a che punto le loro enormi fatiche li avessero protetti dal dolore. Non avevano dedicato che pochi momenti al lutto, e solo ora si rese conto di quanto fosse strano.

Disse piano: "Allora faremo noi quello che la natura non può. La renderemo buona. Era questo il sogno di cui abbiamo parlato, ricordi? Prendere quello che l'avidità e l'ignoranza hanno distrutto e creare qualcosa di nuovo." Voleva aggiungere le notizie che aveva sentito dalla Groenlandia, sui loro successi con quelle fattorie verticali che lei e Paolo non avevano speranza di costruire, sui loro collettivi forniti di pool di competenze e droni in condivisione (da quello che aveva sentito avevano i diritti su una percentuale di uno stormo di droni da lavoro, ma non c'erano dettagli) e turni di lavoro volontario, il tutto costruito sul genere di fiducia condivisa che a detta di Paolo qui non era possibile. Ma percepì che non era il momento giusto.

Lui annuì. "Il sogno. Se riusciamo."

Quasi sempre, però, quel senso della frontiera vinceva sul dolore. C'era semplicemente troppo da conoscere e da fare. Tiche scaricava volumi su volumi di metodologie autonome, qualsiasi cosa dalla farmacologia erboristica al combattimento con i bastoni per autodifesa. Un giorno chiese a Paolo, in un italiano ancora stentato, se per sbaglio non fossero diventati dei pazzi libertari.

Lui ci pensò su un momento e disse: "Un uomo di destra significa un uomo che ha paura e nient'altro. Noi non abbiamo paura."

L'ultimo dei suoi moduli auricolari si era esaurito qualche anno prima. Previsto. Triste. Era diverso da come si era sentita dopo il buio sociale, il grande crollo delle app e delle reti che tenevano unite le persone. Non aveva idea se fossero caduti i server, se le società avessero chiuso o se fosse colpa dei firewall nazionali, o semplicemente un problema di accesso a internet nel Gargano, dove era sempre stato instabile. Ma dopo qualche giorno aveva iniziato a sentirsi come una nave che naufragava negli abissi dell'assenza di segnale.

La perdita dell'udito fu invece un'onda di verità che discese su di lei. Il sipario era calato sul suo prediletto spettacolo sonoro, e ora, come uno spettatore a teatro, doveva tornare a casa. Alla realtà, che non era uno spettacolo, ma era quieta. Paolo la stringeva, le baciava gli occhi.

Significava che quando vennero gli uomini la prima volta – uomini dalla mandibola sporgente, uomini dal viso largo, uomini con i coltelli nelle tasche – non aveva idea di che cosa dicessero. Attraverso l'orto dei peperoni nella sera vide tre di loro salire la collina e accostare Paolo. I gesti delle mani che riuscì a leggere – siamo persone ragionevoli, lei capisce, io sono un uomo potente – la spinsero a prendere lo spesso bastone di legno con cui si esercitava ogni mattina.

Gli lasciò il tempo di estrarre i coltelli. Avrebbero imparato qualcosa sulla paura. Due di loro attaccarono con le linee più elementari e la pagarono con le loro ossa, che era sufficiente. Il terzo si diede delle arie – arrivò anche a gettar via il coltello – e la chiamò a sé.

Tiche non avrebbe mai dimenticato l'espressione dei suoi occhi, dopo i tre schiocchi fulminei del bastone e il suo collo piegato e la caduta al suolo. Era lo sguardo di un uomo che sente qualcosa di essenziale dentro di sé andare per un verso mortalmente sbagliato.

Una quota del raccolto o nuovi marchi tedeschi. Lei lo aveva immaginato, e Paolo le fece capire che avrebbe dovuto prevederlo. Dai limoneti della Sicilia alle paludi delle bufale di Napoli, le produzioni erano sempre state sfruttate in modo intensivo. Quel che le rare fattorie stavano producendo ora, sarebbe stato poi oggetto di violenza.

Questo innescò lo stadio successivo dello splendido sogno di Tiche e Paolo – espandere la fattoria e costruire qualcosa in comune con gli autoctoni che volessero partecipare. Avevano avuto delle discussioni in merito, con Tiche che preferiva proposte aperte e franche a chi tra la gente del paese li avrebbe ascoltati, mentre Paolo insisteva sulla necessità di limare prima i dettagli con le persone giuste, e oltretutto nessuno dei due era certo di che cosa volessero davvero proporre. Ma per quanto le loro nozioni sul giusto ordine sociale per il progetto fossero vaghe, sapevano che avevano qualcosa da condividere, e credevano nel suo potere di tirare fuori il meglio dalle persone. Il mondo aveva perso troppo per colpa delle gerarchie e dell'indipendenza. Loro volevano dare.

Ma le persone dovevano essere convinte e radunate e formate, il tutto prima che la prossima squadra della Sacra Corona arrivasse con qualcosa di più dei coltelli. Paolo si chiese perché non avessero portato armi da fuoco, se davvero erano così approssimativi. Tiche immaginò che le munizioni fossero diventate sempre più difficili da reperire e che non avessero ancora trovato un modo per fabbricarsele in proprio. Ma probabilmente sarebbero riusciti a rimediarne qualcuna, per la giusta causa.

Paolo andò in paese una mattina. Tiche tenne il bastone con sé.

Paolo non tornò.

In ere passate, aveva letto Tiche, il Mediterraneo non era stato un mare. L'oceano mondiale, quello che sarebbe diventato poi l'Atlantico, lambì per millenni i suoi margini di roccia, e quando infine le acque infransero Gibilterra l'intera conca si riempì in cinquant'anni.

Cinquant'anni per creare un mare. Tiche non riusciva a immaginare di vederlo. Lo stesso lasso di tempo nel suo secolo aveva visto la marea inghiottire le spiagge del Gargano fino a separarlo quasi del tutto dal resto della Puglia, così che le spiagge esterne erano ormai scogliere, a oriente delle sue colline. L'acqua salata provocava lei e Paolo. Era prossima, abbondante, e dolce e vivifica se fossero riusciti a portare a pieno regime il loro sistema di desalinizzazione. Avevano i numeri giusti per farlo, ma il lavoro e i materiali sarebbero stati troppo per loro due da soli.

C'erano buone ragioni di essere fiduciosi. Nel tempo tutti i loro progetti più importanti si erano conclusi con enorme successo. Estraevano sostanze nutritive dall'aria stessa, le concentravano e le usavano direttamente come nutrimento per le piante che avevano scelto per farle sopravvivere. Gli amori atavici di Paolo, l'aglio e i peperoncini e il rosmarino, erano fatti per sopravvivere, cosa che a suo dire sottolineava l'importanza di ascoltare la terra.

E loro ascoltarono. A intervalli regolari, nei campi che avevano scrupolosamente tracciato, c'erano sensori dell'azoto e del fosforo e contatori dell'attività idrica che inviavano le loro rilevazioni su cavi schermati accanto ai tubi delle sostanze nutritive diretti verso casa. I dati erano preziosi. La fattoria viveva in base a quello che veniva comunicato a un processore a energia solare.

Senza Paolo, il silenzio era un sudario. Lui aveva cercato di pianificare in anticipo, si era impegnato insieme a lei a costruire dispositivi che le inviassero i dati, quando era fuori nei campi, ma le lasciassero le mani libere per lavorare. L'elettronica parlava ai suoi impianti ancora in funzione tramite toni generati – per i volt del vento un do centrale, per i volt solari una vibrazione sorda. La proposta di Paolo per le letture sul campo era una griglia di losanghe vibranti che le aderivano alla schiena, una coppia per ciascuna griglia di sensori.

Ridicolo. Non l'aveva mai provata, non finché lui se n'era andato, quando avrebbe sradicato ogni pianticella, avrebbe dato alle fiamme decenni di lavoro, solo per sentire ancora la sua voce o per essere toccata.

Rimase ridicolo, all'inizio. Un caos di ronzii lungo la schiena, sudore sotto il nastro medico, rumori senza senso che si prendevano gioco delle sue orecchie. Ma la loro vita era creare e stupirsi, e lui non aveva idea di che cosa avesse creato.

Tiche si svegliò il mattino della sola pioggia di quella stagione con il chiaro e impossibile senso che il suo corpo si estendesse ben oltre il suo letto, più in là della casa, fuori nei campi.

Inspiegabile. Aveva preso qualcosa? *No*. Non vedeva una pillola da quando aveva trent'anni.

Fuori udì un solitario do centrale levarsi insieme alla brezza insistente, e l'odore acuto dell'aria le pungeva la schiena. Quando le nubi si ruppero, capì.

Venne a scrosci, più piena di qualsiasi altra volta nella memoria recente. La vide ricoprire i campi e cantare nelle sue scapole, lungo la spina dorsale, e le sentì entrambe come una cosa sola. La sua spina dorsale, la spina dorsale della terra. I suoi campi curati e preziosi e gioiosi, un giardino tutto per lei.

Gli psicologi, lo sapeva, avevano usato fumo e specchi da quasi un secolo prima per convincere le persone che avevano arti in più o che camminavano un passo dietro se stessi. Senza rendersene conto, Tiche si era costruita un senso ulteriore che la legava alle sue fatiche in un modo che sorpassava anche il suo amore e il suo dolore. Non lo sentiva come fumo e specchi. Lo sentiva come un'altra onda di verità.

Rise, di una risata stupida, da ragazzina delle medie. Eppure era una ferita fresca non poter condividere con lui tutto questo – essere d'improvviso vasta ed eterna e completa – e ringraziarlo e parlargli di speranza.

Invece ringraziò la terra e ci si sdraiò sopra, lasciando che la pioggia le infrangesse le ossa e riempisse la sua conca, lasciandola filtrare nelle terre che aveva coltivato per quasi metà della sua vita.

Ora avrebbe creato un mare.

Dentro casa lei prepara una valigia. Ci mette campioni di terreno e modelli di sensori e un piccolo computer, carico. Infila dentro una giovane piantina di fagioli modificata che era costata un quinto dei loro risparmi, quando loro due spendevano ancora in moneta.

È passato parecchio tempo dagli uomini con i coltelli. Tiche non sa che cosa stiano aspettando. Il raccolto, forse. Non ha importanza. Deve agire.

Crede ancora nella seconda parte del loro sogno. Non avevano mai avuto intenzione di passare la vita da soli, neanche tra di loro. Il loro errore non dev'essere stato fidarsi, ma non fidarsi prima. Si chiede come sarebbero cambiate le cose se avessero scavato la prima buca insieme alle persone che avevano vissuto lì per generazioni, le cui famiglie erano storia vivente di lotta disperata e aspirazioni. Crede, con una certezza che è come sapere, che all'arrivo degli uomini loro sarebbero stati dalla sua parte.

La valigia è pronta e lei prende il bastone ed esce di casa.

Tiche sa che probabilmente non potrà contare sulla gente del paese per il prossimo futuro. Se il colore della sua pelle non li terrà a distanza, lo faranno altre paure, e lei ha visto come si comporta l'umanità bianca nella paura.

Alla periferia di San Severo ci sono degli altri. Assomigliano un po' a lei, e anche se, necessariamente, la sua pelle africana non la renderà un membro del gruppo, potrebbe colmare il vuoto di fiducia.

La maggior parte, anche se non tutti, sono nordafricani, prima generazione, seconda generazione. Alcuni saranno tecnici, istruiti in università arabe. Altri saranno scrittori o loro stessi genitori di contadini. Hanno visto cose terribili. Sono fatti per sopravvivere.

All'ultimo filare coltivato si guarda indietro, cercando di immaginare che aspetto avrà quel luogo al massimo della sua grandezza, irrigato dall'acqua marina. Torri come in Groenlandia? Non lo sa. Ma sarà pieno di gente, proprio come l'aveva visto Paolo.

Si inginocchia, e cento volte bacia il suo nome nel suolo argilloso, la terra di Paolo, che ora è il suo corpo. Poi si alza.

Sente una vibrazione. Il sole splende.

Serpenti d'energia

di Brenda Cooper

Traduzione di Stefano Ternavasio

Brenda Cooper è autorice di nove libri di fantascienza e fantasy. I suoi romanzi più recenti sono Keepers *(Pyr, 2018) e* Wilders *(Pyr, 2017). Altre sue opere includono* POST *(eSpec Books, 2016),* Spear of Light *(Pyr, 2016),* Edge of Dark *(Pyr, 2015),* The Creative Fire *(Pyr, 2012) e* The Diamond Deep *(Pyr, 2013), oltre alla serie* Silver Ship and the Sea *e* Building Harlequin's Moon *con Larry Niven (Tor, 2005). La sua narrativa breve include* Along the Northern Border *(Man and Machine, 2016),* Biology at the End of the World *(Asimov's, agosto 2015) e* Elephant Angels *(Heiroglyph, 2014). Brenda scrive spesso sul suo blog su argomenti ambientali e futuristici e le sue opere di saggistica sono apparse su* Slate *e* Crosscut. *È la vincitrice dei premi Endeavour 2007 e 2016 ed stata candidata ai premi Phillip K. Dick e Canopus. Professionista della tecnologia, Brenda lavora come Chief Information Officer per la città di Kirkland, un sobborgo di Seattle. Ha studiato alla California State University dove ha conseguito una laurea in Management Information Systems. Vive a Woodinville, Washington, con la sua famiglia e tre cani.*

Rosa si strofinò gli occhi, provando invano a concentrarsi sulla mappa che aveva di fronte. L'immagine elettronica dell'enorme – ed enormemente danneggiato – serpente solare che ricopriva i canali di Phoenix nuotava nel suo campo visivo. Il serpente era stato contuso, ammaccato e in qualche punto proprio rotto dalla gigantesca tempesta di sabbia che tre giorni prima aveva travolto la città. Un *haboob*. Innumerevoli granelli di sabbia trasportati da un vento torrido e depositati lì a oscurare i pannelli solari, a incastrarsi tra i cavi che li tenevano insieme e a intasare i robot di manutenzione. Così minuscoli da aver fatto così tanti danni. Quarantatré morti. Alberi abbattuti e cartelli strappati dal terreno e saguari centenari rasi al suolo. Ma quelli non erano problemi suoi. Era l'energia.

Il serpente era stato sovra-progettato di proposito, costruito per rifornire il futuro. Rosa lavorava, ormai da due anni, insieme all'IA di manutenzione del serpente, HANNA, e nonostante la sabbia e i danni, il vasto e splendido apparato avrebbe dovuto creare energia sufficiente.

"HANNA?" Rosa si rivolse all'IA, che ascoltava da un altoparlante delle dimensioni di un bottone sulla scrivania. "Sei riuscita a capire perché il calo di potenza diventa sempre più grave?"

Rosa aveva scelto la voce di una donna anziana per l'IA. Sembrava tranquilla mentre diceva: "Non ancora. Continuerò a cercare."

Un'idea passeggera fece dire a Rosa: "Guarda oltre il lato progettuale. Se non hai trovato un problema lì, allora il problema è da qualche altra parte. Nell'accumulo di energia? Negli aspetti legali?"

"È un'autorizzazione?" chiese HANNA.

Rosa esitò. Ma HANNA non gliel'avrebbe chiesto se Rosa non avesse potuto autorizzarla. "Sì."

"Connessa."

"Vado al varco più vicino."

"Hai già lavorato 14 ore oggi."

La macchina non era responsabile della manutenzione su di *lei*. "Forse se lo vedo con i miei occhi capirò. Buonanotte."

"Buonanotte, Rosa."

Rosa uscì dall'edificio, ancora con la camicia di lavoro blu del Salt River Project. Un vento caldo e secco sollevò una nuvoletta di sabbia che le solleticò le caviglie. Dopo mezz'ora, Rosa scorse il bagliore del serpente da un isolato di distanza. Le sue luci pallide gialle e blu apparivano più brillanti del solito con i lampioni offuscati a mezza potenza.

Quando passò sotto l'arco per raggiungere il percorso, trasalì nel vedere un robot di manutenzione che sfrecciava per aria, con una minuscola scopa attaccata a un "braccio" e un soffiatore d'aria stretto nell'altro. Le ricordava una creatura fantastica da romanzo, metà scoiattolo e metà coltellino svizzero.

Il percorso era affollato. Due giovani donne sui pattini a rotelle che spingevano dei bambini sulle carrozzine la rallentarono. Hoverboard e biciclette sfrecciavano in entrambe le direzioni.

Il suo auricolare trillò leggermente al tocco. Una comunicazione, letta da una piatta voce maschile. "L'Associazione dell'Energia Solare ha alzato di nuovo i tassi, evidenziando un deficit energetico. I brown-out sono in programma a partire da domani a mezzogiorno. Gli orari verranno pubblicati domani mattina alle sette."

D'estate, i brown-out uccidevano. Lei strinse i pugni.

Più si avvicinava al varco, più i muri che separavano i quartieri dal canale sembravano messi insieme a casaccio. Frammenti di recinzione metallica, una staccionata di fortuna, una sezione in muratura ben curata, un segmento in adobe con schegge di vetro conficcate in cima che scintillavano alla luce del serpente. La sua vecchia casa. Se n'era andata da sei anni. Non riconobbe le persone che si rilassavano appoggiate al muro, bevendo birra e ascoltando musica. Due giovani la fissarono e all'improvviso desiderò di essersi messa qualcos'altro al posto della camicia SRP.

Al suo passaggio le conversazioni si facevano silenziose o cambiavano tenore, anche se nessuno le si avvicinò.

Raggiunse il varco e ci si fermò sotto, guardando in alto. Il serpente ondeggiava attraverso la città, a volte appena sei metri sopra i canali e altre volte alto quanto un grattacielo: un progetto in parte arte e tutto funzionalità. Gli anelli più alti servivano a raggiungere il sole che gli edifici o i ponti avrebbero oscurato. Questo varco era vicino a un segmento che iniziava a salire. Tre sostegni erano crollati. Squame solari si erano sbriciolate sul percorso e, quasi certamente, dentro i cortili vicini. Qualcuna ancora penzolava, sbilenca, con i bordi attaccati all'impalcatura di cavi che teneva l'inclinazione del pannello.

Lo squarcio era grave, ma neanche cento metri più avanti il serpente proseguiva la risalita verso la cima della curva, a luci accese, chiaramente in funzione. Ogni due o tre pali portavano energia e ottica ai circuiti sotterranei. Un varco poteva interessare solo l'area stessa del problema e nel peggiore dei casi altri due segmenti. Il serpente aveva perso quattro segmenti energetici lì, ma ce n'erano migliaia. HANNA segnalava 153 segmenti fuori uso, il che era meno del 10%.

La minima di quella notte era prevista a 35°, e la massima del giorno dopo a 49°. I ricchi spesso avevano i propri sistemi. Oppure avevano dei posti freschi dove andare e un mezzo di trasporto per raggiungere l'energia se ne avevano bisogno per i serbatoi di ossigeno o le sedie a rotelle elettriche. I poveri non sarebbero stati in grado neanche di accendere un ventilatore.

Rosa aveva tenuto la mano di sua nonna tra le proprie, quando era morta di calore durante le guerre energetiche del '32. Aveva solo sette anni, sudata e triste, la testa in fiamme per il caldo e la disidratazione, e cantava a sua nonna. Aveva sentito la sua mano diventare insensibile, aveva visto la vita svanire dal suo sorriso, dalle sue guance, dai suoi occhi. Rosa aveva pianto, accaldata e triste, e aveva dormito con la testa sul petto della nonna morta finché un'ora dopo suo padre non l'aveva trovata.

Deglutì, come sempre poteva sentire quella mano che scivolava nella morte. Alcuni ricordi lasciano un marchio di fuoco nell'anima.

Dei passi dietro di lei la riscossero dai suoi pensieri.

"Rosa. Sei tu? Proprio tu?"

Anche se non la sentiva da cinque anni, quella voce sapeva di famiglia. Di casa. Rosa si voltò e sorrise. "Inez."

"Lavori per il potere adesso? Per quei bastardi dell'SRP?"

Rosa fece un passo indietro, un po' intimorita dalla pura e semplice pressione della voce di Inez e del suo corpo, che era più grosso di come se lo ricordava, più robusto e muscoloso. La luce del serpente e le luci sul percorso si combinavano a colorare la faccia di Inez di un blu spento. "Sì."

"Sei venuta per mettere a posto?"

"L'srp sta facendo tutto il possibile per ripristinare l'energia..." Lo sguardo sul volto di Inez fece sentire a Rosa il gergo aziendale che le stava rovesciando addosso, e si fermò. Fece un respiro. Guardò dritto verso Inez. "Se ci riesco."

Le due donne rimasero un po' in silenzio e Rosa ebbe il tempo di chiedersi se anche Inez, come lei, non sapesse che cosa dire, poi Inez disse: "Ero certa che te la saresti cavata. Scusa. Solo che... non mi aspettavo, non credevo che saresti diventata..."

"Il nemico?" Rosa sorrise. "Non sono io."

Inez si limitò a squadrarla.

Erano state buone amiche un tempo. Facevano i compiti insieme. Saltavano la scuola insieme. Eppure Rosa sentiva una distanza da Inez che la preoccupava. "Va tutto bene?"

"Ho due bambini. La mamma è malata. Papà è morto."

"Mi dispiace. Della malattia. Congratulazioni per i bambini." Stava balbettando. Inez era sposata? Non se lo ricordava. "Mi dispiace per tuo papà."

"Era un bastardo." Le spalle di Inez si rilassarono un minimo e sorrise. "I bambini stanno benissimo. Lonny ha cinque anni e adora combinare guai. Il suo fratellino, José, è piccolo e furbo."

"E tua mamma? Mi ricordo che mi preparava la zuppa di pollo con il chipotle quando avevo il raffreddore." La mamma di Inez, Maria, sorrideva sempre ogni volta che Rosa mangiava la sua zuppa, e Rosa si sentiva meglio ogni volta che Maria sorrideva. "Che cos'ha?"

"Vorrebbe morire da quando papà non c'è più. Ma io non voglio che muoia."

"Capisco. Ti ricordi di mia nonna?"

"Sì." Inez deglutì e spostò il peso del corpo. "Sono venuta a dirti di fare attenzione. Qui c'è gente a cui l'srp non va a genio. E avete appena alzato i tassi di nuovo."

"Non sono stata io. Oltretutto non è più l'SRP che stabilisce i tassi. Lo fa l'Associazione dell'Energia Solare, che è del governatore. L'AES. Un comitato."

Inez strinse gli occhi. "La gente odia comunque l'SRP."

Rosa annuì. Quando sua nonna era morta, aveva odiato l'SRP. Li aveva odiati fino a quando si erano schierati a favore del serpente. Poi li aveva amati. Il serpente era progettato per rendere l'energia disponibile a tutti, ricchi e non, a patto che la volessero. Dato che i ricchi avevano i propri sistemi, il serpente era un'opera pubblica a uso dei poveri. L'energia a buon mercato e la connettività di rete che correvano lungo il serpente l'avevano aiutata a competere alle scuole superiori, l'avevano aiutata a guadagnarsi le sovvenzioni per il college, l'avevano aiutata in ogni cosa per cinque anni. Adesso tutto questo era in pericolo, e per ragioni che Rosa non comprendeva.

"Faresti meglio ad andartene," disse Inez.

Rosa annuì, lanciando un'altra occhiata alle sezioni distrutte dell'apparato solare. "Sono stanca. Ho lavorato tutto il giorno."

"Ha ucciso un bambino quando è venuto giù. Nove mesi."

Rosa deglutì. "Mi dispiace." Non se n'era parlato nei notiziari ufficiali. Ma sarebbe riuscita a documentarsi sul fatto se avesse cercato. Questo quartiere aveva le proprie fonti di informazione che fluivano tra i capannelli dei poveri oziosi come acqua che scorre a valle.

"Torna un giorno migliore," il sorriso di Inez era debole, ma genuino. "Voglio sapere come stai."

Rosa pensò di accostarsi a lei per abbracciarla, ma alla fine le porse una mano. Inez la prese e la strinse forte. Ripeté la richiesta. "Torna."

"Presto." Sapeva di promessa a vuoto e se ne meravigliò, scontenta di se stessa. Che diritto aveva di ignorare il luogo da dove era venuta?

La mattina dopo arrivò al lavoro con un'ora d'anticipo sul suo turno. Mentre lanciava il pranzo nel frigorifero quasi pieno, disse: "HANNA. Buongiorno. Trovato qualcosa?"

Come sempre, HANNA era lì con lei. "Ho trovato tre grandi fattori contribuenti. Ci siamo già occupate dei guasti del sistema di tracciamento."

L'avevano fatto. Per un anno. "E ancora non ci sono i ricambi. Vai avanti."

"Il clima."

Rosa si sedette e cominciò ad accendere i sistemi. "Come quella tempesta di sabbia infernale."

"E quella prima? No. Finora questa estate la temperatura è aumentata in media di 1,7 gradi."

"Sì, lo so," rispose Rosa.

"La gente ha usato il sette per cento in più di aria condizionata."

Questo non lo sapeva. L'infoweb aziendale dell'SRP prese forma sullo schermo.

"E il sistema sta perdendo energia."

"Lo so." Esaminò l'infoweb. Il programma dei brown-out sarebbe stato pubblicato entro 15 minuti. Gli addetti alle chiamate erano stati convocati prima del solito. Il Centro per le Operazioni di Emergenza sarebbe rimasto in funzione. Quel giorno era atteso un vento caldo. Nessuna tempesta. Sbatté le palpebre. "Quanta energia? Più del solito?"

"Il solito importo. Venti per cento."

Aggrottò la fronte. HANNA le stava fornendo i dati lentamente, dandole da pensare. Una delle funzioni a cui era predisposta era l'addestramento del personale, ma lei pensava di essersi ormai lasciata quasi del tutto alle spalle quella fase. "Quindi è il 20% dell'energia, a prescindere da quanta ne generiamo?"

HANNA disse: "È un importo fisso pari al 20% della capacità massima."

Rosa si bloccò. "Questo importo non si riduce durante un'emergenza?"

"No."

Il suo schermo si riempì di frammenti di contratti. Aveva fatto uno stage al dipartimento di giurisprudenza; sapeva interpretare il linguaggio. Più esaminava le clausole inviate da HANNA, più dentro di lei cresceva una profonda repulsione.

La governatrice aveva ceduto il 20% della loro energia.

La rete elettrica dell'SRP era il serpente ed era destinato alle classi medie e povere dell'Arizona. Non al nord più fresco. Si versò una tazza di caffè, fece un respiro profondo e andò a cercare il suo capo.

Susannah Smith era nel suo ufficio e tamburellava sul tavolo con le dita esili e curate. I suoi capelli, di solito ricci, le ricadevano sulle spalle, ancora umidi, e appariva stanca quanto Rosa sentiva di esserlo. Tuttavia, quando Rosa entrò sollevò lo sguardo e sorrise. "Hai dormito la scorsa notte?"

"Non bene."

"È tutto a posto?" Susannah tornò a guardare il computer. "Le liste sono appena pubblicate. Spero ti sia portata il pranzo. Può darsi che oggi non usciremo."

"Ho una domanda."

"Spara."

"La governatrice ha venduto la nostra energia. Lo sapevi?"

Susannah si girò di nuovo verso di lei. "Abbiamo venduto l'energia in eccesso."

"Non si tratta di eccessi. Chicago e Salt Lake hanno la priorità. È una cosa nuova."

Per un istante, lo stupore accese il volto di Susannah e le sue labbra si aprirono per parlare, ma le serrò in una smorfia. Scrollò le spalle. "Non è un problema nostro. Noi contribuiamo alla manutenzione, non ai contratti."

"Ma di certo durante un'emergenza..."

L'occhiataccia di Susannah non lasciava speranze. "Non possiamo farci niente."

Perché Susannah sembrava così arrabbiata? "Perché no?"

"Né io, né te. E non oggi." Susannah si alzò, il che la rese di diversi centimetri più alta di Rosa. "Posso aiutarti a dare priorità al tuo lavoro?"

Rosa non era pronta ad arrendersi. "Chi può cambiare la situazione?"

"L'ASP." Susannah fece un passo verso di lei, non con fare minaccioso, ma incalzante. "Vai. Abbiamo tutti molte cose da fare oggi, e giornate lunghe."

Fuor di dubbio. "Non posso..."

"Vai."

Susannah non aveva mai usato quel tono di voce con lei. Rosa se ne andò, mentre lacrime di rabbia le pungevano gli angoli degli occhi e le unghie penetravano nel palmo.

Tornata in ufficio, fu costretta da HANNA a concentrarsi sul lavoro e così passò la mattinata a catalogare i pannelli solari mancanti, controllare i progetti di HANNA e approvare ordini di materiali e bot di manutenzione. Almeno non si dovevano preoccupare del costo dei pannelli sostitutivi. La governatrice era riuscita a ottenere lo stato di emergenza e avrebbe pagato la FEMA.

Ogni soluzione al problema che riusciva a immaginarsi era impedita dal pessimo contratto firmato dalla governatrice, o rallentata fino all'assurdo dalla moltitudine di meccanismi di sicurezza che dilagava nell'SRP – per metà reliquie di un tempo in cui l'energia correva su cavi ad alto voltaggio e a toccarla si restava uccisi.

Subito prima di pranzo, Rosa mandò un messaggio a Callie, che era stata il suo mentore ufficiale quando aveva iniziato questo lavoro e poi aveva continuato ad aiutarla. Callie sapeva far passare di tutto tra le maglie della burocrazia soffocante. Accettò di incontrare Rosa per pranzo nel suo ufficio.

Callie affondò la sua enorme figura nella sedia e gettò indietro la testa, così forte che per poco non disfece la grossa crocchia di capelli grigi che la coronava. "Sei stanca quanto lo sono io? I telefoni sono impazziti e qua fuori ci sono tre vecchie con dei cartelli di protesta. Difficile rigirare la frittata stavolta."

Rosa raccontò a Collie quanto aveva scoperto e le riferì la sua conversazione con Susannah.

Callie si accigliò. "È troppo in alto. Noi non possiamo farci niente."

La parola *noi* diede speranza a Rosa. "Sei sicura?" Gettò un'occhiata al computer. "Ci sono 48 gradi già." La sua voce si alzò. "Moriranno delle persone per dare energia a Chicago, dove ci sono solo 33 gradi. Non è per niente giusto!"

Callie scosse la testa e tirò fuori una tazza di caffè. "No. Ma né io né te possiamo cambiare la situazione. Io posso combinare qualcosa, ma solo quando si tratta di sostenere l'SRP o i lavoratori." Sorseggiò il caffè, a sopracciglia aggrottate. "Se t'immischi in questa storia finirai per farti licenziare."

"L'ho detto a Susannah. Era stupita. Lo vedevo nei suoi occhi. Ma mi ha mandata via."

"Susannah è stata qui abbastanza a lungo da sapere come vanno le cose. Certe cose." Callie alzò gli occhi al cielo e le offrì un bulbo di caffè. "Prendine uno."

Quindi nemmeno Callie l'avrebbe aiutata? Rosa prese il caffè e lo bevve così in fretta che si bruciò la lingua.

Nella pausa seguente, usò il telefono personale per cercare di chiamare la governatrice. Le linee erano occupate. Ogni minima cosa che faceva per provare ad aggiustare il serpente era come estrarre un singolo ago da una palla di cactus. Questa non avrebbe dovuto essere un'emergenza e loro non avrebbero dovuto usare scorciatoie e bot ancora operativi a fine ciclo di manutenzione. Avrebbero dovuto avere il tempo di essere prudenti.

S'imbatté in Collie mentre stava per uscire. "È comunque sbagliato," le disse. "Oggi sono già morte tre persone. Anziani. In un giorno di brown-out. Poi diventerà peggio."

"La città sta aprendo dei rifugi contro il caldo."

"Per quante persone?"

Lo sguardo di Callie le disse che non era abbastanza e non ci fu neanche il bisogno di una risposta. Disse soltanto: "Stai facendo il massimo."

"Non basta."

"Puoi soltanto fare il massimo."

Rosa fissò Callie negli occhi. "Forse posso fare anche meglio."

Era già ora di dormire quando completò la traversata tra l'arsura del suo monolocale. Qualcuno le aveva appeso alla porta il programma dei brown-out e una lista di consigli per la conservazione dell'energia. La adocchiò, si accorse che aveva altre due ore di refrigerazione e crollò sul letto con ancora la divisa addosso.

Quando si svegliò verso l'alba, sentiva su braccia e gambe il peso di una rabbia scura a cui non riusciva ad associare alcuna immagine. Il sudore le imperlava la fronte e si appiccicava ai capelli. Mentre scrutava dalla finestra verso il cielo che si rischiarava, la rabbia la fece alzare dal letto e indossare una divisa pulita. Mangiò una manciata di fragole e due fette di toast, poi si annodò i capelli in lunghe trecce che non le avrebbero tenuto caldo.

Uscì di casa e prese la strada per il lavoro, poi si fermò. Se ci fosse andata quella mattina, la rabbia l'avrebbe consumata. Era stata orgogliosa del suo lavoro fino al giorno prima. Ora non più. Lavorava per la società energetica e sapeva cosa significava morire per mancanza di energia. Le mani le tremavano, così strinse i pugni. Si voltò e tornò in fretta sui suoi passi, verso la sua vecchia casa. Rischiava di perdere il suo sogno, il suo lavoro. Ma se fosse riuscita a salvare una nonna da qualche parte...

Di solito, il lungo canale la calmava. Ma quella mattina l'intero scenario – l'ampio canale, l'arcuato serpente dell'energia, i graffiti su un muro, l'elegante arte naturale sui ponti – tutto quanto sapeva di separazione.

Inez fu facile da trovare; sua madre e sua sorella vivevano ancora nella stessa vecchia casa verde sbiadita. Mentre spiegava a Rosa dove trovare Inez, la sorella non smetteva di lanciare caute occhiate al logo dell'SRP sulla sua camicia. Ma non fece domande.

Inez era seduta sui gradini d'ingresso di una casa PopUp in mattoni, piccola e quadrata e uguale identica alle tre accanto, se non per un murale di un asino sulla parete laterale. I bambini di Inez erano entrambi snelli, mori e timidi. Dopo le presentazioni, Rosa chiese: "Chi è che conta adesso qui? Chi dice le cose al quartiere?"

Inez si alzò, i bambini dietro di lei, con il più grande che sbirciava e il più piccolo che si nascondeva dietro l'ampia coscia destra di Inez. "Che notizie hai?"

Rosa le disse dei contratti.

Inez sembrava più arrabbiata che sorpresa. Dopo qualche momento chiese: "Ti ricordi di Penélope López? Era due anni dietro di noi a scuola."

"Forse." S'immaginò una ragazza magra con corti ricci neri patita degli stivali a tacco alto, anche in estate.

"Ha un programma locale. Dissidente regolare, lei. Una brava ragazza." Inez raccolse entrambi i bambini, bilanciandoli sui suoi fianchi, uno per parte. Picchiò sulla porta della vicina e spinse dentro i bambini, poi accompagnò Rosa da Penélope, che portava ancora gli stivali a tacco alto ma adesso era cresciuta, e arrabbiata. Rosa raccontò la sua storia e Penélope scrisse.

Mentre parlava, a Rosa bruciava lo stomaco. Era in ritardo di un'ora al lavoro ed era lì con addosso una divisa dell'SRP a raccontare le storie della società pubblica più potente di Phoenix.

Dopo, Inez la portò da Jack, un nero alto con i dread e un sorriso lieve. Aveva letto il post di Penélope. "Mi piace tantissimo quello che hai detto. Verità al Potere." Il suo sorriso si allargò. "Posso? Sarà in diretta. Comincerà a momenti."

Rosa deglutì. "Chi lo vedrà?"

"Tutti."

Rosa esitò. Inez la guardava. Jack sorrideva, pieno di pazienza.

Rosa annuì.

Jack diede a Inez una telecamera così piccola che Rosa continuava a perderla di vista. Fece attenzione a dire solo quello che sapeva, a usare i fatti, e Jack le fece domande difficili. Quando si rifiutò di rispondere ad alcune, disse: "Tutto okay. Ti puoi rifiutare. Ci dice tanto quanto una risposta."

Questo la fece interrompere e respirare, e preoccupare, ma proseguì. Stava salvando una nonna.

Jack le porse una mano, le si accostò e l'abbracciò, con il suo vago odore di fumo e mele. "Hai coraggio," sussurrò. La portò al canale e si fermarono vicino al varco dove si vedevano i cavi pendenti. Le ripeté alcune delle stesse domande mentre Inez zoomava sulla sua camicia e la sua faccia marrone e le trecce lunghe.

Rosa si lasciò andare alle sue parole. Era sua adesso, la sua scelta, la sua storia, la sua rabbia.

Un'anziana che si trascinava come una tartaruga le venne incontro e l'abbracciò. Si girò e vide che Jack si era messo a intervistare l'anziana che stava chiamando tutti quanti a raccolta per protestare, per alzarsi in piedi all'ombra del serpente e farsi sentire.

Penélope chiamò Inez e disse che anche lei avrebbe invocato una protesta.

Nell'ora seguente, i percorsi sotto il serpente iniziarono a gremirsi. La gente portava acqua e cibo, sedie e cartelli. Portavano anche rabbia, bambini, cani e musica.

Rosa fece altre tre interviste.

Quando comparirono i notiziari di Phoenix, i percorsi erano pieni e le giunse voce che altri quartieri si erano uniti alla protesta. Anche quartieri del ceto medio, di quelli che avevano la loro energia. Grazie a un servizio del telegiornale poté leggere i loro cartelli, che erano stati realizzati con colla e brillantini e con evidenziatori più ricercati di quelli vicini a Rosa. Ma dicevano le stesse cose.

ENERGIA A PHOENIX

IL SERPENTE È NOSTRO

ENERGIA PER TUTTI

Con il passare dei giorni, i cartelli divennero più arrabbiati e più ingegnosi.

IL SERPENTE CI SFAMA TUTTI
FUORI LE SERPI DALLA POLITICA
PER I SERPENTI D'ENERGIA

Una coppia di liceali seduti su una panchina a forma di roccia con rami di cactus senza spine riconobbe Rosa e i due si alzarono insieme, facendole cenno di sedersi. Lei per un momento sbatté le palpebre verso di loro, ma quando la ragazza inclinò la testa e disse: "Grazie," Inez si sedette e tirò Rosa accanto a sé e la coppia si perse tra la folla.

Malgrado l'ombra del serpente sulla panchina e l'acqua che scorreva a un metro e mezzo da loro, il caldo non lasciava scampo. I manifestanti si ammassavano sotto i pannelli solari e Rosa si asciugava il sudore dalle sopracciglia. Dei giovani interpellavano la folla, vendendo getti d'acqua al metro da grosse sacche che si facevano rotolare davanti da sopra ai loro camion rossi. In aria volteggiavano delle Newscam, alcune in evidente violazione delle regole sulla prossimità alle persone.

Felipe, per cui Rosa si era presa una cotta in terza media, venne a stringerle la mano. Il suo tocco caldo e sudato fu accolto da un sorriso nervoso e per un attimo Rosa si sentì di nuovo la ragazzina di allora, anche se Felipe si portava dietro appesa al fianco una bambina di tre o quattro anni.

Un canale internazionale di news venne a intervistarla in uno spagnolo orribile, e lei riuscì a non ridere mentre ripeteva la sua semplice litania di fatti. La telecamera del cronista strinse sul logo della sua camicia. "È un'informatrice?" chiese.

Scosse la testa. "Amo il mio lavoro, e l'SRP. Ma la gente deve sapere dei contratti. Oggi sono già morte tre persone per il caldo. E non saranno le ultime."

Si levarono delle voci. Un venditore d'acqua che si era fermato accanto a loro dopo aver finito le scorte si arrampicò sopra il camion e gridò: "Polizia!". Si girò e guardò Rosa. "Cercano te! Scappa."

Rosa si alzò, confusa. La gente si radunava davanti a lei, e qualcuno intonava cori come *Salvate il serpente!* o *Energia alle persone!*

Inez salì in piedi sullo schienale della panchina. I suoi occhi si spalancarono. "Tenuta antisommossa."

A dispetto della calura rovente, di un vento caldo, del sole ormai alto nel cielo e implacabile, a dispetto di tutto questo, la folla continuava a radunarsi. Inez disse: "Stanno sbarrando la strada alla polizia."

Il venditore d'acqua, scrutando avanti e indietro come un corvo dal suo posto d'osservazione, forse mezzo metro più in alto di lei, disse: "Non per molto."

Una mano atterrò con forza sulla spalla di Rosa. "Eccoti qua."

Rosa si voltò e scoprì Callie che la fissava. Si era tolta la divisa e aveva messo un cappello che *forse* le avrebbe nascosto la faccia in mezzo a così tanta gente. "Susannah ti ha chiusa fuori dalla sede."

Rosa non si stupì, ma faceva male.

Callie offrì un sorriso inatteso e disse: "L'ho raccontato all'*Arizona Republic*." A vederla sembrava che avesse appena vinto alla lotteria, tanta era l'energia che le brillava negli occhi.

Rosa balbettò. "Gliel'hai... gliel'hai detto? Non rischi di farti licenziare anche tu?"

"No. Mi sono messa in pensione prima di parlare con i giornalisti. Sono venuta grazie a te. Quello che mi hai detto, che dovevamo interessarci, mi hai fatto vergognare."

"Quindi sei al sicuro?"

"Sì. Credo. Ma tu non lo sei."

"Non fa niente." Rosa si sporse ad abbracciare Callie. "Grazie."

"Sono venuta a ringraziarti. A dirti che puoi fare anche meglio. Ho deciso che anch'io potrei."

Rosa sorrise. Il venditore d'acqua esclamò: "Succede qualcosa!"

Rosa gli lanciò uno sguardo, ma Callie disse: "Aspetta."

Quando Rosa si girò, Callie le disse: "Io e HANNA abbiamo fatto una cosa prima che perdessi l'accesso."

Inez, ancora in equilibrio sullo schienale della panchina, gridò: "Si stanno avvicinando. Possiamo muoverci più in fretta di loro. Dobbiamo andarcene."

Callie scosse la testa. "Non c'è bisogno. HANNA mi ha aiutata a spegnere la trasmissione."

Rosa sbatté le palpebre. "Quale trasmissione?"

"Le linee per Chicago. Qualcuno che conosco ha un accesso backdoor a HANNA, e mi ha aiutato. È sufficiente. Forse sarebbero bastate le proteste. Ma tu mi hai dato la voglia di aiutare. La governatrice farà presto l'annuncio."

Rosa fissò il suo mentore, respingendo lacrime e sudore con il battito delle ciglia. Callie aveva sempre amato il suo lavoro, l'aveva sempre difeso. Aveva odiato gran parte della procedura, ma mai il lavoro reale. E adesso aveva commesso un'insubordinazione del genere? "Ti arresteranno?"

Carrie stava ancora sorridendo. "E così ammetteranno che la loro stessa IA ha aiutato?" Scosse la testa. "Ci sarà una conferenza stampa. La governatrice dirà che aveva intenzione di usare i soldi per riparare il serpente."

"Ed è vero?" chiese Rosa.

Callie si strinse nelle spalle. "Che importa? Vinciamo noi. La gente non muore."

Il venditore d'acqua disse: "Dovresti andartene."

Rosa guardò Callie. "Altri soldi possono pagare le riparazioni."

Callie diede un'occhiata all'orologio. "Potrebbe già essere finita."

Ci fu un boato della folla difficile da interpretare, poi un'ondata di strilli stanchi e grida più forti, qualche fischio. Il venditore d'acqua lo disse per primo. "I brown-out sono cancellati."

Rosa e Callie si scambiarono un lungo sorriso. Malgrado il caldo, Callie strinse Rosa tra le braccia. Sussurrò: "Ti troverò."

Rosa si voltò per aiutare Inez a scendere. Quando cercò di nuovo Callie, era sparita.

"Sei stata tu," disse Inez.

"Mi hanno aiutata."

"Non sarebbe successo senza di te."

Il venditore d'acqua saltò giù dal camion. "La polizia è quasi arrivata." Cominciò ad avviarsi e Inez trascinò Rosa dietro di lui, e in un attimo le ali della folla le avvolsero entrambe, accompagnandole lungo il fiume di persone sotto il serpente.

Aveva fatto anche meglio. Avrebbe trovato un modo di sopportarne il prezzo. Era bello essere a casa.

PREVISIONE DI VUOTO

di Renan Bernardo

Traduzione di Stefano Ternavasio

Renan Bernardo è uno scrittore brasiliano di Rio de Janeiro che scrive sia in portoghese che in inglese. Suoi racconti sono stati pubblicati su riviste e antologie brasiliane. Ha pubblicato un romanzo horror dal titolo A Sala do Tempo. *Quando non scrive, lavora con un supercomputer in un progetto di fisica ad alta energia (che giura non farà finire la Terra in un buco nero). Potete trovarlo su Twitter e sul suo sitoweb: <www.renanbernardo.com>.*

Avere una migliore amica obsoleta significava dover sopportare continui avvisi sulla sua condizione.

"Il software deve essere aggiornato," disse Lyria, bloccandosi dritta in piedi mentre andavamo da Alghe su Ruote. Le sue mani franarono e s'irrigidirono contro i fianchi. "Se non sarà aggiornato, il software si disattiverà." Qualche metro più avanti, il tuk-tuk a levitazione degli algawich strombazzò per due volte, annunciando l'ora della partenza.

"Be', Lyria," dissi, ridacchiando. "Sei fin troppo prevedibile, te l'ho detto?" Salutai con la mano Roberto, il venditore di algawich. Stava facendo decollare il tuk-tuk dall'altro lato della strada. La sua superficie lucida rifletteva i cieli rosati che cedevano il passo al buio della notte. Roberto trasalì nel vedermi e fece svoltare l'Alghe su Ruote dentro un'area di parcheggio riservata a biciclette, risciò e simili.

"Janet, in fatto di prevedibilità, vorrei..."

"Silenzio, amica. Ecco il nostro uomo."

Mi misi a correre. Lyria mi seguì come faceva sempre. I suoi piedi metallici picchiavano sull'asfalto in modo irregolare.

Il sapore dell'alga, ma nascosto tra due fette di pane! reclamizzava un piccolo ologramma che galleggiava nel blu e nel giallo intorno al tettuccio dell'Alghe su Ruote e passava ogni tanto attraverso il pannello solare tondo sulla cima.

Lyria cercò di tenere il mio passo, ma le sue gambe erano vecchie, logorate dal tempo e dall'uso, incapaci di correre senza farla sembrare una ballerina sgraziata. Per me nella sua anzianità non c'era niente di nuovo. I suoi avvisi mi comunicavano la sua obsolescenza ormai da più di due anni.

L'odore sgradevole di alghe ci colpì prima di avvicinarci al portello di servizio dell'Alghe su Ruote.

"È il miglior algawich di Sundyal," ci disse Roberto. Un approccio studiato, malgrado i suoi occhi che luccicavano come se stesse rivelando un segreto.

"Lo dici tutti i giorni, Roberto," risposi. "Ci vengo sempre."

"Oh!" sorrise Roberto, mentre una spatola gli saltellava in mano: il pane cadeva sull'alga che cadeva sul pane che sfrigolava sulla piastra di cottura. "Algawich standard?"

Annuii. La miscela continuava a sfrigolare. Il mio stomaco borbottava. Per poco non gli chiesi se davvero avesse tutta quella voglia di alghe, ma immaginai che fosse in subbuglio per la mancanza di altre opzioni.

"Non sono bravo a ricordare le facce," disse Roberto. "Anche se quella è difficile da non notare." Indicò Lyria col mento.

Lei rimase impassibile accanto a me, in attesa, nella sua postura eretta. Il vento scompigliava le poche ciocche di capelli in fibra plastica che le restavano in testa, fili del suo passato. Dalla mascella si staccavano lembi di pelle. Sbatté gli occhi arancioni privi di pupille, mentre alcuni lineamenti del volto si contraevano in uno spasmo. Hardware e software antiquati causavano molti problemi alla struttura di Lyria. Oltre a soffrire di spasmi muscolari, a volte si piegava su un fianco, inclinava la testa involontariamente e pronunciava frasi incomprensibili. In più, il suo bioinnesto cutaneo era molto più vecchio delle pelli lisce che ricoprivano i corpi e i volti degli androidi capaci di confondersi alla perfezione tra gli umani per le vie di Sundyal, anche se loro sembravano sempre più monotoni di lei con le loro frasi ripetitive adeguate alle funzioni specifiche.

"È facile da riconoscere," dissi, sorridendo a Lyria.

"Sì," convenne Lyria. "Sono una réclame ambulante." Si portò una mano al petto, sopra al punto dove c'era la pubblicità sbiadita di un casinò. *Festeggia il Mendolowski Day con la nostra coccinella portafortuna: premi fino a 10.000 specoin!* Sulla sua pancia restava solo la livrea dorata di una coccinella.

"Questo casinò nemmeno esiste più," dico. "Il suo software è antiquato, e fa lo stesso fatica a ricordare le cose."

Roberto rise, avvolgendo il mio algawich in un cilindro di cartone incollato. L'odore di palude arrivò fino al mio naso.

"Quanto?" mi raddrizzai gli occhiali sul viso.

Roberto curvò il pollice in aria sopra il pad dei conti. Ne emerse un minuscolo ologramma. "Sono tre specoin."

"Oh, merda." Lanciai un'occhiata a Lyria.

"Che succede?" si accigliò Roberto.

"Lei è anche il mio portafogli." Mi girai verso la mia amica, afferrandole le mani. "Ti prego cara, dammi buone notizie."

"Questo prezzo non è consigliato," disse Lyria, sollevando le sopracciglia in quella che nel suo passato da croupier di blackjack con un sistema aggiornato avrebbe potuto essere un'espressione preoccupata. "Per te è meglio non spendere quei soldi."

Sospirai. Senza di lei non avrei saputo cosa fare – cosa che *avrei dovuto* fare prima o poi, perché il suo software aveva una data di scadenza. Rabbrividii al pensiero. A Sundyal, le cose senza scadenza finivano alla gente benestante. Per le ragazze come me, che non erano beneficiarie di una cospicua eredità o di grossi dividendi, restava solo da raccogliere roba effimera.

"Puoi aspettare un momento." Roberto si strinse nelle spalle. "Ci sono abituato. Inizio serata, la gente è appena uscita dal lavoro, verso il loro meritato riposo. Adesso le strade sono quasi vuote." Spalancò le braccia. "I prezzi scenderanno."

"Quanto tempo?" dissi. "Ho bisogno di mangiare, e se non mangio adesso, fino a domani non troverò nessun posto dove poterlo fare." Non c'era nessun posto con prezzi ragionevoli per una ragazza che non c'entrava niente con quella città, pensai, ma decisi di non parlare.

"Be'... guarda!" L'uomo ingrandì l'ologramma del prezzo. "Due specoin."

"Ancora non consigliato," disse Lyria.

"Oh, che cavolo. Pagalo."

"Un coin!" Roberto aprì le braccia come un mago che arrivi alla fine di un trucco. Prese l'algawich e me lo porse. "Compralo adesso. Se arrivano le torme di turisti e festaioli il prezzo salirà. Se stasera saranno fortunati ai casinò potrei scommettere su sei specoin."

"Compralo!" accarezzai il fianco di Lyria. "Compralo, compralo!"

"Trasferimento in corso," disse Lyria. Sul pad di Roberto risuonò un bip. "Completato."

"È stato un piacere fare affari con te, signorina," disse Roberto, strizzandomi l'occhio mentre avviava il tuk-tuk. I suoi propulsori ronzarono e lo spinsero avanti. "Cercherò di ricordarmi la tua faccia la prossima volta." L'Alghe su Ruote scampanellò due volte.

Annuii e divorai l'algawich. Il mio stomaco lo esigeva.

Lyria e io passeggiammo lungo Caravana Street. Le luci dei droni illuminavano la via, con un leggero brusio sopra le nostre teste. Dei bot pulitori sfioravano il suolo, risucchiando la polvere dall'asfalto già fin troppo pulito. I negozi chiusi e la luce che filtrava dagli appartamenti degli edifici a due piani coperti da tetti a pannelli solari erano ogni giorno la mia strada di casa. Avevo l'abitudine di girovagare per Sundyal, a volte senza meta, a volte alla ricerca di buona musica, bei quadri, cose da fare gratis e angoli tranquilli dove tenere profonde chiacchierate con Lyria.

"Come trovi l'algawich, Janet?"

"Schifoso come sempre, ma per il mio stomaco è una delizia."

Echeggiò un urrà, proveniente da un casinò in fondo alla strada. C'era un gruppo di donne con ogni sorta di abiti sgargianti che si chinavano per ridere, spettegolare e vantarsi di qualcosa che probabilmente riguardava degli specoin. Ad appena qualche passo da loro, un gruppo di uomini in completi scuri faceva lo stesso.

"Che ne dici di tentare la fortuna?" dissi.

"La fortuna non va tentata, ma goduta."

"È uno degli slogan che usavi con i giocatori di blackjack?" Mi leccai le labbra e morsi un altro boccone di algawich. Il sapore era buono seppure strano, ma comunque lontanissimo dalla realtà di quelle persone soltanto un isolato più in là.

"Lo completavo con 'godetevi la fortuna e scommettete di più.'"

"E loro lo facevano. E perdevano."

"Certo. Il banco vince sem..."

Lyria s'interruppe. Niente di nuovo, parte del nostro quotidiano. Chiusi gli occhi e sbuffai, serrando i denti. Dall'appartamento di qualcuno, una chitarra lacrimava.

"Il software deve essere aggiornato," disse Lyria. "Se non sarà aggiornato, il software si disattiverà."

"Oh, e si spegnerà?" Mi girai per mettermi di fronte a Lyria, sfidandola, colma di disprezzo, guardando dritto nelle umide orbite arancioni dei suoi occhi. "Davvero?"

"Sì, davvero."

"Sai che ti dico? Fammi vedere il menu del Solartop." Rimisi a posto gli occhiali.

"Devo raccomandare prudenza," disse Lyria, quasi con lo stesso tono meccanico con cui pochi secondi prima aveva professato la propria morte, un feedback elettronico che usciva dai suoi altoparlanti e le distorceva la voce. "Il Solartop è il ristorante più costoso di Sundyal. Il tuo saldo corrente è di 25 specoin."

"È per questo che voglio vedere com'è. Forza." Le feci segno di sbrigarsi. "Non ti obbligo a mostrarmi niente, ma se non lo farai andrò là di persona a dare un'occhiata." Indicai il fascio di luce rossa che emanava dal centro città e si perdeva nel cielo. Partiva dal Solartop.

Lyria proiettò il menu sull'asfalto. "Ecco qui, Janet." Questa era una delle cose straordinarie di Lyria. Io potevo essere incazzata, lei mai. Era sempre pronta ad ascoltare – e a dare buoni consigli, rapida con le informazioni, tanto che spesso nel nostro rapporto tutta la ragione e la prudenza erano di suo monopolio. "I prezzi del Solartop sono fissi."

Lessi: "Salsiccia di soia Hauckländer intinta nel peperone con contorno di formaggio stampato Frödzan. Be', 95 specoin. Direi di no. Waffle salati alle olive. 94. Fufu Fafa Fefe. E che sarebbe? Va be', tanto non se ne parla neanche. 345. Involtini di alga con gamberetti." Battei il piede sull'asfalto, indicando il menu. "Lo vedi, Lyria? Certo che lo vedi. Questa roba riesce a infilarsi ovunque."

Scorsi il menu con gli occhi, scartando quasi tutto quello che c'era. Il Solartop era decisamente fuori dalla mia portata. Occupava il terzo piano di un edificio in centro a Sundyal. Era l'unico palazzo autorizzato a mantenere più di due piani. Era il faro di un mondo sostenibile che si era lasciato alle spalle i grattacieli, la maggior parte delle automobili e lo stile di vita frenetico e cieco all'ambiente. Tre giorni prima di morire, zia Monica aveva promesso di portarmici. *È un posto pieno di storia*, aveva detto, strappando la carta laminata che avvolgeva un temaki e dividendolo con me.

"Eccolo!" Trovai un'opzione e ci misi sopra il piede. "Scaglie di carota in sciroppo. E costa solo venti specoin."

"Che cos'è?"

Scoppiai in una risata che riecheggiò nella notte senza luna di Caravana Street. Qualcuno protestò, ma non m'importava.

"Non ne ho idea, ma domani la prenderemo. Faremo un brindisi alla nostra amicizia."

"Come funziona?"

"Ci siederemo lì e parleremo e mangeremo – be', io mangerò, tu guarderai – del cibo costoso che non mi sazierà, poi andrò all'Alghe su Ruote a scialacquare i pochi soldi rimasti per riempirmi la pancia. Non ti pare una buona idea?"

"Mi pare un problema."

Mi alzai in punta di piedi e misi un braccio intorno alle spalle di Lyria. Era diversi centimetri più alta di me. "Non lo è. Voglio fare una cena speciale con te, mia unica amica. Per cui, domani sera ceneremo in cima al mondo."

Corsi in avanti, lasciandomi Lyria qualche passo indietro. Non volevo farle vedere le lacrime che mi luccicavano negli occhi. Non avrebbe provato compassione per me, ma poteva chiedere che cosa fosse questa *intensità* che sentivo. Spesso era abbastanza curiosa da salvare i dati sugli umani tra i file corrotti dei suoi database. Sapevo che un giorno Lyria si sarebbe spenta, avrebbe chiuso per sempre i suoi occhi arancioni, e mi avrebbe lasciata sola e vuota. Le uniche parole che avessi per descrivere questa sensazione erano *previsione di vuoto*. Lei non avrebbe capito.

Quante volte i tacchi alti di zia Monica avevano battuto sui gradini sbrecciati del nostro bunker? Sei volte alla settimana, minimo. Arrivava da casa della sua amica Samantha e si fermava ai piedi delle scale, vestita di un tubino nero con i cuoricini bianchi. Da lontano, sembravano tanti cerchietti per una bimba miope come me. In quei momenti, di solito si metteva a cantare con voce roca. O quello oppure strillava: "Notizia straordinaria! Ultimissima ora!" E poi si lanciava in una storia su una donna che aveva donato tutti i suoi specoin a progetti di sostenibilità, o su quell'altra che era entrata in un casinò con una pelliccia di volpe ed era stata sommersa di fischi e urla feroci.

Zia Monica rideva allegra e danzava nel buio del bunker illuminato solo da vecchie lanterne e luci irregolari di candela, sempre in armonia con Sundyal, anche se non era posto per noi. A meno che il vino non la buttasse giù, casa nostra era felicità e rumore e notizie ingigantite.

"Cosa ne pensi, Lyria?" Sollevai davanti a me il vestito a cuori tenendolo per le spalline e lo portai sotto una lampada che usciva dalla parete sopra il materasso. I dettagli risaltavano, macchie della vita di zia Monica, un filo ribelle, e piccoli fori come iati di tempo. "Mi sta bene?"

Lyria arrivò a passi lenti dallo spazio che mi piaceva chiamare il soggiorno, malgrado ci fosse solo un tavolo e delle sedie fermate con le zeppe, droni luminosi rotti e un frigorifero riconvertito a guardaroba.

"Credo che il modo migliore per scoprirlo sia provarlo," disse Lyria. Mi piaceva la sua cruda sincerità. Gli umani dovrebbero essere come lei. Tutto sarebbe stato molto più facile.

"Be', mia zia era più forte di me in tutti i modi possibili. Non so se mi starebbe tanto bene." Spazzai via due tarme dal vestito.

"Perché non lo provi?"

Io esitai, poi formulai la vera domanda: "Sono degna di indossarlo?"

Squadrai il vestito da cima a fondo. L'unica persona a cui riuscivo a immaginalo addosso era zia Monica.

"Non capisco le condizioni di merito relative a questo vestito." Lyria lo analizzò con i suoi occhi monocromi che vibravano dietro le orbite. Ovviamente non poteva capire. Nessuno oltre a me riusciva ancora a sentire la voce alta di zia Monica riverberare tra le pietre del bunker, le sue lacrime dar vita a mari di trucco sbavato.

Non me ne andrò, zia Monica portava quello stesso vestito quando aveva pronunciato quelle parole. *So di non avere un'istruzione, non ho – com'è che dicono? – le competenze, non riesco neanche a capire come buttare la spazzatura nei bidoni del colore giusto. Ma sono nata qui, ho visto la fine dei cambiamenti di questa mania della sostenibilità, gli ultimi grattacieli trasformati in questi edifici che sembrano dei cazzo di orsacchiotti. Non è così che si risolve un problema, non lo puoi fare se ti limiti a travolgere gli altri problemi e a raccomandare a quelli come me di trasferirsi in città lontanissime. Io non me ne andrò!*

Lyria mi mise una mano sulla spalla e mi risvegliò dal passato.

"Sei silenziosa," disse. "È raro che gli umani siano silenziosi."

Posai il vestito sul materasso. "Pensi che dovrò andare via quando tu... ti spegnerai?"

"Perché dovresti andare via?"

"Questo posto non è fatto per me. È per persone intelligenti, artisti benestanti, studiosi, imprenditori, abili scommettitori di casinò. Questa è una città per l'aristocrazia. Non trovo un lavoro neanche al loro servizio. Non posso vivere qui senza di te. Non funziona e basta."

"Perché no?" Lyria mi guardò a occhi sgranati. Una tempo la sua faccia con tutti quei lembi di pelle e il mento storto mi sembrava bizzarra, una ragazza cenciosa venuta fuori dalla spazzatura altrui, ma ora non provavo che affetto per quell'androide. Avrei voluto essere capace di ripararla, se non aggiornarla a una versione più recente, e poi sostituire i suoi componenti con il bioinnesto sostenibile di prima classe che era il top di gamma a Sundyal.

"Tu sei il mio portafogli e la mia guida qui, non ho dispositivi intelligenti e aggeggi indossabili. Non posso affrontare Sundyal senza contare su di te come una specie di... interfaccia?"

"Potresti fare nuove amicizie."

"È solo che..." Feci scorrere un dito lungo il vestito di zia Monica. "Se me lo metto, credo che dovrò lottare per mantenere il mio posto qui."

"Pensavo che lo facessi già ogni giorno." Lyria prese il vestito, ma quando me lo porse lo fece cadere per terra. Si bloccò nella solita posizione, con le braccia che oscillavano come pendoli.

"Il software deve essere aggiornato. Se non sarà aggiornato, il software si disattiverà."

Raccolsi il vestito e spazzai via la polvere.

Distolsi lo sguardo dalla porta a specchio dell'ascensore in fondo all'atrio centrale dell'edificio del Solartop. Io ero magra e zia Monica no, per cui il vestito si afflosciava un po' sul mio corpo. Io portavo gli occhiali e lei no. Eppure vedevo lei nel vestito.

Avevo comprato una logora pochette da polso abbinata al vestito. Sapevo che il genere di donne che frequentava il Solartop le portava, così avevo riempito la mia di carta stropicciata per farla sembrare più seria. Mi ero messa anche un paio di zoccoli con la tomaia in legno. Non avevo i piedi magici di mia zia, capaci di camminare in equilibrio sui tacchi alti senza rompersi o farle perdere fascino.

"Guarda che pareti," sussurrai a Lyria con una risatina. "Spenderemo tutti i soldi che ho." Degli arazzi percorrevano le pareti fino all'ascensore. Uno raffigurava una donna che a denti stretti sradicava dal suolo un grattacielo. Un altro mostrava la stessa donna nerboruta che teneva il sole tra le mani. Zia Monica mi aveva raccontato la storia di Olivia Mendolowski, la donna che aveva cambiato il volto di Sundyal.

Un capo cameriere sbucò fuori dal nulla alle nostre spalle. Io mi voltai di scatto.

"Sono intrecciati a mano, signora." Guardò Lyria. "Signore." Avevo provato a intervenire sull'aspetto di Lyria. Avevo tagliato via i lembi di pelle, avevo nascosto la pubblicità sul petto con della tinta gialla e avevo provato ritocchi di ogni sorta per aiutarla a confondersi con il genere di clientela del Solartop. Ma era ancora molto lontana.

Non sapevo cosa dire al capo cameriere. Aveva guance lisce e lucide. I suoi occhi erano verdi e i baffi sottili brillavano di cera.

"Narrano la storia di Olivia Mendolowski, la donna che demolì le vecchie abitudini, l'inquinamento e gli sprechi ed eresse Sundyal a partire da una città stagnante. Certamente voi sarete bene informate sulle sue gesta, ma trovo che sia opportuno offrirvi delle spiegazioni dato che avete mostrato interesse per i nostri arazzi."

"Sono bellissimi," dissi, non avendo un vocabolario migliore.

"Potete comprare delle riproduzioni a stampa per soli 180 specoin. Volete…"

"Un tavolo per due, per favore."

"Subito, signora." Si raddrizzò e i suoi occhi scintillarono di blu.

Diedi una gomitata a Lyria e sussurrai: "È un androide! Che pelle. Ha delle movenze perfette. Hai visto?"

"Dovrei provare ciò che chiamate gelosia?"

"È invidia. Vuoi essere come lui, quindi è invidia."

"No." Lyria mi diede a sua volta una gomitata. "Sono preoccupata che tu possa sceglierlo come nuovo amico. Quindi è gelosia. Ho ragione?"

Scoppiai in una risata, poi la trattenni quando due donne mi guardarono storto, con i menti sporgenti come a indicarmi. Portavano come me delle pochette da polso, che sembravano più vuote della mia.

"Abbiamo un tavolo libero per due," disse il capo cameriere. "Prego, seguitemi."

L'uomo ci fece strada fino all'ascensore, un palazzo autonomo semovente con altri dipinti di Olivia Mendolowski che firmava un documento, distruggeva una fabbrica e brandiva un pannello solare come fosse una spada. Una lampada sferica dorata galleggiava nell'aria sopra di noi, senza alcun filo che la collegasse a qualcosa.

"Olivia Mendolowski usò proprio quest'edificio per riunire i suoi fedeli lavoratori e concepire un mondo nuovo di sostenibilità ed equità." E trasferire altrove in modo rapido e politico la popolazione povera, pensai, ma non lo dissi. "È per questo motivo che è l'unico luogo in tutta Sundyal con il permesso di avere tre piani."

L'ascensore trillò all'arrivo al terzo e ultimo piano.

"Wow..." La mia bocca si spalancò.

Annegai tra il tintinnio di posate, il mormorio di voci istruite e una soave melodia di violino che s'intrecciavano in aria. Candelabri sospesi con intricati ornamenti di perla e oro volteggiavano sopra i tavoli. Fiori con i gambi attorcigliati su delle candele fluttuavano su ciascun tavolo. Sulla parete blu erano appese delle cornici che esibivano volti con baffi esagerati, barbe, cappelli, completi eleganti e perfino un uomo con un pappagallo sulla testa. L'unica persona che riconobbi era Olivia Mendolowski stessa.

"È fantastico, Lyria."

Non ero mai stata in un posto arredato in modo così pregevole. Zia Monica una volta mi aveva portato all'appartamento di Samantha. Prima di allora, casa sua era stata la cosa più bella che avessi mai visto. Era lì che avevo scoperto che Samantha pagava cinque specoin a zia Monica perché pulisse e spazzolasse ogni centimetro di casa. Mia zia diceva spesso, con una certa superbia, che il suo era l'ultimo lavoro da colletto blu a Sundyal.

Il capo cameriere ci fece un leggero inchino. Sembrava sempre piegato in un leggero inchino. "Prego, vi accompagno al tavolo."

Lo seguimmo. La luce rossa che brillava nel cielo notturno di Sundyal veniva da un pilastro al centro del Solartop con un'incisione dei contorni luccicanti di grattacieli che rovinavano al suolo. Intorno all'area principale si estendeva una terrazza con altri tavoli e una veduta del mondo a due piani laggiù. *Gli orsacchiotti.*

Il capo cameriere ci sistemò a un tavolo centrale, tirando indietro le sedie per farci accomodare. Rabbrividii. Non ero così importante. Chi ero io per stare lì in mezzo, solo una povera ragazza, un avanzo dello status quo in compagnia di un'androide affetta da desquamazione?

"È tutto così... lontano dal mio mondo."

"È situato nel tuo mondo, Janet," disse Lyria. Quando si sedette, il suo corpo vacillò verso sinistra.

"L'ironia è questa, no? È sempre qui a due passi. Il mio mondo. La mia città."

Il volto impassibile di un cameriere apparve accanto a me con un sorriso che andava da un orecchio all'altro. Un altro androide. "Posso prendere i vostri ordini, signore?"

Io balbettai, le parole bloccate in gola.

"Potrei suggerire il nostro Fufu Fafa Fefe?" L'uomo aprì le mani. Una pozzanghera gelatinosa comparì in un ologramma. "È l'unica a cinque stelle in tutta Sundyal. Si sposa bene con il vino di Thelesia, annata 2099."

Mi chinai verso Lyria. "C'è più di un posto dove servono questa roba del Fufu?" Soffocai una risata. Il Solartop sembrava il genere di posto dove il mio modo di ridere non sarebbe stato tollerato. Un sorriso incrollabile persisteva sul viso del cameriere.

"Vorrei... cioè... la mia ordinazione è..." mi grattai la testa, cercando di ricordare che strano nome avesse il piatto delle carote. "L'ho dimenticato, merda. Oh, mi scusi per il linguaggio. Io..."

"Scaglie di carota in sciroppo." Lyria mi salvò. "Vorremmo quello."

"Quindi due scaglie?" Il Fufu sparì dalle mani del cameriere che tirò fuori un tablet dal grembiule.

"No!" Mi morsi le labbra, rendendomi conto che stavo parlando a voce troppo alta. "No, grazie. Uno solo. La mia amica è... un'androide. Ci porti solo un piatto vuoto per lei, per cortesia."

"Certo. Cosa vorrebbe da bere?"

"Vorrei del vino. Birra. Vodka. Ma non li prenderò. Soltanto la cosa con le carote, per favore."

"Nessun problema, signora."

Il cameriere tornò in cucina con un incedere elegante, le mani dietro la schiena.

"Questo posto è surreale," dissi, dando un'occhiata in giro. "Guarda questa gente..."

Somigliava a un invito. La testa di Lyria ruotò per sbirciare attorno, quasi descrivendo un cerchio completo.

Due donne vestite alla moda chiacchieravano con gesti allegri. Un uomo robusto con i dread mangiava a cucchiaiate la roba del Fufu, sorseggiando ogni tanto una bevanda verde da un bicchiere. L'avevo visto in passato al telegiornale, un qualche proprietario di casinò. Sulla terrazza, una donna che somigliava a Samantha annuiva a un tizio che sembrava parlare molto. Accanto all'ingresso della cucina, un uomo con la barba bianca e una giacca di tweed litigava con le bacchette nel tentativo di mangiare chissà quale pietanza vermicellosa. All'altro lato del tavolo, una bambina rideva e colpiva con la mano un gioco olografico su un tablet.

Inspirai, chiudendo gli occhi per qualche secondo. "Allora, Lyria, adesso che ho assimilato tutto quanto, brindiamo alla nostra amicizia."

"Hai detto che si tratta di sedersi, parlare e mangiare. Non dovremmo aspettare il tuo piatto?"

"No, cominceremo subito." Sollevai un calice di vino vuoto. "Fai lo stesso. Per favore, non romperlo."

Lyria sollevò il suo bicchiere.

"Alla nostra amicizia," dissi. "Adesso ripeti."

"Alla nostra amicizia."

"È stato bello." Rimisi il bicchiere sul tavolo, appoggiai i gomiti e sorrisi. "Non avrei mai pensato che il numero 4.324 sarebbe stato così importante per me. Sto per dirti qualcosa che non ti ho mai detto."

"Fallo, per favore."

"Quando quel venditore ha detto che ero la cliente numero 4.324 e mi ha offerto te in regalo, sapevo che si stava liberando della sua spazzatura."

"Stai dicendo che sono spazzatura?" Lyria inclinò la testa. Stava cercando di fare una battuta.

"La *sua* spazzatura. La spazzatura di uno è il tesoro di un altro. Non era lo slogan di qualche società di riciclaggio?

"Stai dicendo che sono un tesoro?"

"Più o meno. Ma non è questo che volevo dirti. Ero entrata nel negozio di quell'uomo per rubare. Non avevo fame, ma avevo visto una caramella frizzante che mi faceva impazzire. La volevo e basta. C'era scritto che esplodeva in bocca." Risi. "Ero solo una... quindicenne obsoleta. Non sapevo neanche che esistessero cose del genere. Non ti pare? Roba che ti esplode *dentro* la bocca. E chi poteva resistere? Per cui la volevo prendere. Invece sono uscita dal negozio con te che mi venivi dietro."

"Sono un buon affare al posto delle caramelle frizzanti?"

"Dipende. Se non fai l'aggiornamento, potresti benissimo esserlo."

"Sai che non posso..."

"Zitta. Lo so." Mi crollarono le spalle. Previsione di vuoto. Non l'avevo mai provata neanche quando zia Monica mi diceva ogni giorno che non le restava molto tempo, che aveva una malattia, che la vita era precaria per chi è fuori posto. "Lyria, dimmi qualcosa che non so. Qualcosa su di te. Stupiscimi. Scava a fondo in quei tuoi database dell'età della pietra."

Lyria mi fissò come se stesse rimuginando sulle mie parole. Sapevo che non poteva farlo. Rimuginare nella sua mente si chiamava elaborare.

"Quando lavoravo ai casinò, avevo l'abitudine di trasmettere le vecchie canzoni di una stazione radio," disse Lyria. "Un'anziana signora scommettitrice una volta mi chiamò Lyria per quel motivo, diceva che ero piena di canzoni romantiche e liriche da offrire al suo cuore a pezzi."

"Tu!" Incrociai le braccia. "Non me l'hai mai detto... e non hai mai trasmesso musica per me." Io capivo come funzionava Lyria. Zia Monica tra un algawich e un temaki mi aveva insegnato tutto quello che sapeva in fatto di programmazione di base e intelligenza artificiale. E ancora mi stupivo di come la mia amica esprimesse i suoi pensieri e pseudosensazioni.

"Non posso più farlo. Il modulo musicale è obsoleto."

"Signore, vogliate scusarmi." Il cameriere distinto mi mise davanti un piatto con qualcosa alle carote e un piatto vuoto davanti a Lyria. "*Bon appetite!*"

Scrutai il piatto. Avrei buttato tutti i miei specoin per quella roba. "Dovrebbero chiamarle palline di carota all'olio. Fa niente."

Il primo morso sembrò come mangiare carta. La seconda pallina non seppe decidersi tra dolce e salato. Fu soltanto alla terza che mi accorsi che erano meglio degli algawich, ma non tanto da valere 25 specoin.

"Papà! Guarda questa signora!"

Inghiottii di colpo. La bambina che prima era occupata con il gioco olografico si era messa a fissare Lyria. Nei suoi occhi si rifletteva il cremisi del pilastro centrale del Solartop. Aveva sui nove anni.

"Si chiama Lyria," dissi con un sorriso. "Dille come ti chiami."

La testa di Lyria ruotò fino a trovarsi di fronte alla bambina e per un momento ebbi paura che la strana inclinazione della testa della mia amica spaventasse la bambina. Così non fu.

"Mi chiamo Aadab."

"Ciao, Aadab," disse Lyria. "Io mi chiamo Lyria."

"Lo so." La bambina fece una risatina. Come un'ombra protettrice, suo padre guardava a distanza, le mani in tasca, un altro uomo barbuto in mezzo ai due nelle cornici. Quando incrociai il suo sguardo, sbatté le palpebre.

"Sai fare dei giochi?" chiese Aadab, saltellando e battendo le mani. "Sei uno dei vecchi modelli da casinò, vero?"

"Come fai a saperlo?" Mi accigliai. Non era comune che una bambina della sua età conoscesse i casinò e gli androidi.

"Mio papà lavora con i modelli nuovi." Girò la testa per guardare suo padre. "Vero, papà? Ma non mi lascia giocare con loro. Dice che il lavoro è lavoro."

"Io sono in pensione, Aadab," disse Lyria. "Posso giocare con te."

"Vuole giocare con me, papà." Aadab si voltò verso il padre che era ancora fermo al suo posto di osservazione. Lui annuì.

Lyria alzò la mano sinistra, palmo all'infuori. "Toccami la mano destra."

Aadab le toccò la sinistra. "Oh!"

"Hai perso." La mano di Lyria si spostò sulla fronte. "Toccami la nuca."

La bambina strinse i denti, girò intorno alla sedia di Lyria e fece punto, senza mai smettere di ridere. Questa volta fui io a restare a bocca aperta. La sua festosità mi colpiva in un modo che non credevo possibile. Alla sua età io ero solo una bambina inquieta che aspettava che sua zia tornasse a casa e le portasse qualcosa da mangiare, scherzi e chiacchiere. Avevo i miei giochi, ma ci giocavo con un fremito dentro di me, come una specie di allarme che fosse sul punto di scattare, ma non lo faceva mai.

Lyria alzò tre dita. "Svelta! Fammi vedere quattro dita come queste!"

La bambina ne alzò tre e segnò un altro punto.

"Stai diventando brava, Aadab," disse Lyria. "Sono colpita."

"Lo sono anch'io." Il padre di Aadab uscì dall'ombra e accarezzò la testa della figlia, mentre la sua barba si contorceva in un sorriso. "I vecchi modelli sono straordinari. MX-CSN-10294, giusto?"

"Ehm..." Non avevo mai pensato prima al modello di Lyria.

"Giusto," disse lei.

"Quasi un decennio senza aggiornamenti." L'uomo mise le mani sulle spalle della figlia. Lei fissò Lyria e poi allungò le piccole dita a sfiorare le poche fibre rimaste in testa alla mia amica. "Sarei curioso di sapere dove l'hai trovata. Non è proibito averne una, ma lo è costruirne una come lei. Non rispetta le DSM."

Alzai un sopracciglio.

"Volevo dire, le Direttive di Sostenibilità di Mendolowski. Inoltre questo MX-CSN è uno degli ultimi modelli da casinò con la capacità di apprendere certi comportamenti umani estranei al suo mestiere. I nuovi modelli sono meno inclini all'errore ma non simulano le emozioni come Lyria. Non è neppure inserita nel loro codice."

"Non credo che lei *simuli* le emozioni," dissi, incrociando le braccia, ingoiando la verità che non volevo sentire.

"Scusa." L'uomo scosse la testa. "A volte vado troppo sul tecnico. Non era mia intenzione rovinarti la serata. In ogni caso, mi chiamo Mohammed."

"Janet." Non avrei potuto essere più secca. I miei occhi si girarono verso le carote sul piatto. Adesso le avrei scambiate con gli algawich senza pensarci un secondo.

"Ciao, Mohammed. Mi chiamo Lyria."

"Piacere di conoscervi entrambe."

Mossi la testa, sforzandomi di fare un sorriso.

"Non ti disturberò più," disse Mohammed, stringendo le mani alla bambina. Adesso lei fissava a occhi spalancati il volto distante e alto di suo padre. "Ma vorrei – come posso dirlo? – vorrei chiederti se mi puoi prestare a tempo indeterminato la tua amica per una somma considerevole di specoin. Credo che 4.000 ti faranno felice, no?"

"Cosa? Mi sta offrendo di comprare Lyria?" Spinsi indietro la sedia. Strisciò sul pavimento. La gente ci guardò storto. L'uomo coi dread del telegiornale sollevò la testa dal suo Fufu. Certi rumori e comportamenti erano fuori luogo nel palazzo che rappresentava il futuro. Io ero il passato, lì a covare la mia ira.

"Posso fornirle un aggiornamento totale. Capelli nuovi, arti nuovi, un nuovo paio d'occhi. Posso farla sembrare quasi umana. Come quegli uomini." Indicò uno dei camerieri che portava con una mano un vassoio di gamberetti troppo cari. "Ti piacerebbe, Lyria?" Spostò gli occhi da me a Lyria.

Il mio cuore martellava, i peli sulle braccia si rizzarono di rabbia. Volevo costringerlo a guardare di nuovo verso di me. Colpii con forza il tavolo con la mano. I bicchieri e i piatti tintinnarono.

Lyria si girò verso di me, poi verso Mohammed. "Sarebbe davvero..."

"Orribile." Dissi, alzandomi in piedi. Aadab sbatté gli occhi e fece qualche passo indietro. "Sarebbe davvero orribile. Potrei offrirle di comprare uno dei suoi amici, magari?"

Mohammed arrossì. Sulle prime pensai che fosse rabbia, ma era vergogna.

"Mi dispiace," farfugliò. "Mi dispiace molto, Janet."

"Non mi chiami così. Mi chiami signorina o qualcos'altro."

"Non era mia intenzione offendere. Io... io..." Aadab gli tirò la mano. "Devo andare."

Tornarono al loro tavolo.

Io poggiai i gomiti sul tavolo, mi tolsi gli occhiali e cercai di nascondere le lacrime a Lyria. La mia serata di festa, il mio evento da una volta nella vita, il mio brindisi all'amicizia era stato rovinato da un uomo con un'offerta esagerata. Sembrava che lassù in cima ci fosse sempre un'offerta pronta a trascinarti giù, a farti tornare al posto tuo, dove dovevi stare.

"Vuole un bicchiere di vino, signora?" Il cameriere distinto mi riscosse dai pensieri. Mi tolsi le mani dagli occhi, rimisi gli occhiali e intorno a me il Solartop riguadagnò i suoi colori. I clienti erano tornati a occuparsi dei loro piatti. Le due donne con le pochette da polso avevano preso il posto dell'uomo con i dread.

"No."

Il cameriere annuì e scivolò verso un altro tavolo. A quello di Mohammed, Aadab aveva ripreso il suo gioco, ma ora senza nessuna risatina. Suo padre fissava il vuoto, con lo sguardo perso, pensieroso.

"Scusami, Lyria. Avrei dovuto chiedere la tua opinione su tutto questo."

"Non hai niente di cui scusarti, Janet. Stiamo festeggiando. Sedersi, parlare e mangiare, hai detto. Stiamo rispettando tutte queste condizioni, anche se ormai è un po' che non tocchi le tue scaglie di carota in sciroppo."

Sorrisi. Se fosse stato qualche minuto prima, avrei infastidito la clientela con la mia risata.

"Com'è stato scortese Mohammed," dissi. "Non si fanno offerte per comprare gli amici altrui." Ma cosa mi dovevo aspettare, venendo al Solartop, residenza dell'avanguardia di Sundyal, culla del futuro? Cosa doveva aspettarsi zia Monica a lavorare per Samantha? Quando si era precipitata giù dalle scale del nostro bunker strillando la novità era ubriaca e rideva, uno dei suoi tacchi alti era rotto, il trucco un confuso pasticcio, ma in mano teneva un temaki intatto.

"Quella stronza mi ha invitata a vivere nel suo appartamento," aveva detto zia Monica. "Con tutti i lussi e gli alcolici. Oh, Jan cara, ma per chi mi ha preso? Una specie di mostro?"

"Possiamo andarci," avevo risposto alla possibilità di vivere in un luogo dove dalle tapparelle elettriche filtrasse la luce del sole. "Perché no, zia?"

"Oh, bimba. Non è posto per noi."

Poi, senza dire altro, aveva preso a russare fino ad addormentarsi, ma io sapevo che c'era qualcosa di più profondo. Mesi dopo, al funerale di mia zia, Samantha mi disse che aveva offerto una buona vita a Monica. Se solo avesse accettato, se solo le cose fossero state diverse. Potevo anche andare a trovare mia zia ogni volta che volevo.

Questo mi buttò giù, e da brutta la giornata diventò rovinosa. Le mie gambe si erano fatte deboli e io non potei che andarmene dal funerale prima della fine, mentre avevano ancora nelle orecchie la risata di zia Monica, il suo correre sui gradini, sentivo ancora il profumo del temaki con salmone ed erba cipollina.

"Cosa ti preoccupa?" La mano di Lyria era sulla mia. I suoi fragili capelli le finirono negli occhi.

"Tu per me non sei una simulazione." Sulle mie labbra la parola aveva lo stesso gusto acido. "Quindi avrei dovuto trattarti come una persona. Ma ti ho trattata allo stesso modo di Mohammed. Scusami, Lyria."

"Per favore, spiega."

"La tua opinione. La voglio. Tu saresti felice di accettare l'offerta di Mohammed? Potrebbe darti un corpo e una mente nuovi, potrebbe farti diventare come questi camerieri dalla pelle liscia. Saresti sua e..."

Lyria s'irrigidì sulla sedia. "Il software deve essere aggiornato. Se non sarà aggiornato, il software si disattiverà."

"Lo so, lo so. Ora, per favore, dimmi che ne pensi."

"Spegnimento in corso..."

"Cosa? No!" Mi sporsi sul tavolo, prendendo le mani di Lyria. I suoi occhi ruotarono nelle orbite e si serrarono. Il mio braccio scagliò in terra il bicchiere di vino vuoto. Si frantumò. Il candelabro sospeso con il turbinio di fiori veniva dopo, ma scivolò lontano da me in linea retta e la sua fiamma si spense. Uno dei camerieri lo prese, e un altro stava già ripulendo il mio pasticcio.

"Lyria!"

La gente ci fissava, occhiatacce accusatorie di non appartenenza. Il dolore mi straziava la pancia. La testa di Lyria s'inclinò all'indietro, come se stesse solo dormendo, un'androide ubriaca, stanca di queste stronzate, stanca di essere l'unica al mondo.

M'inginocchiai davanti a Lyria e aprii il pannello sul suo collo. Ne spuntarono fuori cavi unti e un terminale disattivato. E cosa ci faccio con questi? Tra i denti serrati con violenza ripetevo: "Lyria, Lyria, Lyria," come se fossero parole magiche per riportarla in vita. Una mano si posò sulla mia spalla.

"Non funzionerà, amica mia." Mohammed.

"Se ne vada!" Sarebbe stata una fine felice per la nostra amicizia se non fosse saltato fuori lui dal suo piatto di vermi con quell'offerta.

"Sono qui per aiutare. Ti prego, lascia che ti aiuti."

"Come? Può riportarla in vita?"

S'inginocchiò accanto a me, ma restò in silenzio. "Allora non mi può aiutare," risposi alle sue labbra incurvate.

"Alla mia bambina non piace vederti così." Indicò Aadab con il mento. "Dice che sei una persona gentile."

Fissai Aadab, dalla mia bocca non uscì una sola parola. Anche l'aria usciva a malapena. Lei ci guardava con uno sguardo corrucciato, le sopracciglia abbassate dalla tristezza.

"Lei, la tua amica, era obsoleta." Mohammed scosse la testa e alzò una mano quando vide che stavo per protestare. "Il suo software non aveva aggiornamenti in attesa. I casinò non hanno mai voluto comprare un'altra del suo... tipo." Potevo vedere che aveva sulle labbra la parola "modello". "Quindi fu messa fuori produzione. Ho cercato di difendere l'utilità del suo tipo, perché i croupier del tutto simili agli uomini sono impiegati migliori, ma ero in minoranza. E allora abbiamo continuato a brancolare verso il futuro delle leggi DSM... e una nuova linea di androidi è entrata in produzione, a energia solare, con bioinnesti di prima scelta, parti biodegradabili. Comunque, è possibile riavviare Lyria."

"Cosa? Perché non l'ha detto..."

Strinsi le labbra. Le rughe intorno alla bocca e ai baffi di Mohammed erano già una triste risposta. "Farla ripartire con un sistema nuovo. Non ricorderebbe il passato, il lavoro ai casinò, il suo nome... né te. Nuovi database, nuova vita. Riavviata e con una patch nuova, potrebbe vivere a tempo indeterminato."

Lo sguardo di Mohammed si perse sulla terrazza del Solartop. Per un momento sembrò che si fosse spento come Lyria.

"Sono indelicato, a volte," disse alla fine. "Chiedo scusa per il mio comportamento di prima. Mia figlia vive sola con me e io sono quasi sempre sommerso di lavoro. Aadab non ha amici a scuola. Sente che questo non è il suo posto. Il genere di Lyria, gioca, parla, ha un comportamento molto simile al nostro, rende felici le persone. Da quello che ho visto di voi due, posso dire che una cosa di quel tipo può davvero essere un'amica. Quindi..."

"Basta!" Mi alzai, con le gambe tremanti. "Non mi convincerà a venderla. So che vuole aiutare, ma non è questo il modo di risolvere un problema. E lei non è una cosa."

Uscii sulla terrazza. Mi serviva un po' d'aria fresca prima che quel posto e quell'uomo mi strozzassero.

Piangere la perdita di un'amica non era come piangere la perdita di un genitore. Zia Monica per me era una madre, quindi sapevo per le leggi della vita stessa che era destinata a mancare prima di me. Quando morì ero a pezzi, ma non mi sembrava innaturale. Per un'amica, d'altra parte, non era giusto andarsene così all'improvviso. Dovrebbe essere la tua compagna di strada per l'intero cammino della vita, fino alla fine. E anche se la mia amica mi aveva avvertita della sua prossima scomparsa da molto tempo, io avevo sempre sperato che la vita avrebbe trovato un modo. Lo faceva sempre, dicevano.

Invece per noi non lo trovò.

Il vento di Sundyal mi soffiava sulla fronte, facendo svolazzare i cuoricini sul vestito di zia Monica. Alcune persone erano troppo infastidite dalla mia presenza e lasciarono la terrazza. Parte delle chiacchiere che proseguivano attorno a me riguardava la ragazza con il vestito logoro e l'androide in disfacimento.

Lungo le strade qualche tuk-tuk scampanellava. Risate distanti ruggivano oltre le luci dei droni, provenienti dai casinò e dalle strade. Gli "orsacchiotti" intorno al Solartop riflettevano tutti i colori vermigli del pilastro, i cui raggi erano più forti una volta superato il tetto del palazzo.

Per me quella era casa. Ma com'è possibile sentirsi parte di un luogo? L'appartenenza presuppone di essere come il pezzo di un puzzle. Se non sei al tuo posto, devi premerti e schiacciarti finché non ti ci adatti. Era quello che avevo cercato di fare per tutta la vita, quello che zia Monica era morta prima di ottenere. Mi asciugai una lacrima dalla guancia e raddrizzai gli occhiali.

"Signora, la sua amica la sta aspettando." Il cameriere distinto apparve accanto a me.

"Aspetterà per sempre. Si è spenta."

"No, signora. Lei." Il cameriere indicò verso la porta della terrazza. Lì c'era Aadab, con le mani intrecciate. Le feci segno di venire. Non volevo vedere nessuno, ma la faccia della bambina mi diede un po' di conforto. Aadab camminò piano verso di me.

"Scusa per papà," disse, premendo con la mano destra il pollice sinistro. Si voltò subito per andarsene.

"Aspetta."

Aadab si fermò e si girò verso di me.

"Tu piacevi a Lyria. Non lasciava mai che nessuno le toccasse i capelli senza il suo permesso. Credo che fosse nei suoi...

algoritmi." Sussultai, disapprovando il mio linguaggio tecnico, ma stavolta non sembrava sbagliato. Non c'era motivo di umanizzare Lyria. Lei significava molto per me, al di là delle definizioni.

"A me lei piace." Annuì Aadab.

"Ti *piaceva*."

"Papà dice che si può ancora riportarla in vita."

"Immagino." Accarezzai la testa di Aadab, le presi la mano e la riportai dentro. Tutti gli sguardi caddero su di me. La ragazza urlante con il vestito strappato era tornata, meglio stare zitti.

"Aadab, ti stavo cercando!" Mohammed si accovacciò e tenne Aadab saldamente tra le mani, mentre il rosso del pilastro ricopriva i loro volti. "Ti ho detto di aspettarmi al tavolo. Ero alla toilette." Alzò gli occhi su di me. "Grazie di averla riportata."

Il delicato violino di sottofondo aveva lasciato il posto a una delicata chitarra abbinata a una dolce voce maschile, in contrasto con la durezza del ristorante e della vigorosa guerriera nelle cornici e sull'arazzo, la condottiera che aveva guidato una sommossa, una rivoluzione.

Mohammed si alzò e si raddrizzò il tweed.

"Le lasci almeno lo stesso nome, d'accordo?" dissi.

Lui sollevò un sopracciglio dalla sorpresa. "Aadab non mi permetterebbe di cambiarlo." Ancora esitante, armeggiò in tasca e mi offrì una tessera di specoin. La presi. Per la prima volta da molto tempo, non sentivo ciò che avevo battezzato previsione di vuoto.

Aadab mi prese le mani e allungò il collo. Io mi accovacciai. Mi baciò sulla guancia e trasformò le linee dure della mia bocca in un sorriso.

Non potevo essere vuota.

L'Alghe su Ruote scampanellò. I suoi propulsori si arrestarono. La gente camminava di fretta lungo Caravana Street, da casa al lavoro, ai casinò, ai club, con le loro vite già decise in ogni dettaglio, sincronizzati, ingranaggi che erano sempre al loro posto.

"È il miglior algawich di Sundyal!" Proclamò Roberto.

"Cambiali questi slogan, Roberto." Sorrisi.

"Oh, eccoti! Bentornata." Fece ruotare un pezzo di pane che aveva in mano lo sistemò sulla piastra. Poi venne l'alga, con un sibilo. "Standard?"

"Con formaggio stampato e qualche scaglietta di carota. Appena un po'."

"Subito!" Curvò il pollice sopra il pad. Apparve l'ologramma del prezzo. "Allora, algawich con formaggio e carota in questo momento fanno dodici specoin. Dov'è la tua amica consigliera?"

"A fare l'amica di qualcun altro." Mi tolsi di tasca il mio portaspecoin nuovo e lo diedi a Roberto. Lui lo fece scorrere sopra il pad e riprese a prepararmi il pranzo.

Un paio di minuti dopo il mio algawich era pronto e aveva un sapore ben più delizioso di quella stramberia con le carote. Passeggiai per Caravana Street, mescolandomi con gli ingranaggi. A non molta distanza, il fascio di luce rossa del Solartop ci raccordava in un'unica cosa.

"Janet!"

Mi guardai indietro. Aadab mi correva incontro a braccia spalancate. Mi accovacciai e quando lei saltò la presi in braccio. Ci mettemmo a ridere insieme.

"Stiamo andando a vedere gli uccelli e le volpi e le fontane a Olivia Park," disse. "Vuoi venire con noi?"

"Sarà un piacere."

Scrutai i dintorni alla ricerca di Mohammed, ma vidi soltanto una donna dalla pelle nera senza rughe, capelli ricci impeccabili e occhi scintillanti non diversi da quelli di Aadab. Era coperta dalle spalle ai polsi di cellule solari ripiegabili. Il suo petto era piatto e decorato ovunque con dei cerchietti bianchi. No, non cerchi. Cuori.

La donna si avvicinò e mi porse una mano.

"Ciao, sono Lyria."

IL GUARDIANO DEL FARO

di Andrew Dana Hudson

Traduzione di Stefano Ternavasio

Andrew Dana Hudson scrive narrativa di speculazione. Studia alla Scuola di Sostenibilità dell'Arizona State University ed è membro del Center for Science and the Imagination presso l'Imaginary College. Le sue storie mirano a raffigurare esperienze vissute in luoghi che sono appena dietro l'angolo nel nostro mondo trasformato dal cambiamento climatico e la lotta per compiere scelte giuste con cui dirigere la nostra civiltà verso il superamento della crisi della sostenibilità. La sua ricerca esplora i modi in cui gli studiosi, i progettisti e i creativi possano collaborare al fine di raccontare storie utili sul nostro mondo post-normale. Andrew in passato ha lavorato come giornalista e consulente politico. I suoi saggi sono stati pubblicati da Slate *e* The Chronicle of Higher Education. *Ricopre inoltre l'incarico di redattore associato di* Holum Press, *editore di* Oasis, *una rivista di pensiero anticapitalistico con sede a Phoenix.*

Bast stava salendo in cima al Faro, per ripulire il vetro, controllare i circuiti, liberare le canne eoliche dalle foglie, lucidare gli specchi, gestire gli uccelli che nidificavano, oliare i cardini, e compiere i soliti gesti con cui si teneva le mani occupate e la mente sgombra da pensieri particolari, quando il suo cuore smise di battere.

Steso lungo il tappeto di muschio dell'atrio, Bast pensò che il nodo che gli attanagliava il petto fosse soltanto una mancanza di respiro. Ma poi sentì che qualcuno gli stava premendo le mani sul torace. Le labbra di una persona che non conosceva gli soffiavano aria in bocca. Gli stavano salvando la vita. Le palpebre gli sbattevano a ripetizione e il sole era come frantumato da arcate di cristallo e dalla torre del caleidoscopio, che lo avvolgeva in colori squillanti. Divise gialle e rosse gli si affollavano intorno, le campane di mezzogiorno cominciavano a suonare. Fra la paura e il sollievo, Bast si sentiva impaziente per tutta quella faccenda. *Perché non mi lasciate stare?* pensò. Ho del lavoro da fare.

Ma non fu accontentato, e quando riaprì gli occhi si ritrovò al chiuso della sua villetta, mentre intorno a lui dei conoscenti volenterosi si davano da fare per riempirgli la dispensa. Era più compagnia di quanta non ne avesse avuta da un pezzo. I giorni che seguirono furono il periodo più lungo da anni che passava lontano dalle sue abitudini. Si sentiva un buono a nulla. Confinato a letto da una caritatevole serie di monitor e pompe rigenerative, Bast smaniava di ritornare ai suoi giri. Era inquieto al pensiero dei graffi e delle ammaccature che dei sostituti maldestri avrebbero potuto lasciare sugli oggetti delle sue cure. Le installazioni erano durature, ma Bast era un perfezionista.

"Non lascereste ripulire la Monna Lisa a uno qualunque!" si lamentava.

"La Monna Lisa non è antiproiettile," gli rispondeva l'infermiere. "E neanche tu lo sei. Adesso smetti di agitarti!"

No, le persone che lo assistevano non volevano sentire ragioni, e presto iniziarono a spronarlo a considerare, dopo una carriera così lunga, l'idea del pensionamento.

"Abbiamo ottimi candidati," disse Terry, giorni dopo. "È troppo tempo che rimandi, vecchio mio."

"Non posso tenere con me uno stagista che va in giro a fare pasticci," obiettò Bast. "Sto restaurando il mosaico sulla battigia. Vuol dire duecento megawatt a settimana che perdiamo finché il lavoro non sarà finito."

"Apprendista," lo corresse Terry. "E no, da questo letto non restauri proprio niente." Terry tamburellò con le unghie lunghe sulla spalliera dietro la schiena di Bast. Lui aveva già affrontato la discussione con il curatore distrettuale, ma stavolta Terry sembrava irremovibile.

"Devo riuscire a concentrarmi," disse Bast. "È un lavoro delicato."

"Perfetto per mani giovani."

"Non se non sanno quello che fanno. Guarda, io ho le note, tu gli schemi. Quando morirò qualcuno verrà a capo di tutto quanto."

"Qualcuno, eh?" disse Terry. "Com'è che dicevi della Monna Lisa?"

Bast non rispose. Una pioggia orizzontale picchiava sulle finestre. Primo temporale dell'anno e primo da parecchio tempo. Nonostante tutto quello che si era fatto per contenere il cambiamento climatico, a ogni stagione sembrava comunque di sentire i venti soffiare più forte. Bast sospirò al pensiero delle foglie e dei rami che si affastellavano sotto le reti cattura-nebbia.

Terry sospirò, e Bast intuì che stava per cambiare strategia. "Anche se fosse vero – e su questo, fatti raccontare dal curatore di Darebin in che razza di pasticcio si sono trovati quando il loro guardiano si è ubriacato così tanto che è affogato nella baia – anche con delle note perfette, la gente vorrà sapere che i loro impianti sono in buone mani. Bast, tu sei un'istituzione per la comunità! Mi faranno il culo se do il Faro a qualcun altro senza avere la tua approvazione."

Bast detestava sentirsi un pallone gonfiato come tanti, ma non seppe resistere all'adulazione. E, con la pioggia che continuava a cadere il giorno dopo e quello dopo ancora, ammise con riluttanza che i suoi polmoni pesanti erano lieti di non doversi trascinare per le vie piene d'umidità. In fondo avere un po' d'aiuto poteva andare bene. Ma chi avrebbe saputo apprezzare la collezione di St. Kilda quanto lui?

Una settimana dopo gli infermieri staccarono i macchinari e dichiararono che il suo cuore era sano, almeno per quel che potevano farci loro. Mentre si allacciava gli stivali prima di tornare al lavoro, era così distratto dalla lista di cose da fare che gli vorticava in testa che quasi si scordò dell'arrivo dell'apprendista.

Amelia aspettò educatamente fuori dal cancello principale, accarezzando i giardini portatili di Bast, che si erano afflosciati dopo la settimana di temporali. Lei era massiccia dove lui era magro, abbronzata dove lui si scottava, portava gli occhiali ma non le cuffie. Bast provò a immaginare cosa potesse mai avere in comune con questa ragazzina.

"Be' eccoci, ho molto da fare," disse Bast come fosse un saluto. "Tu guarda e basta, e fai quello che ti dico, e a fare domande aspetta qualche giorno finché non mi metto in pari."

"Avrai bisogno di reti antitempesta per questi waratah," disse Amelia, cercando di raddrizzare uno dei fiori. "Si restringono fino a chiudersi quando il vento rinforza. Se vuoi, te ne porto io qualcuna."

Bast bofonchiò qualcosa e iniziò il percorso da Peel Street a Chapel Street. Lì c'erano persone ferme sul prato della strada che aspettavano il tram o il treno per Sandringham. Faceva già caldo, e il tram pieno di gente era in ritardo, così qualche pendolare rispondeva alle chiamate all'ombra della centrale di Windsor – una grande scheggia trapezoidale rialzata sulla stazione dei treni grazie a dei supporti dipinti come gambi di una pianta di fagioli. Dei fotovoltaici neri, installati da una decina d'anni soltanto, ricoprivano la parte superiore. Quella sottostante era un cielo nuvoloso in technicolor, luccicante di LED.

Bast prese strofinacci e detergente da un cassetto nascosto, poi adocchiò la pianta di fagioli. Gli infermieri non gli avevano proibito di salire sulle scale a pioli, ma gli mancava già il fiato per la breve camminata. Porse lo straccio ad Amelia.

"Cerchi morbidi, sei a ogni spruzzata," disse, illustrando la tecnica. "Prima devi scrostare via il guano d'uccello, se no fa le strisciate. Provaci un po', eh?"

Bast spedì Amelia su per una botola nelle nuvole. Poi si trovò un posto a sedere in Chapel Street e si mise a osservarla mentre ripuliva un mese di lordura dai fotovoltaici. Un po' di sporco non riduceva l'efficacia, ma a Bast piaceva vedere la propria immagine riflessa sui solari puliti e splendenti. Sperava quasi di vedere segni di difficoltà, di sentire scuse o domande stupide. Ma Amelia strofinava con coraggio, e lui provò una fitta di vergogna per i suoi modi scostanti.

"E comunque, quanti anni hai?" le gridò Bast.

"Diciannove da venerdì scorso," disse Amelia. "E tu?"

"Ho smesso di contarli," rispose Bast. Poi, sentendosi in dovere di dare almeno dei consigli visto che non stava aiutando, aggiunse: "Se fai questo lavoro, ti consiglio di fare lo stesso. Non ha senso celebrare anniversari del tipo: 'trent'anni a potare siepi, vent'anni a stringere viti'."

Amelia sembrò rifletterci su. Scese dalla scala, e Bast le fece esaminare la parte inferiore in cerca di LED bruciati, mentre lui si collegava al quadro comandi. Il trapezoide aveva viaggiato un filo sotto media in sua assenza, ma forniva sempre una buona porzione dell'energia del vicinato.

Proseguirono con i lavori finché furono alla baia, dove si fermarono a rimettere in ordine il parco giochi piezoelettrico ad Alma Park e le sfere di rifrazione larghe un metro del giardino botanico, che riposavano come gocce di pioggia dentro giganteschi fiori di loto in alluminio. Ogni installazione era un pezzo unico, e dunque richiedeva un regime altrettanto unico di attenzioni mensili, che per Bast esisteva ormai come memoria muscolare. Di norma svolgeva quel lavoro come una serie di gesti automatici, registrando mentalmente quali strutture mostravano segni di usura e pensando a quali artigiani avrebbe dovuto chiamare per metterle a posto. Era strano ed estenuante adesso stare lì seduto a spiegare cose che le sue mani facevano in automatico.

Era già mezzogiorno quando arrivarono alla marina, e le campane del Faro giunsero fino a loro dall'altro lato della spianata. Bast avrebbe voluto dirsi che la presenza di Amelia lo rallentava, ma in realtà quello lento era lui. Dopo poche scale già era senza fiato e la schiena gli faceva male per i troppi giorni passati a letto. Vide la torre di vetro fare capolino da sopra i tetti bassi e sentì che il suo cuore iniziava a battere più forte.

"Ehi, ci mangiamo qualcosa prima?" disse. "Le campane non suonano poi così male. Il ragazzone ce lo teniamo per dopo pranzo."

Amelia sembrò sorpresa ma annuì con vigore, e così attraversarono la strada ed entrarono in un caffè, scansando i ciclisti sudati per ordinare waffle e toast al purè d'avocado. Bast conosceva tutti, ma si stupì nel vedere il barista salutare Amelia, che filò via a chiacchierare.

"E comunque, di dove sei?" le chiese Bast quando fu tornata. Terry non aveva lesinato sugli elogi dopo il colloquio con lei, ma non si ricordava molto altro.

"Di Bentleigh East," disse Amelia, cospargendo il suo toast di pepe. "Ma ho passato quasi sempre le vacanze a St. Kilda. Adoro la spiaggia, sai. Quattro anni, bagnina certificata!"

Bast mando giù il suo boccone di waffle. Si era ricordato delle divise gialle e rosse. "Tu c'eri? Al Faro, cioè. Quando il mio cuore..."

Amelia parve sentirsi in colpa, ma lui non capiva perché. "No. Però me l'hanno detto. Mi ero già candidata mesi prima dal curatore per il posto, giuro!"

A Bast venne in mente che, essendo stato il guardiano di St. Kilda per gran parte della vita, ammalarsi aveva significato che una marea di gente era pronta a rimpiazzarlo. Non si stupì; il lavoro di guardiano pagava bene – lo stipendio era garantito in eterno dallo statuto del Faro – e il lavoro c'era finché lo si voleva. Non era eccitante, ma nella mite coda lunga al termine dell'espansione industriale, Bast era convinto che la manutenzione era il lavoro migliore e più vero.

"Sì, sì, non ti preoccupare. Solo vediamo se lo vuoi ancora il posto dopo questa settimana, eh?" D'improvviso Bast si sentì stanchissimo. Avvertiva la presenza del Faro in lontananza. "Anzi, per oggi può bastare così. Va bene per te?"

"Uhm, sì," fece Amelia; lavarono i piatti e se ne andarono.

La settimana dopo sgomberarono dall'erba spezzata le collinette solari del campo da golf ad Albert Park e si assicurarono che non ci fossero perdite in nessuna delle mongolfiere solari che sorvolavano il lago del parco. Poi risistemarono per bene la turbina eolica che riproduceva il seicentenario Corroboree Tree. Amelia imparava in fretta, Bast doveva ammetterlo, e sapeva quando consultarsi con lui per una vite allentata o un po' di ruggine. Ben presto tolse il divieto alle domande e si lasciò estorcere la storia di ogni opera d'arte e la sua funzione per la città.

Dopo un'altra settimana la portò a Elwood, dove alcuni isolani avevano raccolto lo spirito di Venezia in previsione dell'innalzamento dei mari. Presero una barca al boat-sharing dell'incrocio tra Milton Street e Broadway e, pagaiando per i canali allungati, superarono Elster Creek e arrivarono alla baia. Là uno scultore coreano stava costruendo una diga che avrebbe fornito energia a un impianto di desalinizzazione grazie alla pressione di strisciamento delle maree. Ogni anno i curatori municipali trovavano nuovi spazi dove gli artisti realizzavano le loro installazioni energifere, lasciando sgorgare le radici della civiltà in vedute spettacolari.

"Stai evitando il Faro, non è vero?" disse Amelia la settimana successiva.

"Non mi stressare," borbottò Bast. "Pian piano arriviamo anche lì."

A fine mese, diede ad Amelia il compito di recuperare l'attrezzatura da tutto il vicinato e trasportarla fino a casa sua per darle una ripulita. Il tempo da quattro stagioni in un giorno solo si era stabilizzato su un'estate soffocante, ma sistemarono comunque i secchi sul patio davanti casa. Per lui, il venerdì sera perfetto significava manutenzione degli arnesi, scandito da musica e birra. Tuttavia, per quanto desiderasse la solitudine del suo rituale, non gli pareva giusto escludere Amelia da questa parte del lavoro.

"Allora, dove sono tutti i tuoi gatti?" chiese Amelia.

"Niente gatti. Non mi piacciono i gatti." Bast sapeva dove voleva arrivare.

"Ti chiami 'Bast' e non hai gatti?" Amelia sembrava sinceramente stupita.

"È solo un nome," disse Bast. "Non significa niente. Il tuo nome cosa significa?"

"Industriosa," disse pronta Amelia.

Bast bofonchiò qualcosa, ma le mise in mano una lattina.

"Perché non ti piacciono i gatti?" chiese Amelia.

"Perché non vuoi andare a scuola?" schivò Bast.

"Ci vado a scuola," disse lei. "È un apprendistato, no? Dovrei imparare da te!"

"Dico imparare una cosa come si deve. La storia o dipingere o cucinare. Una cosa che ti faccia sembrare intelligente alle feste."

"Sembro già intelligente alle feste," disse Amelia. Ed era vero: sapeva essere brillante quando voleva, Bast lo aveva imparato.

"Be'," ragionò Bast, "le feste sono più facili alla tua età. Aspetta quando sarai come me e Terry ti trascinerà a un ricevimento elegante con ambasciatori e sindaci in visita e tutto quanto, e tu hai trascorso la vita intera a fare avanti e indietro lungo gli stessi dieci chilometri. Dura che ti prendano per intelligente a quel punto, fattelo dire."

Amelia sollevò la birra e accennò al vicinato intorno al suo cortile. "Tu ogni mattina fai sganasciare il tipo che consegna il caffelatte. Ti conoscono tutti! Che t'importa di cosa pensa qualche forestiero?"

"Grazie, sì... io non sono così, almeno credo," disse lui. "Voglio solo farti capire in che cosa ti stai cacciando."

Lavarono e oliarono l'attrezzatura. Come le installazioni affidate alle sue cure, molti degli arnesi erano pezzi unici, stampati in 3D per un compito specifico su una scultura specifica. Bast conosceva ogni oggetto a memoria: una conoscenza profonda, non generalizzabile, raggiunta solo grazie a ore infinite passate a maneggiarli e usarli. Sapeva quale cacciavite extralungo gli serviva per aprire l'angelo ai Victoria Gardens e quali cesoie con speciali lame ricurve erano le migliori per potare le figure topiarie che danzavano intorno ai pozzi di aerazione a Fawkner Park. Sapeva di quanta forza aveva bisogno ciascun raschietto per rimuovere la massima quantità di sporco dalle fessure tra un pannello solare e l'altro. Sapeva quale parte di ogni lama si smussava per prima e fino a che punto uno strofinaccio si poteva sfilacciare prima di diventare inservibile sul vetro granulare sopra al silicio cristallino.

Dopo un mese di istruzioni e indicazioni, era un piacere stare seduto e lasciar correre le mani secondo le cadenze familiari, affinate negli anni: esaminare, strofinare, lavare, asciugare, oliare, strofinare, mettere via. Amelia osservava ammirata mentre gli strofinacci volavano sugli arnesi in efficienti passate. Finirono al tramonto. Bast rimediò altre birre. Mentre passava una lattina a Amelia, i lampioni si accesero.

"Hai mai notato che quelle cose sembrano più luminose di venerdì che di lunedì?" meditò Amelia. Bast era compiaciuto.

"Be', stasera fanno più luce," disse. "Le celle solari a infrarossi qui in giro recuperano un po' di carica anche dalla luce lunare, dalle stelle e dal calore della Terra – a patto che siano pulite e tarate bene. Di notte, la rete passa alla batteria grande a Coode Island, per cui i solari in zona scaricano la corrente sui lampioni delle strade vicine. Ma col passare dei mesi i pannelli raccolgono un bello strato di sporcizia e la luce si smorza, appena un po'. Poi un guardiano fa il suo giro e... bam! Tutta la luce che vuoi."

"Cioè siamo stati noi?" disse Amelia.

"Be', in questa zona i guardiani siamo noi, quindi," disse Bast, "sì, siamo stati noi."

Amelia rifletté in silenzio per qualche minuto. Poi parlò. "Posso farti una domanda?"

"D'accordo, spara."

"Come mai non ti sei mai sposato?" chiese. Non era la domanda che Bast si sarebbe aspettato.

"Ero sposato," disse. "Primi tempi qui al lavoro. Una bella ragazza di Camberwell."

"Cos'è successo?"

"Si è trasferita a Brisbane. Quando ci siamo messi insieme aveva detto che voleva restare qui, ma poi se n'è andata. Ancora mi stupisco che abbia scelto Brisbane, però, con tutti i posti che ci sono."

"Non le sei corso dietro?" chiese Amelia. Poi, sarcastica: "Nei film succede sempre così."

"Be', avevo il Faro." Bast trangugiò la birra. "Se lo vuoi sapere, è stata lei a darmi il nome di Bast. Diceva che ero come un gatto. Allevato per stare qua in giro e tenere alla larga i topi, ma oltre a questo ben poco. Non riusciva ad addestrarmi, diceva, così per scherzare. Ma poi il nome mi piaceva, per cui l'ho tenuto. C'era meno gente che mi conosceva così. Meglio che essere Eddie il depresso, quello con la moglie scappata."

"Bast è anche una dea del sole, l'ho cercato," disse Amelia. "È una cosa che potresti usare alle feste."

"Sai, in effetti potrei farlo."

"Allora settimana prossima facciamo il Faro?" chiese Amelia.

Bast accartocciò la lattina di birra e la gettò nel bidone del riciclo. "Credo sia il caso di farlo," disse.

Lunedì mattina passarono dalle ruote votive per la cattura del carbonio, al ponte della stazione di Balaclava, e dalla serra solare sul prato della villa di Labassa. Poi tornarono verso Jacka Boulevard, oltre il parco divertimenti con le giostre in legno compresso e il teatro antico.

Il Faro era limpido e iridescente, come una cattedrale costruita per un'Expo. Nonostante fosse fatto di pannelli solari trasparenti, restava riconoscibile come faro. Una torre cilindrica, alta cento metri, si ergeva da un angolo di un edificio aperto che Bast chiamava "il granaio". Era meta dei frequentatori del parco e dei turisti che visitavano le mostre, mangiavano pranzi al sacco o incontravano gli amici prima di andare in spiaggia.

Sopra il granaio c'era un'ampia rete cattura-nebbia, una vela che estraeva acqua fresca dal vento umido della baia.

Bast era stato nominato guardiano fin dalla sua costruzione, negli anni '20, eppure, quarant'anni dopo, trovava ancora cose nuove da ammirare. Per qualche anno aveva seguito il contorno delle sue linee sinuose, poi aveva notato come i pilastri prismatici rifrangevano la luce nei colori dell'arcobaleno. Aveva guardato l'acqua zampillare dalla vela e sgocciolare giù dal soffitto fin sul terreno muschioso. Era stato un decennio ad ascoltare le campane – toni eterei, sei volte al giorno. A volte gli ricordavano una campana tibetana, a volte bottiglie di birra che tintinnavano al vento. Poi, per molto tempo, aveva guardato le persone. Aveva guardato come scalciavano via le scarpe per poggiare i piedi sulla terra prima di toccare i pilastri. Come aprivano la bocca per raccogliere le gocce, o trovavano uno spazio asciutto per sedersi a leggere, o sonnecchiavano mentre ricaricavano il telefono alle prese educative. Aveva atteso che alzassero gli occhi a contemplare la magia elettrica che trasformava la luce del sole in musica e aria condizionata e corse dei tram.

Adesso guardava il Faro con un sentimento nuovo: trepidazione. Al ricordo, sentì il petto irrigidirsi e pensò a come gli fosse capitato di trovarsi a un passo dalla morte proprio lì. Ma poi Bast lanciò un'occhiata ad Amelia e si rese conto che anche lei doveva aveva guardato quel luogo per anni. Lui aveva visto il Faro in costruzione, ma lei era ci cresciuta accanto. Si chiese che cosa avesse colpito la sua attenzione. Poi Amelia, con tempismo perfetto, indicò l'angolo lontano.

"Da piccola i miei mi lasciavano qui quando c'era il mercato contadino," disse. "Facevo disegni coi colori del prisma, cercando di distribuirli tra i passanti. In un certo senso ero un po' la guida turistica non ufficiale della domenica. Sai, a volte le campane suonavano all'unisono con quelle della chiesa di Acland Street e tutti si fermavano ad ascoltare mentre ogni cosa vibrava, come fosse un diapason."

Bast non veniva quasi mai al Faro di domenica, quando era più affollato.

"Mi piace pensare che abbiamo costruito delle belle cose, la mia generazione dico," iniziò Bast. "Non io, ovvio. Però faccio la mia parte. Non voglio più vedere rovine polverose come quelle dove sono cresciuto. Solo che a volte mi preoccupo che per voi giovani questa roba sia più che altro un impiccio."

"Be', non per me. A me piace." Amelia scrollò le spalle. "Ma è per questo che ci prendiamo cura delle cose, no? Perché chi verrà dopo di noi possa scegliere che cosa farne. Lo potranno tirare giù, costruire qualcosa di loro. Però se facciamo bene il nostro lavoro potranno anche tenerlo, se vogliono."

All'improvviso Bast desiderò con tutto se stesso che Amelia ottenesse il posto. Voleva regalarle la bellezza che aveva visto nel Faro e nelle decine di altre opere di pubblica stravaganza che elargivano alla città acqua ed energia. Sganciò la scala a pioli e fece segno ad Amelia di precederlo.

"Saliamo su," disse Bast.

Si arrampicarono dentro la torre. Prima Amelia, poi Bast. Una volta entrati, il chiacchiericcio del granaio si attutì e a Bast non rimase alcun suono se non il mormorio del vento, lo scalpicciare della loro salita e il battito avvolgente del suo cuore. Si teneva forte a ciascuno dei pioli, con gli occhi fissi sulle scarpe di Amelia. Respirava a boccate lunghe e caute. Cercava di non pensare all'illuminazione che gli aveva trafitto gli occhi semiconsci e sembrava volerlo attirare su.

Era un radioso mezzogiorno e la luce del sole fluiva nel cilindro. La parte che non alimentava i pannelli solari veniva rimbalzata dentro prismi del granaio tramite specchi trasmettitori. L'intero apparato oscillava all'ondeggiare della vela, e a sua volta l'interno del granaio danzava insieme agli arcobaleni e alle luminarie. Ma dentro la torre stessa, un luogo che pochi, eccetto il guardiano, potevano vedere, il sole somigliava ai fuochi d'artificio di un luna park. Ignorando la voce del buon senso, Bast chiuse gli occhi e si arrampicò a tastoni. Poi la mano forte di Amelia gli strinse il braccio e lo aiutò a salire sul tetto di vetro del granaio. Una rigida brezza antartica sferzava i loro capelli. Amelia stava sorridendo, e salutò con la mano una ragazzina che li fissava dal granaio sotto.

"Ho provato a intrufolarmi quassù una volta," disse. "Però mia madre non mi ha lasciato forzare il lucchetto. Immagino che poi l'avresti dovuto aggiustare tu."

"Cose di tutti i giorni," disse Bast. "Su, vieni."

Insieme ripulirono il vetro e controllarono i circuiti. Liberarono dalle foglie le canne eoliche che facevano cantare il Faro e lucidarono gli specchi della torre. Oliarono i cardini della vela e allontanarono con gentilezza gli uccelli che vi avevano nidificato. Non c'era molto da fare, ma era un lavoro che andava fatto. Rinnovabile non significava gratuita. Qualcuno doveva esserci a garantire il rinnovamento.

Il lavoro era meno automatico adesso che c'era Amelia, ma Bast trovò un altro genere di ritmo nelle spiegazioni. Le insegnò come camminare sul vetro inclinato, quali passaggi si sporcavano per primi, come individuare una tegola che rischiava di staccarsi entro qualche settimana. Conoscenze che era difficile includere negli schemi.

Quando finirono, Amelia iniziò a scendere verso il granaio. Ma Bast la bloccò.

"Vuoi vedere la cima, eh?" disse, e le mostrò la seconda scala a pioli, che si ergeva fino alla camera della lanterna.

La salita era lunga e vertiginosa; Bast non la faceva spesso. Più di una volta fu costretto a fermarsi e aggrapparsi alla scala per riprendere fiato. Quando raggiunse la lanterna, Amelia si sporse a scrutare lo skyline di Melbourne.

"È di quelle cose che non invecchiano mai, non è vero?" chiese.

"Oh, invece sì," disse lui. "Ma intanto che lo ammiri invecchierai anche tu."

Sotto di loro, le canne eoliche si aprirono e i toni pulsanti delle campane gorgogliarono dal granaio. Al centro della camera della lanterna un segnale luminoso delle dimensioni di un frutto di giaco lampeggiava verso la baia: era un omaggio alle opere costruite dalle comunità al servizio di un mondo più grande. Intorno a loro la città brulicava di tram e treni, biciclette e skateboard elettrici. Ogni tetto rigogliava di verde o luccicava dei francobolli dei solari neri che suggevano il sole. *Potrà durare per sempre?* si chiese Bast. Non vedeva perché no. Amelia tornò alla scala e lo guardò.

"Puoi restare qui un momento, se ti va," gli disse. "Finisco io il lavoro."

Nota dell'autore sul genere

Il guardiano del Faro è un racconto di fantascienza che trae ispirazione dalle competizioni progettuali della Land Art Generator Initiative (LAGI). All'interno della fantascienza, un nuovo movimento cerca di raccontare storie nuove e più pertinenti alle crisi del nostro presente. Molta *science fiction* (compreso questo racconto) è ormai anche *climate fiction*. Per me questo non significa soltanto discutere del clima futuro, ma implica una logica di contrasto: cioè che il cambiamento climatico, non il progresso scientifico, sarà il motore principale della trasformazione sociale nei decenni a venire. Date le fosche previsioni fornite dagli scienziati, ci si aspetterebbe che la *cli-fi* fosse cupa e pessimistica, e ce n'è molta così. Tuttavia, come dimostra questo racconto, non deve esserlo per forza! Un altro nuovo sottogenere, il solarpunk, mira a offrire visioni del futuro più promettenti – o perlomeno dare un'idea di che aspetto potrebbe avere il tentativo di risistemare questo disastro. Dove il cyberpunk speculava di computazione e altre tecnologie dell'astrazione, ora il solarpunk considera le implicazioni dell'abbondanza di energia rinnovabile e delle tecnologie che migliorino il nostro rapporto con il mondo vivente. Tutto questo è in divenire, proprio come il destino del nostro pianeta. A differenza del mondo di Bast, che risulta governato da una quotidianità piacevole e coscienziosa, il nostro mondo è terra di conquista. Dunque le nostre storie dovrebbero essere utili. Le nostre parole e opere significano moltissimo in questo momento; in particolare la velocità con cui immaginiamo, organizziamo e realizziamo cambiamenti drastici nell'infrastruttura della civiltà. Dobbiamo sperare che, all'altro capo di questo imponente lavoro, i nostri nipoti potranno conoscere un mondo di bellezza, sostenibilità e cooperazione.

Fallacia affettiva

di Chen Qiufan

traduzione di Giulia Cavicchia

Chen Qiufan (noto anche come Stanley Chan) è nato a Shantou, nella provincia dello Guangdong in Cina. Autore di narrativa di speculazione, traduttore, produttore creativo e amante dei gatti, Chen Qiufan è conosciuto per la sua prosa stilistica che combina il realismo contemporaneo ai temi della New Wave, e per questo motivo è stato definito come il "William Gibson cinese". Ha vinto il premio Dragon Fantasy di Taiwan, il Milky Way, il Nebula cinese per la fantascienza e il premio Science Fiction & Fantasy per la traduzione insieme a Ken Liu. Le sue storie sono state pubblicate su Clarkesworld, Interzone, Fantasy & Science Fiction e altre riviste. I suoi romanzi più significativi includono The Waste Tide, Future Diseases *e* The Algorithm for Life. *Vive a Pechino e a Shanghai e lavora come scrittore a tempo pieno.*

Esistono due leggende popolari sul villaggio di etnia Miao Wenshan.

Secondo una delle leggende, i Miao che vi abitano sarebbero i discendenti più diretti e puri del capostipite Chiyou; secondo l'altra, un tempo questo territorio confinava con la ex colonia francese del Vietnam ed era stato uno snodo di vitale importanza per la via della seta, le guerre dell'oppio e la guerra di resistenza contro la Francia; in realtà i Miao che la abitano oggi discenderebbero da un gruppo di guerriglieri laotiani di etnia Miao finanziati in segreto dalla CIA durante la guerra del Vietnam, i quali, una volta che il Laos ebbe perso la sua guerra segreta, si sarebbero dati alla fuga per evitare lo sterminio, vagando in esilio fino a questo territorio.

Per quanto le due leggende siano inverosimili, purché portino visitatori al villaggio vale la pena di tramandarle entrambe, ancora ed ancora ed in ogni versione, che sia per bocca delle guide, attraverso i ricami sulle borse artigianali nei negozi di souvenir, tramite i canti tradizionali o nei filmati prodotti dal centro turistico.

Nessuna della due leggende è riuscita a contrastare la tendenza che vede il numero dei turisti diminuire ogni giorno. Sebbene gli alberi di Wenshan siano verdi come una volta, i suoi fiori abbiano gli stessi colori vivaci di un tempo e il ballo tradizionale Caitang Wu sia maestoso quanto in passato, in pochi anni il settore turistico ha già perso il vecchio ruolo di protagonista dell'economia di Wenshan. Le donne del posto non hanno potuto fare altro che togliersi i copricapo d'argento e i vestiti tradizionali ricamati con le immagini dei totem e degli antenati, alla ricerca di un'altra opportunità di lavoro.

In Cina le donne sono generalmente considerate più sensibili e abili nel cogliere ed identificare gli stati d'animo altrui, sintomo di un'empatia più sviluppata. Sulla base di questa supposizione, la CUOREACUORE Technologies ha scelto di impiegare solo donne nel ruolo di annotatrici di tag affettivi. Dopo un processo di formazione, le lavoratrici diventano le assistenti umane del sistema di calcolo affettivo gestito da un'IA. Il sistema ha bisogno di una gran numero di pacchetti dati che fungano da matrice per la codifica degli algoritmi, ma questi dati devono prima essere taggati attraverso il processo di elaborazione del cervello umano, il quale, marcando differenze esterne quali età, genere, etnia e lineamenti, aiuta la macchina a comprendere meglio le caratteristiche intrinseche delle emozioni umane.

In tutto il paese ci sono decine di migliaia di laboratori di marcatura di questo tipo che assistono i più disparati sistemi di calcolo IA processando testi, audio, video, e anche i più complicati videogame interattivi. I villaggi che dipendono da questi laboratori per risolvere i loro problemi di disoccupazione sono chiamati 'Villaggi IA', sebbene il significato letterale sembri raccontare una storia molto diversa dalla realtà: ogni lavoratrice guadagna da una decina ad alcune decine di yuan all'ora, a seconda del livello di produttività. Rispetto ai colletti bianchi delle città queste cifre non sono nulla, ma in confronto al lavoro nei campi o alla disoccupazione mantengono un certo margine.

Come tutte le sue amiche, Yang Xiaoxiao è passata dalla sua casa in mezzo al verde della natura ad un laboratorio di marcatura affettiva della CUOREACUORE Industries, ed è diventata un'annotatrice di tag.

Il laboratorio è spazioso e luminoso, di fronte a ogni persona torreggia uno schermo curvo ultra-sottile che abbraccia l'intero campo visivo delle annotatrici. Queste indossano un auricolare per bloccare le interferenze dell'ambiente esterno, sullo schermo scorrono senza interruzione i dati mediatici che il sistema smista in automatico tra le lavoratrici e un riquadro rosso si sposta sui volti presenti nell'immagine.

Xiaoxiao non sa spiegarsi perché, nonostante tutta la tecnologia all'interno del laboratorio sia alimentata da energia solare, lei abbia sempre la sensazione che rimanere troppo a lungo lì dentro la renda nervosa e agitata. Per le credenze dei Miao, l'energia solare è la più pulita ed è quella che apporta più benefici alla salute, seguita dall'energia eolica ed idroelettrica; per ultimi vengono l'energia nucleare e quella a combustibili fossili. Sua madre voleva farle portare delle piantine a lavoro, secondo lei aiutano a promuovere il circolo dell'energia, ma l'azienda non lo permette.

Le mani di Xiaoxiao volano con agilità sulla tastiera, la sinistra sceglie le categorie affettive, la destra assegna a ogni emozione un'intensità da 1 a 10: FELICITÀ 3, RABBIA 7, e così via. A volte sul suo viso balena la stessa espressione del soggetto su cui sta lavorando. È anche per questo che l'azienda ha scelto d'impiegare soltanto donne come annotatrici di tag affettivi.

Le sue mani si muovono sempre più svelte, di fronte agli occhi affiora un viso dopo l'altro e sopra lo schermo il suo indice di produttività guizza veloce, ma la sua attenzione è fissa sull'orologio del sistema.

Ha un appuntamento, proprio stasera.

CUOREACUORE è una piattaforma di *dating* online. A differenza dalle altre app d'incontri utilizza un'interfaccia API di computazione delle emozioni basata su cloud che durante gli appuntamenti aiuta l'utente a capire meglio i cambiamenti d'umore dell'altra persona, incrementando il tasso di successo degli abbinamenti.

In questi ultimi anni il *dating* online è diventato una faccenda delicata. Da una parte il web permette di sorvolare ogni confine, connettendo persone di diversa nazionalità, cultura, lingua e classe sociale; dall'altra, le enormi differenze nel modo in cui ogni individuo reagisce e gestisce le emozioni hanno reso i sentimenti umani più difficili da comprendere, le barriere e le incomprensioni sempre più numerose.

È proprio su CUOREACUORE che Xiaoxiao ha conosciuto Simon Zhu, un ragazzo di Shanghai. Nella mente di Xiaoxiao, Shanghai è una città futuristica dove su entrambi i lati della strada fluttuano schermi multicolori e vagano passanti vestiti all'ultima moda, simili a robot senza espressione, anime solitarie che si aggirano come spettri dentro grattacieli più alti delle nuvole; un luogo dove lo spazio vitale per gli alberi e gli animali è ridotto ad angusti spiragli di verde regolamentati in maniera rigida, il cui legame con l'energia del sole è spezzato, come un cordone ombelicale reciso. Non avrebbe mai immaginato di uscire con un abitante di Shanghai, è come se provenissero da due mondi diversi.

Meno che mai si sarebbe aspettata che Simon l'avrebbe contattata per primo, lui dice che è stato per il suo nome tradizionale Miao e per il suo copricapo d'argento in Realtà Aumentata che la rendono particolare, diversa dal solito stile stereotipato ispirato alle influencer del web. Xiaoxiao non riusciva a capire molte delle cose che Simon diceva, e si affidava alla funzione di riconoscimenti dei sentimenti dell'app per decifrare il senso di ciò che lui voleva esprimere.

L'username di Xiaoxiao su CUOREACUORE è KuayeXiaoxiao, da "KuatYeus", la pronuncia tradizionale del suo cognome Miao, e quindi si tratta proprio del suo nome vero, che nella realtà non ha occasione di usare spesso. Era stata lei stessa a creare e uploadare il copricapo tradizionale Miao sulla RA, dato chei *provider* di accessori digitali sembrano ignorare del tutto le particolari esigenze delle minoranze etniche.

Oggi sono due mesi dal giorno in cui si sono conosciuti su CUOREACUORE, una data molto importante: la maggioranza delle persone che si conosce online non arriva a durare una settimana. Inoltre, dopo un mese di frequentazione molte persone possono scegliere di festeggiare in maniera speciale: spegnendo i filtri di bellezza della Realtà Aumentata che, attraverso degli algoritmi, modificano l'aspetto, e mostrando il proprio volto reale all'altra persona. L'atto di 'togliere i filtri' simboleggia l'inizio di una nuova fase della relazione, ma ovviamente può anche segnarne la fine.

Grazie a Chiyou, Xiaoxiao è abbastanza orgogliosa del suo aspetto fisico, e questo la fa guardare ancora con più trepidazione a stasera.

È quasi l'ora dell'appuntamento, ma nuovi dati continuano a riversarsi sulla sua schermata. Xiaoxiao annota sempre più velocemente i tag, sembra sul punto di superare i limiti umani, e di certo il suo livello di precisione non potrà non risentirne, ma che importa? Tanto il sistema sottopone comunque i dati a controesami di verifica da parte delle altre colleghe.

Ecco l'ultimo filmato, un ragazzo di fronte a un tempio, il riquadro rosso incornicia il suo volto rivolto un po' verso il basso, Xiaoxiao inserisce quasi simultaneamente FELICITÀ e 4, dopodiché l'interfaccia ritorna blu. Un'altra frenetica giornata lavorativa è andata.

Il treno elettrico ad alta velocità passa attraverso una verde catena montuosa, il volto di Xiaoxiao riflesso sul finestrino lascia trasparire un sorriso rilassato. A un esame più attento queste 'montagne' si rivelano essere edifici di un villaggio vicino: su tutte le superfici un tempo inutilizzate, come le facciate e i tetti, cresce della vegetazione lussureggiante. L'idea del design dei giardini verticali viene dall'Italia: non solo permettono l'assorbimento delle polveri nell'aria e producono ossigeno, ma contribuiscono ad abbassare la temperatura media nelle città, aiutano ad abbattere l'inquinamento acustico e favoriscono la biodiversità, garantendo un habitat per piccoli animali come uccelli e insetti.

È molto meglio della Shanghai di Simon. Pensa Xiaoxiao, *le metropoli sono così affollate e sporche, e sono tutte così caliginose, non potrei mai vivere in un posto del genere.*

Con un balzo al cuore di Xiaoxiao il treno si ferma alla fermata del grande tempio.

Xiaoxiao apre l'app di CUOREACUORE dalla maschera facciale.

Nel tempio c'è una statua lignea di Chiyou, la testa taurina e il corpo umano, quattro occhi e sei mani, in ogni mano una arma d'acciaio diversa. Nell'oscurità della sera è ancora più impressionante.

La leggenda narra che Chiyou fosse uno dei tre grandi progenitori del popolo cinese, alla pari di Yandi e Huandi. Cinque o seimila anni fa, Yandi e Huangdi si allearono contro Chiyou, e quando quest'ultimo fu sconfitto gran parte dei suoi seguaci andò in esilio a Sud, dando vita alle minoranze etniche del Sud-Ovest, Miao compresi.

Certe volte Xiaoxiao pensa che in tutte e due le leggende ci sia un punto in comune: in ogni caso, il suo popolo discende dagli sconfitti.

Vedendo che ci sono già delle chiamate perse da parte Simon, Xiaoxiao lo richiama subito e alla sua risposta lo schermo del cellulare proietta un'olografia a mezzo busto nell'aria, il sempre bello e stiloso Simon in versione Realtà Aumentata.

"Scusa per il ritardo, a lavoro c'era tantissimo da fare."

"Non preoccuparti, anch'io sono appena arrivato... Sei pronta?"

Xiaoxiao vede apparire il tag TREPIDAZIONE 5 sul volto di Simon; una sensazione di calore le scalda il cuore. Lei annuisce sorridendo, ma Simon sembra non notarlo, e aggrotta le sopracciglia.

"Se non sei pronta non dobbiamo farlo per forza, dopotutto si sa, è una cosa rischiosa..."

"Sono pronta, possiamo iniziare quando vuoi."

"Ma..."

"Ma cosa?"

"Sul tuo volto ci sono tag INCERTEZZA 4, INSICUREZZA 3..."

"Com'è possibile, dev'essere un errore, io sono super felice!" Con decisione Xiaoxiao allarga il sorriso per renderlo più evidente.

"È cambiato ancora, è diventato PAURA 6. Xiaoxiao, mi stai nascondendo qualcosa?"

"Davvero non ti sto nascondendo nulla Simon, c'è sicuramente qualche problema con il programma, che dici, ora tolgo subito i filtri e ti faccio vedere?"

"No, aspetta, fammi pensare..."

Sul volto di Simon compaiono SOSPETTO 4 e TRISTEZZA 3, come può essere una cosa del genere?

"Simon, dubiti di me?"

"No, è solo che... le macchine non mentono."

In un attimo l'atmosfera si è fatta glaciale. Xiaoxiao sa, senza bisogno di vederlo, che sul suo volto è apparso DELUSIONE 10. Cerca di spiegare, ma una notifica sancisce la sconfitta: Simon l'ha bloccata. DELUSIONE si trasforma in FURIA, le sembianze in Realtà Aumentata di Xiaoxiao mutano e assumono l'aspetto temibile di Chiyou, sulla testa compare un corno taurino, tra le mani una lancia e una spada, tutto il suo corpo emette una fiamma rossa come il sangue.

Hai queste armi così potenti, eppure hai perso lo stesso... Così riflette tra sé e sé Xiaoxiao, e non sa bene come ma gradualmente la rabbia svanisce e rimane solo il suo cuore spezzato.

All'improvviso le viene in mente la Signora Hui, il programma IA che sovraintende le annotatrici di tag; per qualsiasi dubbio ha sempre una risposta, sicuramente lei saprà spiegare cosa è successo. Forse in questo preciso momento da tutto il mondo giungono decine di migliaia di chiamate alla Signora Hui, ma Xiaoxiao viene connessa in un lampo.

La Signora Hui fluttua in aria nella sua uniforme bianca, sembra la Madre Farfalla delle leggende Miao. Siede di fronte a un enorme schermo circolare, dietro di lei scorrono tanti raggi multicolori che connettendosi tra loro formano una mappa complessa.

"Xiaoxiao, quanto tempo! Stai bene?"

"Non proprio... Signora Hui, mi dica la verità, è perché oggi non sono stata diligente nel mio lavoro che il sistema mi ha punita?"

"Cosa? Che è successo?"

"Simon... CUOREACUORE... la macchina interpretava sempre male i miei sentimenti."

La Signora Hui sembra aver intuito qualcosa, ma non c'è modo di leggere i tag sul suo volto virtuale, può farlo solo chi ha accesso a un livello di autorizzazione più alto. La Signora Hui estrae velocemente alcuni dati e li proietta allargandoli sullo schermo. È il viso di Xiaoxiao di fianco al viso di Simon, un raggio colorato passa tra loro unendoli.

"Xiaoxiao, non ti devi arrabbiare e non ti devi nemmeno abbattere. Non è colpa tua."

"Sono triste..."

"Lo so, ce l'hai scritto in faccia, sciocchina."

"Allora lei può vedere i miei veri sentimenti? La sovrintendente del laboratorio ha detto che se non lavoriamo bene l'IA può darci delle penalità, per esempio abbassando il punteggio di credito sociale sui social network, ma non così..."

"Ho detto che non è colpa tua, ma di Simon."

"Simon? Mi ha mentito? Se poteva vedere i miei veri sentimenti perché mentire? Se non voleva togliere i filtri bastava dirlo!"

"No, non è su questo che ti ha mentito."

"Su cosa?"

"Simon non esiste."

"Cosa?" L'intensità dello SHOCK sul viso di Xiaoxiao eccede i limiti di misurazione.

"O per meglio dire, non è umano. È l'avatar virtuale di un'IA che ha lo scopo di spingerti a comprare accessori virtuali e servizi."

"Eppure sembrava così..."

"Reale. Lo so. Marionette IA come Simon sono dovunque online, non sei la prima a lasciarsi ingannare."

"Ma se è generato da un'IA come ha potuto sbagliare a interpretare i tag?"

La SIGNORA HUI si solleva in aria allargando le braccia, sembra davvero una farfalla. Sullo schermo alle sue spalle iniziano a brillare allarmanti luci rosse.

"Di recente c'è stato un attacco hacker su larga scala, ma l'obiettivo non è la macchina, sono le persone. Questo perché la mente umana è più facilmente influenzabile della macchina, in particolare la parte che si occupa della percezione e dell'elaborazione delle emozioni. Quando una fonte esterna produce pressione emotiva, il giudizio di un individuo può essere distorto in modo significativo. Chiamiamo questo fenomeno 'fallacia affettiva', che è anche il nome di questo gruppo di hacker."

"Perché mai questi hacker avrebbero fatto una cosa del genere?"

"Hanno dichiarato che per loro la macchina ha privato l'umanità del diritto di interpretare liberamente le emozioni, riducendo gli esseri umani ad animali capaci di trasmettere i propri stati d'animo solo attraverso degli algoritmi e che, privi di sentimenti genuini,si allontanano sempre di più dalla vera felicità. Ci chiamano 'i dittatori della felicità'".

"Non capisco, io sono solo una semplice annotatrice, perché hanno scelto me..."

"Se avessero attaccato solo te la cosa davvero non avrebbe molto senso! Questo virus che crea avatar virtuali non ha alcun costo, si riproduce in automatico, senza sforzo, e si modifica a seconda dei bisogni di ogni vittima, realizzando un attacco mirato. Guarda le linee rosse sulla mappa dietro di me."

Alle spalle della Signora Hui tante linee rosse sfrecciano come missili, attraversano oceani e continenti e, una volta raggiunto l'obiettivo, esplodono come fuochi d'artificio, si dividono in più parti che si espandono a loro volta per colpire obiettivi più vicini. La maggioranza delle zone colpite sono contrassegnate dal logo della CUOREACUORE.

"Cosa sono quelle linee?"

"Sono correnti emotive aggressive. In realtà il mondo non è razionale come pensiamo; le decisioni e i giudizi delle masse sono guidati dalle emozioni, e se si controllano le correnti emotive si può controllare il mondo intero."

"Quindi l'attacco contro di me sarebbe solo una parte di questo..."

"Sì, Xiaoxiao, le cose non sono semplici come sembrano." Sul volto della Signora Hui dei dati lampeggiano veloci come sottili microespressioni la cui interpretazione va oltre le capacità umane. "Devo darti una buona notizia e una brutta notizia, quale vuoi per prima?"

Un peso cala sul cuore di Xiaoxiao. "La cattiva."

La Signora Hui si apre in un sorriso e a Xiaoxiao non serve nessun tag per vederlo. Estrae dei dati, si tratta dell'ultima immagine taggata oggi a lavoro da Xiaoxiao, il giovane in piedi di fronte al tempio.

"Lo hai taggato FELICITÀ 4, giusto?"

Xiaoxiao analizza l'immagine con attenzione, l'impressione che trasmette è del tutto diversa dalla sensazione di calore che aveva individuato in maniera frettolosa, non aveva notato il monastero sfocato sullo sfondo, di quelli per i monaci di clausura. Ci sono delle lacrime sulle ciglia del giovane. Sta per rasarsi i capelli, per staccarsi dal caos della civiltà, è l'ultimo addio di un giovane a questo mondo; di certo non è FELICITÀ 4. Aveva commesso un errore molto stupido.

"Sono licenziata?"

"Sapevo che lo avresti pensato. Non manterrai questo lavoro molto a lungo, non a causa di qualcosa che hai fatto, ma perché la macchina è ormai abbastanza intelligente, ha imparato dalle esperienze umane a evolversi da sé, si può dire che capisca le emozioni umane meglio degli stessi umani. Di conseguenza, la mansione di annotatrice sta per scomparire."

Alla seconda brutta notizia della giornata Xiaoxiao impallidisce e quasi per un riflesso automatico immagina ABBATTIMENTO 7 e ANSIA 8 apparire sul suo volto.

La SIGNORA HUI allarga le braccia come a stringere Xiaoxiao in un abbraccio virtuale, avviluppandola nelle sue onnipresenti ali dalle luminose scaglie translucide.

"La buona notizia è che avrai un nuovo lavoro. Le capacità che hai sviluppato non andranno sprecate, potrai fare le cose che al momento la macchina non può ancora fare."

"Quali cose?" chiede Xiaoxiao sollevando la testa, confusa.

"L'attacco hacker ha scatenato una fallacia affettiva su larga scala, causando in tante persone ogni tipo di blocco emotivo: depressione, mania, delirio, persino impulsi suicidi. La vostra empatia e il vostro giudizio accurato nei confronti delle emozioni possono aiutarle ad uscire da questa situazione difficile, a tornare ad essere persone felici, cosa che l'IA non può fare. Ovviamente avrete ancora bisogno dell'assistenza dell'IA per creare avatar virtuali che facciano ritornare le persone felici."

"Nel senso che..."

"Sì Xiaoxiao, andrai a Shanghai, dove c'è un laboratorio più grande, nuovo e avanzato che ti aspetta."

Mentre guarda l'enorme schermo alle spalle della SIGNORA HUI, sul quale è ora proiettato il suo viso sovrapposto all'immagine di una metropoli moderna, l'espressione sul volto di Xiaoxiao sembra cambiare in maniera sottile e complessa. Si sforza di distinguere il suo stato d'animo, ma capisce che questo compito si è fatto molto difficile, i cambiamenti sono troppo veloci.

Forse solo una macchina è in grado di distinguere chiaramente le emozioni umane.

Posso davvero rendere felici gli altri? Anche se io stessa non sono affatto felice? È l'ennesima sconfitta che sradicandomi dalla mia terra mi esilia nell'odiata città? Chiyou, dammi forza, dammi coraggio...

Sul volto di Xiaoxiao diversi tag appaiono e subito scompaiono, come bolle di sapone che esplodono in un istante e rilasciano improvvisi raggi multicolori.

Un anno dopo, Shanghai

Il canto degli uccelli risuona mite e melodioso, un picchiettio fuoriesce da un baccello coperto da una vegetazione lussureggiante. Si apre lentamente, mostrando al suo interno una ragazzina immersa in un sonno profondo.

"Sveglia, sveglia, Xiaomei, è ora di andare al lavoro." Accarezzando la superficie lanuginosa del baccello Xiaoxiao si rivolge dolcemente alla ragazzina.

"Xiaoxiao, da quando ho il mio baccello la notte non ho più gli incubi e la mattina mi sento molto meglio!"

"Era solo un po' di nostalgia di casa." Xiaoxiao dà dei colpetti sulla punta del naso di Xiaomei e tutte e due iniziano a ridere.

Anche Xiaomei si è trasferita dal villaggio Miao di Wenshan al centro di ottimizzazione delle emozioni di Shanghai, ma al suo arrivo nella grande metropoli aveva iniziato a lamentare dei dolori su tutto il corpo: a lavoro aveva le vertigini e le girava la testa, di notte si girava e rigirava senza riuscire a prendere sonno, oppure aveva incubi continui. Se lei stessa non era in un buono stato d'animo, come poteva lavorare all'ottimizzazione degli utenti?

Per fortuna aveva conosciuto Xiaoxiao, si era unità alla sua 'comunità dei baccelli', e da allora la sua vita aveva preso una buona piega.

Arrivata a Shanghai, anche Xiaoxiao aveva avuto alcuni problemi e ne aveva parlato con la Signora Hui, la quale tramite degli algoritmi ha analizzato lo stile di vita dei Miao e ha progettato delle strutture a forma di baccello stampabili in 3D e composte da un materiale polimerico che si coltiva senza terra, è in grado di trattenere facilmente l'umidità e allo stesso tempo consente la circolazione dell'aria. Una volta che i semi della pianta sono germogliati, le radici e il materiale grezzo si assimilano senza soluzione di continuità, creando uno spazio confortevole, piccolo e compatto, per il relax e il ristoro degli esseri umani.

"Mamma aveva ragione, l'umore delle persone può migliorare solo quando l'energia è libera di scorrere." Xiaoxiao capisce di sentirsi elettrizzata da questa sua rivelazione.

"Forse questo principio può servire anche nel processo di ottimizzazione dei clienti..." Mormora pensierosa la Signora Hui mentre il processore alle sue spalle emette regolarmente dei raggi blu, come un cubo forgiato con il cielo stellato.

I membri della 'comunità dei baccelli' sono sempre più numerosi, e non solo tra le compagne Miao; tante operatrici di algoritmi provenienti dalle regioni più lontane si sono unite a loro, hanno stampato il loro baccello e ora si godono l'energia verde della natura. Xiaoxiao ha sentito dire che persino alcuni locali, nati e cresciuti a Shanghai, ardono dalla curiosità di provarlo.

Xiaoxiao solleva la tenda della finestra, i raggi del sole entrano nella stanza e si spiegano come lamine d'oro. Guarda dall'alto le strade di Shanghai, tra il grigio del cemento rinforzato e il nero degli schermi a cristalli liquidi c'è del verde che cresce e si dirama silenzioso sulla superficie esterna di un grattacielo,con impegno si arrampica su una sporgenza più esposta alla luce del sole.

In segreto assegna tra sé e sé un tag alla città: Ottimismo 4.

Il ranch a spirale

di Sarena Ulibarri

traduzione di Stefano Ternavasio

Sarena Ulibarri ha partecipato al Workshop Clarion Fantasy e Science Fiction Writers a San Diego e ha conseguito un Master in Fiction Writing presso l'Università del Colorado, Boulder. Le sue storie sono state pubblicate su riviste come Lightspeed, DreamForge *e* GigaNotoSaurus, *e su antologie come* Biketopia *e* The Gamer Chronicles. *È caporedattrice di* World Weaver Press *e ha curato le antologie* Glass and Gardens: Solarpunk Summers *(2018) e* Glass and Gardens: Solarpunk Winters *(2020). Il suo sito web è: www.SarenaUlibarri.com*

Dallo Spiral Ranch erano scomparse due mucche. Piper toccò lo schermo di controllo del Pascolo 7 e attivò l'app LAZO per verificare il conteggio con la sua unità da polso. L'app confermò: due in meno di ieri. Passò alla schermata delle comunicazioni e iniziò una chiamata verso il Pascolo 3.

"Ehi, Jayce."

Dopo un momento la sua voce uscì dall'altoparlante. "Sì, signora."

"Avete mucche in più lì?"

"Uhm, no, signora."

"Ne manca qualcuna?"

"Non mi pare. Perché, che succede?"

Piper scostò il cappello dalle sopracciglia sudate e si grattò la testa. "Nessun motivo."

Avevano trasferito lì la mandria dal Pascolo 6 tre giorni prima per la rotazione, e in quel momento tutto il bestiame era presente. Piper si issò sul muro – un parapetto incurvato verso l'interno che faceva entrare l'aria fresca e la luce del sole ma impediva al bestiame di cadere oltre il cornicione – e scrutò la strada otto piani più in basso. Sul marciapiede non c'erano mucche spiaccicate. Un paio di musicisti reggae di strada suonavano all'angolo e qualche turista puntava la videocamera verso il grattacielo. Piper ridiscese sull'erba. Forse c'era stato qualche guasto dei chip di localizzazione. Risalì il pendio e superò la curva per arrivare al cancello che portava al Pascolo, facendo una conta manuale mentre passava. Sempre due in meno.

I registri sulla postazione di mungitura robotica evidenziavano che entrambe le mucche erano state munte la sera prima, ma non quella mattina. Le stanghe mobili che regolavano il passaggio dei bovini vicino al montacarichi erano alzate e sembravano funzionare a dovere, quindi era improbabile che gli animali avessero deciso di scendere in un altro pascolo. Inoltre, l'app LAZO poteva rilevare qualsiasi chip attivo in un raggio di tre chilometri. Dovunque fossero le mucche, non erano nell'edificio.

Controllò lo stesso i pascoli a riposo, ma senza risultati, per cui proseguì verso il macello. Lo Spiral Ranch era prima di tutto un produttore lattiero-caseario, ma aveva anche un piccolo impianto di lavorazione della carne, nascosto nel seminterrato, così la gente di Austin poteva fare finta che non esistesse. Nell'edificio, era il secondo tra i posti che meno piacevano a Piper.

Laggiù trovò Monique, che cantava delle canzoni da musical di cent'anni prima mentre caricava i pacchi di manzo sui bot di consegna. I registri di Monique non rivelarono alcuna traccia delle mucche mancanti, neanche quando Piper fece una ricerca di file eliminati o manomessi. Erano semplicemente... sparite.

Allora su, all'ufficio aziendale. Il posto dello Spiral Ranch che le piaceva di meno in assoluto.

Salì le scale dal macello all'atrio, e lì prese l'ascensore pubblico e salì fino in cima insieme ad alcuni clienti del ristorante. Le porte dell'ascensore si aprirono su un ampio porticato. Il reticolo del giardino sul tetto si intrecciava di verde sopra di lei, e i rampicanti scendevano sui muri da entrambi i lati. I turisti girarono a sinistra verso il ristorante e Piper girò a destra verso l'ufficio di Adrianne.

Premette il pulsante accanto alla porta in vetro smerigliato dell'ufficio. Il pulsante diventò verde, ma Piper esitò un momento prima di ruotare il pomello floreale in ferro battuto, predisponendosi a quella che sarebbe stata con ogni probabilità un'interazione sgradevole.

Adrianne era seduta dietro a una scrivania di vetro e litigava con qualcuno su uno schermo olografico. Alle sue spalle si estendeva una vetrata dal pavimento al soffitto, e alberi in fiore troppo tropicali per il Texas centrale fiancheggiavano la parete interna. Gli scarponi di Piper lasciavano le impronte sull'immacolato pavimento a piastrelle bianche. Restò in disparte imbarazzata finché Adrianne riuscì a concludere la conversazione e lo schermo sparì.

"Di cosa si trattava?"

Adrianne incrociò le gambe, facendo ciondolare dall'alluce una scarpa col tacco. "Solo altri investitori che minacciano di ritirarci il sostegno se non miglioreremo la nostra immagine pubblica."

"Cos'ha che non va la nostra immagine pubblica?"

Adrianne alzò un sopracciglio ed emise una risata priva di allegria. "Davvero? Non hai visto il video diffamatorio girato da quel giornalista che ci accusa di crudeltà verso gli animali e rifiuti in eccesso?"

Piper scrollò le spalle. "Non è vero."

"In ogni caso, devo lanciare una nuova campagna promozionale per combatterlo, e gli investitori stanno bocciando *tutte* le mie idee."

"Potresti fare una pubblicità per dire alla gente che abbiamo ridotto di più di due terzi il prezzo del latte e del formaggio in città."

"In una città che è al sessanta per cento vegana," rispose sarcastica Adrianne.

"E allora sul fatto che siamo un importante produttore energetico, sia nel solare che nel metano..."

"Ogni caspita di palazzo è un produttore energetico!" Adrianne si passò una mano sul volto. "Scusa. Uhm, per che cosa sei venuta qua? Ho molto da fare."

Ma non mi dire. C'era stato un tempo in cui Piper avrebbe potuto fermarsi nel suo ufficio solo per fare due chiacchiere o decidere come passare la serata. Ma quei giorni, a quanto pareva, erano molto lontani. Piper e Adrianne erano state buone amiche ai tempi del college e avevano stilato insieme i progetti per lo Spiral Ranch. Ma quel rapporto era degenerato da quando erano capo e impiegata. Piper non voleva avere niente a che fare con tutta la burocrazia, e Adrianne sembrava non volere aver niente a che fare con gli animali.

"Non posso permettermi di avere un inventario che mi sparisce da sotto il naso," disse Adrianne dopo che Piper le ebbe riferito dei bovini scomparsi.

"Ho solo pensato che avresti dovuto saperlo."

"Forse è la tua app ad avere qualcosa che non va. Sto valutando delle alternative che potremmo adottare per fare un passo avanti. Se hai un momento vorrei esaminarle con te."

Piper fremeva di rabbia. Aveva creato l'app LAZO da zero e ne era orgogliosa. Funzionava più che bene. Si alzò, picchiandosi il cappello sulla coscia. "Ho molto da fare."

La mattina dopo, altre due mucche erano scomparse. Le sue ricerche e indagini furono infruttuose quanto il giorno prima, così quando scese la notte Piper restò al lavoro. Jayce si era fermato per fare delle riparazioni al raccoglitore di sterco. Dopo aver messo via gli attrezzi e avere restituito al suo giro la macchina a forma di vongola, esitò presso l'ascensore.

"Resti fino a tardi, capo?"

"Credo che passerò qua la notte e vedrò se riesco a risolvere il mistero delle mucche scomparse."

"Vuoi che ti faccia compagnia?"

Piper si strinse nelle spalle. "Solo se hai voglia."

Entrò in ascensore e Piper immaginò che fosse andato a dormire, ma dopo circa un'ora ricomparve con un paio di sandwich al roast beef, due sacchi a pelo e una chitarra.

Il sole affondò in uno sfoggio di arancione spento. Piper era stesa sull'erba del Pascolo 7 con un sacco a pelo arrotolato come sostegno per la testa, e ogni tanto schiacciava una mosca. Alcune delle mucche continuavano a pascolare, ma la maggior parte piegava le zampe sotto il corpo per dormire. Jayce suonava alla chitarra un lento ritmo amatoriale. Da qualche parte giù in strada, un gruppo di musica dal vivo si scatenava per una folla vivace.

"Perché non abbiamo le telecamere?" disse all'improvviso Jayce. "Così potremo vedere cosa succede di notte alle mucche, dico."

"Davvero vuoi delle telecamere che ti tengono d'occhio tutto il giorno mentre lavori?"

"Non proprio," disse Jayce. "Ma negli altri posti ci sono telecamere ovunque."

Piper cambiò posizione sul suo cuscino arrotolato. Era stata lei a convincere Adrianne che le telecamere erano uno spreco. Non le piaceva la sorveglianza costante e l'estrazione di dati che erano ovunque nella vita moderna. "Non ci sono mai servite, immagino. LAZO tiene traccia delle mucche e ci comunica i loro parametri vitali meglio di come farebbe una telecamera."

"Finché non capita qualcosa di strano."

"Finché non capita qualcosa di strano," concordò Piper.

Dopo un altro lungo silenzio, riempito solo dal nuovo tentativo di canzone di Jayce e dai passi strascicati delle mucche, Jayce disse: "Dici che sono gli alieni?"

"A fare cosa sono gli alieni?"

"A portare via le mucche."

"Che razza di domanda idiota è?"

Jayce sembrava ferito. "Non è mica una domanda idiota. Non l'hai mai sentita la storia delle mutilazioni del bestiame in Colorado?"

Piper alzò un sopracciglio.

"Era il ventesimo secolo. Un mucchio di capi di bestiame venivano squartati direttamente sul campo, roba chirurgica. Nessuno sapeva chi era che lo faceva. Come fossero gli alieni."

"Siamo quasi alla fine del ventunesimo secolo ormai, e ancora di alieni non se n'è vista neanche l'ombra," disse Piper. "Se sono qua in giro, non capisco perché fanno così tanto i furtivi e prendono di mira le mucche."

"Vero," disse Jayce. "Ma nessuno l'ha mai scoperto chi era che faceva a pezzi le mucche."

"No, adesso mi ricordo," disse Piper. "Era il governo, no?"

"Che se ne faceva il governo delle mucche?"

"C'era stato non so che sversamento tossico o incidente nucleare. Stavano esaminando le mucche per vedere quali erano davvero i rischi, senza dirlo a nessuno."

Jayce scrollò le spalle. "Sarà pure il governo, può darsi, ma pensavo che avessero chiuso tutte le centrali nucleari insieme con il carbone."

"Non so chi è stato," disse Piper. "Ma ho intenzione di scoprirlo."

Alla fine Jayce si addormentò, russando nel suo sacco a pelo. Piper continuò a usare il suo come cuscino, incrociando le braccia per riscaldarsi mentre la notte diventava più fredda. Le dita dei piedi le si intorpidivano, ma si rifiutò di togliersi gli scarponi. Se fosse successo qualcosa, doveva essere pronta.

Verso le due, i suoni della musica dal vivo si spensero, sostituiti da un coro di cicale. Piper lottava per rimanere sveglia quando un nuovo debole brusio si unì ai rumori notturni. Si mise a sedere e affinò l'orecchio per sentirlo. Le mucche si rialzavano barcollando, tastavano il suolo con le zampe, si scontravano l'una con l'altra. Due luminosi occhi rossi scrutavano da dietro il muro del pascolo.

Piper sussultò. Il ronzio divenne più forte, poi un grosso drone sfrecciò nel pascolo. Il bestiame era nel panico. Piper lanciò il sacco a pelo arrotolato contro Jayce che si svegliò sbuffando.

"Ma cosa..." Saltò in piedi ed evitò per poco di finire calpestato dalla mandria "Te l'ho detto che erano gli alieni!"

"Non sono gli alieni," disse Piper. "È furto di bestiame del ventunesimo secolo." Scattò delle foto con la sua unità da polso. Era un vecchio drone della polizia, ma ogni segno identificativo era stato rimosso. Circa dieci anni prima, questi droni erano comuni nei cieli di tutte le città più importanti, ma venivano continuamente abbattuti, catturati o hackerati, per cui erano stati ritirati e messi all'asta. Erano abbastanza forti da poter sollevare una piccola automobile. Il drone si posizionò sopra una mucca e comparvero un paio di artigli pronti a calarsi e stringere la presa, come un'enorme macchinetta da sala giochi.

Jayce afferrò una corda da vicino all'ascensore e avanzò verso il drone. Le eliche respinsero la corda. Lui rimise più saldamente i piedi a terra e la lanciò di nuovo.

"Preso." La corda si strinse intorno al corpo del drone. Gli artigli afferrarono il torso della mucca e la sollevarono. Questi erano bovini nani, circa metà delle dimensioni e del peso dei loro predecessori dei ranch piatti, ma comunque quasi 250 chili a capo. Il drone lo sollevò come se fosse stato un pupazzetto di peluche. Jayce piantò le unghie nell'erba, ma il drone ronzò fino allo spazio d'aria aperta, con la mucca che muggiva di protesta. Piper sintonizzò l'app LAZO sul chip di quella mucca. Il resto del bestiame si ammassò nell'angolo più lontano del pascolo. Jayce strinse forte, ma il drone gli fece perdere l'equilibrio e scivolò sull'erba verso il cornicione.

"Jayce, lascialo!" Piper gli corse dietro. Drone e mucca sparirono nella notte. Si lasciò scivolare la corda dalle mani appena in tempo per sbattere contro il muro.

Lei lo aiutò subito a rialzarsi. "Forza. L'app LAZO ha un raggio di tre chilometri. Possiamo vedere dove sta andando." La seguì barcollando fino all'ascensore.

Piper batté impaziente gli scarponi, controllando l'unità da polso per tutto il tempo che servì al montacarichi per completare la sua lenta discesa fino al Pascolo 1. Il chip della mucca era ancora a portata, ma diventava più debole. La porta dell'ascensore si aprì e i due si precipitarono fuori e scesero di corsa le scale per l'atrio. Fuori, la sua motocicletta elettrica si accese con un ronzio. Jayce saltò in sella dietro di lei. Partì a razzo, trasferendo con un urlo il video dell'app LAZO al quadro della moto. Il cappello le volò indietro, fermato alla gola dalla cinghia di pelle.

Appena superata la Sesta Strada, avvistò la mucca, che fluttuava placidamente in aria tra gli edifici. Il suo potente muggito echeggiò per le strade silenziose e l'animale lasciò cadere uno sterco che andò a imbrattare l'insegna di un ristorante. *Questo non aiuterà la nostra immagine pubblica*, pensò Piper.

"Vanno verso il fiume," urlò Jayce.

Piper tornò a guardare la strada. *Senza dubbio*. Lanciò la moto in una svolta a sinistra pericolosamente brusca. Il drone attraversò il fiume, guadagnando altro terreno. Piper valutò le strade. Se le avesse seguite, sarebbe servito quasi un altro chilometro prima di passare il fiume.

"Tieniti!" Fece saltare la moto sopra un marciapiede e attraversò un ponte pedonale.

Altre due volte perse di vista il drone, ma la posizione della mucca lampeggiava sempre sullo schermo. A ovest della città, dove le costruzioni sparivano e le Foreste per il Sequestro del Carbonio si facevano più fitte, il drone svanì dalla vista e il segnale sullo schermo mostrò che era diretto verso il cuore della foresta. Scese dal ciglio della strada. Guidare lungo un ponte pedonale era una cosa, ma farsi largo attraverso una foresta era un'altra. Era una motocicletta valida, ma non un fuoristrada.

"Sono quegli occupanti radicali, no?" chiese Jayce.

"Devono essere loro." Piper mise a terra il cavalletto e scese dalla moto. Jayce la seguì.

"Ho dei cugini che sono dei loro simpatizzanti," disse. "Mi raccontano sempre che il governo gli ha rubato la loro terra per controllare la produzione del cibo."

"Immagino che vogliano iniziare a crearsi un loro gregge." Piper esaminò il terreno sulla mappa, ma la risoluzione diventava confusa dopo circa un chilometro e mezzo, proprio dove era diretto il drone.

A metà ventunesimo secolo, enormi strisce di superficie in precedenza agricola erano state trasformate in Foreste per il Sequestro del Carbonio. Era parte di un programma globale di riforestazione per contrastare i pericolosi livelli di CO_2 nell'atmosfera e contribuì a spostare l'agricoltura nei centri città, dove ora i raccolti venivano coltivati in fattorie verticali a sistema chiuso e giardini comunitari sui tetti. Anche prima dell'enorme estinzione delle api che aveva provocato la chiusura tutte le fattorie e i ranch piatti che rimanevano, l'agricoltura aveva già iniziato a trasferirsi in città per ridurre i costi di trasporto. Piper ricordava le carestie e le sommosse della sua infanzia, quando anche la sua famiglia aveva dovuto abbandonare il proprio piccolo ranch e traslocare in una delle nuove arcologie di Austin. C'erano ancora persone che giuravano che sia le api sia i livelli di CO_2 erano solo cospirazioni, come aveva detto Jayce.

Il drone ronzava sopra di loro, tornando da dove era venuto, ora privo del carico bovino. "Ti va di fare un'escursione?"

"Non vorrai andare là dentro?" mormorò Joyce.

"È la nostra occasione per scoprire esattamente dove si nascondono. Potremo portare le loro coordinate GPS dritto alla polizia."

"Sono armati, Piper."

"Proprio per questo dobbiamo essere più furtivi che mai. Se non vuoi accompagnarmi, puoi restare qui a fare la guardia."

La sua bocca si aprì e chiuse diverse volte prima di dire: "Va bene. Va bene, okay, vengo con te."

Nascosero la moto dopo qualche metro tra gli alberi, poi cercarono di farsi strada nel sottobosco come meglio riuscivano, aiutati soltanto dalla luna piena che filtrava tra i rami e dal bagliore dell'unità da polso di Piper. Divenne più lenta e instabile man mano che si addentravano nella foresta, come se il segnale fosse disturbato. Un dispositivo senza le personalizzazioni e i firewall di quello di Piper probabilmente si sarebbe spento nel bel mezzo della foresta. Il segnale della mucca indicava alti livelli di adrenalina, ma a parte quello l'animale stava bene.

Jayce la prese per un braccio e indicò. Piper seguì il suo sguardo fino a un sottile filo elettrico in cui sarebbe inciampata di lì a pochi centimetri. Indietreggiarono, sempre più all'erta per evitare altre trappole. Da lì vicino veniva il familiare muggito dei bovini. Qualche metro più in là, gli alberi si aprivano quanto bastava a rivelare una piccola radura, con tutte e cinque le mucche scomparse che pascolavano tra ceppi d'albero irregolari. Un altro segnale lampeggiò sull'app LAZO: una sesta mucca in arrivo.

Jayce rimase indietro esitante, ma Piper strisciò più vicina, schivando alcuni altri fili di allarme, e scattò delle foto. Il drone entrò nel suo campo visivo. Il bestiame si disperse e degli uomini uscirono da un capanno. Piper si riparò dietro un ginepro.

Un uomo con degli spessi baffi a ferro di cavallo gettò un lazo intorno al collo della mucca mentre un altro, un riccio con i capelli alla triglia, usava un comando portatile per liberare la mucca dagli artigli del drone. Un terzo uomo, un armadio tutto muscoli, iniettò qualcosa all'animale. Il drone scese sul campo e si adagiò a terra come un enorme ragno dormiente. Piper si leccò le labbra. Con gli strumenti giusti, sarebbe riuscita a prenderne il controllo, facile.

Un border collie guardò nella sua direzione e iniziò ad abbaiare. Ritornò dove l'aspettava Jayce e il cane continuò ad abbaiare ma non la seguì. Quando raggiunsero la moto, Piper aveva male ai piedi ed era ricoperta da buon numero di graffi e ricci, e almeno una zecca.

Passò in rassegna le foto sull'unità da polso, in gran parte buie e confuse. "Speriamo che alla polizia basti."

Jayce si accigliò. "Per me non è il caso di andare dalla polizia."

"Cosa? Perché no?"

"Se ci andiamo ci vorrà una vita. Facile che riescano a portarci via un gregge intero prima che la polizia abbia sbrigato tutta la burocrazia."

Piper annuì. "Vero."

Avrebbe anche attirato molta più attenzione pubblica sul ranch, il che poteva solo aggravare i problemi di Adrianne. Il cielo iniziava a rischiararsi; era già l'alba. La stanchezza le annebbiava la mente, ma le idee iniziavano a fondersi come nuvole all'orizzonte.

"Okay, niente polizia. Non ancora almeno." Piper fece partire la moto. "Vediamo se riusciamo a batterli al loro gioco."

Jayce andò al lavoro, ma Piper si diede malata, lasciando un messaggio prima che Adrianne arrivasse, in modo da non dover parlare con lei. Dormì tutta la mattina e poi, nel pomeriggio, mise insieme l'attrezzatura che le serviva. Quella sera si introdusse nello Spiral Ranch, si chiuse alle spalle le porte allarmate dell'atrio, prese l'ascensore pubblico fino in cima, poi salì la scala a chiocciola verso il giardino sul tetto.

Il giardino all'aria aperta abbinava piante decorative ai vegetali usati dai ristoranti e offriva una veduta fantastica della città. Piper appese il cappello all'angolo di una panchina in ferro battutto e aspettò il drone, tenendo in grembo un tablet che conteneva un programma che aveva approntato quel pomeriggio.

Uno scorcio della finestra dell'ufficio di Adrianne era visibile attraverso il reticolato della pavimentazione. Le luci erano ancora accese. *Stava davvero lavorando così tardi? Questa storia degli investitori deve averla spaventata sul serio.*

Quando il drone entrò ronzando nel suo campo visivo, Piper era pronta. Si agganciò al suo segnale, poi gli ordinò di virare a destra. Il drone virò a destra.

"Un gioco da ragazzi," mormorò mentre faceva calare il drone nel giardino. Ci si chinò sopra. Con qualche modifica, poteva mantenerne il controllo mentre lo rispediva nella foresta a recuperare le mucche.

D'improvviso le eliche ripresero vita e Piper fece appena in tempo a saltare via dal percorso del drone mentre questo si fiondava sulla sua rotta originaria. Corse a riprendere il tablet. Quando fu riuscita a ricalibrarlo, il drone era ricomparso, con la mucca tra gli artigli. Si arrestò per un attimo a mezz'aria, cadendo di due piani.

"No, no, no." Piper si sporse dal cornicione. Il drone esitò, prese quota e si diresse lontano dallo Spiral Ranch. Piper agganciò di nuovo il suo segnale, e il drone scartò e vacillò, insicuro su quali fossero i comandi a cui obbedire. Sterzò pericolosamente vicino a un altissimo condominio nei paraggi. Piper trattenne il respiro. La mucca muggì terrorizzata. Poi il drone tornò verso di lei.

E si schiantò proprio attraverso la vetrata a tutta parete di Adrianne. Piper si fiondò giù dalla scala e attraverso il porticato. Anche la porta smerigliata di Adrianne era andata in frantumi, quindi per entrare attraversò il telaio.

Adrianne spostava lo sguardo dal drone a Piper con un'espressione d'orrore. La mucca si tirò su barcollando; gli artigli del drone si aprivano e chiudevano contro il pavimento come per afferrare l'animale. Polvere di vetro scricchiolava sotto gli scarponi di Piper. Saltò sopra al drone borbottante, strappando fili e sfasciando circuiti finché le luci smisero di lampeggiare e rimase immobile.

"Ma che cavolo succede?" chiese Adrianne.

La mucca muggì e girò intorno all'ufficio. Il vetro di sicurezza era stato ridotto in frantumi così fini che ricoprivano la pelle della mucca come neve. Era relativamente illesa, ma decisamente spaventata.

Piper scese dal drone e aprì la bocca per spiegare, ma Adrianne la anticipò. "No, sai che ti dico? Prima di tutto porta via dal mio ufficio questo animale."

Questo "animale" è alla base del tuo sostentamento, voleva dirle Piper, *o ti sei dimenticata che non è tutto burocrazia e pubblicità?*

Accarezzò la groppa della mucca e la portò fuori nel montacarichi, e poi giù al Pascolo 7. Una volta risalita, Piper si fermò sulla soglia, a riprendere fiato. Adrianne scuoteva via i frantumi di vetro dalla sedia.

"Allora, a che razza di gioco pensi di giocare?"

"Quello delle mucche scomparse." Piper indicò il drone con un gesto. "È stato lui a prenderle."

Adrianne si tappò il naso. "E hai pensato che farlo schiantare contro la mia finestra fosse il miglior modo di liberarsene?"

Piper non riuscì a ricacciare indietro il sarcasmo. "*Ovviamente.*" Si avvicinò al drone e cercò di sollevarne un lato, ma era troppo pesante, quindi ci rinunciò e tornò verso la porta lasciandolo dov'era. "La mucca sta bene, comunque."

"Non mi voltare le spalle."

"Perché?" Piper si girò verso di lei. "Tu hai voltato le spalle all'intera ragione di quello che abbiamo costruito qui. Stai seduta in cima alla tua torre di vetro, totalmente separata dal ranch."

Adrianne fece un lungo respiro e parlò a voce più bassa. "Ci sono molti dettagli legati al dirigere..."

"Avresti dovuto fare da guida alle scolaresche! Insegnar loro come lavoriamo con il bestiame, da dove viene il latte e come processiamo l'energia del metano. Sarebbe dovuta restare un'impresa locale e semplice, senza preoccuparsi di compiacere gli investitori e aprire un franchising ogni due città. Avremmo dovuto essere un pilastro della comunità e un sito di eredità culturale. Ma non siamo nient'altro che una curiosità architettonica. Tu con le tue scarpette delicate non metti neanche più piede in un pascolo."

Era un'esplosione che si preparava da molto tempo. Adrianne la guardò e sbatté gli occhi. "Franchising? Di che cosa stai parlando?"

Ovviamente era quella l'unica parte dello sfogo di Piper che Adrianne aveva notato. Una società in Pennsylvania voleva creare un'imitazione dello Spiral Ranch; Piper aveva dato per scontato che avessero lanciato un franchising e che Adrianne avesse chiesto troppo, ma stando alla sua confusione di quel momento forse l'avevano del tutto aggirata. Anche se Piper aveva rifiutato l'offerta di lavorare con loro, di recente ci stava ripensando.

"Niente. Non importa. Non è il momento giusto per parlarne. Dobbiamo..."

Suonò l'allarme. Le luci si accesero e lo schermo a parete di Adrianne mostrò uno schema dello Spiral Ranch, con il punto di intrusione che lampeggiava rosso in basso: le porte dell'atrio al piano terra.

"Sono qui," disse Piper. "Avrei dovuto sapere che sarebbero venuti dopo che ho disattivato il drone. Riesci a intrappolarli?"

Adrianne premette febbrilmente sullo schermo per un momento, poi scosse la testa.

"Ottimo, a quanto pare dovrò di nuovo fare io il lavoro sporco."

Piper si precipitò giù dalle scale quattro gradini alla volta, aprendo di botto le porte di ogni pascolo quando ci passava accanto. Non aveva un piano, sapeva solo che era il suo gregge, e che sarebbe morta prima di lasciarselo portar via nella foresta. Tutti i pascoli in cui doveva esserci del bestiame erano a posto, fino al Pascolo 3. Era vuoto, e il cancello per scendere al Pascolo 2 penzolava dai cardini.

Esitò presso la porta dell'atrio. Nessuno sarebbe dovuto riuscire ad arrivare ai Pascoli né dalle scale né dall'ascensore senza un tesserino di riconoscimento, ma *qualcuno* c'era riuscito. Piper aprì con cautela uno spiraglio, udì la voce di un uomo e richiuse la porta senza far rumore. Dopo un respiro profondo, la aprì di nuovo solo quel tanto che bastava per sbirciare fuori.

"Ci scusi del disturbo, agente," diceva l'uomo allo schermo sulla parete. "Adesso stiamo riportando le mucche sotto controllo."

L'uomo non era che una sagoma con i Wrangler, che si profilava davanti allo schermo, ma conosceva quella voce.

"Jayce, figlio di..." mormorò sottovoce Piper.

Ma poi lui si allontanò dallo schermo, si girò verso un altro uomo nascosto nell'ombra e disse: "Okay, gli ho detto quello che volevi. Adesso smetti di puntarmi addosso quell'arma."

L'uomo con i baffi a manubrio non abbassò il fucile. "Magari potevo farlo, se cooperavi fin dall'inizio."

"Mack, questo è il mio lavoro. Le mie amiche."

"Chi, le mucche?"

"No, testa di smog. Le ragazze che mandano avanti questo posto."

Con un trillo, l'ascensore si aprì e ne uscirono i passi pesanti di una mucca. L'uomo riccio con i capelli alla triglia guidò il gregge verso un rimorchio da bestiame, che fu portato in retromarcia contro la porta dell'atrio. L'uomo con i muscoli si affacciò dall'ascensore. "Quante ne mancano?"

"Dieci circa."

Muscoli fece un gemito. "Che roba insopportabile." Indietreggiò e le porte dell'ascensore si chiusero.

Piper fece una smorfia. Il montacarichi saltò l'atrio e scese direttamente dal Pascolo 1 al macello. I ladri avrebbero dovuto trasportare le mucche una alla volta nell'ascensore pubblico per portarle giù. Le avrebbe fatto guadagnare un po' di tempo, se non altro.

"Che cosa succede?" Adrianne le sibilò nell'orecchio. Piper trasalì, chiuse con cura la porta e spinse indietro Adrianne.

"Torna su e chiama la polizia."

"Cosa?"

"Vai e basta. E resta di sopra dove sei al sicuro."

Lo sguardo accigliato di Adrianne ricordò a Piper che solo qualche minuto prima l'aveva insultata perché si nascondeva nella sua torre di vetro. Ma disse soltanto: "Vieni con me."

"No, mi devo assicurare che non se ne vadano, o nel caso rintracciarli. Vai. Sbrigati!"

Adrianne volò su per le scale e Piper si sfregò una mano sul viso. Lanciarsi alla carica nell'atrio sembrava un suicidio, ma forse sarebbe riuscita a impedire ai ladri di arrivare all'ascensore. Risalì le scale fino al Pascolo 2. Un border collie teneva in gruppo il bestiame agitato, sul lato anteriore del pascolo. L'ascensore si aprì e Piper si accucciò dietro una delle mucche. Muoversi così veloce e così in basso era un buon modo per farsi schiacciare – potevano essere bovini nani, ma avrebbero comunque spezzato delle costole e provocato dei brutti tagli a Piper se fosse finita sotto gli zoccoli. Muscoli spinse due mucche nell'ascensore a suon di calcioni, poi le seguì. Le porte si chiusero con uno scatto.

Piper raccolse una manciata di foraggio d'alga e iniziò la serie di urla e schiocchi che usavano per spostare il bestiame in un nuovo pascolo durante le rotazioni. Scagliò le alghe sul muso di una mucca. L'animale allungò una lunga lingua nera per prenderlo, ma il cane si mise a ringhiare come impazzito e non permise a nessuna delle mucche di seguire Piper. Impossibile corrompere un cane con le alghe, e a quanto pareva "Via, sciò" non era un comando che capisse. *Stiamo finendo il tempo.* Riusciva già a sentire il rumore dell'ascensore che risaliva. Solo... *aspetta, no.* Quello non era l'ascensore.

Il robot raccoglitore di sterco svolazzò via. Piper spostò lo sguardo dal robot a forma di vongola al cornicione sopra l'ascensore. Come su gran parte di questi cornicioni, un uccello ci aveva fatto un nido disordinato. Solo qualche giorno prima, Jayce aveva detto per scherzo che avrebbero dovuto issare lì sopra i raccoglitori di sterco per sbarazzarsi dei nidi. Aveva anche preso le misure per dimostrare che ci potevano stare.

Con il cane che le latrava alle calcagna, il bestiame che muggiva e pestava gli zoccoli, Piper ribaltò con un calcio un abbeveratoio e ci montò sopra. L'uccello volò via sbattendo indignato le ali e Piper prese il nido e lo adagiò con cautela accanto alla postazione di mungitura. Un paio di tocchi sullo schermo di controllo fecero arrestare il raccoglitore di sterco, poi lei si accovacciò, sollevò il robot puzzolente e lo fece appollaiare sul cornicione. Ebbe appena il tempo di tornare di corsa al pannello di controllo e schiacciare "via" quando le porte dell'ascensore si aprirono.

Muscoli la vide, urlò: "Ehi!" e poi il raccoglitore di sterco rotolò giù dal cornicione e lo colpì sulla testa con un tonfo metallico. L'uomo crollò al suolo privo di sensi. Il robot atterrò a cingoli in aria, con il vano contenitore spezzato e sporcizia che fuoriusciva sul pavimento. Piper portò via le mucche dall'ascensore, poi fece alzare le stanghe della cancellata che impediva il passaggio ai bovini. Muscoli aveva una pistola nella fondina sul fianco sinistro. Piper la prese ed entrò in ascensore. Aveva cinque anni quando alla fine la sua famiglia aveva ceduto la propria terra, spedito gli animali in Nebraska e si era trasferita in città, ma suo padre l'aveva portata una volta all'anno in un poligono di tiro, dicendo che era un'abilità importante da coltivare. Non ci aveva mai creduto fino a questo momento.

Quando le porte dell'ascensore si aprirono, Mack il baffuto le dava le spalle, ma Jayce urlò "Piper!" e Mack si voltò, puntandole contro il fucile. Lei uscì dall'ascensore e a sua volta puntò la pistola contro di lui.

"Restituiteci il bestiame e non diremo niente alla polizia," disse Piper.

"Non sei nella posizione di negoziare."

"So dov'è la vostra base."

Il suo sguardo fisso vacillò per un attimo. "Non voglio essere costretto a ucciderti."

Jayce guardò verso il rimorchio, accostato alla porta principale, dove il tipo con i capelli alla triglia di sforzava di spingere il bestiame sulla rampa. Jayce si leccò le labbra, poi si lanciò addosso a Mack da dietro, mettendogli un braccio intorno al collo. Il fucile di Mack sparò verso il soffitto, facendo piovere su di loro pezzi di piastrelle e isolante. Jayce, per lo stupore, lasciò la stretta e nel frattempo Mack riprese l'equilibrio e gli puntò contro il fucile.

"Direi che così va bene lo stesso. Una sola mossa sbagliata, ragazzina, e gli sparo."

"Non hai intenzione di spararmi sul serio," disse Jayce.

"Forse sì, cugino. Quelle rotule non ti servono davvero tutte e due."

"Questo è tuo *cugino*, Jayce? Perché non hai detto niente quando… quando…" Balbettava.

"Credevo di riuscire a farlo ragionare," disse Jayce. "Invece mi ha rapito e ha usato il mio tesserino per introdursi qua dentro."

"*Rapito*," sbuffò Mack. Con il fucile sempre su Jayce, i suoi occhi guizzarono verso la pistola in mano a Piper. "Dov'è Wayne?"

Dev'essere quello di sopra, l'armadio testa di smog. "È ancora vivo. Per adesso. Perché state facendo questo?"

"Non è giusto far vivere le mucche nei grattacieli. Vogliamo solo riportare l'agricoltura alla terra, alla gente."

"Rubando il nostro bestiame."

"Per come la vedo io, lo stiamo liberando," disse Mack. "Sai, ci farebbe comodo qualcuno con le tue competenze. Davvero notevole, come ti sei infiltrata nei comandi di quel drone. Potresti unirti a noi."

Fece un passo indietro. Adesso era Piper con le spalle al muro e a lui mancava solo qualche passo per arrivare al rimorchio. Se si fosse messo a correre, lei avrebbe davvero premuto il grilletto? Piper non aveva modo di sapere se qualcuno stesse arrivando in suo soccorso.

"Vogliamo la stessa cosa che vuoi tu," disse Mack.

"No," rispose lei. "Forse lo Spiral Ranch non sarà il modo migliore, ma non possiamo neanche tornare indietro ai vecchi metodi. La terra deve guarire, ricrescere."

Lui fece un altro passo indietro. "Questa è solo propaganda, e lo sai."

Lei avanzò, riducendo la distanza tra di loro. Un giorno, forse, le persone si sarebbero sparpagliate, avrebbero cominciato a vivere in orizzontale e non più in verticale, ma adesso era tempo di campi a riposo.

"Andiamo, dai," gridò Triglia. Guidò le ultime due mucche sul rimorchio e sprangò il cancello.

"Non posso lasciarvi portare via il nostro bestiame," disse Piper.

"Allora credo che siamo a un punto morto." Mack armò il fucile. "È un peccato. Io..."

Non finì la frase. Il robot raccoglitore di sterco cadde dal buco nel soffitto creato dal fucile e lo mise fuori combattimento. Jayce afferrò l'arma prima che toccasse terra, ma lasciò cadere suo cugino. Piper alzò gli occhi e attraverso il buco vide Adrianne che agitava la mano verso di lei.

"Come hai fatto?" gridò Piper. "Hai strisciato per il condotto d'aerazione?"

"Oh, cavolo," disse Triglia, salendo di corsa sul camion. Jayce e Piper si lanciarono dietro di lui, ma prima che fossero fuori delle luci apparvero nella via e due macchine della polizia salirono sul marciapiede sbarrando la strada al rimorchio.

"Be', guarda chi c'è," disse la poliziotta a Triglia. "Johnny, vecchio mio, credevo fossimo d'accordo per non vederci mai più." Lo ammanettò e lo portò alla macchina.

Il secondo agente entrò nell'atrio, spostando lo sguardo da Jayce a Piper all'uomo privo di sensi sul pavimento, e arricciò il naso a causa del robot dello sterco, che adesso aveva senz'altro subito troppi danni per poter pensare di ripararlo. Jayce abbassò lentamente il fucile e lo appoggiò alla parete. Piper alzò le mani, lasciando penzolare dall'indice la pistola per il guardamano.

La porta dell'ascensore si aprì con un trillo e Adrianne uscì tirandosi la camicetta e camminando a testa alta malgrado fosse coperta di lubrificante e sterco. Pezzetti di fibra di vetro si erano attaccati ai suoi capelli in disordine. "Vi ringrazio moltissimo per il rapido intervento, agenti. Vi sarei grata se portaste questi intrusi fuori dalla mia proprietà al più presto. Ce n'è un altro di sopra."

Dopo aver trascinato fuori il criminale privo di sensi, i poliziotti raccolsero le deposizioni e fecero riempire a Piper, Jayce e Adrianne dei moduli dettagliati. "E io che pensavo che queste segnalazioni di mucche volanti fossero colpa di qualche nuova droga," disse uno dei due con una risatina.

"Hanno ancora mezza dozzina di capi nella foresta," disse Piper.

"Andremo a controllare." L'agente puntò la stilo su di lei. "Lei non ci vada più là fuori. Ha capito?"

Piper deglutì e annuì. Un carro attrezzi venne a prendere camion e rimorchio. Il bestiame riempì l'atrio; alcuni dei bovini finirono fuori sulla strada. Quando la polizia se ne fu andata, Piper si avvicinò ad Adrianne. Aveva un aspetto tremendo. Ciocche di capelli erano sfuggite ai fermagli e puntavano in ogni direzione. Aveva perso entrambe le scarpe e macchie di sterco si spandevano sulla sua gonna azzurra.

"A quanto pare sei disposta a fare un po' del lavoro sporco," disse Piper. Adrianne fece un debole sorriso. "Mi dispiace di aver detto tutte quelle cose, prima. Non... Non significava niente."

Adrianne scosse la teste. "No, avevi ragione. Su alcune cose, almeno."

"C'è un altro ranch su a nord, volevano farmi andare lì, creare un sistema LAZO per loro, fargli vedere come facciamo le cose." Piper guardò per terra. "Non ci andrò."

Con enorme stupore di Piper, Adrianne rise. "Parliamoci insieme, io e te, e vediamo se si trova un accordo."

"Davvero?"

"Tu hai la tecnologia e le conoscenze di cui hanno bisogno. E di certo un'opportunità di franchising farebbe cambiare registro ai miei investitori. Vorrei soltanto che me l'avessi detto, Piper. Sono stufa di avere gente che cerca di rubare le mie cose. Rubare le mie mucche. Rubare la mia reputazione. Rubare la mia socia."

Piper sorrise. Era un bel po' che non si sentiva una socia in questa impresa.

La breve notte estiva volgeva al termine. Il cielo si illuminava di giallo e i raggi del sole si rifrangevano sulle molte finestre a specchio della città. Piper cercò il suo cappello, ma si ricordò che era ancora sul tetto, se un colpo di vento non l'aveva fatto volar via.

Jayce scese le scale insieme al border collie, dichiarando che adesso il cane era suo e doveva portarlo a casa. Piper gli urlò che il cane le sarebbe stato d'aiuto per radunare il bestiame che ancora vagava per l'atrio e per la strada, ma lui se n'era già andato. Sospirò.

"Molte cose da riparare, oggi," disse Piper.

"E da pulire." Adrianne accennò ai suoi vestiti lordi.

Una delle mucche annusò i capelli di Adrianne. Piper la accarezzò sulla groppa. "Mi aiuti a riportare queste ragazze al loro posto?"

Con sua sorpresa, Adrianne acconsentì. Appesero un cartello di "chiusura temporanea" alla porta d'atrio e si misero al lavoro.

Linea del fronte

di Gustavo Bondoni

Traduzione di Stefano Ternavasio

Gustavo Bondoni è uno scrittore argentino che ha pubblicato oltre 200 storie in 14 paesi e 7 lingue. Il suoi ultimi libri sono Ice Station: Death *(2019) e* The Malakiad *(2018). Inoltre ha pubblicato 3 romanzi di fantascienza:* Incursion *(2017),* Outside *(2017) e* Siege *(2016) e una novella in ebook dal titolo* Branch. *La sua narrativa breve è raccolta in* Tenth Orbit and Other Faraway Places *(2010) e in* Virtuoso and Other Stories *(2011). Nel 2019, Gustavo Bondoni ha ottenuto il secondo posto al Jim Baen Memorial Contest e nel 2018 una menzione speciale (e il secondo posto) al premio James White. Il suo sito web è: <www.gustavobondoni.com>.*

Evgenij imprecò sottovoce.

Philippa sorrise. "Le cose non vanno come previsto?" chiese l'anziana donna.

"Le cose non vanno mai come previsto." Prese in mano un pezzo deformato di lega di alluminio. "Dovrò riportarlo in officina e provare a prenderlo a modello per fabbricarne uno nuovo." Lo sollevò, cercando di vedere come la luce attraversava le curve composte del tubo. "Non credo che sarà facile."

"Mi fido di te," disse Philippa.

Lui sapeva che era così. Era per questo che avrebbe trovato un modo, qualche modo, qualsiasi modo, per realizzare quel lavoro.

Rimasero seduti in silenzio per alcuni minuti. Il sole del mattino non era forte come lo sarebbe stato a mezzogiorno e poteva stare lì a goderselo, anche con la sua pelle bianca.

Poi, il disastro. Siti passò camminando, sorrise e annuì, ben avvolta nel suo shuka rosso, la testa alta, l'immancabile bastone da passeggio stretto in una mano magra e dritta com'era.

Sospirò mentre Siti spariva dietro un angolo.

"Dovresti dirle quello che provi," disse Philippa. "Potresti restare sorpreso."

Evgenij fece un gemito. *Era tanto ovvio per tutti?* "Certo. La donna che sta cambiando il volto dell'Africa, che sta creando tecnologie in grado di contrastare gli effetti del riscaldamento globale, senz'altro morirà dalla voglia di sentire tutti i dettagli della cotta che si è preso per lei il meccanico."

"Allora hai paura, ecco."

"E non dovrei? Lei progetta idee futuristiche. Io sono qua ad aggiustarle il frullatore così potrà bersi dei margarita."

"Eppure non mi sembra che io ti faccia paura. O Oscar. Mi ha detto che la settimana scorsa gli hai aggiustato la doccia.

"Io..."

"Ti sei dimenticato di chi siamo?"

"No. Certo che no. Nessuno al mondo vi potrà mai dimenticare." Si rese conto che così li faceva sembrare in punto di morte. "Voglio dire..."

"So che cosa vuoi dire. Sono stata giovane anch'io, una volta." Gli posò un dito sulla bocca per farlo tacere. "Dici che lei sta cambiando il mondo. È vero. Ma io l'ho già fatto, e non hai problemi a parlare con me. Oscar... Oscar probabilmente ha salvato più vite di chiunque altro al mondo. La sua scorta di semi ha rotto il monopolio aziendale... e alla fine è stato lui a negoziare il compimento della Grande Muraglia Verde. Siti può solo aspirare a diventare importante come lui."

"Immagino che sia così."

"Sai che cosa dice di te Oscar? Dice che vorrebbe che fossi suo figlio."

Era vero. L'ottuagenario scienziato l'aveva detto a Evgenij stesso in più di un'occasione.

"È solo perché a volte gli faccio dei favori."

"No, se facessi dei favori solo a lui, non avrebbe detto niente. È perché fai dei favori a tutti. Il mio frullatore. Il flipper del giardiniere. Non sei pagato per fare nessuna di queste cose. Lo sappiamo tutti. Eppure per noi trovi il tempo di farle."

"Be', sì. È vero. Forse il mio problema è che alla direttrice non servono favori."

Adesso il sole picchiava dritto sulla testa. Evgenij – che si sentiva troppo delicato per l'Africa – portava un cappello da cowboy. Era ridicolo mettersi una cosa del genere in Ciad, a un tiro di schioppo dal deserto del Sahara, ma per qualche motivo un caschetto britannico sarebbe parso mostruosamente coloniale. Non aveva trovato nient'altro che funzionasse; combattere il caldo non era mai stata una cosa di cui preoccuparsi, a Petrozavodsk. A casa, si portava il cappello per evitare di congelarsi le orecchie.

Malgrado l'aria bollente, pedalava di gran lena. Il motore che aveva dovuto riparare – una pompa di irrigazione – aveva richiesto molto più tempo del previsto e il pranzo sarebbe stato in tavola tra quindici minuti. Aveva già perso ogni possibilità di lavarsi e il pranzo era il solo pasto che nessuno osava mai saltare, per non incappare nell'ira della direttrice.

Per sua fortuna la strada era appena stata pavimentata con una sorta di gomma biodegradabile cosicché, rispetto al vecchio sterrato, gli sembrava di muoversi a un milione di chilometri all'ora.

Si fermò slittando davanti all'abbagliante vetro a specchio dell'edificio amministrativo, lasciò cadere la bici e guardò l'orologio. Era in ritardo, ma non in modo disperato.

Si voltò e corse verso la Shady Vale, la depressione erbosa circondata dagli alberi che serviva da caffetteria comune, quando notò Jennifer Ward che usciva dall'edificio con un paio di fascicoli sotto il braccio. Sembrava allarmata quanto lui. Ma era comprensibile: a lui un ritardo si poteva scusare per via della distanza e della complessità; a lei avrebbe attirato dei commenti.

Le rivolse un sorriso d'incoraggiamento. "Coraggio. Magari se entriamo insieme avrà pietà di noi."

Jennifer rise, un suono nervoso, e ritirò i fascicoli nello zaino. "Spero che tu abbia ragione."

Mentre procedevano in fila tra i tavoli, tutti gli occhi li seguivano. Era inevitabile, ma forse poteva riuscire a concentrare l'attenzione su di sé e permettere a Jennifer di raggiungere il suo posto inosservata. Si fermò davanti al tavolo della direttrice e si rivolse a Siti. "Chiedo scusa per il ritardo. Per la pompa c'è voluto più tempo di quanto pensassi."

Con suo grande sollievo, lei annuì comprensiva. "Ma adesso funziona?"

"Sì. E dovrebbe continuare a farlo."

"Bene. Quella pompa è essenziale per la Linea."

La linea. Per chiunque altro al mondo era la Grande Muraglia Verde dell'Africa, una barriera d'alberi larga diversi chilometri appena a sud del Sahara. Le si attribuiva il merito di avere arrestato l'avanzata del deserto durante i peggiori spasmi delle Crisi Climatiche. Le persone che vi avevano lavorato nel corso degli ultimi cinquant'anni, eroi come Philippa e Oscar, l'avevano battezzata Linea del fronte... e il nome, almeno la parte della Linea, era rimasto. Ora nel complesso, al tempo un fondamentale snodo amministrativo del progetto di rimboschimento, si lavorava a una tecnologia di cambiamento climatico di tutt'altro genere, ma erano ancora l'estrema avanguardia.

"Lo so."

"Grazie di essertene occupato."

"È stato un piacere." Si girò a cercare il suo posto a tavola. L'assegnazione era casuale, per cui poteva volerci un po' a trovarlo.

"Evgenij?"

"Sì?" Si voltò di nuovo.

"Perché non ti prendi un buggy? Sono tutti solari, non inquinano."

Lo stava stuzzicando, ovviamente. Era lui che teneva in funzione tutte le automobili del complesso. "Sono a posto con la bicicletta. Mi tengo in forma, e tanto qui non piove mai."

Adesso era lui che stuzzicava lei e intorno al tavolo ci furono facce stupite. Prima il ritardo, e adesso questo. Ma Siti assorbì la frecciata senza fare una piega. "Per il momento", rispose.

"Sì," Evgenij disse ad Adjo con impazienza. "Lo so che dovrebbe essere in magazzino. Sono capace quanto lei di leggere un inventario. Ma qui non c'è."

"Per che cosa l'ha usato?"

"Io non l'ho usato. Deve averlo preso qualcun altro."

"Assurdo. L'unico a cui servono quelle cose è lei."

Il pezzo di vetro piatto che cercava non era qualcosa che avrebbe potuto usare per poi dimenticarselo. Era il pezzo di vetro fotovoltaico ad alta efficienza e a trasparenza variabile più piccolo al mondo, creato nel laboratorio all'altro lato della stradina dalle uniche persone in grado di costruirlo. Ma, cosa più importante, era un cerchio di trenta centimetri di larghezza che si inseriva soltanto nel lucernario in cima all'area degli uffici, a illuminare direttamente la scrivania della direttrice. Arrampicarsi fino a quel punto specifico del tetto era un incubo e lui aveva rimandato il tentativo finché Siti non avesse davvero cominciato a tormentarlo. E quando era arrivata a farlo, il vano che ospitava il pezzo di ricambio era vuoto.

"Credo che l'abbia rubato qualcuno," disse Evgenij.

L'altro uomo era allibito. "Chi farebbe una cosa del genere?"

"Come faccio a saperlo? Magari qualcuno che vuole fare dell'ingegneria inversa su uno dei dispositivi tecnologici più sofisticati del pianeta?"

"Guardi. Se l'ha perso, lo dica e basta. Sono sicuro che il laboratorio ne costruirà un altro. Ci trovano gusto a mettersi in mostra."

"Le sto dicendo che non l'ho perso, non l'ho rotto e di certo non ho intenzione di far passare la cosa sotto silenzio. Se abbiamo un ladro nella colonia, o qualcuno che lavora per una multinazionale, dobbiamo scoprire chi è."

Adjo continuava a mostrarsi indifferente. "È solo un pezzo di vetro."

Evgenij sospirò. "So che in apparenza può non sembrare granché, ma è la chiave per molte cose. Se una delle multinazionali dovesse superare il nostro ciclo di ricerca, potrebbe annullare anni di bene. Adesso faccia presente questa cosa ai piani alti, d'accordo?"

Adjo annuì. "D'accordo. Penso sempre che sia tempo sprecato, ma se lei ritiene che sia importante, ne parlerò con la direttrice. Ma non dia la colpa a me se la ignorerà."

"Grazie." Il suo supervisore spesso poteva essere lento a capire le questioni tecnologiche, ma quando dava la sua parola, era sicura come l'oro. Lo avrebbe fatto presente e avrebbe difeso le ragioni di un'investigazione come meglio poteva.

Tornò in officina, maledicendo la pelle bianca come carta che lo costringeva a restare al coperto a meno di cospargersi di crema solare. Aveva commesso l'errore, solo un paio di settimane prima, di credere di essere rimasto in Africa abbastanza a lungo da poter lavorare senza maglietta. Ritrovarsi per risultato la pelle piena di vesciche e color aragosta era stato doloroso, ma non quanto la gentilezza accondiscendente degli uomini e delle donne intorno a lui. Anche gli altri non africani sembravano resistere al sole meglio di Evgenij, ma la reazione che gli aveva fatto più male era il sorriso di comprensione di Siti e le sue assicurazioni che alla fine ci avrebbe fatto il callo. Per lei era facile da dire: la sua pelle perfetta color ebano, retaggio della sua discendenza Maasai, non l'avrebbe mai tradita.

Quantomeno l'officina era un ottimo posto dove passare la propria giornata lavorativa. Aperta all'aria su tre lati – anche se le porte di vetro potevano essere chiuse se necessario – la struttura sembrava fatta di un intrico di ragnatele. Sottilissimi fogli metallici, intrecciati agli alberi circostanti, sostenevano un tetto di pannelli solari che alimentava tutti i suoi strumenti. Per i lavori delicati che richiedevano un ambiente a tenuta di polvere, una cabina di pittura e di lavoro era nascosta dietro i banchi da lavoro che erano stati costruiti con il legno della Muraglia Verde.

Turbato dalla perdita del pannello, Evgenij tornò in magazzino – in sostanza solo un grosso armadio dietro la cabina di pittura – con un datapad sul cui schermo era visualizzato l'elenco dell'inventario. Passò il pomeriggio a controllare ogni angolino. La sua scorta di viti e pezzi piccoli era molto inesatta, ma quello era colpa sua. Non si ricordava mai di aggiornare l'inventario quando li usava – andava sempre di fretta, e chi si sarebbe preoccupato di un paio di bulloni qua o una staffa a T là?

Il resto dell'inventario sembrava a posto, anche i costosi ricambi per i droni, se non che... mancava un super refrigeratore solare che non si ricordava di avere montato da nessuna parte. Era un pezzo all'incirca delle dimensioni di un datapad che aveva la funzione di trasformare l'energia dell'onnipresente luce solare in elettricità per azionare un potente sistema refrigerante compatto. Era egregiamente portatile, ma anche obsoleto – quando erano saliti in aria i droni di Siti erano già forniti di una nuova versione, più leggera e più potente, e dato che nessuno si era ancora rotto non aveva chiesto pezzi di ricambio al laboratorio.

Poi si diede una colpo in testa. "Evgenij," si rammentò. "Sei un idiota. È per questo che sarai sempre e solo un meccanico."

Il super refrigeratore era obsoleto solo lì, in quel piccolo villaggio di meno di cinquecento persone che lavoravano e vivevano nel complesso. Il laboratorio – gestito da venti scienziati dei materiali, con i rispettivi team di assistenti, che erano venuti da ogni parte del mondo a lavorare per Oscar e Philippa e che adesso erano alle dipendenze di Siti – aveva a disposizione alcune delle attrezzature di produzione più avanzate esistenti. Ma, cosa più importante, i ricercatori al suo interno sapevano cosa fare delle loro macchine. In ogni altro luogo del pianeta, il pezzo mancante sarebbe stato il dispositivo refrigerante compatto più avanzato che chiunque avesse mai visto.

Evgenij stesso esitava a smontare le componenti inviate dal laboratorio. Ovviamente, dopo aver maturato una certa conoscenza di come funzionavano, di solito tentava una dissezione... ma semiconduttori e superconduttori non erano cose che si potevano aggiustare con una chiave inglese, anche se capiva il loro funzionamento in combinazione con l'elettronica di cui erano circondati.

Be', se non altro sarebbe diventato obsoleto con gli occhi aperti.

Nel frattempo, aveva bisogno di pensare. Probabilmente il super refrigeratore era sparito da tempo, spedito fuori dal complesso tramite il loro servizio corrieri comunitario, ma prima di tornare di nuovo da Adjo voleva cercare di capire chi avesse avuto l'opportunità di appropriarsi dei pezzi mancanti. Pensava meglio quando lavorava o quando andava in bici... e l'ora del suo giro non era ancora arrivata.

Restavano da fare solo un paio di lavori. Il primo era sostituire il chip di navigazione di uno dei buggy. Questo, per colpa di un progetto balordo o dell'erronea convinzione che i chip di navigazione fossero eterni, era un compito arduo che richiedeva la rimozione di una buona fetta della paratia anteriore.

Evgenij fischiettò una melodia e si mise a smantellare l'auto. Cercò di capire chi potesse avere un motivo per trafugare oggetti dal complesso. La maggior parte dei furti, lo sapeva per aver passato l'infanzia nel periodo della Transizione russa, era dovuto alla mancanza di soldi. Quello poteva di certo essere ancora un buon movente, ma nel complesso – e in tutto il Ciad, come nelle altre nazioni del Trattato della Muraglia – i soldi non si usavano più. Credeva che il posto più vicino dov'era ancora in vigore una valuta di qualche tipo fosse il Senegal, ma non ne aveva la certezza. Poi che altro? Il nazionalismo? Quello era ancora vivo e in salute, anche dopo la Consolidazione... ma prima di ottenere il permesso di restare, chiunque doveva superare dei controlli accurati.

Faticava a giungere a qualsiasi conclusione e quasi senza rendersene conto era passata un'ora e aveva finito il lavoro sul chip. Alzò lo sguardo sul display a muro...

Ora di uscire a pedalare.

Il complesso era un melting pot di diverse religioni. I cristiani ogni domenica andavano a messa – una strada lunga e polverosa –, e la maggioranza musulmana faceva ogni giorno diverse pause di preghiera. Evgenij aveva un solo rito sacro: ogni pomeriggio, precisamente alle sei della sera, mollava tutto e faceva un giro in bicicletta di un'ora lungo i sentieri e le strade intorno al complesso e al campo d'atterraggio. Era l'unico momento del giorno in cui teneva il comunicatore spento e non era disposto a fare favori a nessuno. Il vento fresco del primo crepuscolo, umido e, se non proprio frizzante, almeno non così caldo, offriva un magnifico sollievo dalla calura opprimente.

E usciva esattamente alle sei in punto anche se voleva dire, come quel giorno, che Philippa avrebbe riavuto il suo frullatore funzionante soltanto l'indomani.

La sua mente rimuginava il problema dei ricambi mancanti, ma ancora non riusciva ad arrivare a una conclusione. Conosceva tutti i membri del progetto e non poteva immaginare che qualcuno di loro avesse tradito. Nel complesso c'erano persone di ogni sorta: amichevoli, taciturne, affascinanti, timide, scontrose, anche qualcuno che era apertamente aggressivo e non gradiva la decisione di permettere a un russo di entrare nel progetto – e si sfogava su Evgenij stesso. Ma anche se non andava d'accordo con tutti, non riusciva a immaginare uno di loro come un traditore.

Arrivò stanco, sudato, e niente affatto più vicino a trovare una risposta rispetto a quando era partito, e trovò Siti appoggiata a una delle panche da lavoro. Aveva abbandonato il suo consueto abbigliamento Maasai per un completo formale scuro che, se possibile, le donava un aspetto ancora più favoloso.

"Mi spiace di averla fatta aspettare," disse lui. "Esco sempre in bici a quest'ora."

Lei sorrise, perfetti denti bianchi che creavano un contrasto sfolgorante con la sua pelle. "Lo so. Ed è sempre esattamente un'ora. Sono appena arrivata, un minuto fa."

"Oh," non sapeva se essere preoccupato o onorato dal fatto che la direttrice conoscesse le sue abitudini. "Posso aiutarla?"

"Ho un paio di domande sul vetro scomparso. Sarò breve, perché so che ha l'abitudine di pulire l'officina e fare la doccia prima di cena."

"Non vada di fretta per causa mia. È già abbastanza pulito." Le disse del vetro scomparso, e anche dell'elemento refrigerante.

Lei ascoltò con aria cupa. "Troppe coincidenze."

"È quello che ho pensato anch'io."

"Va bene. Cercheremo di fare luce sulla questione, ma non è per questo che sono qui. Può allestire una stazione di ricarica per i droni? Voglio avere la possibilità di ricaricarli tutti e sedici simultaneamente e la ricarica a sola energia solare richiede troppo tempo."

Lui ci pensò un momento. I droni si potevano ricaricare in un'ora grazie alla luce solare che li colpiva, ma potevano tornare attivi in pochi minuti se si usava la corrente generata dai pannelli solari del complesso, molto più grandi. "Penso di sì. Vuole provarli tutti nello stesso momento?"

"Siamo ben oltre quel punto. Voglio farli volare con la griglia."

Il reticolo super refrigerato che costituiva la griglia era stato progettato per catturare e condensare l'umidità nell'aria.

"Vuole provare a far piovere?"

C'erano stati altri tentativi. Inseminazione di nuvole, condensatori statici. Nessuno aveva avuto buon esito su larga scala. L'inseminazione, anzi, era stata un fallimento totale, nonostante avesse funzionato perfettamente in condizioni di laboratorio. L'assenza di pioggia artificiale, e la loro costante dipendenza dall'irrigazione con acqua di falda, era una battuta ricorrente all'interno del complesso.

"Non ancora. Dobbiamo testare l'intero volo per qualche settimana per vedere se i droni sono in grado tenere stabile la griglia prima di cercare di refrigerarla." Il mezzo sorriso di Siti gli diceva che c'era qualcosa che gli teneva nascosto, ma prima che potesse interrogarla lei proseguì. "Quanto tempo ci vorrebbe secondo lei per la stazione di ricarica?".

"Immagino che la vorrà in un posto senz'alberi."

Il sorriso si allargò. "Sarebbe probabilmente la cosa migliore, sì."

"Mi metterò all'opera domani. Dovrò andare a prendere delle componenti a N'Djamena. Penso, probabilmente..." Fece qualche calcolo mentale. "Tre giorni."

Evgenij si scordò completamente dei pezzi scomparsi mentre l'improvvisa ondata di lavoro lo travolgeva. Per prima cosa, collocò i circuiti che gli sarebbero serviti per la stazione di ricarica – aveva scelto uno spiazzo piatto e polveroso a circa quattrocento metri dal complesso – e, per quanto ciò fosse ironico, si assicurò che i cavi fossero perfettamente impermeabili. Allestì sedici postazioni, ben distanziate l'una dall'altra. L'unica cosa che mancava erano i cavi speciali da connettere a ciascun drone – erano quelle le componenti che aveva ordinato.

Il viaggio per la capitale esigeva – con suo sommo dispiacere – che prendesse in prestito uno dei buggy. Li odiava perché non si fidava di loro... lo inquietava pensare che i pannelli solari alimentassero il veicolo senza carburante, senza alcun tipo di energia esterna. Anche dopo la Transizione, i contadini russi affidavano la loro vita al diesel... il solare era per la gente di città che non correva il rischio di restare bloccata nella neve a cento chilometri da qualsiasi cosa.

Quindi rinviò il momento di prendere l'auto. Passò invece molto più tempo del dovuto a rifinire il pezzo per il frullatore di Philippa. Ma le cose che poteva fare a un tubo ricurvo grosso la metà del suo dito mignolo non erano molte, e presto si ritrovò al volante sulla strada polverosa.

La superficie era sigillata con oli biodegradabili, ideale per quei buggy leggeri e ben ammortizzati, ma il viaggio richiese comunque molto tempo e riportò alla mente di Evgenij ricordi che avrebbe preferito reprimere. Era una persona diversa quando era arrivato per la prima volta, via N'Djamena, su quella stessa strada. Allora la sua testa era piena di pregiudizi, anche se nel cuore aveva i sentimenti più nobili.

La vista di un'acacia a ombrello gli fece ricordare quel giorno nei più nitidi dettagli. Non era stato poi neanche tanto tempo prima. Aveva ingaggiato un autista per farsi portare al complesso e, dopo qualche chilometro, aveva visto una donna africana che camminava di buon passo lungo la strada.

Aveva detto all'uomo di fermarsi accanto a lei e le aveva offerto un passaggio nel suo stentato francese. Lei aveva declinato con un sorriso, in un inglese molto migliore del suo francese – e anche molto migliore del suo inglese. Poi le aveva offerto del cibo. Era alta e magra, e aveva il dubbio che fosse denutrita. Evgenij non aveva altro che gli avanzi di un hamburger preso al McDonald's dell'aeroporto.

Furono rifiutati con una risata e la spiegazione che le persone del Ciad tendevano a seguire una dieta molto più salutare... e preferivano carne vera nei loro hamburger. Se n'era andata a piedi, lasciandolo lì perplesso.

Era stato ancora più perplesso quando, qualche ora dopo, la donna che aveva visto camminare in strada gli era stata presentata come dottoressa Siti Gisemba, la direttrice keniota del complesso... e una figura leggendaria a tutti gli effetti, nonostante avesse poco più di trent'anni.

Quando si dice partire con il piede sbagliato. L'unico aspetto positivo era che sapeva che non avrebbe mai avuto nessuna possibilità con lei, quindi non sprecò troppo tempo a sognare.

Cinque ore dopo, Evgenij fece ritorno al complesso. Le componenti lo stavano aspettando nell'ufficio che il progetto Muraglia Verde aveva nel moderno centro città di N'Djamena.

Sarebbe riuscito a terminare la costruzione della stazione di ricarica la mattina dopo e adesso aveva qualche minuto libero prima che venisse l'ora della bici. Raggiunse di filata il piccolo caseggiato dove i membri della comunità in pensione vivevano in bellissime abitazioni ariose circondate dal muro vivente.

"Mi dispiace di averci messo così tanto," disse a Philippa.

La donna si limitò a sorridere. "Ho sentito che hai avuto da fare."

Prese il pezzo che aveva costruito e lo sistemò nello spazio vuoto lasciato dall'originale. Combaciava quasi alla perfezione, ma lui non era soddisfatto. Philippa lo guardò con affetto mentre levigava il pezzo fino a farlo coincidere in modo impeccabile.

"Sai," disse lei, "non avrei mai pensato che ti saresti adattato a vivere qui. Sembravi troppo giovane, troppo smanioso di cambiare le cose. Pensavo che non saresti riuscito a sopportare la rigidità della struttura e che te ne saresti andato dopo qualche mese. Ma tu sei qui per restare, non è vero?"

"Cosa intende?"

"Non tutti i giovanotti con... il tuo passato... sanno rispettare le regole."

"Intende la regola di sedersi a pranzare esattamente alla stessa ora?"

"Ma certo. Quello e il fatto che baratti tutte le tue ore di lavoro con niente più che vitto e alloggio. Ognuna delle persone che sono qui sarebbe pagata benissimo sul libero mercato."

Lui scrollò le spalle. "Sono stato sul libero mercato. Niente di ciò che si può comprare equivale al vivere qui. Avevo paura che non fosse tutto quello che era stato promesso. La mia apprensione principale era che l'Africa potesse assomigliare a quella dei vecchi film. Ma questo... questo è il paradiso."

"Se Siti avrà quello che vuole, un giorno il mondo intero sarà così. Gran parte dell'Africa lo è già, come il Sud America e l'Australia."

Lui sorrise. "Per la Russia... ci vorrà un po'."

"Forse meno di quanto credi. Ci sono molte iniziative già in atto. Quasi tutte le grandi città sono sulla strada giusta. In realtà siamo molto più preoccupati per l'Europa Occidentale e il Nord America."

"Mi sembra che se la passino bene."

"Forse, ma con la scelta di conservare un'economia monetaria stanno in realtà rallentando il loro ritmo di sviluppo e restano indietro. La gente vive bene, ma per loro sono comunque occasioni perse." Scosse la testa. "In parte è che hanno paura di cambiare, ovviamente. Ma un altro aspetto è che i gruppi ambientalisti si sono radicalizzati troppo. L'armonia che abbiamo qua non la puoi ottenere a suon di bastonate in testa o facendo saltare in aria le banche. Non la puoi ottenere sostituendo tecnologie non approvate a ciò che è già in uso presso le comunità – e provocando incidenti che uccidono le stesse persone che vuoi cercare di convertire. L'armonia viene in modo naturale dal dimostrare a tutti quanto è bella... e dallo stare insieme. Questa è la vera ragione per cui Siti ci costringe tutti a essere puntuali per pranzo e per cena." Gli occhi di Philippa luccicarono. "Una volta odiava, odiava davvero, stare lì ferma per due ore. Se fosse dipeso da lei, avrebbe lavorato tutto il giorno senza pause."

"Quindi lo fa per noi."

"Ma certo. E anche noi lo facciamo per noi. E anche tu. Ti ho visto pedalare furiosamente da chilometri di distanza per arrivare in tempo per lavarti prima di mangiare. Il tuo posto è qui perché tu capisci... e anche se non avessi capito i motivi della sua insistenza fino a ora, non c'è mai stato bisogno di ricordarti la regola, e non ti sei mai comportato come se fosse stupida."

Lui terminò di sistemare il pezzo e rimise al suo posto il telaio esterno. Poi provò il frullatore e fu lieto di sentire un ronzio forte e regolare.

"Ecco fatto. Come nuovo," disse.

Philippa lo ringraziò e lui uscì per il suo giro in bici. Dopo la lunga e nervosa strada al volante dell'auto solare, aveva bisogno di correggere i difetti del suo sistema.

Ma la sua mente si rifiutava di collaborare. C'era qualcosa, qualcosa che aveva visto o sentito da Philippa che l'aveva messo a disagio, la sensazione di essersi perso qualcosa di importante.

Era tornato al complesso, e stava pedalando oltre il modulo abitativo quando capì.

Ma certo.

Si fermò di colpo, lasciò la bici dov'era caduta ed entrò nell'edificio corallino. Sfrecciò tra le vene di pietra di cui era fatto l'interno della struttura ad appartamenti e si arrestò davanti alla lista dei nomi. Le stanze che cercava erano al terzo piano.

Troppo impaziente per aspettare l'ascensore, Evgenij corse su per le scale tre gradini alla volta. Non appena ebbe individuato la porta, ci picchiò sopra con il pugno, senza prendersi la briga di cercare il campanello.

Rispose Jennifer. La sua sorpresa nel trovarselo lì davanti con la faccia di chi abbia appena pedalato per un'ora nella calura, e poi abbia fatto le scale di corsa, svanì rapidamente per essere rimpiazzata da un'espressione d'allarme.

Indietreggiò, si voltò verso la cucina e fece tre passi avanti. Aprì di schianto un cassetto e cercò qualcosa all'interno.

"Non farlo," disse lui.

Lei si bloccò e tornò a guardarlo.

"A meno che tu abbia una pistola nascosta là dentro, non riuscirai a liberarti di me. Sono cresciuto in Russia durante la Transizione. La prima cosa che abbiamo imparato da bambini è stato come difenderci contro una persona armata di coltello. Non voglio essere costretto a romperti il braccio."

Jennifer lo guardò di traverso.

"Oltretutto," continuò, "che cosa speri di guadagnare? Un paio d'ore? Qualcuno si accorgerà della mia assenza. Qualcuno si ricorderà che sono entrato qui. Ti troveranno entro breve. È finita."

E poi lei crollò, si sedette a gambe incrociate sul pavimento, il coltello ancora stretto in mano, e pianse.

I due dispositivi tecnologici erano, come Evgenij si era aspettato, spariti da tempo, ma in un paio di fascicoli nell'appartamento furono ritrovati progetti di opere ancora in cantiere.

Erano cose a cui Jennifer non avrebbe mai dovuto avere accesso. Cose che doveva avere sottratto dalla scrivania della direttrice.

Siti si sedette di fronte a lei.

"Non avete il diritto di violare la mia privacy in questo modo," disse Jennifer, fingendosi infuriata. Era ovvio, tuttavia, che in realtà era turbata e impaurita.

"I fascicoli erano sul tavolo. Non abbiamo nemmeno cercato altre cose. Le consiglio di lasciare andare il coltello."

Jennifer guardò l'oggetto come se si fosse dimenticata di averlo in mano. Lo fece cadere sul pavimento e lo allontanò da sé.

"Grazie." Siti le rivolse uno sguardo severo. "Mi vuole dire per chi stava lavorando?"

"Cambierebbe qualcosa?"

"Non proprio. Chiunque sia, non le permetterò di restare qui."

Di nuovo Jennifer scoppiò in lacrime. Evgenij sentì un tuffo al cuore. Sapeva che la donna era lì da anni. Anche se era stata colta in flagrante, era certo che l'emozione era genuina.

"È una multinazionale?"

La tristezza di Jennifer sparì, sostituita dalla collera, ma questa passò in fretta. Un sentimento di sconfitta era tutto quello che le restava. "Per chi mi ha presa?"

"L'avevo presa per un membro leale della comunità. Adesso... sta a lei dirmelo."

"Mi mancherà questo posto. Lei. Tutto quanto. Io credo, davvero. Ma sono così tante le persone che non credono."

"Oh." Siti sembrava triste.

All'improvviso fu chiaro a Evgenij che Jennifer doveva far parte di uno dei molti gruppi di estremisti determinati a imporre il loro stile di vita a persone non ancora pronte ad accoglierlo, o nemmeno poi tanto interessate a farlo.

"Farò le valigie, allora," disse Jennifer.

"Sì." Siti fece per andarsene, ma si fermò. "Aspetti. Prima che se ne vada, ho un messaggio per la sua... gente."

"Cosa?" Adesso nei lineamenti di Jennifer si leggeva un impeto di sfida. Sapeva che nessuno le avrebbe fatto del male. Nessuno le avrebbe impedito di andarsene. Non era il loro modo di fare le cose.

"Dica loro che sono disposta a condividere tutto quello che facciamo qui. Sia quello che già è stato fatto, sia quello che stiamo sviluppando. Concederò loro tutto quello che il laboratorio può produrre. Ma ho una condizione. Devono vivere qui per un anno, e vedere se hanno qualcosa da imparare anche dai nostri metodi. Forse se impareranno a insegnare invece che a imporre, le persone li ascolteranno. Dica che mandino un emissario. O due o anche dieci se vogliono. Come sa, possiamo sfamare tutti quelli che ci mandano." I tratti del volto di Siti si indurirono. "Accetteremo chiunque tranne lei."

Ora Siti uscì davvero. Evgenij la seguì; non c'era proprio niente che potesse fare nell'appartamento di Jennifer. Aveva già causato abbastanza danni.

Usciti sul sentiero, Siti gli diede il tempo di raggiungerla. La falcata della donna era decisamente troppo lunga per lui, e non aveva intenzione di correrle dietro.

"Come faceva a saperlo?" disse lei.

"Il giorno che eravamo in ritardo per pranzo... aveva fatto finta di aver lavorato fino a tardi. Sapevo che lei non lo avrebbe mai permesso. Ma me ne sono reso conto soltanto oggi."

"È più sveglio di quello che sembra. Sicuro di non voler andare a lavorare in laboratorio? L'offerta è sempre sul tavolo, sa. A quanto dice Hermes, lei gli farebbe comodo. E sono certa che potrebbe ottimizzare l'elettronica dei droni se le dessero accesso ai codici. Sto avendo qualche difficoltà a tenerli stabili come vorrei."

"No, grazie. Sto bene così," rispose lui.

Due giorni dopo, si prese una giornata libera. Il campo di ricarica dei droni era stato un lavoro più difficile di quello che immaginava. C'era stato un corto circuito da qualche parte e ci aveva messo ore per rintracciarne la causa nel rivestimento di un cavo danneggiato all'interno del complesso. Ma adesso era ultimato, e per tutta la giornata c'erano stati droni che decollavano e atterravano. A un certo punto aveva anche visto il reticolato refrigerante – l'elemento che avrebbe, in teoria, condensato l'acqua presente nell'aria – in volo. Era grande come un campo da calcio, ma abbastanza leggero da permettere ai droni di sollevarlo e manovrarlo.

Rise tra sé. Siti stava facendo un lavoro eccellente, ma la sua ossessione di controllare le condizioni meteorologiche non avrebbe dato risultati. Oscar e Philippa, due delle grandi menti dell'umanità, avevano sbattuto la testa su quel problema per quarant'anni senza concludere niente. L'approccio di Siti era un po' diverso, ma dipendeva da troppe variabili per funzionare. Sperava soltanto che l'ossessione non la distraesse da progetti più fruttuosi.

Ovviamente non avrebbe mai potuto dirglielo in faccia. Il massimo che poteva fare era scherzarci su con lei e sperare che ci arrivasse da sola.

Anche nella giornata libera, la corsa in bici era sacra. Ci salì sopra esattamente alle sei. C'era ancora un'ora prima del tramonto e vide che le sue speranze che Siti calmasse il suo istinto di controllare la pioggia erano vane. Era ancora al lavoro.

I droni, dotati di griglia condensatrice, si alzarono dal campo di ricarica non appena lui fu uscito dal complesso. La formazione sembrava piuttosto serrata, con ciascun drone stabile nella propria posizione. Hermes doveva avere riscritto gli algoritmi.

Rimase a guardare finché i singoli droni non furono quasi invisibili nel cielo, poi riportò gli occhi sulla strada. Dopo quindici minuti di pedalate, una goccia gli cadde sulla testa. Poi un'altra.

Evgenij si guardò intorno. Nel cielo non c'era una sola nuvola.

Incredibile... Il congegno di Siti funzionava.

Ma non poteva essere. Aveva detto che le servivano settimane di prove prima di accenderla.

Eppure, un'altra occhiata verso il cielo confermò che era l'unica spiegazione possibile. Nemmeno una nuvola. E adesso la pioggia cadeva abbastanza insistente da risultare fastidiosa.

Be', se non altro ne sarebbe uscito tra centro metri o giù di lì. Di certo la rete non era così grande.

Quarantacinque minuti dopo, fermò la bici di fronte all'officina, fradicio fin nelle ossa. Aveva piovuto per tutta la strada.

Siti lo stava aspettando, con il volto inespressivo.

"Mi ha fatto piovere addosso per tutta la strada," disse.

"Sì," rispose lei.

"È stato…"

Siti alla fine non riuscì più a controllarsi e scoppiò a ridere. "È stato quello che si meritava. Ecco quello che è stato. Lei non ha mai creduto."

Stava per ribattere, ma si trattenne e abbassò gli occhi. "No. Non ho mai creduto."

"Adesso crede?"

"Ho altra scelta? Può succedere l'impossibile."

"Sì. È vero."

Era un'apertura? No. Non poteva essere.

Ma se lo era, non se lo sarebbe mai perdonato. "Mi deve una cena per questo," disse.

"Niente cena. La cena è un momento collettivo. Lo sa." Il suo cuore sprofondò. All'improvviso, questione di un secondo, lo aveva buttato a terra.

Lei lasciò continuare il silenzio per altri due battiti del cuore, e poi sorrise. "Ma se riuscisse a mettere le mani su una buona bottiglia, sarei disponibile a bere un paio di bicchieri sulla terrazza del laboratorio più tardi."

"Credevo che il laboratorio chiudesse dopo il tramonto."

Il suo sorriso si allargò. "Ho una chiave."

La guardò mentre camminava via, ammirando, come faceva sempre, la sua postura perfettamente eretta. Poi si riscosse. La cena era tra venti minuti. Doveva cambiarsi quei vestiti bagnati… e dove caspita l'avrebbe trovata una bottiglia buona con così poco preavviso?

Evgenij si mise all'opera.

BISTON BETULARIA

di Maria Antònia Martí Escayol

traduzione di Raul Ciannella

Maria Antònia Martí Escayol è ricercatrice in Storia Ambientale e docente presso l'Università Autonoma di Barcellona (dove insegna i corsi di "Storia premoderna dell'Asia Orientale" e "Storia della scienza"). Ha pubblicato numerosi libri e articoli in riviste accademiche; ha inoltre collaborato con la Sophia University di Tokyo e la Truman State University del Missouri (USA). Ha tradotto in spagnolo vari autori, tra cui Thomas Bisson, Annibale Fantoli e Margaret Cavendish. In ambito letterario, nel 2014 è stata finalista al Premio Minotauro (bandito in Spagna dalle edizioni Minotauro) con il romanzo Cuéntame un cuento japonés mientras el mundo se acaba (Cerbero, 2019). Vari suoi racconti sono stati pubblicati in catalano nella rivista Paper de Vidre e in spagnolo nelle antologie Alucinadas II (Palabaristas, 2016), Alucinadas III (Palabaristas, 2017) e Supersonic Magazine n°10. Il suo racconto Fujino, Takane y Kanoko ha vinto il premio Visiones (Aefcft, 2017) ed è stato tradotto in italiano per l'antologia Davanti allo specchio (Rill, 2017). Dal 2015 è co-direttrice della rivista di letteratura fantastica e fantascientifica Mamut (www.revistamamut.com).

"Infine, quando la duchessa capì che nessun modello poteva servire a strutturare il mondo, decise di crearne uno di sua invenzione."
Margaret Cavendish. *The Blazing World (Il Mondo Fiammeggiante)*, 1666

al sorvolare le strade di tallers e comtal le ali del fringuello si tingono di fuliggine. i camini esalano dense colonne di carbone unendo il cielo con la terra, e come ruggiscono i fiotti di candeggina e olio! in enormi caldaie di rame, in piccoli appartamenti di pietra e malta. le suore minime scalze corrono a frotte verso il municipio per lamentarsi delle esalazioni, i fumi e il tanfo. camminano lungo tallers e ospital, carme e comtal, schivando i tessuti da tinteggiare col blu di prussia e il rosso adrianopoli, che ora, stesi sui balconi dei vicoli stretti, si gonfiano intralciando la vista e zittendo il sole. i chimici descrivono nei loro rapporti l'aria satura di flogisto, i medici insistono sulla deflogisticazione del carbone attraverso la rimozione delle parti volatili nocive e gli architetti disegnano progetti per elevare di qualche palmo le ciminiere e allontanare dal centro i fumi e i gas. solo servirà a far arrivare il diavolo più lontano! esclama la stampa. nell'anno 1770, le forze tentacolari spingono per la transizione dal carbone vegetale al minerale, aizzano i tempi di estrazione e di consumo del anthropos, svezzando il capitalocene concepito nel 1545 nelle grotte del potosí. al sorvolare tallers, comtal, carme, ospital, carders e mirallers, il fringuello schiva trionfante il fumo, il tanfo e il flogisto. nel suo volo è invincibile. arriva a montjuïc, dove stanno le fontane colorate, pronto a posarsi sul ramo di una quercia. ripiega le ali e cade fulminato su un tappeto di muschio. apro gli occhi.

∞∞∞∞∞∞∞∞∞∞∞∞∞∞∞∞∞∞∞∞∞∞∞∞∞∞∞∞

il fringuello giace nel mio laboratorio, allineato con una ventina di altri esemplari della stessa specie, tra i cassetti di passeri e cardellini, verdoni e ghiandaie. così disposti, gli uccelli formano un bel mosaico di melodiose tonalità di rosso. sull'etichetta della zampa leggo 1770 e la osservo al microscopio. calcolo il carbonio accumulato nelle sue ali e lo confronto con i dati registrati dall'università di chicago durante l'epoca della grande negazione. apro gli occhi.

∞∞∞∞∞∞∞∞∞∞∞∞∞∞∞∞∞∞∞∞∞∞

il gatto naviga sul piumino blu. non mi sorprendo. mi adatto. il gatto naviga sulle onde formate dalle nostre gambe e ci troviamo sotto quattro o cinque strati di trapunte e coperte.

211

accarezzo i tuoi capelli scuri e mi baci. però manca qualcosa, è una sensazione di perdita linguistica.

Non so come spiegartelo, ma non riesco a convincermi che il momento presente sia davvero presente, mi sembra addirittura che io non sia io e che le mie parole non siano mie.

ti dico, e tu sorridi spensierato. l'aroma del caffè avvolge la stanza. come sempre, il vinile di rainey gira lacerando l'aria. la macchia d'umidità della parete si allarga; quella del soffitto, tra le travi di legno, gocciola e non preannunciano nulla di buono. mi alzo di scatto e osservo l'atmosfera grigiastra dei vicoli stretti che sono già stati battezzati come il post-nuovo raval. le finestre degli edifici vicini crepitano di luce gialla. la città, cresciuta durante lo chthulucene, si sta sciogliendo. non respirano più le gargolle in stile neo-gotico di biocemento. nulla si muove negli sgraffiti post-barocchi simbiogenetici, dove ammiravamo le immagini dei cavalieri medievali lottando contro draghi tentacolari. direi addirittura che hanno perso il loro tono magenta, sicuramente per via della scomparsa degli halobacteria simbiotizzati con cellule muscolari miocardiche in vitro. erano gli emblemi che commemoravano la nostra vittoria contro il capitalocene, e ora ne rimane solo un amalgama di silicone, oro e cemento. esco sul balcone per raccogliere i panni stesi gonfiati dal vento e mi giunge un intenso aroma di mare. è così reale che noto il tatto rugoso della sabbia sotto i piedi. gli ubriachi gridano tra le grida dei *butaneros*. gli extranedconfoederatio hanno invaso la nostra ecozona. vogliono riconquistare il globo a cavallo, rigonfi di energia nucleare e fossile, per recuperare i tempi dell'estrattivismo e del consumo dell'anthropos. ora si presentano trionfanti tra le voci che corrono lungo i vicoli stretti macchiati di fuliggine. sono giunti dalle loro piccole roccaforti, spandendosi come una macchia d'olio, macchiando tutto, colonizzando, rimaterializzando, trascurando, monetizzando. mi avvicino il lenzuolo al viso per individuare un aroma muto e piango in silenzio osservando come la gente si scalda le mani bruciando, in vecchi bidoni, i nostri fratelli alberi di noce. nevica, e mi sembra qualcosa dell'altro mondo. ho freddo, perché? perché non funzionano i termoregolatori di neurofilamenti irox? le biciclette non volano più. la nostra ecozona, quella della memoria, si scompone. apro gli occhi.

∞∞∞∞∞∞∞∞∞∞∞∞∞∞∞∞∞∞∞∞∞∞∞∞∞∞∞∞∞

ora accarezzo i vostri capelli biondi. non mi sorprendo. mi adatto. ci baciamo e avvolgo le mie dita nei vostri boccoli. i raggi di sole invernale disegnano linee di luce sottili sulle vostre guance, che si rivelano così terse da sembrare di cera. al di là dei mostruosi aracnidi neogotici dipinti sul nostro lucernario, tra le nubi dell'ottavo cerchio, volano i turisti mlasho in bicicletta. l'aria è fluorescente. nella bioparete in noce germogliano nuovi rametti. accarezzo la vostra pelle. registro la mia coscienza, descrivo la sensazione per condividerla in rete e aggiungo alcuni realemojis d'amore, sono i più popolari. chi non vorrebbe provare amore, anche se non è il suo? nell'ingarbugliare i nostri tre corpi il lenzuolo scivola via e di fronte alla nostra nudità scoppiamo a ridere, mentre gli enormi finestroni della tribuna si spalancano sulle verdi biofacciate di cedro foderate dalle nostre sorelle ortensie e magnolie. ai nostri piedi si estende l'ampia piazza del diamant, pavimentata con biopiastrelle vetrificate rosse e dorate in selenio-k, i cui filamenti sotterranei trasformano i raggi di sole e le radiazioni infrarosse della superficie terrestre in proteine, luce ed energia.

inspiro profondamente gli antichi canti natalizi che a ritmo di rumba danzano nella neve accarezzando la prima generazione di simbionti infanti dell'ecozona della memoria, la terza di tutta la nedconfoederatio. giocano, in calzoncini corti, a infilare dei nasi nei pupazzi di neve. già si indovinano le loro unioni cellulari con i nostri fratelli non umani; risplendono i loro capelli bioluminescenti, le ali membranose o i loro rugosi granuli epidermici cheratinizzati. i nostri cuori battono di entusiasmo. presto la nostra ecozona si unirà al risanamento dei luoghi più devastati durante l'androceno e potremo decontaminare le falde acquifere e restaurare gli ecosistemi. registro la mia coscienza, descrivo la sensazione e condivido un realemoji di sumak kawsay. chi non vorrebbe provare un tale senso di completezza! richiedo il permesso per poter inviare la cronaca.

il servizio di cura quantica (scq) dell'ecozona della memoria ringrazia per la tua collaborazione e ti concede il permesso per inviare il contributo. per favore, collabora con la nedconfoederatio (ncf) e inviaci informazioni di tutte le attività che consideri sospette. in particolare, quelle che possono essere collegate alla fazione simdigitgenesis (sdg). ti ricordiamo che qualsiasi azione collegata all'elaborazione di entità vive combinate con quelle digitali trasgredisce i nostri patti di riproduzione, che si limitano alla coltivazione di entità biologiche.

il permesso compare nell'aria e una volta finito di leggere si scompone in una miriade di stelline gialle che lasciano dietro di sé un sottile aroma di ginestra. le mie emozioni, sensazioni e memorie si uniscono alle migliaia di emozioni, sensazioni e ricordi condivisi per la necessità imperante di registrare tutto. apro gli occhi.

∞∞∞∞∞∞∞∞∞∞∞∞∞∞∞∞∞∞∞∞∞∞∞∞∞∞

abbiamo appena deciso che oggi decoreremo il laboratorio con motivi della dinastia zhou orientale e mi accingo a preparare il microscopio. sento ancora la ginestra, ma non mi sorprendo. mi adatto.

<3 <3 oggi assisterò a una conferenza sulla genetica delle farfalle delle betulle durante il periodo della grande negazione. appena finisco vi avviso e ci vediamo alla spiaggia di comtal <3 <3

detto il messaggio al vento e osservo come la luce si allontana a tutta velocità, emanando le stelline splendenti che avevo aggiunto l'altro ieri. mi domando per un attimo come mai ci sia ancora connessione, lavoro, laboratori e uffici se sono già riusciti a estendere il virus e hanno già chiuso tutti i punti di collaborazione della nostra ecozona. però mi abbandono all'istante, al vedervi arrivare. ci sediamo a guardare il mare. l'acqua scintilla e la sabbia è come un sussurro sotto le dita dei nostri piedi. in lontananza, i battelli pieni di turisti si immergono tra le due torri ottagonali della basilica gotica, che con orgoglio ostenta le sue guglie. e cominciamo a parlare con crescente entusiasmo del modo in cui uniremo il nostro feto alle correnti meridionali, intrecciando il nostro materiale genetico con quello dell'ibis eremita. e già fantastichiamo su ciò che potrà scegliere come lavoro, l'artequantificazione, la geoscultura, l'archinarrazone o forse l'ecopoesia. apro gli occhi.

∞∞∞∞∞∞∞∞∞∞∞∞∞∞∞∞∞∞∞∞∞∞∞∞∞

ora sono in salotto, però sento ancora la sabbia sotto i piedi. nel sorprendermi inizio a capire e mi attraversa il petto una nube di paura e preoccupazione. oggi compie tre anni, ha i capelli iridescenti e distingue già alcuni segnali chimici aerei. ci avviciniamo alla finestra e mentre accarezzo le sue mani la mia tensione diminuisce. stanotte celebreremo il solstizio d'aestās e in piazza stanno già preparando le danze tra i silenziosi giochi pirotecnici. osserviamo i droni assistenziali, nel terzo cerchio del cielo, aprire i loro occhi brillanti, scivolando tra le cupole delle cattedrali gaudiniane rivestite con un nuovo biomosaico che, ascendendo, passa dal grigio perla al blu cobalto, e si intreccia con gli archi catenari dei fratelli eucalipto. cinque splendidi rallus eivissensis rigenerati, sicuramente pronti per essere ricollocati, si puliscono le ali sui pinnacoli dell'archivio del chthulucene, dove si custodivano gli impegni concordati dalla nedconfoederatio dall'epoca della firma del patto globale. ci spruzziamo gli occhi con il nebulizzatore di realtà aumentata e a poco a poco si formano, sui nostri corpi, vaporosi vestiti di seta e nel salone appare un caminetto d'alabastro con motivi floreali, alcuni sostegni di terracotta con medaglioni di ceramica azzurrina di tipo romano e una libreria con sgraffiti marini che custodisce le opere della comunità umana classica, la quale, immaginandoci, ci ha reso possibili. achebe, boserup, carson, cavendish, crosby, georgescu-roegen, glacken, haraway, laozi, mendes, merchant, miyazaki, mumford, ostrom, tezuka, xiaoquiong... registro la cronaca e chiedo l'autorizzazione a mandarla. me la concedono, ricordandomi quale minaccia

215

supponga la nuova fazione di dissidenti. sono ogni volta più numerosi e sempre più solidi i loro patti con i territori del blocco extranedconfoederatio. insieme stanno approfittando dei potenti campi magnetici installati a singapore e il superamento del teorema della non-copia per trasferire le loro coscienze digitalizzate in corpi in vitro di umani o di animali modificati con materiale umano. così, si ricostruiscono e si duplicano e si triplicano e si intrecciano con altri dati della rete, sia durante il loro periodo di collaborazione con il globo, quello che loro chiamano vita, sia nel loro periodo di umificazione, quello che loro chiamano morte. apro gli occhi.

∞∞∞∞∞∞∞∞∞∞∞∞∞∞∞∞∞∞∞∞∞∞∞∞∞∞∞∞∞

mi sveglio, come tendo a fare, udendo il gorgheggio confuso dei colombi azzurri delle isole mauricius, che si sono impossessati di un piccolo foro nella nostra facciata. suppongo che siano scappati dal centro di rigenerazione delle specie estinte. per qualche attimo, sono sicura che nessuno possa godere di un risveglio tanto piacevole, tanto sereno come il mio. però, l'aria della stanza è gelida. ti scosto la frangetta scura per perdermi negli spigoli marcati del tuo volto e vedo nei tuoi occhi scuri un'ombra cristallina. no. non è stato così. non è stato nei tuoi occhi che ho percepito il virus. lo seppi molto prima, però non volevo affrontarlo. ora non voglio parlare del nostro fratello gatto. quando moriremo non potremo lasciarlo nell'appartamento, né con la porta chiusa né aperta. manca qualcosa, è una sensazione di perdita linguistica, il mio piumaggio non è ancora il mio e non è ancora giunta l'ora di essere. nei vicoli stretti dell'affamato post-nuovo raval non potrà sopravvivere nemmeno cinque minuti. condivido il realemoji di dolore, anche se sicuramente nessuno lo aprirà. chi vorrebbe mai sentire altra desolazione? non c'è già più molta gente nella mia rete, sette o otto, non di più. registro la mia coscienza, scrivo quello che sento e lo invio senza chiedere l'autorizzazione. non ci sono già più controlli. scrivo tutto quello che succede, parola per parola, dubitando che ci sia qualcuno a ricevere. sono mesi che non possiamo comunicare e non sapete quanto mi mancate. mi alzo per prendere altro caffè, mi chiedi di mettere su rainey, sento molto freddo, sento grida per la strada e mi sporgo sul balcone.

scansati! bestiaccia! maledetta barbara primitiva! farfalla mostruosa!

vari agenti dell'olio urlano contro qualcuno, credo che sia in simbiosi con una vanessa cardui; non dovrebbe stare lì ma essere già al lavoro per unire le correnti migratorie meridionali e settentrionali. sono cinque agenti, identici e non indossano maschere o tute di protezione. non gli servono. sono chiaramente il risultato della simdigitgenesis e suppongo che stiano cercando informazioni sul contrabbando di caffè, cibo e butano. devo scendere in strada e mi invade una rabbia primitiva. però loro indovinano le mie mosse, mi puntano addosso il fucile e mi paralizzo dalla paura. guardo il cielo e vedo sulla città la cupola formata dal virus che zittisce il sole. ha già coperto tutta la nostra ecozona, tra *pirene* e le rive meridionali. è la fine dell'era solare per noi e per ciò che è stata la grande ecozona della memoria di questo mondo-in-rete. le voci che girano dicono che abbiamo rinunciato a ricevere aiuti per non compromettere tutta la nedconfoederatio. hanno tagliato i corridoi peninsulari, regna il caos nelle isole del mediterraneo e la minaccia aumenta nelle ecozone africane e nei corridoi asiatici. riordino i dati nel mio cervello e non voglio più stare qui. mi invade la desolazione. i più deboli sono i nostri bebè, specialmente gli umani, forse i simbionti sono più resistenti. spero solo che riusciate a resistere, ovunque voi siate; vorrei accarezzare i vostri boccoli e i tuoi capelli iridescenti. all'improvviso, sul davanzale si posa un pyrocephalus dubius dell'isola di san cristoforo, che mi guarda e canticchia insensatamente. beh, forse per lui quel canticchiare ha senso. l'intenso color carminio della sua corona e del petto risalta in questa città come una fiamma in mezzo al fumo. le sue piume sono pulite e rilucenti, e si rinnovano ogni anno, così come le mie cellule lo fanno ogni mese. tutto ciò che provassimo a capire dei nostri corpi, io del suo e lui del mio, non sarebbe altro che una rievocazione di qualcosa di passato. torno a letto per rifugiarmi dall'umidità e dal freddo, e ci copro con le coperte e ti abbraccio di sorpresa, da dietro, come piace a te e ti annuso il collo bianco e i tuoi capelli mi solleticano il naso. apro gli occhi.

∞∞∞∞∞∞∞∞∞∞∞∞   ∞∞∞∞∞∞∞∞∞∞∞∞

so cosa sta succedendo, o almeno credo di saperlo. mi trovo in mezzo all'oscurità, non vedo niente. con timore, mi giro lentamente, e distinguo una scala che ascende ritorcendosi come lo scheletro di un dinosauro fossilizzato. salgo il primo scalino poi il secondo e il terzo e il quarto, sentendo il modo in cui il mio piumaggio si fa mio. non provo inquietudine né dolore. è solo una sensazione di perdita linguistica, come se parlassi con parole immagazzinate da altri, e il mio cervello si scontra con lo stomaco. ricordo i miei uccelli allineati nei cassetti. quando, senza il loro permesso, li osservavo al microscopio per ricostruirne la storia, sicuramente sentivano ciò che sento ora io, nel caso in cui possa ancora considerare l'esistenza di un io. vorrei chiedervi perdono. sento in ogni piuma questa suzione verso il futuro; questo gonfiarmi di vita attraverso i miei stessi ritagli. è una sensazione di perdita di ricordi e pronomi, come di un andarsene. forse sento questo malessere perché rifiuto il processo. so solo che io mai avrei incaricato una ricostruzione, né durante il mio periodo di collaborazione biotica con il globo né durante la mia epoca di umificazione. non voglio che nessuno infonda il mio essere in un organismo sconosciuto, non voglio che la mia coscienza sia alloggiata in nervi, muscoli e vene estranei. devo lottarci contro.

<ciao. stabilendo il contatto. ascoltami>

no. non voglio parlare con te. apro gli occhi.

∞∞∞∞∞∞∞∞∞∞∞∞∞∞∞∞∞∞∞∞∞∞∞∞∞

osservo la tua iride turchese. al mattino è quasi trasparente. mi hai svegliato per dirmi con entusiasmo che oggi arriveranno quattro razioni d'acqua solida di sole tibetano con la consistenza e il sapore del dolce al cioccolato per celebrare i suoi dodici anni. sul sofà sfogli alcuni giornali indossando la maglietta in cui disegnasti degli occhi e mi sorridi contraendo i tuoi zigomi di cera lentigginosi e furfanti. mi leggi un articolo dove spiegano che sono riusciti a creare un proiettore d'immagini dell'immaginazione. e mi racconti con i tuoi modi energici alcune delle trame che ti ronzano in testa.

ve lo immaginate! possiamo fare dei film semplicemente pensandoli!

esclami con entusiasmo. e dopo aver spento le tue candele ci confessi i tuoi sentimenti di solitudine, per via della tua singolarità; i tuoi sentimenti di impotenza, per non aver potuto scegliere il tuo simbionte; e le tue paure per via dei dubbi che la narrazione che stai tessendo costruisca qualcosa di nuovo. e io ti parlo della mia umanità, della mia genealogia e dei miei legami di parentela. ti parliamo di ciò che ha rappresentato per la nostra civiltà liberarsi del peso di secoli di dominio dell'androcene e del consumismo dell'anthropos. ti parliamo di ciò che si sente all'essere il frutto di una decisione riproduttiva individuale. e ti spieghiamo che la nostra civiltà, e ogni infima parte che la compone e la rende possibile, sorse quando qualcuno la immaginò, nonostante i dubbi e i timori. e giungemmo alla conclusione che, in definitiva, i nostri timori sono gli stessi e che la nostra combinazione genetica è solo un ricettacolo dove dobbiamo distendere la nostra libertà e i nostri impegni. e ricordo che ti dissi che l'importante è che i racconti raccontano racconti, che i nodi annodano i nodi e che i mondi mondano i mondi. apro gli occhi.

∞∞∞∞∞∞∞∞∞∞∞∞∞∞∞∞∞∞∞∞∞∞∞∞∞

ti vediamo per la prima volta, qualcuno ci presenta. le foglie caduche coprono il suolo. è arrivata la tardatione. i tuoi occhi di giada guardano le nostre labbra. mi abbandono a questo momento. il tuo fascino ti infastidisce, lo so per come cammini, per come nascondi le mani nelle tasche e inclini la testa quando ascolti. ti trasferisci a casa nostra pochi mesi dopo. non devo continuare, non voglio che tu lo sappia. salgo un altro gradino della scala di dinosauro. apro gli occhi e mi trovo in laboratorio, con i miei fringuelli e cardellini. neanche qui devo continuare, non voglio che tu sappia più niente di me. se hai iniziato la mia ricostruzione, sei della fazione nemica e devo comunicarlo, siete una minaccia per il futuro della nostra civiltà. salgo altri gradini e alla mia sinistra appare un muro sinuoso, dipinto come un mosaico. ha riflessi simili alle pareti di una grotta erosa dall'acqua e quanto più salgo, quanto più vicino sono a quello che sarei e quanto più perfetta la simulazione. so che, quando il processo finirà, l'atto si convertirà in azione però, per ora, la mia mente si scontra con migliaia di dati di altri e mi adatto, non per pigrizia, indolenza, rinuncia, timidezza, ignoranza o paura. mi adatto per quella minima speranza di potervi salvare. mi ricostruisci dal silenzio notturno di questa rete vuota popolata di presenze e sento la solitudine e l'impotenza di non poter scegliere il mio destino. non appena metto il piede sul ventesimo gradino inizio a udire un suono assordante di strumenti, al quale si mischia il profumo dei fiori silvestri e voci e canzoni lontane di molte, molte persone. mi concentro e allontano tutti questi suoni fino a riuscire a dirigere il mio udito unicamente verso la tua voce. ti sento parlare, in lontananza, in fondo alla scala.

<so che sei più o meno consapevole di quello che sta succedendo. sto leggendo tutto ciò che accade nella tua mente. sono riuscito a decifrare il vostro codice. quello che avete scaricato in rete mi sta arrivando. però, la cosa più meravigliosa è che, a un certo punto, man mano che completavo il tuo racconto, hai acquisito una certa coscienza. non devi resisterti, qualunque cosa pensi, se si può chiamare pensare, posso leggerla. lascia che la tua mente fluisca, così tutto sarà più facile. devi ascoltarmi>

apro gli occhi.

∞∞∞∞∞∞∞∞∞∞∞∞∞∞∞∞∞∞∞∞∞∞∞∞∞∞∞∞∞∞

le tue ciglia cadono come persiane chiudendo i tuoi occhi scuri. presto lo faranno per sempre. il virus sta avanzando nel tuo corpo. sul tuo viso magro è depositato un sorriso che ben definisce e concentra il tuo carattere. tranquillo ed estremamente equilibrato, forse inevitabilmente, per compensare. guardo il gatto e lui ricambia con rassegnazione, fermezza e approvazione.

non voglio rimanere qui, è molto doloroso e non voglio che tu lo sappia. non capisco perché lo devi fare.

<ho iniziato a ricevere i primi segnali quando creammo un vincolo temporale attraverso l'oceano facendo rimbalzare il segnale dalla virginia a un satellite in orbita e da lì alla stazione di goonhilly downs, che arrivava fino a londra e a brighton. ho ricostruito, se così si può dire, un'architettura di tutto il vostro universo. l'ho fatto in segreto, per questo ora ho bisogno che mi ascolti> apro gli occhi.

∞∞∞∞∞∞∞∞∞∞∞∞∞∞∞∞∞∞∞∞∞∞∞∞∞∞∞∞∞∞

giochi con i tuoi boccoli biondi e lasci nelle mie mani l'autobiografia di kurosawa. è di carta, tutta una reliquia. usciamo tutti e quattro dal nostro edificio e attraversiamo la piazza del diamant. su palchi aeroceni fluttuanti per il dibattito, che suppongo siano arrivati stamattina con le correnti del vento del nord, si discute degli halobacteria, dei patti sull'immigrazione e su quelli della riproduzione. la gente fa la coda con entusiasmo per salire sull'ascensore inaugurato di recente e progettato imitando quelli del *noucentisme*, con le porte in maglia di ferro, il sedile cantonale e i pulsanti in resina vicini alla targa di bronzo. è una sensazione di perdita linguistica. arriva il nostro autobus, quello che percorre il primo cerchio; andiamo ai canali, dove stanno le fontane colorate. ci diamo un lunghissimo bacio, sali sulla barca e ci amiamo più che mai. ricordo come vi allontanaste verso il mare. tra feluche e gondole, mentre vi sorvolavano alcuni bulweria bifax dell'isola di sant'elena, sicuramente recuperati dai fossili del 1502 e ignari di tornare a vivere perché qualcuno li ha immaginati. ci riuniremo in pochi mesi e vivremo questo momento con entusiasmo e speranza. con le nostre storie apriremo altri corridoi per tagliare l'area della zona peninsulare e così costruiremo cose nuove e il nostro messaggio si estenderà tra quelli che sono così ostili alle lettere e all'arte che sembra che la punteggiatura e gli angoli delle ci e la punta dei pennelli possano strappargli via la pelle. coi nostri racconti intrecceremo le idee e collaboreremo con la riabilitazione delle correnti migratorie sudafricane degli uccelli e delle farfalle. non posso continuare qui, è il mio segreto, non hai nessun diritto a saperlo. apro gli occhi.

∞∞∞∞∞∞∞∞∞∞∞∞∞∞∞∞∞∞∞∞∞∞∞∞∞∞∞∞

ti vedo per la prima volta, di spalle. no, non eri di spalle, manca qualcosa. eri di profilo. in un aerobus del primo cerchio. noto il trambusto sul mio corpo e un vuoto piacevole nello stomaco. guardandoti sento sulle mani i tuoi capelli brillanti e molto scuri. e la pelle del collo, molto bianca. e ti giri e vedo le tue labbra. mi colpisce al cuore la loro delicatezza che contrasta con le tue sopracciglia spesse e i tuoi occhi profondi, dove sembra che si concentri tutto l'universo. un traversia lyalli paffutello dell'isola takapourewa, di color miele di rosmarino, canta insistentemente vicino al finestrino del conducente. lo ignoro e torno a guardarti subito, di nascosto. dal modo in cui muovi le spalle vedo come sei, così orgoglioso così vulnerabile. ti accompagna un gatto. è nero e ti riposa di fianco arrotolato come una girella ai tuoi piedi. detto un messaggio all'aria e vedo come la luce si allontana a tutta velocità, rilasciando stelline splendenti. spero vi arrivi, anche se ne dubito. le comunicazioni stanno venendo meno. ricordo che non vi arrivò. ci trasferimmo con urgenza alle frontiere. dobbiamo proteggere il perimetro e rafforzare il cordone di sicurezza. hanno iniziato ad assediarci. si diffonde la voce che vogliano alzare muri di contenimento per non farci scappare e che vogliano diffondere un virus per sterminarci. se in quel momento avessi saputo ciò che dovevamo fare, ci saremmo salvati. ne ho la certezza. schivando i viaggiatori e il brulichio delle loro chiacchiere, mi avvicino a te e mi presento. e tu, con il cappello in mano, inizi a parlarmi timidamente, anche se la confusione mi impedisce di sentire chiaramente ciò che dici. credo di capire che lavori nel dipartimento di storia della computazione pre-quantica, mi parli con entusiasmo di articoli che hai letto sugli antichi nowtopisti e mi mostri alcuni fumetti di classici del solarpunk. apro gli occhi.

∞∞∞∞∞∞∞∞∞∞∞∞∞∞∞∞∞∞∞∞∞∞∞∞∞∞∞

giro la chiave e apro la porta della nostra nuova casa, nel nuo-vo-raval, nella zona dei musei. mi adatto. siamo appena tornati dai combattimenti ai confini. sono trascorsi due anni da quando ci siamo visti la prima volta sull'aerobus. non abbiamo potuto evitare che spargessero il virus. siamo la prima pedina che hanno buttato giù, l'ecozona della memoria. è una sensazione di perdita linguistica. se riescono a conquistare tutte le ecozone sarà la fine dell'era solare. tutto il globo tornerà agli anni della grande nega-zione, dovremo tornare alla de-relazionalità, a ferire la terra per mangiare, alle categorie dicotomiche, all'utilitarismo, alla nor-malizzazione, a perdere lingue, a sentire freddo, a chiudere porte e finestre. il mediterraneo tornerà a essere la più grande fossa co-mune, tornerà l'ingiustizia ambientale e ricomincerà il biocidio e il mondo hobbesiano. apro gli occhi.

∞∞∞∞∞∞∞∞∞∞∞∞∞   ∞∞∞∞∞∞∞∞∞∞∞∞∞

salgo un altro gradino della scala di dinosauro, e un altro e un altro ancora, fino ad arrivare alla fine. alzo il piede e si forma un lungo corridoio e vedo in fondo una porta che si apre dan-do in un ufficio. avanzo mentre la pioggia colpisce cupamente le finestre. dalla soglia, ti scorgo alla scrivania, di spalle a me. indossi una maglietta sportiva grigia, dei jeans a gamba larga e delle scarpe sportive di un giallo scolorito dai tanti lavaggi. sul pavimento, sopra il tappeto, vedo un cappello e una giacca di cuoio lasciati li, anche questi piuttosto logori. tieni una tazza di plastica in mano e, nel posacenere, la punta di una sigaretta crepita con un rumore secco. malgrado le finestre siano aper-te, il riscaldamento è acceso. stai guardando lo schermo di un computer, ostinatamente, cercando di infondere un alito di vita a questi codici inerti che giacciono nella tua rete, e che sono io.

mancano cose! parole che si relazionino, regolarizzare la bi-bliografia, note a piè di pagina, destabilizza il mondo e ripensa la storia! ascoltami! ascoltami!

gridi al vento, non riesci a ricostruirmi, devo resistere. non è ancora arrivato il momento di essere. vedo alcune pesanti pol-trone di cuoio e il legno che ricopre tutte le pareti. sulla scrivania c'è una macchina da scrivere e, di fianco, fogli battuti a macchina e un fermacarte di cristallo che li mantiene. le cartellette stanno impilate in mezzo a cumuli di riviste e schedari. ci sono disegni dappertutto, di città, di case, con mappe e piani. anche le fotografie stanno ovunque, fissate con puntine o incollate su ogni parete disponibile. alcune mi sembrano polaroid a colori, pero la maggior parte sono foto in bianco e nero. sono foto di libri, di lettere e di disegni. in un angolo borbottano i gorgogli di una caffettiera e, di fianco, vedo un calendario. è il 1974.

∞∞∞∞∞∞∞∞∞∞∞∞∞∞   ∞∞∞∞∞∞∞∞∞∞∞∞∞∞

davanti a te si elevano, dal pavimento al soffitto, quattro scaffali ripieni di lastre metalliche con pulsanti e cavi neri, rossi e gialli, sembra un telaio, con luci verdi e rosse che lampeggiano allegramente. lasci la tazza sul tavolo, ti alzi di colpo con eccitazione, prendi un tubo di rame brillante e con un attrezzo che assomiglia a un cavatappi estrai un grosso cavo nero. con un coltello lo scopri pelando la plastica, e ne ottieni alcuni fili. ti passi le mani col borotalco e percorri i fili, come se fossero l'arco di una viola, e li disponi all'interno di una macchina simile a una perforatrice. Tornando alla tua sedia, inciampi sul tuo cappello, te lo metti e inizi a scrivere, come se stessi sparando raffiche di mitragliatrice da un fortino. mi sembra di stare davanti alla scena di un ologramma del vecchio museo di storia antica.

<voglio aiutarti. devi farti aiutare. so che tutto ti risulta sconcertante. anche per me lo è stato al principio, quando eravate solo un codice, quando pensavo che eravate uno scherzo o il prodotto della mia immaginazione. all'inizio la comunicazione era terribilmente confusa. a poco a poco riuscii a decifrare la narrazione e quando vidi questi dati così singolari e la tua civiltà, così meravigliosa, così spendente, rischiai tutto per cercare di infonderti un alito di vita e riuscire, in qualche modo, a farti respirare. però non è ciò che pensi, non ti sto ricostruendo. io non appartengo al tuo tempo. ascoltami>

ho capito che non c'è nessun corpo che attende di essere riempito con la mia coscienza. se non mi stanno ricostruendo, che sta succedendo? ti giri e ti scappa un'esclamazione, guardandomi con sorpresa. retrocedo di qualche passo e mi chiedi, con un gesto, di non andarmene e ti giri di nuovo a scrivere.

<non stavate solo condividendo informazioni, o conservandole per le ricostruzioni. qualcuno ha realizzato una trasmissione dell'informazione che ha navigato lungo una data temporale invertita. secondo i dati che ho riunito, un potente campo magnetico è riuscito a impulsare le vostre parole, emozioni e ricordi in direzione opposta. fino a questo tempo, il mio tempo. ora devi darmi un momento preciso, solo tu puoi ascoltarmi. dobbiamo agire chirurgicamente. ascoltami. devi ascoltarmi>

∞∞∞∞∞∞∞∞∞∞∞∞∞∞∞∞∞∞∞∞∞∞∞∞

<3 sono già salita sull'aerobus. che ve ne pare? hanno i capelli così brillanti e scuri. magari sì unissero alla nostra linea genealogica! ;)

detto il messaggio all'aria e invio un'immagine. la luce si allontana a tutta velocità, rilanciando stelline splendenti. ci trasferiamo con urgenza alle frontiere, dobbiamo proteggere il perimetro e rafforzare il cordone di sicurezza. hanno iniziato ad assediarci e si vocifera che vogliano alzare muri di contenimento per non farci fuggire, dicono anche che vogliano spargere un virus per sterminarci. un traversia lyalli paffutello dell'isola di takapourewa canta con insistenza, lo ignoro, schivando i viaggiatori e il brulichio delle loro chiacchiere, mi avvicino a te e mi presento. e, con il cappello in mano, cominci a parlarmi timidamente. anche se il trambusto mi impedisce di sentire chiaramente quello dici, mi concentro e ascolto. mi dici che lavori nel dipartimento di storia della computazione pre-quantica, mi parli con entusiasmo dei satelliti dell'epoca della grande negazione, di un progetto a cui hai partecipato sui campi magnetici e degli articoli che hai letto sugli antichi nowtopisti. mentre parliamo, il gatto si srotola e si avvicina al traversia lyalli.

quando li vedo insieme, sorrido.

è davvero molto curioso vederli insieme.

gli dico, e mi risponde che ha visto quell'uccello disegnato da qualche parte. e con energia improvvisa inizia a cercare tra i fumetti solarpunk che tiene archiviati in rete, fino a che, con entusiasmo, mi indica il disegno.

sì, è un po' più giallognolo che il nostro compagno di viaggio. però è uno di loro. si estinsero alla fine del XIX secolo e sicuramente l'hanno recuperato con geni dei fratelli conservati nel museo del club di ornitologi inglesi. il governo neozelandese strappò l'isola ai maori ngati koata per installarci un faro. per mantenerlo, arrivarono tre famiglie e una gatta incinta. la gatta iniziò a "regalare" gli uccelli morti a uno dei guardiani, che ne mandò qualcuno a londra. e, proprio nel momento in cui si realizzò la loro descrizione scientifica, i gatti sterminarono tutta la specie. era il 1895. trent'anni dopo i gatti...

mentre parlo mi accorgo che quello che mancava si sta avvicinando e penso che sia giunta l'ora di essere e il secondo di stare. e sento che a ogni parola il momento presente si fa più presente, che io divento sempre più io e che le mie parole sono sempre più mie. il mio cervello e il mio stomaco sembrano situarsi al loro posto. e sento che tutti i ricordi si riuniscono, anche quelli di ciò che non ho vissuto. è meraviglioso. non vi sono delusioni né inezie in quello che avrei potuto fare. sento il gatto navigare sulle mie gambe, la sabbia sotto i piedi, il tatto della tua mano, salgo la scala di dinosauro, noto il freddo, l'umidità, l'aroma di caffè e i nodi che annodano nodi. e ora so che l'uccello non dovrebbe stare qui. di fatto, non dovrebbe nemmeno poter volare. per questa ragione sono stati sterminati dai gatti. non è una delle specie che è stato possibile recuperare, non appartiene alla nostra civiltà, come non lo sono il pyrocephalus dubius dell'isola di san cristoforo, o le colombe blu, o i bulweria bifax dall'isola di sant'elena. tutti cercano di parlarmi. mi avvicino al traversia lyalli di takapourewa. chiudo gli occhi e ascolto.

Omnia Sol Temperat

di Teresa P. Mira de Echeverría e Guillermo Echeverría

traduzione di Raul Ciannella

Teresa P. Mira de Echeverría (Argentina, 1971) è una scrittrice di fantascienza. Ha un dottorato in filosofia ed è ricercatrice sul rapporto tra fantascienza, filosofia e mitologia. Sue opere sono apparse in varie pubblicazioni negli Stati Uniti, in Spagna, Francia, Bulgaria, Gran Bretagna, Argentina e Cuba. Tra le sue pubblicazioni Madrugada *(Cerbero, Spagna, 2019),* Antumbra, Umbra e Penumbra *(Cerbero, Spagna, 2018),* Diez variaciones sobre el amor *con una storia scritta in collaborazione con Guillermo Echeverría (Cerbero, Spagna, 2017),* El Señor de la lluvia, *scritto con Facundo Córdoba (Caffè con latte, Spagna, 2017),* El Tren *(Caffè con latte, Spagna, 2016),* Lusus Naturae *(Fiction scientifica, Spagna, 2016) e* Memory *(trad. L. Schimel, Upper Rubber Boot Books, USA, 2015). Le sue storie, articoli e saggi sono usciti su riviste come* Strange Horizons, Super Sonic, Axxón, The Dark Magazine, Quasar, University Signs *e più di 20 antologie internazionali. Si è aggiudicata il premio Ignotus 2019 per il miglior articolo, ha vinto la selezione* Alucinadas *2014 ed è stata finalista al premio Ignotus 2013 e Domingo Santos 2019 per il miglior racconto.*

Guillermo Echeverría è nato nella città autonoma di Buenos Aires nel 1967 da una famiglia di origini basche. Lavora all'emeroteca della facoltà di Scienze applicate e naturali dell'Univesità di Buenos Aires. Tra le sue pubblicazioni El árbol de nuestra sangre, El círculo, Extremo cuidado, Cortina de humo e Rectificando imágenes de aparentes tortugas *(NM), la novelette* Ataun *(AXXON e NEXT),* Spider *scritto insieme a Teresa P. Mira de Echeverría e Nieve. El círculo è stato tradotto in francese (Università di Poitiers, Francia). Anche N. Bs. As. è stato scritto con Teresa P. Mira de Echeverría (Antologia BUENOS AIRES NEXT). Altri racconti includono:* El Final, El Subsuelo, Comida, Una sobrepoblación por otra, Camarotes, Lo que rezuma, Putting Out Fire ed El tren de los olvidados.

1. *status quo*

> *"As the morning rises out of the city's*
> *Trailing archipelago and over the first trains*
> *Breaking ice on their cold steel tracks,*
> *We shall walk down past the blackbird trees,*
> *The shadows of buildings close pressed,*
> *The dull eyes of the Unknowing. /.../*
> *And like*
> *An ambassador called home at time of war,*
> *Step onto an Eastern ferry, always knowing*
> *That a black sun hung over our parting."*
> (John Kinsella, *The Black Sun*)

Cintia uscì dalla cupola verde ossido del Palazzo del Congresso, seccata. Camminò risoluta fino a quando l'eco dei suoi passi si disfece di colpo contro le enormi crepe che ferivano il pavimento di marmo eroso.

Dietro di lei, le grida che aumentavano d'intensità e violenza, diminuivano contemporaneamente in volume. Cinzia negava con la testa i pensieri che non osava esprimere a parole: che le "Riunioni del Popolo" erano sempre più inutili, che lo *statu quo* si era posato sulla città come un sudario, che non cambiava nulla e che tutto continuava a sgretolarsi attorno a lei e a suo figlio.

Era facile uscire da quelle immense brecce sotto l'arcata, dove ogni settimana si ritrovavano gli abitanti della città. Con il passare degli anni, sotto quel tetto si era continuato a cucinare un minestrone di fallacie logiche, retorica della paura e stupidità.

Accelerò il passo, spinta dall'inerzia del piano inclinato. Il resto dell'antico palazzo era un accumulo di macerie più che un edificio vero e proprio. L'unica cosa che sopravviveva su quella piramide di marmo e ferro disfatti era la malconcia cupola di rame, con le sue chimere e le sue donzelle dal volto irriconoscibile, sfigurate dall'inquinamento, montate su una quadriga di cavalli distrutti e con la palma della vittoria sostituita da arco e frecce.

Cintia aveva ricevuto il suo nome da quella reinterpretazione scultorea che aveva riconvertito l'effigie della Vittoria in Artemide. In una città dove il Sole era praticamente invisibile a causa delle nuvole contaminanti, solo l'effige della sorella dell'astro re, la cacciatrice delle foreste oscure, poteva rappresentare la lotta del popolo contro l'inquinamento che aveva convertito Buenos Aires in una Malos Aires tanto mortale quanto sinistramente bella.

Tutto questo però non aveva più importanza. Cintia poteva riprodurre nella sua testa ingrigita un'infinità di discorsi che l'avevano affascinata da bambina, ma che ora l'affogavano in una collera repressa.

"Dobbiamo bonificare."

"Però la stessa bonifica produrrà ancora più inquinamento!"

"Ricostruiamo tutto da una base pulita, con elementi puliti ed energia rinnovabile."

"Va bene, facciamolo, però come estrarremo le risorse? A mano? O con un cucchiaio per non usare macchine diesel o motori a carbone? Chi costruirà gli edifici incontaminati? E a che costo? Solo i ricchi avranno accesso all'aria pulita mentre i lavoratori lasceranno la propria salute nelle miniere e nei siti di costruzione inquinati?"

"Però dicono che esistono città ecologiche al di là dei vortici, proprio dall'altra parte dell'uragano eterno."

"Quello è un mito, un ideale! Forse qualcuno è arrivato fin lì ed è riuscito a tornare? I vortici non si possono attraversare! La città del Sole non esiste!"

"Solo perché non abbiamo ancora delle prove non significa che non esista!"

"Le utopie servono a guidarci, non a essere realizzate. Un luogo totalmente incontaminato è impensabile. E poi, il paradiso di uno è l'inferno di un altro, nessuno sarà mai soddisfatto del risultato."

Cintia correva per le strade il cui asfalto possedeva una struttura semiliquida, quasi plastica. Fuggiva dalla grande cupola verde per sottrarsi a quei discorsi sterili di marce e contromarce, di avanzate e ritirate che non avevano fatto altro che produrre una città senza Sole, con piante e animali malati o velenosi e ricoperta da un'aria che lentamente distruggeva tutto, compresi i suoi abitanti.

Però voleva anche raggiungere suo figlio. Dane viveva in una di quelle tribù urbane che lei aveva sempre considerato come un gruppo di inutili sognatori.

Le lacrime cominciarono a scenderle lungo le guance, tracciando solchi nella sporcizia del volto. Cercò di affrettarsi, ma l'asfalto viscoso aderiva ai suoi piedi come a trattenerla. Le dolevano i polpacci e questo non fece altro che spingerla a sforzarsi di più.

Cintia Morris singhiozzava, come quando era bambina. Ripensava a tutte le volte che aveva sgridato suo figlio, il suo "danese" dai capelli biondi che ai suoi occhi era cresciuto troppo presto. Lei si era aggrappata all'illusione che potesse e dovesse salvarlo dal mondo e da Malos Aires. Ora era certa che Dane aveva avuto sempre ragione.

Corse come non aveva fatto mai. Doveva arrivare al confine del vecchio fiume trasformato in una discarica e dire a suo figlio che i suoi sogni non erano sbagliati. Che era sempre stato lui quello con la capacità di salvarsi e, se poteva perdonarla, di salvare anche lei.

2. *ad portas*

"O sun of real peace! O hastening light!
O free and extatic! O what I here, preparing, warble for!
O the sun of the world will ascend, dazzling, and take his
height—and you too, O my Ideal, will surely ascend!"
(Walt Whitman, *O Sun of Real Peace*)

Decine di vortici di polvere e oscurità roteavano come dervisci attorno alla città. Questo semplice evento manteneva il malconcio paesaggio del deserto nero inaccessibile alla città distrutta.

Da questo lato dell'uragano immobile che flagellava l'oscuro Rio de la Plata, in prossimità dei tornado che s'intrecciavano gli uni con gli altri senza poter superare la montagna di spazzatura che giaceva sul Riachuelo prosciugato, la città di Buenos Aires era un luogo estraneo a sé stesso. Gli esseri viventi che erano riusciti ad adattarsi all'inquinamento erano poco più che ombre effimere e Dane socchiudeva gli occhi cercando di captare la breve impressione di alcuni di loro dall'altra parte dei vortici.

Forse poteva scorgere la figura albina di qualche albero ancora in piedi. Forse un uccello dotato di forza sufficiente nelle ali per volare tra quelle nuvole brune. O forse poteva intravedere un *Ingegnere*: una delle persone che, in base alle leggende metropolitane, un giorno di questi sarebbe arrivato dalla città del Sole per ripulire l'aria.

Dane era solito sognare a occhi aperti, cercando di immaginare le grandi comunità solari con i loro grattacieli bianchi ricoperti da finestre e i piani disseminati di alberi come un bosco verticale. Edifici organici come fiori o semi che estendevano la loro struttura come la coda di un pavone: magnifici, puliti, sani, portando di nuovo bellezza, verde e vita dove prima esisteva solo sporcizia e fetore.

Nei suoi venti anni di vita non aveva mai visto il Sole se non come un bagliore sbiadito tra le nuvole brune, però nei suoi sogni brillava sempre dappertutto: nelle sorgenti d'acqua, sui pannelli solari, nei colori dei fiori, sui cristalli intelligenti e sui volti delle migliaia di persone che vivevano il miracolo della decontaminazione di una terra recuperata.

Era una pena che fossero solo sogni basati su antiche illustrazioni del XXI secolo, un'epoca in cui c'erano ancora speranze a cui appigliarsi.

Ciononostante, Dane considerava con un certo affetto anche questi minuscoli pezzetti di bellezza che scopriva qua e là. Come quando scavava, con cautela, sotto la fuliggine e dentro la ruggine fino a che non emergeva una porta antica, la cui superficie mostrava intagli di frutta e foglie di piante esotiche che non esistevano più da secoli. O come quando ignorava il tanfo da putrefazione e immergeva le mani nel fango gelido del fiume fino a scoprire qualche oggetto prezioso: tazzine di porcellana dai colori squisiti, robot giocattolo, memorie di dispositivi di lettura caricati con intere biblioteche o semplicemente ossa umane che meritavano di essere tolte di lì.

Dane era un artigiano molto speciale nella tribù dei *Neo Arts & Crafts* a cui si era unito. Era solito scegliere un edificio d'istinto... o forse perché qualcosa in quella vecchia pila di macerie lo attraeva in modo particolare... allora selezionava una stanza e, all'interno, una parete. Indossava la sua tuta per le pulizie e cominciava a togliere i toni malati con cui le sostanze tossiche l'avevano tinta. A volte ci volevano ore prima di vedere qualche risultato, a volte mesi e altre volte ancora non scopriva proprio niente. Però quando succedeva, il velo della trascuratezza di anni cadeva all'improvviso, come per magia, ed emergeva qualche vecchia e meravigliosa tappezzeria, o un murales variopinto, con colori sgargianti e frasi ingegnose, oppure il bassorilievo di una battaglia mitologica lavorata in marmo.

Proprio ora stava vivendo in uno di quei luoghi miracolosi. Una piccola stanza *Art Nouveau* che aveva recuperato con le sue mani, parete per parete, vetro per vetro e legno per legno.

Sospirò all'idea di doverlo lasciare però, quanto tempo ancora avrebbe dovuto aspettare? Davvero si sarebbe dedicato per sempre a restaurare vecchie opere d'arte fino a quando i suoi polmoni si sarebbero consumati per il veleno di Malos Aires? Oppure avrebbe provato a fare qualcosa della sua vita?

Se lì non si poteva cambiare nulla, se nemmeno sua madre, con tutta l'influenza politica che aveva, era disposta ad ascoltare le proposte della tribù e si aggrappa al vecchio sistema con cui tirava avanti la città, e se in realtà tutti gli abitanti sembravano conformarsi all'idea di morire lentamente senza lottare, che cosa gli restava da fare? Fuggire? Ma come avrebbe attraversato i vortici? Come sarebbe sopravvissuto se non sapeva nemmeno cosa l'avrebbe aspettato dall'altra parte?

Sì, a Dane sarebbero mancati la tappezzeria di frutta e uccelli, e le vetrate colorate e incorniciate da volute di legno intagliato. Però, gli restava forse qualche altra possibilità?

Il suo stesso sospiro lo distolse dai quei pensieri.

Si era sentito così molte volte, stretto tra una vita che non desiderava e un'altra che sembrava non aver nessuna possibilità di riuscita; però aveva imparato a reprimere quel sentimento. Doveva farlo se voleva continuare con quel lavoro effimero, con quella fatica degna di Sisifo nella quale cercava di mantenere pulito il più a lungo possibile ciò che l'inquinamento divorava. Adesso però quella condanna era giunta al termine.

Nonostante fossero seppelliti in profondità, quei sentimenti d'impotenza spingevano per emergere e le lacrime gli stavano facendo vedere miraggi tra i vortici. Era così abituato alle proiezioni irreali di quei turbini che Dane si abbandonò alla visione di una figura che sembrava ballare all'interno di un mulinello di polvere grigia.

Si asciugò gli occhi col dorso della mano, cercò di calmare il bruciore battendo le palpebre, e guardò di nuovo verso lo sciame di vortici. La figura umana era sempre lì, trascinata da una parte all'altra dentro le correnti mutanti del vento.

Sembrava impossibile, eppure c'era qualcuno imprigionato nel cono di una tromba d'aria e rifiuti. Doveva essere morto, non c'era possibilità alcuna che potesse sopravvivere. Eppure, Dane prese a camminare verso il piccolo tornado.

Tossiva e tremava nel freddo di quella città senza Sole, ma non smetteva di avanzare. La figura si faceva sempre più nitida dentro il turbine e Dane si stava chiedendo che potesse fare. Si trovò allora faccia a faccia con quel cono di vento statico che ruggiva e minacciava come un animale braccato.

Con un tremore frenetico che gli impediva di coordinare i movimenti e le grinfie di Malos Aires che gli afferravano la gola, Dane raccolse da terra un lungo tubo di plastica e lo introdusse nel vortice d'aria inquinata. Puntava dritto verso l'ombra che agitava le braccia. Subito, la forza del vento lo scosse come un burattino, lo sollevò di diversi metri e poi lo scaraventò lontano.

La testa gli faceva troppo male e tutto, dentro e fuori di lui, continuò a vorticare. Quando finalmente riuscì a recuperare l'equilibrio e cercò di rimettersi in piedi, notò che era affondato fino alle ginocchia nel fango liquido che circondava la montagna di rifiuti del Riachuelo. Non poteva puzzare peggio di così. L'unica nota positiva era che quel fetore gli aveva impedito di svenire. Barcollando, cercò di uscire da quella trappola fangosa. Fu allora che scoprì che il suo tentativo di salvataggio non era stato vano: a pochi metri da lui, giaceva una persona coperta da una strana uniforme.

Dane si mosse nel fango il più rapidamente possibile e raggiunse la figura. Era un giovane, poco più grande di lui. Indossava una maschera d'ossigeno ora mal collocata da cui si notava l'umidità di una respirazione debole.

Mentre lo trascinava nel fango, si rese conto che era più alto e corpulento della maggior parte della gente che conosceva; doveva trattarsi di qualcuno che aveva accesso a una buona alimentazione e acqua pulita.

La splendida pelle di fili di zafferano che circondava il cappuccio era adesso un pellame appiccicoso e maleodorante. Il giaccone azzurro cielo in fibre vegetali autentiche era tutto ricoperto di ossido. Poteva appena distinguere il volto con barba e baffi di un giorno, coperto da una polvere biancastra, la stessa polvere fine che lasciava intravedere il nome e il rango dell'"Ingegnere, Classe 2 - Diego Callebaut".

Giunti alla prima strada sicura, Dane si fermò. Un paio di suoi compagni avevano visto tutto e corsero ad aiutarlo. Uno, era un giovane restauratore di dipinti che nessuno andava più a vedere. L'altra era Corina, un'amica a cui piaceva scattare vecchie foto digitali dei posti che restauravano prima che tornassero a insudiciarsi. Poté distinguere anche una terza figura che correva verso di lui, una signora dai capelli grigi che, per un momento, confuse con sua madre.

Poco prima di cadere svenuto insieme all'ingegnere inconscio, Dane guardò l'uomo il cui petto saliva e scendeva aggrappandosi al poco ossigeno che restava. Cucita sul giaccone, sul lato opposto a quella del nome, c'era una seconda mostrina. Dane sentì il cuore accelerare i battiti non appena capì ciò che implicava quel cerchio dorato circondato da raggi. Sentì subito una gratitudine cieca verso quell'uomo. E anche se in parte non accettava del tutto quell'improbabilità, fu pervaso da un'estasi quasi religiosa, come se si ritrovasse sulla soglia di una rivelazione esistenziale o come se un profeta fosse stato inviato alla sua presenza.

"Benvenuto a quel che resta di Buenos Aires, Diego Callebaut," gli sussurrò. "Mi chiamo Dane Morris ed è tutta la vita che ti aspetto."

3. *exodus*

"This is the solstice, the still point
of the sun, its cusp and midnight,
the year's threshold
and unlocking, where the past
lets go of and becomes the future;

> *the place of caught breath, the door*
> *of a vanished house left ajar.*
> *Taking hands like children*
> *lost in a six-dimensional*
> *forest, we step across."*
> (Margaret Atwood, *Shapechangers In Winter*)

Avevano riunito un piccolo gruppo.

Dane era deluso, però sua madre insistette sul fatto che non si poteva chiedere una partecipazione maggiore. Diego, da parte sua, rifiutava di affrontare da solo il ritorno. Non senza il maestro. O almeno, non senza il suo bastone.

Dopo mesi di ricerca infruttuosa non erano riusciti a trovare il maestro. Neppure i suoi resti. Era possibile che fosse stato seppellito sotto la montagna di rifiuti che copriva il Riachuelo o che il suo corpo fosse ancora intrappolato nello sciame di vortici che circondava la città. Poteva addirittura trovarsi ancora dall'altra parte, perfettamente in salvo, ma senza possibilità di attraversare la barriera.

L'ostacolo maggiore da rimuovere per far sì che gli abitanti di Malos Aires si decidessero a intraprendere il lungo pellegrinaggio fino alla città del Sole, non era che Diego si rifiutasse di guidarli, ma che si rifiutasse di voler tornare.

Dane lo aveva ospitato a casa sua e aveva curato le sue ferite. Poi si era sforzato per consentire all'organismo dello straniero, abituato all'aria pura e al Sole, di sopravvivere al veleno dell'inquinamento di Malos Aires.

Di giorno lo aiutava a cercare il maestro, determinando i possibili punti deboli nella barriera di vortici, o i vecchi quartieri dove poteva trovarsi ferito o perduto.

Di sera gli mostrava la sua opera, i ritagli di tappezzeria antica che aveva portato a casa, e gli domandava degli esseri che vi erano rappresentati. Diego rispondeva insegnandogli i nomi degli animali, dei fiori e della frutta che Dane ignorava ma ammirava: fragole, primule, lepri... nomi che suonavano arcani e misteriosi ed evocavano in lui un'epoca di Sole e luce. A volte sua madre portava l'ingegnere alla cupola del Congresso affinché spiegasse la situazione davanti alla "Riunione del popolo". Altre volte era lui stesso che lo presentava alla casa comune di qualche tribù urbana, affinché Diego raccontasse dei suoi peregrinaggi dalla città del Sole.

E quando calava la notte, gelata e fetida, i due si stringevano insieme vicino al fuoco e Diego raccontava la sua storia. Ogni notte un po' di più. Le fattezze cesellate del solarista proiettavano ombre angolari sul suo volto, e il color terra della sua pelle sembrava convertirsi in rame ardente alla luce rosso-verdastra di quelle fiamme che non consumavano solo ossigeno.

"Avevo quindici anni quando lasciai Solana... quella che voi chiamate 'Città del Sole'. Noi ingegneri siamo costruttori ma anche messaggeri; portiamo nei luoghi inquinati le prove che le città solari sono possibili, aiutiamo a convertirle in luoghi verdi, e continuiamo ad apprendere durante il cammino. Quando il viaggio è lungo, partono di solito quattro o cinque maestri con i loro discepoli. Quando il viaggio è corto, come sembrava che fosse il mio, basta un solo maestro con il suo discepolo. Dionisio mi ha insegnato tutto ciò che so. È il mio mentore e padre, in un certo senso. Non avremmo mai creduto di doverci spingere così a sud per trovare una città abitata. Partimmo dalla grande baia e continuammo lungo la terra calante fino a raggiungere il Grande Sud. Qui avremmo dovuto incontrare ciò che rimaneva della selva senza fine, però non trovammo nulla, solo chilometri e chilometri di paludi. I mezzi di trasporto si facevano sempre più inutili man mano che ci allontanavamo dal Sole. Usavamo altri combustibili, però le macchine stesse si rompevano a causa dell'aria tossica. Il mio viaggio da apprendista di tre anni si trasformò in un'impresa esplorativa cinque volte più lunga; molto di quel tempo lo impiegammo a fare giri estenuanti, a percorrere strade senza uscita o soste per curarci da tutte le malattie che ci colpirono in queste terre. Dionisio sapeva che non sarebbe più tornato; né la sua età, né quest'aria, né la mancanza di mezzi adeguati glielo avrebbero permesso. Avevamo previsto che lui si sarebbe fermato qui e che vi avrebbe aiutato a sanarla; e quando lui avesse ritenuto che io fossi pronto, avrei intrapreso il viaggio di ritorno a Solana con un gruppo di voi. Però il maestro non c'è. Il bastone era riuscito ad aprire un varco tra i turbini, ma non disponeva di energia sufficiente e si chiuse già mentre stavamo attraversando. Ora, senza il bastone non saprei come fare per uscire da questa città, e senza la guida del mio Ingegnere Maggiore non credo di essere pronto ad assumermi la responsabilità di condurvi per un cammino che percorsi quando ero appena un adolescente. Tutto ciò che mi rimane da fare è cercare di aiutarvi a bonificare la città per quanto…"

Quest'ultima frase restava sempre sospesa. Dane credava fosse perché sua madre lo aveva convinto che nessuno a Malos Aires avrebbe provato a decontaminare la città, perduti com'erano nelle loro zuffe e discussioni inutili… nemmeno con l'aiuto miracoloso di un Ingegnere venuto dalla città solare. Però poi comprese la vera ragione dietro la tristezza che bloccava il suo discorso: se l'Ingegnere non riusciva ad uscire da lì, se non poteva tornare a Solana o, almeno, a recuperare l'attrezzatura rimasta al di là dei vortici, non sarebbe sopravvissuto a lungo. Senza filtri d'aria e d'acqua adeguati, Diego Callebaut stava morendo d'intossicazione.

Quella mattina cambiò tutto.

Diego gli aveva parlato di qualcosa chiamato *solstizio d'estate*. Era un giorno a partire del quale la luce iniziava a scemare. Dane sapeva che quel tipo di giornate davano inizio alla stagione della neve di piombo, i cui fiocchi sporchi e velenosi segnavano l'epoca in cui molti morivano di freddo.

Erano saliti sul tetto del vecchio edificio chiamato Palacio Barolo, dove l'Inferno, il Purgatorio e il Paradiso si spartivano i piani. Erano vicini al faro dell'Empireo, la cui luce risultava futile di fronte a quelle nuvole oleose. L'Ingegnere indicava il Sole invisibile e proiettava la posizione in cui avrebbe dovuto essere attraverso calcoli matematici. Dane era molto più intento a guardare l'uomo dai tratti atzechi accanto a lui che non il punto immaginario di un Sole che non poteva vedere. Diego se ne accorse e sorrise.

"Non hai mai visto il sole?"

Dane negò con la testa.

"È strano," disse l'Ingegnere "perché ti è così vicino. Osserva..." e facendolo girare su se stesso, lo mise davanti allo specchio concavo ubicato dietro la lanterna del faro. "Vedi? Lì in quel pezzo di specchio sano!"

Dane contemplò la sua immagine e quella di Diego: erano sottosopra per via della curva dello specchio, ma il riflesso era perfetto. Era da tempo che Dane non si guardava allo specchio, non ne rimanevano molti.

"Il Sole è così," disse Diego appoggiando una mano sulla chioma del ragazzo "così brillante e allegro. Dorato, vivo, caldo."

L'uomo tossì e Dane sentì il rantolo di quel corpo malato rimbombargli in testa. E sentì anche la febbre, la febbre maligna nella mano dell'Ingegnere. Dai capelli scuri di Diego colarono gocce di sudore che non concordavano con quel clima gelido e i suoi occhi neri erano circondati da un bordo rossastro. Quando l'Ingegnere si rese conto che il giovane l'osservava, sorrise e disse: "Non è nulla amico mio, non è nulla," si pulì la bocca con la manica della giubba, fece qualche passo e si chinò di fronte allo specchio. Quindi pose la mano sullo specchio, proprio all'altezza del riflesso degli occhi di Dane, e aggiunse: "E questo è il colore più strano: quello di un cielo limpido di un giorno d'estate," faticava a respirare. Prese una boccata d'aria e aggiunse: "Erano anni che non lo vedevo!"

Nel silenzio che seguì potevano udire il vento e la solitudine di una città i cui abitanti non arrivavano nemmeno alla centesima parte della sua epoca migliore.

Dane desiderava fare uscire quell'uomo da lì e andarsene con lui in un luogo sano, un luogo dove era possibile respirare senza paura.

Le grida di Cintia fecero voltare i due, mentre lei appariva dalla tromba della scala con un bastone in mano e un sorriso che Dane non aveva mai visto sul viso di sua madre.

"Le gente è pronta. Ho già riunito tutti e ci aspettano all'entrata del treno sotterraneo. Ho portato anche le vostre cose," lo zaino di suo figlio e un paio di arnesi dell'Ingegnere si agitavano su una delle sue spalle.

La donna ansimava per lo sforzo della corsa, però la felicità orlava ognuna delle sue parole. Agitò il bastone e spiegò.

"Era vicino ai vecchi binari del treno nel nord, dove i vortici sono più deboli. Sembrava un faro che ci guidasse."

La pietra rossa nella parte superiore del lungo tubo metallico brillava come una brace.

"Dionisio!" gridò Diego. "È vivo! Deve trovarsi dall'altra parte della barriera altrimenti il bastone non brillerebbe. L'energia può solo provenire da uno dei mezzi di trasporto."

Da quel momento in poi tutto si ridusse a viaggiare sottoterra in uno degli oscuri treni sotterranei che funzionavano come all'inizio della tecnologia: bruciando carbone e immagazzinando i gas in un grande vagone-cisterna. I volti delle quasi trenta persone che li accompagnavano brillavano di gesti anelanti, insicuri o inespressivi, sotto quella luce ambrata delle lampade a gas.

Quando riemersero, tutti iniziarono a camminare in silenzio. Camminavano lungo i binari arrugginiti della ferrovia in direzione dei vortici. Le trombe grigiastre sembravano bestie fameliche intrappolate e desiderose di inghiottirli, ma loro proseguivano imperterriti verso quella tormenta eterna. Dane non avrebbe mai creduto che i suoi concittadini fossero capaci di tale determinazione, e ben presto si rese conto del motivo: sua madre e Diego.

Cintia Morris, che aveva sempre lottato contro l'inizio di una diaspora, ora camminava di fronte, guidando quel piccolo gregge all'esodo. E l'Ingegnere della città del Sole stava al suo fianco, tenendo un bastone alto di metallo luccicante con una luce rossa come il sangue sulla punta. Non si trattava semplicemente di disperazione o convinzione, bensì di fede. Fede in qualcuno o in qualcosa o in nulla di particolare, forse solo una fiducia cieca nella possibilità di un domani.

All'improvviso, qualcosa si mosse tra i vortici, come se una forza occulta si stesse facendo largo tra loro obbligando i vortici a retrocedere controvoglia. I venti si intensificarono, le piccole trombe si unificarono formando due immensi tornado, però la distanza tra loro era così grande e la forza che li separava così poderosa che nel mezzo c'era solo calma e silenzio.

Il gruppetto di cittadini attraversava i binari, osservando i venti impetuosi acquisire forza e furore ad ogni lato ma senza poterli mai toccare. Le grida dei due colossi erano un fragore lontano smorzato dalla brezza soave e tiepida che li accompagnava.

Tutti provavano timore e fascino. Solo Diego rimaneva inamovibile, con lo sguardo fisso davanti a sé.

Alcuni mormorii di ammirazione obbligarono tutti a guardare in alto e, per alcuni istanti, videro un cielo celeste come gli occhi di Dane e parte di una luce accecante e calda.

Allora Diego gridò e tutti si fermarono al suo ordine mentre un anziano in uniforme si avvicinava a loro dall'altra parte.

La barba e i capelli più bianchi che avessero mai visto ornavano il volto del Maestro Ingegnere. Raggiunto il suo discepolo l'anziano lo abbracciò e Diego pianse sulle sue spalle.

Però, subito il vecchio riprese a camminare in direzione opposta al gruppo.

"Maestro, dove va?"

Il vecchio si girò per rispondere: "Io non posso tornare, lo sai," aveva in mano una piccola borsa con strane luci e appesa al petto una maschera di purificazione. "Ora tocca a me fare qualcosa per questa città. C'è speranza. C'è sempre speranza!"

Diego si voltò del tutto e corse verso il maestro.

"E allora dobbiamo tornare! Mi aspetti e porterò il resto dell'attrezzatura. Lo faremo insieme, risaneremo tutti questa città. E io tornerò a Solana quando sarò pronto a guidare il prossino gruppo di apprendisti."

Il vecchio gli mise una mano sulla spalla e negò con la testa. Poi iniziò a camminare e gridò dietro di sé: "Questo è il tuo gruppo! Questi sono i tuoi apprendisti! Questo è il tuo cammino! Sei già pronto a guidarli!"

Un denso silenzio afferrò la gola di Diego, le gambe cedettero e si appoggiò al bastone per non cadere. A poco a poco la luce del bastone iniziò a scurirsi e i vortici iniziarono a dividersi e ad avvicinarsi.

Il gruppetto si strinse attorno a Cintia e Dane. Erano terrorizzati.

"Sai quanto sono orgogliosa di te?" disse a suo figlio.

La donna lo abbracciò, gli baciò la guancia, e si chinò vicino a Diego.

"Mio figlio avrà un futuro in cui potrà realizzare i suoi desideri solo se andrà a Solana e soltanto tu puoi portarlo lì. Il mio sogno è qui, che questa città torni ad essere Buenos Aires, capisci?" Prese il volto dell'Ingegnere tra le sue mani e disse con fierezza: "Prenditi cura di mio figlio perché io lo farò con tuo padre!" E si allontanò verso l'anziano.

Le mani del piccolo gregge si aggrapparono a Dane, come loro unica speranza e non gli permisero di raggiungere Cintia.

Diego osservò la gente e i vortici che si avvicinavano. Poi fissò le figure del suo maestro e della donna, che già stavano uscendo dalla zona della barriera. E alla fine guardò Dane, il dolore riflesso sul suo volto, e si mise in piedi. Camminò deciso e arrivò fino all'altro estremo di quel corridoio, in mezzo ai tornado. Una volta lì, aspettò che tutti lo attraversassero. Alla fine, prese la mano di Dane e insieme si allontanarono in fretta dalla barriera dei vortici che già si stava chiudendo dietro di loro. Di fronte li aspettava l'accampamento già montato e un enorme deserto nero.

4. *omnia vincit amor*

> *"L'amor che move il sole e l'altre stelle."*
> (Dante Alighieri, *Divina Commedia*)

Quando, anni dopo, il viaggio si concluse, molte cose erano successe.

Trentadue persone avevano lasciato Malos Aires ma solo dodici erano giunte a Solana.

Un gruppo era morto lungo il cammino. Un altro, più numeroso, aveva deciso di tornare e affrontare di nuovo il muro di vortici: dopo alcuni chilometri nel deserto avevano preferito i malos aires conosciuti ai cieli limpidi sconosciuti. Però, erano nate anche due bambine e un bambino lungo la strada, Ezequiel.

Con appena un anno di vita, Ezequiel aveva perso i genitori nella grande valanga di fango che seppellì sette pellegrini mentre uscivano da una terra desolata seminata da milioni di ceppaie. Da quel momento si era convertito nel figlio di Diego e Dane.

Quando arrivarono alla città del Sole, con la sua enorme piramide a gradoni, bianca come il latte e i giardini a terrazze ricolmi di alberi da frutta, "il figlio", come tutti nel gruppo lo chiamavano, aveva già l'età per iniziarsi come Apprendista Ingegnere.

Dane cadde in ginocchio quando il manto di luce solare, densa come il miele, toccò il suo viso per la prima volta. Diego potè solo piangere vedendo nuovamente la sua vecchia casa. Il resto dei dodici pellegrini rimasero sconvolti, come se avessero visto il Paradiso. Solo Ezequiel, Magdalena e Veronica, i tre adolescenti nati durante il viaggio, corsero per l'immenso terreno seminato, sotto gli arcobaleni formati dagli irrigatori a pioggia e si immersero nella moltitudine di gente che camminava per la città.

C'erano così tante cose sorprendenti, che sembrava essere arrivati in un altro mondo... Le vele argentee delle navi nella baia che brillavano come stelle diurne sopra un'acqua limpida. I vestiti dei passanti che sussurravano al vento e si schiudevano in mille fiori minuscoli di colori cangianti o estendevano ciglia verdi che bevevano la luce solare. Miriadi di gemme che fluttuavano proprio sopra la città, alcune di loro rosse come il bastone di Diego, ma anche verdi e violette e trasparenti, che si univano e separavano, formando strutture bizzarre come se fossero un insieme intelligente. Tante di quelle cose...

Appena si accorsero della loro presenza nelle vicinanze, un gruppo di Ingegneri gli andarono subito incontro e li condussero sani e salvi lungo l'ultimo tratto di strada che attraversava un ampio fiume popolato da pesci e animali acquatici di tutti i tipi.

Una volta accolti a Solana, dovettero passare varie settimane prima di potersi adattare alla nuova casa. Mesi, per fare in modo che le loro menti accettassero che non era tutto un sogno. E anni, prima che il gruppo potè finalmente immergersi nella corrente umana della città come semi in un terreno fertile.

Anni durante i quali Diego tornò a essere un Ingegnere nella sua terra e Dane un artigiano in terra straniera.

Eppure un pomeriggio tutto si mise in moto di nuovo per entrambi, un tipo di moto che sospinge gli esseri umani così come fa col sole.

Quel pomeriggio era stato parte di una giornata felice. A diciott'anni, Ezechiele era riuscito a entrare all'Accademia degli Ingegneri e dopo aver festeggiato in famiglia, i suoi genitori lo avevano aiutato a trasferirsi nella residenza dei Discepoli, in attesa di un maestro e di una missione. Diego gli aveva regalato il suo vecchio libro e il suo emblema. Lui stesso era stato promosso Maestro pochi mesi prima. Dopo essersi congedati da loro figlio, i due uomini erano tornati nel loro appartamento.

Regnava una pace strana, quasi malinconica. Una sensazione di pienezza che era il preludio di una necessità di agire, di muoversi, di continuare. Entrambi guardavano il mare dalla finestra della loro stanza, l'estensione dell'oceano limpido che si avvicinava e si allontanava dalle sabbie bianche della spiaggia.

Sabbie molto diverse da quelle nere sulla quali avevano camminato per una vita. All'improvviso, Dane sentì che quella non era più in casa sua, che non c'era spiaggia, né oceano, né quella luna enorme nel cielo placido. Di colpo, nella sua mente, tornava ad accarezzare il vento sulla sua tenda, la pioggia nera che cadeva inclemente e tossica. Istintivamente si alzò per farsi una doccia. Diego lo stava aspettando quando uscì dall'acqua. Nei suoi occhi scorgeva lo stesso ricordo: la prima volta che si erano amati. E, come un rituale, ripeterono ogni passo di quella notte.

Diego prese un asciugamani e lo passò sulle braccia e la schiena del compagno. Poi fu la volta delle gambe forti, abituate alle lunghe camminate. Callebaut si trattenne e premette con dolcezza le parti del suo amante che lo attraevano di più. Indugiò sull'inforcatura, mentre Dane sospirava come allora, invitandolo proprio come quella notte.

"Come si potrebbe mai attraversare un deserto oscuro, in cerca di un Sole mai visto, se non per amore?"

La spiaggia che si estendeva fuori dalla finestra, si avvicinava e allontanava, ma il ruggito della pioggia nera gli riempiva le orecchie e una sola idea restava aggrappata alla sua mente: nessuno può affrontare tanti pericoli per qualcos'altro che non sia amore, amore completo e integro, senza sconti. Amore di corpi che s'intrecciano come i loro e amore di spiriti che condividevano tutto come quelli di entrambi.

Diego era steso al fianco di Dane. Dopo essersi prodigato in carezze e baci, prima di addormentasi, Dane gli disse ciò che sapevano già entrambi: "Domani iniziamo i preparativi, vero amore mio? Voglio dire, credo che sia ora di cercare una città che abbia bisogno di noi... no, no, che arroganza! ...una città che ci permetta di aiutarla a risanare il suo cielo e la sua terra. Una città da cui continuare ad apprendere."

Un bacio di Diego sul collo fu la risposta adeguata.

Il Sole reclamava di nuovo la Terra e solo qualcosa come l'Amore era capace di muovere gli esseri umani fino a fargli dedicare il resto delle loro vite alla costruzione di un'utopia.

CONTAMINAZIONI

di Sylvie Denis

Traduzione di Alda Teodorani

Nata nel 1963, Sylvie Denis vive nel sud-ovest della Francia. Autrice di racconti e romanzi, è stata co-direttrice della rivista Cyberdreams *(dal 1995 al 1998) e ha tradotto autori di fantascienza e fantasy, tra cui Stephen Baxter, Greg Egan, Marie Brennan e Gail Carriger. I suoi romanzi e racconti (vincitori dei premi Solaris e Rosny aîné) pongono l'accento sull'innovazione tecnologica e sul suo impatto sulla società. Dopo la raccolta di storie* Virtual Gardens, *pubblicata nel 2003, ha scritto* Haute-École, *che ha ricevuto il premio Julia Verlanger 2004, e il diario* La saison des Singes *e* L'empire du Sommeil, *tutti pubblicati da L'Atalante. Ha scritto anche due romanzi per ragazzi. Attualmente sta lavorando al sequel di* Haute-École *e a una space opera,* Sans port d'attache.

2052

All'inizio, Aurore aveva rifiutato di accompagnare i suoi figli alla fiera d'autunno. Uscire, per la prima volta dopo la cerimonia: a quale scopo? Annoiarsi? Sopportare le facce dispiaciute dei loro amici? Lei non era dispiaciuta. Era arrabbiata. E triste come le pietre. E l'universo nella sua interezza sembrava superfluo come una pelliccia all'equatore.

Ma la sua amica Emma le aveva assicurato che avrebbe avuto una nuova fornitura; Aurore aveva detto di sì a Thomas e Marc, per compiacerli.

Il camioncino carico di frutta e verdura sobbalzava sul terreno arido della strada, il regolare ronzio del motore elettrico disturbava a malapena il silenzio. "C'è un rumore," disse Aurore a Thomas, il maggiore dei suoi figli, che guidava. I due giovani erano partiti all'alba per portare al mercato la maggior parte delle scorte e delle attrezzature. Marc era rimasto a occuparsi della bancarella mentre Thomas stava tornando per sua madre; se il giovane non avesse avuto un'espressione tanto lieta all'idea di passare la giornata insieme, gli avrebbe detto che preferiva restare a letto. Figli, che piaga.

"Ma no," ribatté Thomas seccamente, "non c'è nessun rumore."

Quella risposta evidenziava che, da dopo l'incidente, lei sentiva suoni sospetti non appena un dispositivo, dal sistema d'irrigazione nelle serre ai serbatoi di biogas "faceva dei rumori" e le dava sui nervi.

Tanto peggio. Aurore si guardò attorno. Il Sole era appena sorto mentre si trovavano su una strada stretta, sotto un cielo di seta azzurrino, tra due argini pieni d'erba che il gelo improvviso aveva reso croccante come lo zucchero e, in lontananza, i Pirenei, dipinti di un rosa ancora più delicato dell'azzurro, ergevano la loro gloriosa barriera.

Aurore si girò per metà verso suo marito per dirgli di guardare... ma interruppe il movimento appena in tempo. Non era seduta di fianco lui. Aveva quel riflesso, ancora e sempre, di voler parlare con lui, di condividere... Non c'era più nessuno con cui farlo.

Cielo, perché pensare che si doveva per forza compiacere qualcuno? Soprattutto i suoi figli. Da settimane le ripetevano che non poteva passare il resto della sua vita in rete con i suoi amici fissati con gli asteroidi e le comete. Come se avessero potuto cambiare il destino del mondo. Il loro padre, quando le rivolgeva i medesimi rimproveri, definiva allo stesso modo i suoi amici, *fissati di ciottoli spaziali*, ma con affetto. I suoi figli esprimevano una vera e propria ostilità. Avrebbe trascorso come le pareva i giorni desolati che le restavano da vivere.

C'era un rumore, ne era certa, ma rimase in silenzio e il furgone continuò ad avanzare mentre lei osservava con la coda dell'occhio il profilo di Thomas – aveva il naso di suo padre, simile al becco da uccello rapace che faceva tanta impressione durante le riunioni – aspettando il momento in cui il figlio avrebbe dovuto ammettere che sua madre, ancora una volta, aveva ragione.

Aveva pensato di vendere tutto, ovviamente. Da sola, non provava più il benché minimo desiderio di gestire la fattoria. E i suoi figli avevano solo diciotto e ventitré anni; erano troppo giovani. L'agglomerato degli Haut era pieno di gente sconsolata, persone pentite di non essersene andate vent'anni prima, quando l'Europa aveva istituito il reddito integrale, ma Thomas e Mark non avrebbero mai venduto la casa della loro infanzia a quei dilettanti.

Il rumore scoppiò in un fischio mescolato a un insieme di tintinnii strozzati e il furgone si fermò.

"Non ridere," disse Thomas, azionando il freno a mano.

"Non rido!"

"No, non è il tuo genere."

Lei alzò le spalle. Thomas si voltò, scese dal veicolo e sollevò il cofano. Aurore prese il suo telefono dalla borsa. Non c'era più rete da quando i principali operatori avevano deciso che mantenerla in alcune aree definite in disuso era troppo costoso. Come se le persone che avevano deciso di vivere lì non ci avessero pensato.

Venti anni prima, contemporaneamente ad Aurore e suo marito e ai loro amici coltivatori o allevatori, erano arrivati i fabbricanti digitali e gli speculatori e avevano attrezzato città, villaggi, frazioni e case isolate con antenne e ripetitori. Quando alcuni si erano impauriti e, dal momento in cui il reddito integrale aveva cominciato ad abbassarsi, avevano avuto paura e avevano preferito tornare in città, era troppo tardi: i tuttofare avevano già trasmesso la loro sapienza ai loro vicini e amici.

Aurore iniziò col chiamare Marc, ma ovviamente non rispose; stava forse cercando una ragazza con la quale flirtare: quel che ci si ritrova a fare quando si rifiuta di adoperare le stesse app che usano quelli della propria età per ragioni politico-filosofiche che Aurore considerava ridicole, per non dire sciocche.

Non insistette e chiamò Emma. "Ciao, mia cara, tuo figlio mi ha confermato che saresti venuta, non avrai mica cambiato idea?" Emma era l'unica a cui Aurore permetteva di farle osservazioni come quella, ma Emma era una vera amica. Aurore aveva apprezzato la giovane donna dai riccioli biondi fin dal suo arrivo, cinque anni prima. Una che eliminava le api di Beeworks a colpi di laser non poteva essere antipatica.

"No, non ho dimenticato il tuo messaggio, eravamo in viaggio, ma il furgone è rotto."

Come previsto, Emma ridacchiò. "Ma in effetti l'avevo detto a tuo figlio che non può riparare tutto con roba riciclata. Aspetta un attimo."

Aurore attese. Era un falco, quello sospeso sopra il campo vicino, o un drone?

"Manuel mi terrà la bancarella. Sto arrivando!"

Mezz'ora dopo, una sagoma a metà tra un'Harley e un carro a vela comparve sulla strada. Il veicolo era dotato di una cabina di protezione in plastica riciclata e soprattutto di un albero con mini turbine eoliche che ricaricava le batterie e di una vela che le conferiva una velocità indubbia, pur restando di un'utilità molto minore.

"Non sei obbligato a guardare in questo modo sprezzante il frutto del mio lavoro," disse l'apicoltrice mentre scendeva.

"Non ti hanno dato un alternatore per me?" chiese Thomas, con tono scontroso.

Mentre sua madre telefonava alla sua folle compare eliminatrice di api robot, lui aveva contattato invano i membri della loro rete locale di smistamento e scambio: nessuno aveva un pezzo di ricambio da proporgli.

"Hai bisogno di qualcosa di nuovo, tesoro," disse Emma dopo aver gettato un rapido sguardo al motore, e mentre l'espressione di Thomas si oscurava di nuovo, aprì il bagagliaio del suo veicolo stravagante per estendere il compartimento posteriore, i sedili e il bagagliaio.

Trasferirono casse di mele – la pressa comunitaria non doveva restare vuota – sistemarono il furgone sul ciglio della strada e salirono sul veicolo. Aurore si sistemò accanto alla sua amica e Thomas si mise sul sedile posteriore, dove continuò a rimuginare finché non ricevette una telefonata con cui gli comunicavano di aver trovato un alternatore ma non gli potevano dire quando avrebbero potuto portarglielo.

Quando arrivarono al villaggio, ad Aurore non parve ci fosse nulla di particolarmente strano. La nebbia si era diradata, ma la luce conteneva ancora un po' di oro rosa dell'alba, e ammantava la folla che stava già affollando le strade. Non c'era nulla di più accogliente al mondo della piazza del villaggio dove erano piantati faggi e querce, coperta per tre quarti d'erba. Ci si poteva quasi aspettare di trovare dei funghi, e forse ce n'erano nelle cassette portate dal Limosino da amici valorosi. Quando Emma li fece scendere e andò a parcheggiare il suo spaventapasseri, Aurore notò qualcosa di strano nella folla di curiosi che affollavano la piazza. Non avrebbero dovuto essere raggruppati sul prato, nel posto che corrispondeva pressappoco a quello che i suoi figli, i conservatori, sceglievano sempre, anno dopo anno.

Iniziarono a volare gli insulti e al centro della folla ci fu un movimento improvviso. Thomas si precipitò in avanti, gli spettatori se ne andarono non appena lo riconobbero: la cosa confermò i sospetti di Aurore. Il suo figlio più giovane stava prendendo a pugni il proprietario della bancarella lì vicino. L'uomo aveva circa dieci anni meno di Aurore, era più basso di Marc, ma snello e atletico, il tipo che si sarebbe potuto facilmente immaginare su una pista da sci – negli anni in cui nevicava, ovviamente.

Thomas si precipitò accanto a Marc e gli cinse il petto con le lunghe braccia mentre altre persone si frapponevano tra gli avversari.

"Cacciate via quel bastardo," ruggì Marc con una smorfia, contorcendosi per sfuggire alla presa ferrea del più grande. "Che vada a vendere la sua merda da un'altra parte!"

"Quale merda?" si chiese lei. La bancarella in disordine non sembrava offrire né cibo né vestiti o altri oggetti artigianali.

Aurore approfittò dell'improvvisa bolla di calma creata dall'intervento di Thomas e prese Marc per il gomito. Thomas mollò la presa su suo fratello, che si lasciò trascinare verso il bar e i vecchi divani sfondati.

Thomas stava già preparando la loro bancarella. Di passaggio, Aurore vide che l'avversario aveva smontato la sua, aiutato da un bambino che poteva avere cinque o sei anni.

Quando si fu sistemata con Marc davanti a un bicchiere di sidro caldo, mentre aspettavano che arrivassero le loro crêpes, Aurore incrociò le braccia sul petto e tirò fuori la vecchia maschera di Madre Incollerita.

"Hai una nuova spiegazione, almeno stavolta?"

Né lei né suo marito avevano mai capito da dove venivano gli accessi di violenza di Marc. Nessuno dei due, nel corso del tempo, aveva avuto il minimo problema di autocontrollo e non ne avevano trovato nelle rispettive famiglie. Forse avevano tardato troppo prima di lasciare la città e l'organismo di Marc era stato contaminato dal cocktail di sostanze chimiche inquinanti in cui era immerso il mondo moderno; ma perché lui e non suo fratello?

"Quel coglione..." esordì Marc.

"Respira", disse Aurore, e respirò rumorosamente anche lei. Fecero degli esercizi insieme fino a quando lui non fu stufo e la mandò a quel paese, ovviamente. Ma il vecchio riflesso funzionò lo stesso e Aurore vide il petto di Marc sollevarsi.

"Lavora per Eurocapt, un compartimento che produce nanorecettori, e viene a vendere qui le sue schifezze."

Aurore e suo marito non avevano mai approvato le tecnologie di raccolta dei dati. Ad Aurore erano indifferenti i loro microfoni, le telecamere e i sensori, le data factory erano come minacce lontane – sì, i transnati stavano recuperando dati. A loro non importava delle persone che c'erano dietro la produzione di quei dati quasi quanto a lei non importava degli 0 e 1 che facevano funzionare il suo computer. Suo marito non si era mai dimostrato molto tranquillo riguardo al fatto che i suoi movimenti fossero registrati con il pretesto di monitorare la sua salute. O che tutta la sua proprietà fosse filmata da droni che non gli appartenevano. E ne aveva persuaso i suoi figli.

"Non dovrebbero lasciarlo venire qui. Vuole che seminiamo migliaia delle sue schifezze nelle nostre terre."

"Tu non le vuoi, tuo fratello non è favorevole, ne abbiamo abbastanza di telecamere e droni e siamo soddisfatti così. È un motivo valido per spaccare la faccia a quel tizio?"

"Jerôme Bast ha comprato le sue schifezze. Sostiene che possano aiutare a prevenire lo stress idrico. Anche Hélène e Marie Frot ne hanno acquistate alcune, per migliorare dei terreni che stanno già andando molto bene."

Aurore sospirò.

"Se non aiuta, se ne accorgeranno e non pagheranno più l'abbonamento o qualcosa d'altro. Le persone non sono così stupide, specialmente qui."

Marc aprì la bocca per controbattere, ma l'arrivo di qualcuno lo distrasse.

Aurore conosceva lo spilungone con i dreadlock ornati di perle e pezzi di circuiti che era arrivato davanti al tavolo. Il ragazzo, uno dei migliori amici di Marc, non le era mai stato antipatico. I suoi genitori, però, dirigevano un gruppetto – l'unico di zona – di adepti a fosche teorie filosofiche che lei detestava.

"Vieni ad aiutarci." disse Adrien a Marc, senza salutare Aurore. Senza dimostrare di essersi accorto della sua presenza, in realtà.

"Sto arrivando," rispose Marc.

"Stavamo parlando," disse Aurore. "E non abbiamo finito. Cosa c'è di tanto urgente?"

Marc svuotò il bicchiere di sidro e si alzò.

"C'è la pressatura delle prime mele e formeremo un cerchio di preghiera per assicurarci che le energie circolino e che il sidro sia buono," spiegò Adrien.

Aurore cercò di soffocare una risata, e questo produsse un rumore strozzato nella sua tazza.

"Bene, allora buona preghiera. Ma basta pugni," disse a Marc, il quale aspettò che il suo amico si fosse allontanato di qualche passo prima di rivolgersi a sua madre.

"Non capisci proprio niente," disse.

"Sì, sì. Non la vedo come la vedi tu, ecco qui."

"Cosa significa?"

"Non tutti vedono le cose allo stesso modo. Tuo padre e io non abbiamo mai detto altro."

Marc aprì la bocca, come per dare una risposta pungente, poi cambiò idea e raggiunse Adrien.

Arrivarono le loro crêpes. *Non la vedo come la vedi tu.* Che ipocrita. Non vedeva proprio nulla, e ciò che lui pensava di vedere in trucchetti e cerimonie per gonzi ignoranti le suscitò una risata. E non le piaceva prendere in giro i suoi figli.

Aurore mangiò entrambe le crepes senza il minimo scrupolo e poi, calcolando che non si poteva combattere contro il succo fresco, decise di andare a vedere i pressatori di mele. Emma la trovò prima che raggiungesse la pressatrice.

"Vieni, ti do il tuo pacco."

"Di già?" Emma non si sarebbe mai trattenuta dal mangiare tutto prima di sera.

"Ho anche qualcosa da mostrarti."

Aveva parcheggiato il suo veicolo a vela in fondo alla strada principale, dopo le ultime bancarelle. L'avversario di Marc e suo figlio erano là e stavano rimontando la loro. Il tizio era ostinato.

Senza le casse di mele, il portabagagli del veicolo presentava uno scompartimento segreto. "Ecco qua, trecento grammi di vero cioccolato inviato dalla cooperativa di M'Brimbo, con i saluti del suo presidente."

L'hobby di Aurore consisteva nell'osservare le profondità del sistema solare, mentre quello di Emma era intrattenere rapporti con produttori di cioccolato indipendenti, coltivatori di caffè e collezionisti di semi antichi. Aurore tese la mano sinistra per prendere la scatoletta e con l'altra ne slegò il nastro. Si guardò attorno per assicurarsi che non si stesse avvicinando nessuno e ficcò il naso nella scatola.

Terra umida e fiori, una nota di vaniglia.

Poi scelse il più piccolo tra i grossi pezzi irregolari e ne scheggiò un minuscolo frammento. Peperoncino e perle rare. Un angolo di paradiso. Non avrebbe mai capito perché quasi tutti i suoi amici avessero preferito rinunciarvi, col pretesto che non era locale. I piccoli produttori che avevano avviato le loro piantagioni ancor prima che i grandi gruppi cercassero di far spuntare quel capriccioso arbusto fuori della sua area di coltivazione abituale erano davvero locali laddove lavoravano, giusto?

Emma sollevò una scatola di metallo e l'aprì. Una fitta rete impediva di vedere bene il contenuto. Aurore intuì uno sciame nero e dorato e le sembrò di sentire un ronzio.

"Ho catturato delle api robot. Per Manuel e i suoi compagni."

Aurore rischiò di far cadere la sua scatola di cioccolata.

"Non va bene? Hanno dei trasmettitori, le controllano a distanza. Si accorgeranno che non sono tornate."

A circa 50 chilometri dall'area che Aurore, suo marito e i loro amici neo-coltivatori del Rinnovamento avevano riattivato in territorio agroforestale, c'erano chilometri di colline coltivate a peschi, albicocchi e aranci geneticamente modificati per poter resistere ai pesticidi. e che erano impollinati dalle api robot. Tutti loro se ne tenevano cautamente alla larga: creare il proprio *ava*, un'associazione di villaggi autonomi – era stato un modo per farla finita con la loro gioventù militante. Non volevano farsi notare né dare alle truppe di controllori l'opportunità di usarli contro di loro.

"No, sanno come renderle invisibili. Vogliono studiarle, vedere se è possibile usarle."

"Come?"

"Chiedi a Manu."

Manu era un fabbricante digitale, e quelli rimasti in zona erano tutti tipi strani che passavano il tempo a realizzare kit di bricolage che vendevano online e non partecipavano a nessuna riunione, tranne che per andarvi a fare qualcosa di utile, come votare. Quindi andò a parlare con Manu, bevve del succo di mela fresco e mangiò porcini. Il giorno passò e lei si sentì sola e defraudata di metà della sua vita solo per il novantacinque per cento del tempo, più o meno, il che non era poi così male.

Ma all'improvviso, accettò di andare al mercatino invernale che si teneva nel padiglione della città vicina. Si astenne dal dire ciò che pensava dei circoli di preghiera e Marc non andò a cercare di attaccar briga col tipo dei nanosensori, che era anche lì, con suo figlio. Certo, era testardo. Si chiamava Louis Simondon, aveva acquistato una casa che aveva ristrutturato e firmato la carta dell'ava. La sua sistemazione era stata approvata da tutti i membri, con uno scarto minimo, ma nelle linee generali.

Manu e i suoi amici avevano garantito che i dati raccolti dai sensori erano archiviati nel cloud privato dell'ava ed Emma acquistò dei nanotrasmettitori per sorvegliare l'interno dei suoi alveari. Nessuno ne era al corrente tranne Aurore, Gaël e Manu. Se lo avessero saputo, i suoi figli ne sarebbero stati scandalizzati, era ovvio, ma suo marito l'avrebbe trovato molto divertente.

2063

"Allora," chiese Aurore, sedendosi al tavolo della colazione, "siete contenti che ha piovuto?" Thomas e Marc sollevarono la testa dalle loro ciotole e la guardarono come se fosse scesa nuda dalla sua stanza. "Cosa?" disse Thomas.

"Dico che ha piovuto," replicò lei, seccamente. "Era un temporale, ma ha piovuto. Vi ricordo che dormo nella mansarda. L'ho sentito."

Marc guardò di soppiatto il fratello maggiore, e, accorgendosi che era del suo stesso parere, con grande calma e con l'atteggiamento del figlio-che-si-rivolge-alla-madre-che-sta-perdendo-le-sue-facoltà-con-gran-dispiacere-della-prole-inorridita disse: "Hai sognato, mamma, non è caduta nemmeno una goccia stanotte."

"Ma..."

"Non ha piovuto. Guarda fuori, è tutto asciutto come ieri."

Aurore sentì uno strano formicolio sotto lo sterno. Si alzò, più lentamente di quanto avrebbe voluto, ovvio, e trascinò i piedi fino alla finestra.

Sì, il terreno indurito tra i fili d'erba della sottile striscia di prato che bordava la fattoria era ancora frammentato in poligoni irregolari dai crepacci. Sentì l'estremità degli arti farsi di ghiaccio. Tornò alla sedia e si sedette di nuovo. Aveva sognato. Quegli idioti dei suoi figli si astennero dall'aggiungere qualsiasi cosa.

Quando ebbe terminato di mangiare, andò ad asciugare la ciotola e le posate con il panno umido che era in una scatola vicino al lavandino.

Quest'anno, come nei quattro anni precedenti, stavano usando meno acqua possibile, ma se nulla fosse arrivato a riempire i serbatoi, le piantine, anche se protette, si sarebbero cotte, le siepi ombreggianti e gli alberi già indeboliti dalla siccità degli anni precedenti, avrebbero prodotto ancor meno, o peggio...

Al piano superiore c'erano sei stanze nella fattoria che erano state ristrutturate trentacinque anni prima da Aurore, suo marito e i loro amici. Dopo l'incidente, aveva lasciato la loro stanza e si era sistemata nel suo ufficio. E non apriva mai la porta della loro vecchia stanza o dell'ufficio di suo marito.

Aurore tornò in camera sua, la qual cosa le diede la sgradevole sensazione di essere tornata adolescente. Si sedette sulla vecchia sedia da ufficio, quindi accese il computer e attese che la macchina, non meno vecchia, si avviasse.

La soluzione, beninteso, sarebbe stata quella di acquistare semi modificati per resistere allo stress idrico... e accettare il contratto che avrebbe legato la loro fattoria al semenzaio, come avevano già fatto alcuni membri dell'ava. Il loro villaggio non li aveva nemmeno esclusi dall'ava.

Quand'era successo che le cose avevano cominciato a cambiare? Quando il gruppo dei villaggi autonomi aveva iniziato ad accettare persone come Louis Simondon e i suoi nanorecettori, quando la RI era stata definitivamente abolita o quando le leggi sull'uso degli strumenti genomici si erano inasprite? Persino Manu aveva passato alcuni mesi in prigione, prima di tornare e ricominciare come se nulla fosse.

Era poco importante.

I suoi figli non avrebbero mai accettato quel tipo di compromesso.

Lo schermo si illuminò. Almeno non avevano problemi di elettricità, non con il Sole che c'era in quei giorni, e con Manu che forniva loro celle solari flessibili sempre più efficienti. Aurore controllò le e-mail prima di collegarsi al sito web dell'ESA. Non c'era molto. I loro vecchi amici sparsi in altre regioni e in Europa si erano allontanati quando lei aveva smesso di andarli a trovare. Non aveva più voglia di viaggiare e ancora meno di parlare di un passato morto e sepolto. C'era giusto un messaggio di Emma che le ricordava la sua promessa di andare con lei e il suo compagno al raduno di AABAP - l'Associazione degli amatori di ciclomotori antichi e inquinanti.

Improvvisamente, il suo umore migliorò. Sospettava che Thomas e Marc sapessero dell'esistenza del gruppo, ma di certo non sapevano che lei ne faceva parte. E aveva pensato di radunare qualcosa per partecipare allo scambio di materie plastiche la settimana precedente.

Si sistemò l'elmetto davanti agli occhi. Il lavoro prima della ricompensa: innanzitutto, esaminare centinaia di foto di asteroidi per determinare quali potevano essere di qualche interesse per il Progetto europeo per lo sfruttamento degli asteroidi near-Earth. Ordinarli, attribuire loro etichette secondo criteri precisi e sperare di trovare uno di quelli che un giorno sarebbero stati oggetto di missioni.

Quindi cambiare sito e connettersi a Pluto Explorer: la ricompensa. Le ore passate a scrutare ciottoli grigiastri erano convertite in minuti di esplorazione quasi in diretta, collegata a uno dei robot esploratori. La NASA, che si diceva fosse morta per tutto il tempo di cui lei si ricordava, non lo era ancora. Ovviamente, c'era un periodo di attesa. Si poteva ritenere che tutti gli anziani del mondo volessero fare una passeggiata su Plutone. Per pazientare, andò a cercare il gruppo col quale difendeva un pianeta su un MMORPG tenuto in vita da giocatori della sua generazione su server risalenti alla preistoria. Il web non era più neutrale, ma al largo dei suoi continenti più inespugnabili restavano alcune isole indipendenti.

Era ancora su Plutone quando il computer le ricordò la sua promessa. Fu pronta in dieci minuti: pantaloni e camicia di canapa intessuta di una solidità a tutta prova, una giacca, nel caso in cui la serata fosse fresca, e un borsone pieno di vecchi oggetti in vetro e plastica.

La cosa più difficile era uscire senza che i figli la vedessero. Aurore era troppo vecchia per fare la stupida con una corda. Aspettare che andassero a letto l'avrebbe fatta tardare. Quindi scivolò lungo le scale e scese finché non sentì il suono di una conversazione. Fece i gradini a uno a uno e si sporse per scorgere chi era seduto al grande tavolo. Antoine, lo specialista di pomodori, Miriam, la regina della microirrigazione e quell'idiota di Adrien. La discussione si animò, il tono aumentò di un livello. Lei si ritrasse.

"Io dico che è una truffa comprare semi OGM al mercato nero e coltivarli biologicamente," disse all'improvviso Miriam, a voce abbastanza alta da permettere ad Aurore di sentire l'intera frase.

"Se fosse solo quello," replicò Marc. Non prendono la minima precauzione per evitare di contaminare i nostri campi.

Mi chiedo cosa mi trattiene dall'andare là e falciare via tutto, guarda."

"Anche se corrompono quelli dell'ufficio certificazioni, questo lo fanno con discrezione."

Ancora e sempre la stessa roba. Aurore afferrò la borsa, se la strinse al petto per evitare di fare rumore e corse verso la porta, proprio di fronte alla scala. Tenendo la borsa con una mano, affondò l'altra in tasca, prese la chiave, la infilò nella serratura, la girò e finalmente, senza che nessuno si fosse accorto di lei, scivolò nella dispensa, da dove uscì usando la stessa chiave.

Dopo un quarto d'ora di cammino, raggiunse la cima di una collina, posò la borsa e attese. Il caldo era ancora torrido, ma a tratti le sembrava che un refolo di vento serpeggiasse tra l'erba secca.

Pochi minuti dopo, un arnese scoppiettante spuntò in cima alla collina successiva, ne discese a precipizio e si fermò di fronte a lei, sputando nuvole nauseabonde da un motore a benzina modificato per funzionare a olio. Era una moto-cicletta equipaggiata con un sidecar. Aurore si arrampicò di fianco a Emma e il veicolo balzò via in una nuvola puzzolente di frittura.

Il punto d'incontro era deliziosamente inverosimile: uno slargo ai margini di un quartiere che una volta era stato defini-to "città media". In cima a una collina e nel mezzo di ciuffi di paglia, era stata posta un'enorme lastra su tronconi di roccia. Poco più avanti, un cartello arrugginito annunciava coraggio-samente "la città dei dolmen". Guardando i dintorni, si po-tevano localizzare le carcasse scavate di antichi edifici HLM.

Parcheggiarono il sidecar tra una Harley Davidson degli anni Quaranta del secolo precedente e una berlina famigliare ancora antecedente al regno dei carri bestiame soporiferi "super equipaggiati" con monitor di quando Aurore era bambina.

"E adesso dove vai?" urlò Emma a Gaël mentre l'altro ini-ziava a correre verso la pista che circondava la collina dei dol-men, dove i partecipanti alla gara si stavano preparando.

"Beh, mi stanno aspettando," rispose lui, fingendosi indignato.

"Solo una mano per portare le borse", disse Emma, aprendo il baule.

Lui afferrò quelle più grandi, simulando indignazione, e si fece avanti nella folla che camminava tra le bancarelle.

Gaël prendeva molto seriamente il suo ruolo di meccanico. Quando era arrivato nella regione cinque anni prima – era un apicoltore, come Emma – gli appassionati di motori a benzina si radunavano clandestinamente da diversi anni, difendendo il ricordo dell'epoca felice della velocità e dell'inquinamento. Alcuni li facevano funzionare a olio, ma altri avevano contatti che permettevano loro di trovare la benzina, di sicuro a prezzi più cari di quanto Aurore pagava per il cioccolato.

La gara non le interessava, ma le piaceva l'atmosfera, le bancarelle dove Emma e le sue amiche potevano trovare sia marmellate, che salsicce o vestiti. E il mercatino di scambio della plastica. Inspiegabilmente, adorava il mercatino della plastica.

Gaël scappò via appena loro arrivarono; Aurore prese posto con Emma nella lunga fila che si snodava davanti alla bancarella di Jans e si mise a osservare i suoi vicini. Davanti a lei, un giovane alto e dai capelli scuri, vestito e stivalato con pelle nera e più nuova della media, tirava fuori uno a uno degli oggetti da un borsone, anch'esso di pelle.

"Non posso credere che tu trovi ancora qualcosa da scambiare," disse Aurore a Emma, lanciando un'occhiata al contenuto multicolore e ammaccato delle sue grandi borse.

"Non ti stupire. Già dal principio degli anni Duemila si diceva che era stata prodotta plastica a sufficienza per il secolo successivo, molto prima che i paesi produttori smettessero di fornircela."

No, ad Aurore non piaceva vagare nei villaggi morti alla ricerca di cose vecchie, nemmeno per riciclarle.

Il motociclista allineò sul tavolo di Jans una serie di bottiglie, taniche, flaconi e scatole molto puliti. Ma dove aveva già visto quei capelli castani così corti e folti? Non se lo ricordava. Sollevò il naso e pensò ad altro guardando il cielo stellato, tornato osservabile in questo secolo di restrizioni energetiche. La fila si muoveva ancora molto lenta e il venticello di prima era tornato, più vigoroso, con una striscia di nuvole che divorava il cielo notturno verso ovest.

Finita la transazione, il giovane si mise a chiacchierare con gli amici; anche loro avevano visto le nuvole. Erano troppo scure e avanzavano troppo in fretta, ecco, era d'accordo con la giovane dai capelli rossi raccolti in una coda di cavallo. Vide il loro amico ridere e provò di nuovo quell'impressione di conoscerlo, il che non aveva senso, era troppo giovane. Doveva esserci una spiegazione migliore, le ricordava qualcuno, ma chi? Cervello maledetto, a cosa serve aver vissuto così a lungo che ci sono solo frammenti e flash, vaghi lampi elettrochimici dei quali non ci si potrebbe nemmeno fidare...

"Non fino a domani mattina, te lo dico io," disse il giovane. "Scommettiamo?"

"Ma anche no!" rispose la ragazza con la coda di cavallo rossa.

"Potrei sbagliarmi."

"Detesti troppo perdere."

Di colpo Aurore ripensò al suo sogno. Come aveva potuto credere, anche solo per un istante, per una frazione di secondo, che pioveva in luogo diverso dalla sua mente? Cosa le stava succedendo? Era stress? Non aveva mai reagito allo stress con le allucinazioni, neppure nella lontana epoca delle dimostrazioni e dei colpi di mano. Quella in cui suo marito era vivo, giovane e... Allora si trattava dell'età, niente altro. Ciò che non ti uccide ti fa invecchiare.

La gara era finita (la squadra di Gaël aveva perso) quando qualcuno aveva lanciato l'allerta. I siti meteorologici avevano annunciato che i temporali previsti per il giorno successivo stavano arrivando, spinti da un vento inaspettato. Aurore aveva perso di vista il giovane bruno già da un po'.

Emma e Gaël la riportarono a casa. Emma passò il tempo del tragitto urlando pettegolezzi al vento mentre Aurore guardava le nuvole scure e il loro autista teneva ostinatamente il broncio.

Dopo, Aurore scivolò sotto la sua trapunta, ancora una volta soddisfatta come una ragazzina per aver raggirato quegli idioti dei suoi figli.

Dei colpi ripetuti la svegliarono di soprassalto. Si alzò e scoprì che una delle persiane sbatteva contro la pietra, mentre era sicura di averla fissata bene. Aprì la finestra, si sporse nel vento potente e caldo, lottò per afferrare le persiane. Dovevano essere le quattro del mattino; la notte era di un nero perfetto, senza luna e senza stelle. E il vento sembrava volerla strappare via dalla finestra. Fissò per un momento l'erba corta, spianata come il pelo di un animale e gli alberi che ondeggiavano spasmodici sotto le folate, quindi rabbrividì e si richiuse dentro.

Era passata quasi un'ora e non dormiva ancora quando uno strepito metallico scosse la casa: bagliori glauchi crepitarono attraverso gli interstizi delle persiane scosse dal vento, quindi, senza il minimo preavviso, come un'onda che s'infrange su una spiaggia, cominciò a cadere la pioggia, aggiungendosi ai tuoni.

Aurore sentì le porte aprirsi nel corridoio e passi precipitosi scendere le scale. Si alzò, si mise una vestaglia e raggiunse i figli al piano terra.

Thomas era seduto in quella che lui definiva la "cabina di pilotaggio", una nicchia situata di fronte alla dispensa dalla quale era uscita Aurore.

Gli schermi non erano tutti accesi, ma quello principale mostrava il sito meteorologico regionale: la debole depressione già annunciata da diversi giorni si era appena trasformata in una tempesta e tutti gli indicatori puntavano al peggioramento. Thomas malediva il cielo e la terra, ma soprattutto il cielo, consultando il forum di scambio d'informazioni dell'ava. Marc arrivò, già vestito, mentre Thomas era ancora in pigiama, e iniziò a mettersi gli stivali.

"Non penserai mica di uscire," disse Aurore "si prevedono folate di almeno centoventi chilometri orari."

"Non subito," disse Thomas, "e controlleremo solo che sia tutto chiuso."

Lo schermo collegato alle telecamere sparse sulla proprietà mostrava che due di esse non funzionavano, compresa quella che controllava il pollaio. Un rombo di tuono, seguito da pallidi lampi, fece vacillare le lampadine di tutta la stanza. Una fotocamera supplementare smise di funzionare. "Altro materiale riciclato," pensò Aurore.

"Andate, resto io qui," disse.

Li seguì da una telecamera all'altra mentre chiamava Emma e Gaël, che non risposero, senza dubbio erano impegnati a controllare che i loro alveari avrebbero resistito. Per lo più erano protetti da siepi o alberi, ma gli insetti stessi erano fragili e l'umidità favoriva alcuni parassiti. La prudenza non era mai troppa.

Già inzuppati dopo soli due metri, Thomas e Marc non furono più in grado di camminare dopo averne percorsi dieci. Metà della rete era in allerta e il messaggio era chiaro: si trattava di una tempesta, una grossa, non c'era nulla da fare se non rinchiudersi in casa e maledire la cosiddetta IA che non aveva predetto nulla.

Thomas e Marc erano all'ingresso e si stavano togliendo gli stivali infangati, quando Aurore vide la prima serra sollevarsi, impennarsi come un cavallo, e poi, sempre come un cavallo di vetro impazzito, volare verso il cielo squarciato da innumerevoli lampi.

Non disse loro nulla, non era necessario: il vento ululava in tutti gli interstizi della casa, dando la sensazione che le pietre ultracentenarie sarebbero anch'esse state strappate da terra, e quello era solo l'inizio.

Aurore andò a coricarsi verso le sei del mattino. Quando si alzò, verso le undici, la casa era vuota. La pioggia si era fermata;

a testimoniare il tumulto della notte, era rimasto solo lo stagno quadrato della corte allagata, liscio e argenteo sotto il cielo ancora nero.

Gli schermi della cabina di pilotaggio confermarono ciò che lei già sospettava: la depressione aveva devastato tutto l'ovest del paese, aveva causato centinaia di morti e aveva persino abbattuto diverse turbine eoliche installate nel Golfo di Guascogna.

Si preparò un caffè di cicoria e delle tartine tostate mentre ascoltava la radio locale che forniva informazioni sui danni e soprattutto indicava dove e quando potevano rendersi utili i volontari. Le sarebbe piaciuto bere un tè o un vero caffè. Suo marito amava il caffè. Ricordava un mattino, dopo una grossa bufera che aveva spazzato via la loro prima serra, la casa non era stata ancora restaurata, quando i loro figli non erano ancora nati. Beveva, in piedi davanti alla finestra, davanti alla corte ancora mezzo invasa dai rovi e inondata di Sole. Era la prima volta ma non l'ultima, e tuttavia nulla li aveva fermati, perché avevano preso una decisione e non sarebbero mai tornati indietro. Perché guardavano lontano.

Comunque, le sarebbe piaciuto poter offrire del caffè ai suoi figli.

Non erano di buon umore quando rientrarono. I danni erano enormi, metà delle serre nei dintorni erano state divelte, erano volati via dei tetti, siepi e alberi che dovevano proteggere le coltivazioni a cumulo[10] erano caduti ma avevano avuto fortuna: la loro fattoria era una delle più riparate. Non ci sarebbe stato caffè però di fronte all'avversità e alla mancanza di legumi freschi c'erano pur sempre le conserve. Aurore aprì un vasetto di *confit*[11] e uno di fagioli e mangiarono in silenzio. Thomas e Marc rispon-

---

10 *Hügelkultur*, tipo particolare di coltivazione rialzata in cui la terra viene poggiata su un letto di ramaglie, ideata in Olanda. (N.d.T.)
11 Carne conservata nell'olio o nel grasso secondo una ricetta tipica francese, (N.d.T.)

devano ai loro messaggi, Aurore ascoltava la radio. Thomas saltò letteralmente dalla sedia e sprofondò nella cabina di pilotaggio. L'espressione di Marc cambiò, passando dall'angoscia per i loro amici e colleghi all'incredulità. Antoine aveva inviato i suoi droni a fare riprese ovunque, in modo che l'ava avesse dati affidabili sui danni causati dalla tempesta. Uno di loro si trovava sulla strada vicina, dove stava arrivando una processione straordinaria.

Una mezza dozzina di veicoli avanzava su ruote alte quasi due metri, schiacciando il fango fresco e le banchine. Non era tutto: il veicolo principale, una specie di gigantesca mantide religiosa incrociata con un esercito di motoseghe, attaccava tutto ciò che superava le siepi o gli alberi, tagliando sia i grossi rami caduti nella notte sia alberi sani, in modo che il convoglio potesse passare senza sfiorare nemmeno una foglia.

"Cos'è quello?" chiese Aurore, pur avendo indovinato la risposta ancor prima di finire la frase.

"È Jerôme Bast," rispose Thomas. "Non volevo credere che avesse firmato, ma l'ha fatto."

Aurore non aveva sentito quel pettegolezzo. Non era la cosa peggiore; tra gli abitanti della zona, i Bast erano i più vicini a loro.

I veicoli che seguivano la mantide religiosa erano carichi di robot di ogni tipo, per riparare quel che ne aveva bisogno – non molto, dal momento che avevano firmato anche per l'infrastruttura in materiali innovativi, come si diceva sempre...

"Non ci rovineranno tutta la strada," brontolò Marc. "Glielo faccio vedere io..."

Thomas lo trattenne. "Lasciali stare. Vuoi vedere arrivare le brigate speciali? Guardiamo, teniamoci a distanza e non diciamo nulla."

"Perché non si è trovato un sistema per procurarsi serre in grado di resistere a venti di quasi duecento chilometri l'ora?" si chiese Aurora. Lei e suo marito, per più di trent'anni, avevano resistito, in un modo o nell'altro. Suo marito sarebbe riuscito a trovare una maniera per parlare con i Bast. C'era sempre una soluzione. Non si sarebbe mai lasciato sopraffare così.

"Non li attaccherò, farò solo il solletico ai loro robot," disse Marc.

"No."

"Ho fatto un drone che può polverizzare spray acido. Un soffio qua, uno spruzzetto là, non se ne accorgeranno nemmeno."

"Sarebbe divertente," disse Aurore.

"Mamma!" Thomas era indignato.

"Cosa pensi che abbiamo fatto io e tuo padre prima di venire qui?"

"Lo so. Ma no."

Teneva suo fratello per un braccio. Marc cercò di divincolarsi, ma Thomas era più robusto di lui.

2073

Appena pochi mesi dopo la gara persa da Gaël, uno dei partecipanti provenienti dagli Haut aveva deciso di sistemarsi restaurando una bella casa in pietra. L'aveva trasformata in un ristorante. Tutti avevano previsto il peggio, ovviamente, ma l'uomo era sia un birraio, un collezionista di vecchi macchinari, e soprattutto un ottimo cuoco: aveva lavorato per uno chef stellato come non ce n'erano più in zona.

Nel corso degli anni, altre persone si erano stabilite da quelle parti e questo aveva finito per creare un nuovo borgo e un mercato a cadenza mensile dove Emma trascinava regolarmente Aurore. Si era schierata con i suoi figli e, come loro, pensava che la sua amica passava troppo tempo su Plutone. Mentre Emma consegnava il miele, Aurore avrebbe bevuto una birra.

Nessuno sapeva come facesse Baris Koray a procurarsi il luppolo e l'orzo, o meglio, si riteneva che conoscesse produttori legati a dei transnat, che probabilmente deviavano parte della loro produzione per fare qualche soldo in più. Stranamente, nessuno glielo aveva mai fatto notare durante le riunioni dell'ava e la commissione delle acque non gli aveva mai dato problemi.

Quando Aurora arrivò, Baris Koray stava finendo di pulire il bancone. Il pavimento della grande sala era lavato, i rubinetti lucidati, le tavole pulite aspettavano i clienti, per il momento rappresentati da un gruppo di turisti asiatici che facevano colazione. A volte se ne vedevano in giro, negli ultimi tempi.

E il solito posto di Aurore, vicino alla finestra che dava sul giardino, era occupato. Era un giovane, intento a usare uno di quei computer a schermo trasparente che si avvolgevano in un tubo. Le voltava le spalle, ma lei conosceva quella nuca e quei capelli castani.

Indicò a Baris di portarle la solita birra alla castagna e andò a sedersi in uno dei tre posti rimanenti al tavolo occupato dal giovane. Era andata lì per bere una birra al fresco mentre fuori c'erano trentanove gradi all'ombra, e non sarebbe stato certo un ragazzino a impedirle di pensare a suo marito, un tempo, che beveva anche lui birra. Ma il giovane, comunque, le ricordava ancora qualcosa, quindi la infastidiva non avere memoria.

Fu mentre immergeva le labbra nella bevanda che le venne in mente il suo nome: Jules, il figlio di Louis Simondon. La sua impresa era andata bene, aveva incontrato qualcuno, si era risposato, si era trasferito. Suo figlio gli somigliava davvero molto, adesso che era adulto.

"Buongiorno," gli disse, alzando il boccale.

Lui ebbe un istante di esitazione prima di ricambiare il saluto.

"Io la... scusi, desolato, non mi sembra di conoscerla."

"Non mi stupisce. L'ultima volta che ti ho visto non ti ho riconosciuto io. È stato due anni fa alla corsa dei vecchi motori, quella prima della tempesta. Eri davanti a me nella fila della bancarella delle plastiche e discutevi di meteo con una ragazza graziosa, dai capelli rossi raccolti in una coda di cavallo."

"Ah, certo. La tempesta, quella che prese tutti di sorpresa."

"Ma tu eri ben informato. Lavori per il servizio meteo?"

Lui bagnò le labbra nella birra, la osservò da sopra il bordo del bicchiere, posò di nuovo il boccale e disse: "No."

Emma e Gaël entrarono in quel momento, e Aurore andò a raggiungerli. Non erano di buon umore. Il fornitore che doveva portargli le api australiane non era venuto. E non aveva avvisato.

"Api australiane? Non è proibito? Devono costarvi una fortuna!"

"Tu credi?" disse Gaël.

Confrontata con la sua espressione attuale, quella che esibiva quando perdeva una corsa era radiosa.

"Perché l'Australia?"

"Te l'abbiamo già spiegato. Perché non sono mai stati colpiti dal varroa, quella schifezza di acaro che non riusciamo a sradicare. Gli australiani hanno modificato le loro api per renderle più resistenti. E almeno si possono comprare senza firmare contratti onnicomprensivi."

"Sono sicura che le api robot trasportano gli acari e contaminano le nostre quando vanno a bottinare nei loro frutteti," disse Emma.

I frutteti che, nel corso degli anni, avevano continuato ad accrescere la loro superficie. I figli di Aurore ne parlavano in continuazione. Il numero degli insetti che era salito quando l'ava si era sistemata nella regione, stava di nuovo calando regolarmente.

"Tu credi?" disse Aurore.

Non era davvero incredula. Era interessata.

"Si fa tutto quel che c'è da farle per eliminarli. Senza successo," disse Gaël. "In altre regioni sono riusciti a sbarazzarsene. Ma non hanno frutteti."

"E non potete chiedere a Manu di costruirvi delle api?"

"Già fatto," disse Emma, "non abbiamo concluso niente, non hanno il materiale giusto. Ed è diventato impossibile da trovare, i loro locali sono veri bunker."

Il mese successivo, lui era ancora lì, a una tavola diversa, ma stava sempre lavorando. Aurore non lo distrasse; in ogni modo, aveva voglia di stare sola. Di parlare dei problemi dei figli e della proprietà con il fantasma di suo marito. E poi, nei mesi seguenti, il giovane continuò a venire in birreria. Finirono per parlarsi, poi bevvero una birra insieme, e la primavera successiva lei sapeva per chi lavorava, ma non perché passasse così tanto tempo a sospirare e a storcere il naso mentre si chinava sullo schermo invisibile.

"Mio dio, questa storia deve finire," finì per dirgli. "Non sopporto più di vederti, si potrebbe pensare che ti stanno torturando. E quegli idioti dei miei figli mi stanno facendo ancora incazzare. Su cosa ti stai affannando?"

Alzò lo sguardo e sospirò, e poiché i suoi occhi avevano ancora la solita opacità triste, fu sorpresa di sentirlo rispondere.

"Sa cosa sono il grano duro e i cereali della stessa famiglia?"

"Credo di sì." Certo che lo sapeva. Adorava discutere al riguardo con suo marito, un tempo, quando avevano deciso di salvare il mondo. Il grano duro era quello che si usava per fare la pasta e la granella di couscous. Alcune regioni del Mediterraneo erano ormai troppo secche per produrne. Il centro e il nord della Francia avevano preso il controllo, con difficoltà, perché mancava lo spazio.

Lui stava mangiando un panino. Gli diede un morso prima di ricominciare a parlare.

"Beh, è semplice. Dirigo un gruppo di ricerca che non conclude niente da quasi un anno."

Un altro morso al panino un'altra pausa. Aveva già detto troppo.

"Ah. Così giovane e già a capo di una squadra? Hai paura di non essere abbastanza bravo, allora."

Lui alzò le spalle, sdegnosamente. "Bravo o no, non è questo il problema. Non otterremo mai il grano della fine del secolo con il materiale genetico su cui sono costretto a lavorare. Non si fanno uova senza galline. Non si fanno supercereali senza una base solida."

"Supercereali? Pensavo che li avessero già fatti."

"Sì e no. Siamo alla quinta o sesta generazione di insetti resistenti alle tossine generate dalle piante, lo stesso vale per i pesticidi. Vogliono varietà resistenti a tutto."

"Molto intelligente. Come se persone come me non avessero lanciato campagne su campagne per informarli."

"Mio padre mi aveva parlato di lei, sa. E di suo marito. Senza di voi, questi villaggi non esisterebbero, la regione sarebbe un deserto, avremmo perso tutta la biodiversità, sarebbe terribile."

"Grazie."

"Il tempo è completamente instabile, imprevedibile, a parte i periodi di siccità, che si stanno allungando. Non possiamo coltivare il grano in serra. Abbiamo bisogno di piante resistenti allo stress idrico e alle varie aggressioni e la cui resa non diminuisca. Per non parlare del valore nutrizionale."

Anche da quello si era cercato di preavvisarli.

Si strofinò la fronte. Sembrava sfinito.

"E non riesci a trovarle?

"No. Non con quello di cui disponiamo. Il genoma dei tipi di grano che usiamo è stato così maneggiato che la pianta è diventata del tutto instabile. Si pensa di modificare un carattere preciso e si ottiene tutto e niente. Bisognerebbe ripartire da zero. Usare vecchi ceppi e reintrodurre modificazioni semplici, poco a poco, studiando i risultati ottenuti a ogni tappa e tenendo conto degli effetti collaterali a breve e lungo termine..."

"Non capisco. Hai accesso alle migliori banche dati di alleli, no? E con la marchiatura dei chip a DNA e le IA per la modellazione, dovresti essere in grado di ottenere più o meno tutto ciò che desideri."

"È stato così, all'inizio. Venticinque anni fa. Adesso non più. Un'IA non può modellare nulla di valido partendo da dati corrotti."

"Una pianta non è corrotta. È come è. E con tutte le sequenze genetiche identificate e brevettate..."

Non terminò la frase. Da circa quarant'anni, i piccoli agricoltori di tutto il mondo accusavano i transnat di impadronirsi del patrimonio vegetale del pianeta per modificarlo e rivenderlo – una volta brevettato. Da parte loro, i transnat rimproveravano ai contadini, organizzati all'interno di collettivi o cooperative, di appropriarsi delle riserve genetiche del pianeta e di non sfruttarle per mancanza delle forbici genetiche di cui i transnat stessi avevano il monopolio.

"Non abbiamo brevettato nulla di importante da dieci anni. Lei sa, proprio come lo so io, che si conosce la funzione dei geni e il profilo di espressione genica dei principali cereali. Sono già stati migliorati più che si poteva: avremmo bisogno di sangue nuovo. Piante di specie selvatiche, veri antenati, non imitazioni. Ma non sono nelle nostre banche dati..."

S'interruppe e la guardò; si era spinto troppo oltre, di sicuro.

Aurore non rispose. Il giovane aveva ragione, e questo significava che la loro conversazione, sebbene sorprendentemente più approfondita di quel che lei avrebbe mai sperato, era arrivata a un punto morto. Benoît finì il suo panino in silenzio mentre Aurore beveva sorso dopo sorso di amara freschezza.

"Cos'ha da rimproverare ai suoi figli?" si decise a chiederle lui.

"Cosa?" e posò il bicchiere. "Oh, che stanno rovinando le produzioni del padre. Non molto, in effetti."

L'altro sollevò le sopracciglia, corrugando la fronte.

"Siete arrivati a questo punto?"

"Quasi. Eravamo una cinquantina di coltivatori nella zona, quando loro sono nati, siamo rimasti appena una decina. Tutti gli altri hanno firmato dei contratti onnicomprensivi. Thomas è ancora ragionevole, vuole solo continuare a produrre biologico. Ma Marc... Marc trascorre il suo tempo a pregare e a organizzare cerimonie con quell'imbecille di Adrien, che sa a malapena leggere e crede di essere l'incarnazione terrena di Madre Natura."

"Ma... cosa vorrebbe che facessero se non vogliono firmare contratti? Non che acquistassero semi brevettati sul mercato nero, in ogni caso?"

"No. Preferirei che li rubassero, è più sano." Poi finì di bere e disse: "Non sta a me parlare di cereali. Il mio hobby è Plutone. Ma conosco persone che sono interessate all'argomento. Che hanno dei contatti."

Lui scosse la testa. "No. Grazie. È impossibile. Troppo pericoloso."

La risposta non la sorprese.

"Come desideri."

Comunque, il ragazzo tornò ancora da Baris, e bevvero altre birre, ma non parlarono più del grano. Invece, lui iniziò a farle domande sulle sue attività di osservatrice del cielo.

"Non ho più tempo d'informarmi. Sta ancora succedendo qualcosa lassù? Anche senza soldi?

"Stai scherzando? La metà dei progetti ha finanziamenti collettivi, ma non abbiamo mai smesso di lavorare. Ci sono mappe di Marte abbastanza precise da fare un'escursione – tramite robot, ovviamente."

"Ma è riservato agli specialisti, giusto?"

"Non se si partecipa a programmi di osservazione da più di venti anni. Si accumulano punti che danno diritto a escursioni. Davvero non lo sai?"

Lui scosse la testa.

"Mi interessavo all'argomento da ragazzo. In questo periodo, non ho un'ora per me stesso. Tranne che per venire qui, è la mia oasi di calma."

Aurore abbassò lo sguardo sul suo schermo. "Se vieni qui con gli occhiali 3D, posso cederti delle ore. Abbiamo dei robot su Europa, tutto qui, negli anelli di Saturno."

"Tutto qui?" ripeté lui, ridendo.

"Non è abbastanza. I cinesi sono su Io e nell'atmosfera superiore di Giove. Avremmo dovuto già da tempo lanciare sonde nella Nube di Oort verso Alfa Centauri."

La reazione del giovane sorprese davvero Aurore. "Ha ragione," disse, con espressione sognante. "Fin dall'inizio del secolo, non siamo più stati capaci di guardarci attorno."

"Sì," disse Aurore. "Quando ero giovane, si pensava che lo spazio fosse per i giovani. Oggi il sistema solare interessa solo i vecchi."

"Basta, penso che sia finita," disse Emma. "Non verrà."

"Sei stata gentile a provare ad aiutarci," disse Gaël ad Aurore, "ma francamente, è troppo pericoloso per lui, lo capisco."

Erano arrivati in cima alla collina dei dolmen al calar del Sole e avevano scelto il luogo come punto d'incontro perché dominava una parte disabitata della città, dove la vegetazione era assente oppure cedeva il posto a cespugli bassi ed enormi agavi. Il posto era facile da riconoscere e se Jules avesse avvertito le brigate speciali, avrebbero avuto la possibilità di vederle arrivare.

Aurore aveva impiegato mesi per convincere Emma, Gaël e Manu da una parte e Jules dall'altra, del fatto che potevano arrivare a un accordo. Emma aveva trovato semi di grano duro mai usati nella ricerca, Jules i chip a DNA e le forbici genetiche di cui Manu aveva bisogno per aiutare le loro api. E altri organismi di cui non parlava.

"Verrà," disse. "Non è il tipo che dà buca."

"S'era detto al calar del Sole," replicò Emma, indicando il cielo e le stelle che stavano apparendo, sempre più numerose. E poi l'hai incontrato in un bar, magari su quel suo famoso computer aveva solo dei giochi."

Era delusa e arrabbiata.

"Altri cinque minuti," suggerì Aurore.

Aveva faticato per arrampicarsi fin lassù, anche se aveva un bastone e un esoscheletro che le sosteneva la gamba. Da anni non c'erano più le corse dei vecchi motori e aveva dimenticato quanto era alta la collina. Si poteva vedere molto lontano, ora che non c'erano quasi più latifoglie e, soprattutto, si poteva guardare il cielo, perché il ristorante di Baris e le poche case lì attorno disponevano di un'illuminazione pubblica molto modesta. Le doleva l'anca, aveva proprio il diritto di approfittare dello spettacolo.

Emma e Gaël avevano sistemato le loro borse nel cofano del carro a vela quando tra le prime agavi si materializzò la sagoma di Jules Simondon.

Si scusò a profusione. C'era stata una riunione interminabile, aveva avuto l'impressione di essere stato seguito, doveva aspettare, essere sicuro. E ovviamente nessuno di loro aveva mai comunicato per telefono.

"Grazie per avermi aspettato."

"Di nulla," disse Manu. "A meno che tu non sia venuto a mani vuote."

Di certo, quel che aveva promesso non poteva stare in una tasca, e Jules indossava pantaloni e giacca da città. Fischiò piano, e un robot da trasporto cingolato risalì tranquillamente la collina. Il mini laboratorio contenuto nel robot fu spostato nel cofano del carro a vela di Emma e il sacco di semi, che in confronto era minuscolo, scomparve nella pancia tonda del robot. Quindi, poterono sistemarsi per mangiare.

Una volta terminato, Jules tirò fuori una bottiglia di Armagnac – Aurore non ne vedeva una da più di quindici anni, gli altri non ne avevano mai viste.

Si alzò dalla sedia pieghevole. L'esoscheletro non si stancava, ma l'anca e le ginocchia non apprezzavano l'immobilità. Si allontanò un po' e sollevò lo sguardo. Orione era magnificamente visibile sopra l'orizzonte; Aurore aveva sempre avuto un debole per la sua cinta di diamanti e la freccia che puntava verso l'infinito.

Poco dopo, Jules la raggiunse.

"Allora," disse lei a bassa voce, "si è avviato il processo? Cominciano ad avere delle idee?"

"Ne avevano già prima, giusto?"

"Sì, ma non osavano pensarci. Con quel che ci hai dato, saranno più abbordabili."

Lei alzò il braccio. "Come se venissi a sapere all'improvviso che posso dare una pacca sulla spalla di Orione."

"Per fare cosa?"

"Mah, che so, dirgli di puntare il suo arco di là – indicò l'orsa maggiore – o di là. Non ci rivedremo per molto tempo, vero?"

Lei lo guardò di soppiatto. Stava osservando il cielo e poiché era un po' più alto di lei, non riusciva a vedere la sua espressione.

"No. Sono stato davvero seguito, e non era la prima volta. Devo stare tranquillo. Forse mi registrerò a uno dei suoi gruppi di osservatori di ciottoli."

"Pensi che avrai del tempo libero, con il lavoro che ti aspetta?"

"Probabilmente no. Ma mi piace l'idea. C'è della sapienza, lassù."

"E nessun essere umano per andare a raccoglierla. Solo robot."

"Non critichi i robot; senza il mio, i suoi amici non starebbero immaginando nuove piante – e api."

Sì, Manu voleva kiwi luminosi che si potessero cogliere di notte, col fresco, Emma voleva super api resistenti a tutto e Gaël si era innamorato dei batteri produttori di idrogeno.

"Dovrai tornare un giorno per vedere cosa avranno fatto."

"Non subito. Ci tengo alla mia vita, sa?"

"Se stai buono, tra due o tre anni ti avranno dimenticato. E se non fosse così, sei giovane, troverai un modo. Io sono troppo vecchia. Succederanno delle cose, qui e lassù in alto, e io non ne farò parte, nemmeno come spettatrice."

Per un momento, pensò di aver messo un termine alla conversazione, come le succedeva spesso in quei giorni, grazie al suo traboccante ottimismo. Venti anni prima, suo marito diceva che per una appassionata di ciottoli spaziali com lei, il pessimismo era un vero dono.

"No," rispose lui. "Non è vero. Lei e suo marito siete stati importanti qui e lo siete ancora. E qualunque cosa accada lassù," con un gesto disegnò l'immenso arco della Via Lattea, delicatamente incurvato sopra le loro teste, "ne fate già parte."

HO LA BICI, ANDRÒ NELLO SPAZIO

di Ingrid Garcia

traduzione di Gabriella Goria

Ingrid Garcia aiuta a vendere vini locali in un'enoteca vintage di Cadice e scrive narrativa speculativa nel tempo libero. All'inizio, i bravi ragazzi di Ligature Works, Panorama e EOS Quarterly hanno corso un rischio con lei. Poi è stata pubblicata nelle antologie F&F, Futuristica Volume 2 *e* Ride the Star Wind, *tra le altre. Tra il lavoro di giorno, scrivere nuove storie e progettare un sito web, cane permettendo, spera addirittura di scrivere quell'inevitabile romanzo.*

Orbita terrestre alta. Un posto in cui le particelle virtuali appaiono e scompaiono, non percepite da nessuno, ma disturbate da radiazioni cosmiche, eruzioni solari e astronauti che rincorrono satelliti ribelli.

"Sapete tutti come eseguire l'Ombrello Reverso," dice Yo-Sung Lee alla radio, "chi vuole spingere? Sarà piuttosto vicino alle fasce di Van Allen."

Tameka fa un cenno di consenso, sorprendendo Yo-Sung, la quale dice: "So che è strano detto da me, ma tu, come me, sei il membro più giovane."

"Esatto," risponde Tameka, "quella con la quantità più bassa di radiazioni accumulate. L'abbiamo verificato."

"Giusta osservazione," deve ammettere Yo-Sung. "Quindi immagino tu abbia fatto pratica con rallentatori e ricevitori?"

Patrice e Paddy Ukai propongono le loro reti ammortizzanti, ancora in germe, e José sventola il suo meccanismo di agganciamento. "Divertente quasi quanto hackerare il Pentagono," dice Paddy Ukai, strappando sorrisi stanchi al resto del team.

"Perché diavolo sono io il capo, allora?" dice Yo-Sung, non scherzando del tutto.

"Perché lo odi." Il sorriso di Patrice si illumina in fretta nel casco. "Il che ti rende un ottimo capo," dice Tameka mentre gli altri annuiscono in silenzio.

Sulla Terra, Yo-Sung si spostava su una sedia a rotelle. Colpita da un raro tipo di disturbo dell'equilibrio, non riusciva a stare dritta in piedi - a volte addirittura a stare seduta - senza cadere. La patologia ereditata geneticamente aveva ripercussioni sul suo sistema nervoso, sul cervello e sull'orecchio interno. La patologia era talmente rara e complessa che nessun impianto o medicina farmaceutica era stata ancora sviluppata per contrastarla. Molti dottori erano a favore di finanziamenti per la ricerca, che venivano negati dalle case farmaceutiche, le quali non vedevano abbastanza utile sull'investimento. Non che i suoi genitori potessero permettersi una simile terapia, comunque.

Come molte altre menti iperattive in un corpo disabile, lei era irrequieta. Una ragazzina nerd sudcoreana che divorava manga, fantascienza e letteratura senza un ordine preciso. Gli occhi castani, i capelli ricci e l'altezza leggermente superiore alla media l'avrebbero resa speciale tra i suoi compagni, se non fosse stata per la paura costante di cadere, gli occhi attenti sempre alla ricerca di un appiglio e il suo rifiuto di dare per scontati i consigli del superiore. Una studentessa brillante che aveva preso il dottorato in fisica con lode, mentre il prestito le aveva causato un grosso debito. Le piaceva smanettare, i componenti elettronici si vendevano a prezzi stracciati e i software open source erano facilmente reperibili.

Così aveva sviluppato delle stampelle per l'equilibrio piene di accelerometri, servomotori veloci e sensori GPS a grana fine. Aveva sviluppato un algoritmo di autoapprendimento che avrebbe insegnato alle stampelle a insegnarle a stare in piedi e - prima o poi - a camminare.

Ovviamente, le sedie a rotelle moderne erano a buon mercato dato che il prezzo dei componenti elettronici aveva continuato a scendere, ed erano state migliorate con attuatori intelligenti, grazie ai quali erano in grado di attraversare soglie, salire scale e superare altri ostacoli. Con un attuatore centrale, potevano persino sollevarsi fino a portare la testa alla stessa altezza delle persone in piedi. Eppure, non era come camminare, perché sulla sedia a rotelle i muscoli si atrofizzano. Non che ci fosse niente di male nei muscoli di Yo-Sung, avevano solo bisogno di regolare esercizio fisico. Purtroppo, gli esercizi da sdraiata a terra o nella sicurezza di una rete la annoiavano a morte.

Le stampelle per l'equilibrio le correggevano solo i movimenti. Doveva comunque fare la maggior parte dello sforzo da sola, il che favoriva il mantenimento della forza muscolare.

All'inizio non era stato facile, perché l'algoritmo di autoapprendimento sbagliava o sovracompensava, facendola cadere molte volte. Aveva tagli e lividi che lo dimostravano. Ma progressivamente il software aveva colto il concetto e aveva continuato a migliorare. A poco a poco, era riuscita a stare in piedi con le stampelle, a camminarci e aveva persino trovato un modo per correre, in stile salto triplo. Il software si era integrato così bene che aveva potuto fare lezioni speciali di autodifesa: jujitsu, taekwondo e karate. Era diventata un'esperta, e lo sciocco rapinatore aveva tagli e lividi che lo dimostravano.

Tuttavia, la sua mente rimaneva irrequieta. Una notte, aveva guardato lo spazio lassù e aveva trovato un modo alternativo di usare le sue stampelle per l'equilibrio.

Il satellite ribelle arriva con un'inclinazione obliqua, all'apogeo quasi sfiora la fascia di Van Allen interna. Se da una parte si avvicina pericolosamente a quella zona invisibile di radiazioni acute, dall'altra è anche il punto in cui la sua velocità è al minimo ed è quindi più facile rimorchiarlo. Le radiazioni dentro e vicino alle fasce di Van Allen creano scompiglio ai segnali dei radiocomandi, quindi l'utilizzo di droni è fuori discussione.

L'intervento umano è necessario ed è qui che entra in gioco la squadra di salvataggio della ClimateTrack – base di servizio: la Stazione Spaziale Zebra.

I membri del team raggiungono le loro postazioni mentre verificano il segnale GPS del satellite ribelle un'ultima volta. Anche se dovessero fallire, ormai conoscono la sua orbita proiettata. Sebbene a prima vista sembrino un gruppo eterogeneo, le loro abilità corrispondono alle loro funzioni. Alcune di queste abilità funzionano meglio a gravità zero, mentre altre funzionano ovunque. Per esempio, andare in bici sulla Terra è qualcosa che non disimparerai mai, perché la forza della gravità è sempre verso il basso, mentre andare su una bici spaziale significa che il guidatore determina in quale direzione va la sua energia. Pedalare è sempre naturale, ma l'orientamento e le manovre a tre dimensioni sono abilità nuove.

In modo simile, alcune persone riescono più facilmente ad avvicinarsi a un bersaglio mobile, altre eccellono nello stimare dove si troveranno quei bersagli. Alcuni non hanno il mal di spazio, altri lo reprimono, con dei medicinali se necessario, per riuscire a lavorare in questa nuova frontiera. Alcune abilità sono inutili sulla Terra, ma preziose in orbita, altre sono universali. Pertanto, alcuni ricevono, altri spingono. Tutto sta nel trovare il giusto mix. La maggior parte sono giocatori, uno è allenatore. Tutti vogliono riuscirci, vincere.

Pedalando delicatamente, Patrice e Paddy Ukai hanno manovrato fino ai punti di frenata previsti - in conformità con la traiettoria su cui Tameka spingerà il costoso macchinario – ed estendono le reti ammortizzanti. "È come fare del phishing a un phisher," dice Paddy Ukai. È un bravo membro del team, ma non capisce quando tenere la bocca chiusa.

José li segue appena dietro con la bici spaziale, il rampino pronto all'uso. A differenza del monociclo, una bici spaziale non ha una ruota, bensì un doppio paio di tubi di scappamento che si separano da un tubo unico collegato nel punto in cui si troverebbe la corona di una bici normale. Al posto della catena, in mezzo ai pedali di una bici spaziale c'è un generatore di ioni, la cui potenza dipende dall'energia della pedalata del ciclista. Il doppio scarico ha una doppia funzione. Quanto minore l'angolo, tanto maggiore la propulsione. Tuttavia, se l'angolo del doppio scarico aumenta, e se ruotano anche i due tubi - lo standard per le bici di Yo-Sung - possono fornire uno scudo protettivo improvvisato a scapito della propulsione risultante.

Tameka pedala fino alla posizione di spinta, invertendo la posizione del doppio scarico della sua bici spaziale in direzione delle fasce di Van Allen, pedalando veloce, affinché la configurazione a Ombrello Reverso del doppio scarico fornisca uno scudo antiradiazioni provvisorio, con la lunga asta da spinta pronta.

"Satellite in arrivo tra due minuti," dice Yo-Sung sul canale centrale.

Durante un'operazione di salvataggio come questa, tempistica e lavoro di squadra sono ciò che sta tra fallimento e successo. Il satellite, anche all'apogeo, si muove molto in fretta, vicino a 1,5 chilometri al secondo. Da un angolo precalcolato, Tameka accelera verso il punto più alto del satellite in orbita, aumentando notevolmente l'angolo dell'Ombrello Reverso, pedalando con tutte le sue forze. Il software di tracciamento proietta dentro al casco il punto in cui dovrebbe colpire il satellite, ma per la maggior parte è guidata dall'istinto maturato nelle intense sessioni di addestramento.

Si sente un rumore sordo impercettibile quando il materiale di deviazione della punta dell'asta da spinta incontra il metallo dello scafo del satellite, proprio al momento esatto. Il satellite viene spinto via dal suo apogeo, riducendone la velocità enormemente, verso le reti ammortizzanti di Patrice e Paddy Ukai, pronte ad attenderlo. Devono solo effettuare delle minime correzioni per posizionarsi sulla nuova traiettoria del satellite.

Non è la prima volta che Yo-Sung si chiede come un gruppo tanto diverso di specialisti - un imprenditore di high-tech, un analista di sistemi, una esobiologa, un aerodinamico e persino un famigerato hacker - possa formare un team tanto buono. Sono sicuramente motivati, vivono il sogno di essere nello spazio. José ha lasciato il lavoro ben pagato da aerodinamico alla Boeing per recuperare vecchi satelliti, piuttosto che lanciarne di nuovi. Inoltre, le sue forti braccia l'hanno liberato dalla sedia a rotelle, qui nello spazio. Paddy Ukai, un famigerato hacker alla ricerca di nuove opportunità nella nuova frontiera. Tameka ha lasciato il suo laboratorio pieno di campioni nella speranza di trovarne di veramente extraterrestri quassù. E nello spazio, la sua artrite è sparita come per magia. Patrice voleva espandere il suo sistema di capacità di analisi in regni superiori. E Yo-Sung, le cui stampelle per l'equilibrio modificate si erano trasformate in bici spaziali, diventando sia una nuova opportunità che un nuovo ambiente per il corpo disabile con la mente irrequieta.

Il satellite sfonda le reti ammortizzanti, le quali trasformano la maggior parte della sua energia cinetica in calore, incenerendosi nel processo. Le vittime sacrificali. Che il loro sacrificio non sia vano, pensa Yo-Sung. Tira un sospiro di sollievo quando il rampino di José si aggancia.

Fuori pericolo, pensa con gioia tra le grida di entusiasmo del resto del team. Nonostante non sia la prima operazione di salvataggio riuscita con le sue bici spaziali, è però la prima con le *sue* bici e sotto la *sua* responsabilità.

"Congratulazioni." Magdalena Asunción, manager della Stazione Spaziale Zebra, spinge una foglia di coca verso Yo-Sung. "È andata *molto* bene. L'utilizzo delle tue bici ridurrà notevolmente i rischi delle operazioni future."

"Mi dispiace molto," Yo-Sung spinge indietro la costosa foglia, con delicatezza, "ma non posso prendere stimolanti per via delle mie condizioni. Mi limiterò al mio tè al gelsomino."

"Sono io a dovermi scusare, non dovrei darlo per scontato." La donna snella, dai capelli ramati e dalle origini Inca fa un inchino profondo, non è un'impresa facile a gravità zero. "Intendi lo stato in cui entri quando prendi il comando di un team? A casa mia non è una condizione negativa, ma un vantaggio. E per di più un ottimo vantaggio."

"Non intendevo quello." La donna asiatica minuta seppur voluttuosa ricambia l'inchino, senza paura di cadere. "Quello viene dagli allenamenti di arti marziali. Ho un disturbo dell'equilibrio, e purtroppo ho scoperto che gli stimolanti lo peggiorano."

"Mi dispiace tanto." Asunción si mette la foglia di coca in bocca e inizia a masticare. "Sarà sicuramente curabile al giorno d'oggi, no?"

"Esistono molti disturbi dell'equilibrio." Yo-Sung infila la cannuccia nel globulo di tè al gelsomino e fa un rapido sorso. "Il mio è uno dei più rari. Nessuna terapia a disposizione."

"Che effetto ha su di te qui nello spazio, se posso chiedere?"

"Nessuno. Dato che non distinguo il sopra e il sotto in maniera naturale, mi sento bene in ogni posizione a gravità zero."

"Capisco." La donna peruviana socchiude leggermente gli occhi. "È per questo che non ti viene il mal di spazio?"

"Suppongo di sì."

"E come fai laggiù?" Un dito snello indica il globo blu in basso.

"Con i miei bastoni per l'equilibrio appositamente progettati," dice Yo-Sung, nascondendo veloce un allegro sorriso dietro la mano, "i predecessori delle mie bici spaziali."

"È fantastico."

La Stazione Spaziale Zebra è il fulcro delle operazioni dei satelliti Caos nell'orbita della Terra. Quelli chiamati satelliti Caos localizzano i segnali spia di cambiamenti iniziali che possono portare a eventi climatici estremi come uragani, alluvioni e siccità, cercando di anticipare gli impatti peggiori su una Terra colpita dal cambiamento climatico. I satelliti Caos devono essere lanciati in orbite molto peculiari, chiamate "Ali di Farfalla", per avere prestazioni ottimali. Questo è estremamente difficile, e a volte fallisce. Il team di salvataggio della Stazione Spaziale Zebra cerca di recuperare questi macchinari molto costosi. Nella maggior parte dei casi utilizzano sonde radiocomandate per fare il lavoro sporco, ma per le operazioni più complesse è necessario l'intervento umano diretto: team come quello che Yo-Sung sta addestrando all'uso delle sue bici spaziali.

Parte dell'alto rischio, e fascino, delle loro prodezze sta nel fatto che i loro propulsori ionici hanno un range limitato. Se sottovaluti la riserva di carica del tuo propulsore puoi diventare tu stesso un satellite disperso. E se vai alla deriva verso le fasce di Van Allen, le radiazioni acute faranno un casino con il tuo corpo in carenza di ossigeno. Yo-Sung ha sviluppato un propulsore con un range più lungo, usando una fonte di energia extra: te stesso.

La sua bici spaziale è un lungo bastone con un sellino su un'estremità, pedali al centro e due scarichi ionici all'altra estremità. Attraverso un generatore nell'hub, la pedalata produce un flusso ionico che può essere direzionato da ogni parte grazie al doppio scarico, permettendo al ciclista spaziale di scendere senza puntare il raggio di propulsione ionica verso sé stesso. Usano l'astronauta come fonte di energia.

"Sono felice di aiutare la sua azienda a recuperare i satelliti dispersi," dice Yo-Sung, "ma non capisco come questo possa aiutare la gente là in basso."

"Lo chiamiamo accesso al futuro," dice Asunción, "tutte le informazioni su tempo e clima che i nostri satelliti Caos raccolgono, insieme alle misurazioni a terra, sono inserite in un supercomputer. Il software del computer espande il coefficiente Lyapunov in un algoritmo che predice l'inizio di eventi climatici estremi. Finora hanno predetto correttamente il novantotto percento delle volte, cinque giorni in anticipo."

"Il che dà alle persone sulla Terra il tempo di prepararsi al peggio," dice Yo-Sung, "ma mentre questo salva molte vite nel breve periodo, in realtà significa basicamente combattere i sintomi e non affrontare la causa scatenante."

"Il cambiamento climatico è un problema diabolicamente complicato." Asunción emette un sospiro stanco.

"Aggravato da inquinamento, deforestazione, acidificazione degli oceani e perdita di biodiversità, giusto per citare i più ovvi," dice Yo-Sung. "Ma non possiamo lasciare che l'immensa complessità del problema ci fermi: sono a rischio i nostri mezzi di sussistenza planetari."

"Che è il problema del problema. Non sembra esserci una soluzione facile che possa ottenere il consenso generale, che una maggioranza di persone, inclusa la gente importante, possa sostenere."

"Dobbiamo e possiamo essere più intelligenti di così. Siamo nove miliardi di persone, ognuno di noi unico e intelligente a modo suo. Dovremmo essere in grado di provare molti approcci diversi allo stesso tempo e, andando per tentativi, migliorare quelli che funzionano."

"Non credo succederà tanto rapidamente." Asunción apre le braccia, i palmi verso l'alto. "Anche se noi alla ClimateTrack cerchiamo assiduamente di contribuire nel nostro piccolo."

"Credo che stia già succedendo più di quanto sappiamo. Molte, moltissime persone stanno cercando soluzioni grandi e piccole. Imprenditori, inventori, scienziati, ingegneri, persino artisti che cercano di ispirare la gente a pensare in modo costruttivo. E persone strane che aiutano a fornire una struttura affinché le loro comunità lavorino in modi nuovi ed emozionanti."

"Potrebbe essere troppo poco, troppo tardi." La donna peruviana si toglie di bocca la foglia di coca masticata. "Anche se esistono, ovviamente, i progetti dei riflettori solari di Geo-Shield e di inserimento di polveri atmosferiche di PowerMate."

"Follia," dice Yo-Sung mentre Asunción sbatte le palpebre per la ferocia della risposta della sudcoreana, "È del tutto assurdo pensare che un problema così complesso possa essere risolto con una semplice panacea tecnologica."

La voce sta circolando in fretta, anche per questa era spaziale, e parecchie aziende sono interessate a provare le bici spaziali di Yo-Sung. Dopo aver ricevuto il permesso da Asunción – la ClimateTrack ha sponsorizzato il suo viaggio – fa dimostrazioni della bici spaziale a manager di altre aziende e persino a governi. Non ha una predisposizione per la vendita, ma le sue azioni contano molto più delle parole, dato che le sue dimostrazioni delle capacità della bici spaziale convincono facilmente la maggior parte a fare gli ordini iniziali, insieme alla formazione per il personale e spesso per sé stessi.

"Sarai molto occupata quando tornerai giù," Asunción stringe la spalla di Yo-Sung, con affetto, "ricordati che ti abbiamo trovata per primi, ti abbiamo pagato il primo viaggio in ascensore spaziale. Noi prendiamo la prima serie."

"Certamente," dice Yo-Sung, reprimendo l'istinto di ritirarsi, non essendo abituata a non essere vista dagli altri come una freak, "ma avrò bisogno di tempo per aprire centri di produzione."

"Va bene, abbiamo il tuo corso di formazione. Fino a che non avranno il loro, ci invidieranno tutti." Un bip vibrante risuona dai gioielli smart di Asunción. Legge il messaggio, poi guarda Yo-Sung. "Parli del diavolo. Un'altra richiesta."

"Di chi?"

"GeoShield." Asunción legge parte del messaggio. "Vogliono una dimostrazione, dopo di che decideranno se le tue bici spaziali possono essere modificate per i loro robot costruttori."

Questo turba Yo-Sung e la fa tacere per qualche secondo. "Di' loro che non sono interessata."

"Sono un'azienda enorme, fondata da un grande consorzio e," dice Asunción, con una pausa ad effetto, "Stati Uniti e Cina."

"Non mi interessa," dice Yo-Sung, scuotendo il capo con veemenza, "quello che fanno è sbagliato."

"Non facciamo niente, allora?" dice Asunción, "I nostri dati mostrano chiaramente che il pianeta sta precipitando alla svelta. Tifoni violenti, siccità prolungate in un luogo e alluvioni intense in un altro stanno già accadendo e peggiorano. Dobbiamo agire *adesso*."

"Non se gli enormi riflettori solari della GeoShield combattono solo i sintomi e non si interessano della causa scatenante," dice Yo-Sung, trattenendosi a malapena dal gridare, "Le emissioni di carbonio non sono ancora contenute. Questi soldi sono spesi meglio per introdurre generazione di energia a emissioni di carbonio negative, stili di vita più verdi e progetti di riforestazione."

"Non è quello che i potenti hanno deciso, mi dispiace dirlo," dice la donna peruviana, alzando le mani, "E se abboccano, parliamo di un enorme ordine potenziale. Un *sacco* di soldi."

"Preferisco rimanere povera che diventare ricca grazie a qualcosa di profondamente sbagliato."

"Hai una forte etica," dice Asunción, alzando gli occhi al cielo.

"Non posso farci niente," dice Yo-Sung, "quello che faccio è ciò che sono."

"Di tutti quelli che ho incontrato nella mia vita," dice Asunción, guardando Yo-Sung dritto negli occhi, "tu sei quella con la mente più brillante. Di gran lunga."

Yo-Sung arrossisce violentemente, non sapendo bene come prendere quel complimento.

"Una mente fantastica," Asunción si avvicina a Yo-Sung, le prende le mani, "ma sai che sei anche una donna molto attraente?"

Yo-Sung si sente rovente e non solo per essere arrossita intensamente. "Non me l'ha mai detto nessuno."

Asunción la prende tra le braccia e la bacia sulla guancia. "Mi sei piaciuta dal primo momento in cui hai messo piede a bordo," dice con dolcezza.

Yo-Sung agita le mani senza difese, poi si decide a ricambiare l'abbraccio. "Fai piano, per favore, non ho esperienza. Con il mio disturbo dell'equilibrio, il sesso è troppo pericoloso, troppo strano sulla Terra."

"Ma non qui nello spazio." I baci di Asunción scendono lungo il collo di Yo-Sung, poi le morde dolcemente l'orecchio.

"Ho paura," dice Yo-Sung, poi lascia andare un sospiro, "ma sono anche eccitata."

"C'è solo un modo per scoprirlo," dice Asunción, "andiamo nella mia cabina."

Da quando l'ascensore spaziale è operativo, le cose si sono fatte molto più impegnate sull'orbita della Terra, sulla Luna e altrove. Molte opportunità, sia nello spazio che sulla Terra, sono emerse e andando per tentativi si è scoperto che gli esseri umani standard non erano sempre la scelta migliore per le operazioni spaziali. Nonostante l'assiduo esercizio fisico e i costosi integratori, il deterioramento di ossa e muscoli in un ambiente privo di gravità limitava i tempi in cui gli esseri umani normali potevano rimanere nello spazio e ritornare sulla Terra senza effetti collaterali. Le grandi stazioni spaziali potevano riprodurre una gravità artificiale con una rapida rotazione, ma il trasporto della massa dalla superficie continuava a essere costoso. Gli ormeggi per le merci erano molto richiesti all'ascensore spaziale, il quale aveva anch'esso bisogno di un utile sull'investimento, quindi la maggior parte delle navicelle spaziali erano piccole e senza gravità artificiale.

Sempre andando per tentativi, gli astronauti per i lunghi periodi erano presto diventati quelli che erano già fisicamente disabili, a cui non mancava la gravità, anche se comunque causava a loro del dolore.

Inoltre, non molte persone – normali o no – riuscivano a sopportare la pressione psicologica e l'inevitabile noia del restare da soli su un'astronave angusta per mesi e mesi. Chi era affetto da autismo o sindrome di Asperger era molto più adatto.

La loro incessante concentrazione li rendeva dei buoni candidati per le spedizioni di lunghi periodi. Rifiorivano nei regimi rigidi che potevano implementare su sé stessi, con terabyte di conoscenze specifiche che potevano esplorare a loro piacimento sui computer della nave.

Paradossalmente, le forze economiche – e non la compassione o le quote di assunzioni obbligatorie – guidavano queste scelte. Una navicella spaziale persa o malfunzionante significava un investimento enorme andato in fumo, e anche le terapie fisiche e mentali per riportare le persone normali, be', allo standard erano care.

Gli astronauti mentalmente e fisicamente disabili avevano persino un sindacato chiamato CIT – *Contradictio in Terminis* – e si autodefinivano orgogliosamente "autistici disabili per la vittoria".

Vedendo come questi astronauti resistevano bene per periodi lunghi, molti aficionados dello spazio sani cercavano di mutarsi geneticamente alla loro patologia. Come gli astronauti per periodi lunghi che alla fine erano diventati, non volevano tornare sulla Terra. Volevano vivere e morire nello spazio.

"Con il tuo disturbo dell'equilibrio," dice Asunción, "hai mai sognato di diventare un'astronauta per lunghi periodi?"

"In realtà no," risponde Yo-Sung, accarezzando lo scalpo calvo di Asunción, comprendendone la praticità, ma non ancora pronta a tagliare i suoi lunghi ricci. "Amo troppo la Terra."

"Be', la puoi sempre vedere da qui."

"Vedere le cose dall'orbita non può competere col vedere le nostre meraviglie naturali da vicino e di persona."

"Ma quando tornerai, sarai... disabile, di nuovo."

"Sto bene. Ho le mie stampelle per l'equilibrio."

"Non lo dico solo perché odio vederti partire, il che è vero," dice Asunción, alla ricerca delle parole giuste, "ma credo che la tua azienda di bici spaziali andrà bene, benissimo. Col tempo, farai abbastanza soldi da farti sviluppare un impianto per la tua patologia."

"Non voglio essere curata," dice Yo-Sung, guardando Asunción con uno sguardo intenso, "fa parte di ciò che sono."

"È un'invalidità. Ti limita i movimenti, distrugge la tua qualità di vita," dice Asunción, sul punto di piangere. "Le persone come te mi fanno compassione."

"Non voglio la tua compassione." Gli occhi diventano di un nocciola ardente. "Voglio che mi accetti così come sono."

Notizie urgenti dell'ultima ora
Un missile QR-66 dalla superficie allo spazio si dirige verso l'ascensore spaziale, sfuggendo a ogni tentativo di intercettazione. Questo è l'ultimo tipo di missile intelligente delle Forze Spaziali statunitensi, progettato per essere più scaltro di tutti i sistemi antimissile attuali.

Il Pentagono nega ogni tipo di coinvolgimento con la traiettoria del missile, dicendo che il QR-66 è fuori controllo, probabilmente hackerato da un gruppo terrorista. Finora, il missile vagante ha eluso ogni tentativo di distruzione, sia da parte di piloti umani che da sistemi di intercettazione automatici.

Non essendoci niente tra il missile e l'ascensore spaziale, i paesi situati sull'equatore stanno adottando misure d'emergenza, evacuando persone dalle possibili aree d'impatto dell'enorme pianta di fagioli disintegrante.

Nel frattempo, Yo-Sung e il team di salvataggio stanno testando una delle sue bici spaziali sperimentali. "Questo modello speciale," dice Yo-Sung, "ha una modalità 'esplosione' per accelerazioni elevate, e una modalità 'aggancio estremo' con un magnete superconduttore."

Mentre testano le capacità della bici sperimentale, arriva la notizia del lancio del missile contro l'ascensore spaziale. Yo-Sung controlla velocemente la traiettoria proiettata del missile. "Possiamo provare a intercettarlo, se ci muoviamo in fretta," dice.

"Ma come?" chiede Tameka, "La nostra attrezzatura è per i satelliti, non per i missili."

"Penserò a qualcosa," dice Yo-Sung, il suo senso dell'urgenza si impenna, "Andiamo."

Il missile ha software e componenti elettronici di ultima generazione, i migliori e i più avanzati. Ma Yo-Sung mangia, beve e respira con quelle cose. Le sue bici spaziali sono una generazione avanti a tutto ciò che c'è sul mercato e hanno resistito con successo a tutti i test e agli utilizzi imposti dal team di salvataggio.

L'unico argomento su cui non si sente al cento percento aggiornata è il software. Poi si ricorda dei profili dei membri del team.

"Paddy," dice, "non hai vinto la maratona PanPacifica di hacker a Melbourne, l'anno scorso?"

"E sarei andato al Campionato Mondiale se non fosse arrivato questo lavoro," dice Paddy Ukai, "Perché?"

"Avrò bisogno della tua esperienza. Per favore rimani in contatto con me attraverso la radio della tuta spaziale. Devo usare la radio della mia bici spaziale per il missile."

Un missile del genere deve avere un punto di accesso segreto, per essere richiamato o distrutto all'ultimo momento possibile. Un interruttore di emergenza remoto: lo aveva l'Exocet francese, i missili da crociera americani e Minuteman e persino il russo Satan SS-18. Se solo potesse trovare quel punto di accesso e poi, con l'aiuto di Paddy, hackerare il software del missile.

Deve essere fatto attraverso una certa radiofrequenza, una che sia possibilmente anche disponibile sulla radio della sua bici spaziale. La mente corre veloce. Il trasmettitore della sua radio è debole, il raggio limitato. Ha bisogno di essere vicina, parecchio vicina.

Ma il missile va veloce, molto più veloce di quanto possa muoversi la sua bici spaziale. Lei deve arrivare abbastanza vicina per hackerarlo.

"Patrice e José, potete lanciare le reti ammortizzanti sul percorso del missile?"

"Sissignora, ma non fermeranno quel mostro."

"È sufficiente che lo rallentino. Ogni piccola cosa aiuta."

"Tameka e Paddy Ukai, ho bisogno di stare su una traiettoria parallela al missile, e il più vicino possibile, dopo che Patrice e José lo avranno rallentato." Ora Yo-Sung parla veloce, spera che gli altri capiscano. "Potete mettermi su una pretraiettoria con le vostre aste da spinta e poi trasferirmi più slancio possibile? Ho bisogno di tutta la velocità raggiungibile."

"Va bene," Tameka e Paddy Ukai recepiscono, "ma farà male."

"Dobbiamo salvare l'ascensore spaziale, o molti altri si faranno più che male. Fatelo."

"Sissignora," dicono entrambi, scambiandosi uno sguardo nervoso.

Tameka e Paddy Ukai prendono una svolta rapida di centottanta gradi, mantengono una rotta parallela a quella proiettata del missile. Pedalando con tutta la loro forza, pur rimanendo perfettamente fianco a fianco, indirizzano la punta delle loro aste da spinta direttamente verso Yo-Sung, che aspetta, le si avvicinano come una freccia il cui bersaglio è perfettamente mirato.

Il dolore sarà intenso, più di quello che un essere umano normale potrebbe sopportare. Ma Yo-Sung, quando ha reimparato a camminare con le sue stampelle per l'equilibrio sulla Terra, ha passato di peggio, molto peggio. Lei utilizza il dolore intenso come forte punto di concentrazione per avvicinarsi al missile quanto necessario, accelerando con tutta la sua forza.

Nel frattempo, Patrice e José stabiliscono entrambi dei nuovi record, mentre riescono a posizionare le loro reti ammortizzanti davanti alla macchina che si muove più veloce di ogni satellite vagante mai catturato. Il missile passa attraverso le reti strappandole, come un coltello incandescente nel burro, ma rallenta, in maniera quasi impercettibile.

Yo-Sung è molto più avanti, ma il missile la sta raggiungendo in fretta.

È estremamente difficile, quasi impossibile. Eppure, lei ci prova, calcolando con attenzione il tempo per la modalità sperimentale "esplosione" che brucia il novanta per cento dell'energia elettrica immagazzinata. L'accelerazione è intensa, molto al di sopra di 10 G. Qualsiasi altro essere umano normale sarebbe svenuto, ma Yo-Sung riesce in qualche modo a sopportare il dolore e a rimanere cosciente. Si posiziona a uno sputo di distanza dal missile che avanza e accende il magnete superconduttore della sua bici spaziale sperimentale. Un'altra forte accelerazione, un'altra montagna di dolore...

Ma poi viene elettromagneticamente agganciata al missile. Ora può accedere al sistema di controllo. Non è un lavoro per lei, ma per Paddy Ukai. "Paddy, ci sei?"

"Pronto e in attesa, Signora."

"Hai il video?" chiede. "E vedi il monitor della mia bici spaziale?"

"Positivo su entrambi. Seguono le mie istruzioni."

Seguendo le istruzioni di Paddy Ukai, anche se ne capisce la metà, Yo-Sung trova la frequenza di collegamento. Le dita digitano su una tastiera virtuale con una velocità accecante, stanno a malapena al passo con i comandi vocali di Paddy, i quali sono così rapidi che gli altri sentono solo un rumore confuso da alta frequenza. Insieme, spingono la radio della bici spaziale di Yo-Sung al limite.

Dev'esserci un modo per entrare.

Se falliranno, il missile colpirà l'ascensore spaziale. Se la sua esplosione dovesse tagliare la fascia di nanotubi di carbonio tripla ridondante, la parte superiore dell'ascensore spaziale verrà sferzata nello spazio, la probabilità di colpire qualcosa estremamente bassa.

Ma la parte inferiore verrebbe sferzata intorno all'equatore, demarcandolo con una traiettoria di distruzione totale larga dieci metri. Non possono lasciare che questo accada.

Il fatto che la Stazione Spaziale Zebra si trovi vicina all'elevatore spaziale – al lancio del missile – è pura fortuna. La prossimità della GeoShield all'ascensore spaziale, invece, è pianificata.

Paddy Ukai sguinzaglia tutti i tentativi di hackeraggio che ha già provato, e alcuni nuovi.

Paddy Ukai le dà comandi che lei non sapeva nemmeno esistessero. Cose folli che dovrebbero essere impossibili, matte, inafferrabili.

Sono dentro.

"Come riprogrammo la rotta?" Con la coda dell'occhio vede l'ascensore spaziale avvicinarsi in fretta.

"Vai al 'modulo posizione bersaglio', e sovrascrivi le coordinate originali," dice Paddy, estremamente concentrato.

"Ma con quali coordinate le sostituisco?"

"Coordinate di un posto in cui la testata possa esplodere senza causare danni."

Yo-Sung pensa intensamente, poi dice: "Conosco il posto giusto." Mentre Yo-Sung accede alla futura orbita del missile, è fin troppo consapevole che un piccolo cambio nella traiettoria iniziale avrebbe degli effetti enormi sulla destinazione finale. Si sente una farfalla quando entra nel modulo di posizione del bersaglio, una farfalla che sbatte le ali mentre apporta i cambiamenti.

Poi, Yo-Sung sgancia il magnete superconduttore, si spinge via dal missile e pedala più veloce che può.

Il missile, ora fuori dal raggio radio di Yo-Sung, continua sul suo percorso verso l'ascensore spaziale. Schiva gli ultimi tentativi di intercettazione, e torna sul percorso. Il loro sforzo sarà stato vano?

No, c'è una curva quasi impercettibile nella traiettoria. Sta virando fuori rotta, anche se di poco.

Il mondo trattiene il fiato collettivamente mentre il missile va fuori pista, mancando l'ascensore spaziale di poche centinaia di metri, non esplodendo in prossimità. Oscilla ancora più fuori rotta, sempre più selvaggiamente, diffondendosi in un'ampia curva verso i pannelli parzialmente finiti del riflettore solare della GeoShield. Colpisce il pannello più grande frontalmente e poi esplode, trasformando la maggior parte del progetto e i suoi robot costruttori in ceneri radioattive.

Epilogo

"Che le piaccia o no," dice l'intervistatore, "ora è una celebrità. Che progetti ha?"

"Quante persone ci stanno guardando?" chiede Yo-Sung Lee.

"Sei miliardi, qualche centinaio di milioni in più o in meno. Perché?" All'intervistatore non piacciono le domande eluse.

"Voglio aprire un grande centro di risorse per la diversità," Yo-Sung guarda in camera, e al mondo, con gli occhi ben aperti, "e raggiungere tutti. I ricchi, la classe media e i poveri. I disabili, i non privilegiati, gli emarginati. Ma anche i lavoratori e la gente importante.

"Innanzitutto, apriremo un pool di risorse per idee, strategie e approcci fuori dagli schemi. Poi, implementeremo prototipi, test sul campo e applicazioni reali su scala minore di quelli più promettenti. Riferimenti incrociati, fecondazioni con impollinazioni incrociate e controinterrogatori lungo il percorso, usando la diversità come risorsa, ispirazione e obiettivo finale. Contrastare la morte da mille tagli con l'immaginazione da mille e una notte, applicando mille e due soluzioni. Possiamo farcela: siamo moltitudini, siamo meravigliosi, siamo importantissimi.

"ClimateTrack, Unicef e la Cooperativa di Riciclaggio Internazionale hanno già donato i fondi iniziali, con altre aziende, ONG e istituzioni che verranno annunciate in futuro. Seguirà una campagna di crowdsourcing. Date un'occhiata a Optimisfits sul web.

"Avremo accesso al nostro futuro, e poi lo cambieremo in meglio."

IL RAGNO E LE STELLE

di D. K. Mok

traduzione di Stefano Ternavasio

D. K. Mok è una scrittrice di fantasy e fantascienza, autrice dei romanzi Squid's Grief, Hunt for Valamon *e* The Other Tree. *D. K. è stata selezionata nella shortlist di sei Aurealis Award, tre Ditmar e un wsfa Small Press Award. D. K. ha conseguito la laurea in Psicologia alla University of New South Wales, seguendo i propri interessi sia nel campo della giustizia sociale sia in quello dell'umorismo scientifico. D.K. vive a Sydney, Australia, e il suo giacimento fossile preferito è l'argillite di Burgess. Collegatevi su Twitter @dk_mok o scoprite di più su* <dkmok.com>.

L'infanzia di Del, come molte altre, fu un intreccio di racconti incantati. Ogni sera, mentre il calore del giorno veniva restituito dalla parete d'acqua in vetro della sua camera da letto, Del si rannicchiava con il suo quokka di peluche e ascoltava, rapita, mentre sua madre intesseva fantastici racconti.

Non erano mai storie di draghi e fate, di sirene e centauri. No, erano storie di intrepide giovani e di stormi di droni per il rimboschimento che sparavano semi nelle sabbie sterili e ricacciavano indietro il deserto. O storie di fameliche cavallette che invadevano le terre in piaghe soffocanti, e di contadini che rispondevano coltivando grano carnivoro.

Ma quella sera non ci fu nessuna storia. Del aspettò a letto finché anche i lineamenti cordiali del Quokka sembrarono irrigidirsi per l'impazienza.

"Aspetta qui," sussurrò Del. Aveva quasi cinque anni, e dunque era ufficialmente autorizzata a negoziare i termini dell'Ora della nanna. Le storie erano un requisito ai sensi dell'Articolo

295

Tre, dato che aveva soddisfatto le condizioni di cui all'Articolo Due: nello specifico, il Lavaggio dei denti.

Sgambettò piano verso il suono delle voci in cucina. Sua madre sembrava insolitamente frustrata; suo padre, insolitamente su di giri.

"Sono loro che ci perdono," stava dicendo. "Ci saranno altre competizioni..."

"Non come l'Esposizione Solaria Grande." La voce di sua madre era gonfia di delusione. "Passeranno vent'anni prima che torni da queste parti..."

"Allora ci metteremo in viaggio per la prossima..."

"Con tutta questa attrezzatura? E se il camion si ribalta? L'ultima cosa che ci serve è un titolone isterico del tipo *Insetti mutanti fuori controllo!* Già è abbastanza difficile non far venire i conati di vomito alle persone quando sentono la parola 'entomofagia'..."

"Forse la prossima volta non dovremmo usare quella parola. Cosa te ne pare di 'proteina alternativa'?"

Seguì un sospiro da far male all'anima. "La gente non vuole mangiare i ragni perché hanno troppe gambe, ma è ben felice di mangiare i granchi. Non vogliono mangiare i bruchi di karitè perché sono troppo collosi, ma si abbuffano di ostriche. In proporzione, la proteina di insetto è più economica, più salutare e più sostenibile della carne rossa. Per fare una sola polpetta di manzo ci vogliono duemila litri d'acqua. Per fare la stessa quantità di farina di grillo, servono solo una salvietta umidificata e una tolleranza per gli sciami..."

"Lo so. Ed è proprio per questo che ce la farai. Non hai bisogno di chissà quali premi. Hai la tua passione, e la tua laurea in entomologia. E hai me e la mia impareggiabile destrezza con un wok caldo e le spezie..."

"E me," esclamò Del dalla soglia. "Ti aiuterò a prenderti cura degli insetti."

"Oh, Del, figlia mia..." Sua madre la raccattò come una palla da rugby, con l'aroma rassicurante di albicocche mature e gelsomino che le indugiava sui folti capelli castani. "Sono in ritardo per l'ora della storia?"

Mentre fuori, dagli eucalipti, le cicale belavano le loro serenate a una sola nota, Del si sistemò sul suo stuoino per dormire, la paglia fresca sulla pelle. Trascinò un po' più vicino a sé il suo terrario notturno, e i funghi bioluminescenti e i lampiridi riempirono la camera di un tenue chiarore verde-blu.

"Mi racconti una storia sugli orchi?" I compagni di giochi di Del alla scuola materna si terrorizzavano a vicenda con storie di orchi divorabambini, e Del si chiedeva se l'orco avesse prima valutato l'opzione di cibarsi di pane di grillo e marmellata.

"Uhm... Non conosco molte storie di orchi. Oh, aspetta, c'è un orco molto speciale – il ragno faccia d'orco, *Deinopis ravida*. Una cacciatrice notturna che bracca la preda con una rete di seta, e ha occhi così acuti e penetranti che riesce a vedere la galassia di Andromeda."

E fu in questo momento – con la mente colma oltre i limiti di questa muta immagine al chiaro di luna di un ragno che ammira le stelle – che Del scelse il suo destino.

Dieci anni dopo

Aveva piovuto tutta l'estate, e le cisterne dell'acqua traboccavano, ma le rane della zona tenevano alla larga le zanzare. Comunque il patio era circondato da candele alla citronella che abbinavano il loro bagliore profumato alle festive luminarie solari. Del si fece largo tra la calca gioviale con in mano un ultimo piattino di fragranti *tortilla chip* all'aglio, sistemandolo tra il cremoso curry di mango e i croccanti stuzzichini lime e chilli.

Del intravide sua madre impegnata in una vivace conversazione con il sindaco, mentre suo padre presidiava il barbecue e un aroma come di gamberetti alla brace e peperoncino si spandeva nell'aria mite. Sul palco dell'orchestra, una donna con un oud elettrico cercava di sovrastare un fisarmonicista esaltato, e le tempie di Del pulsavano.

Finito il lavoro, sgattaiolò senza far rumore in un recinto adiacente e poi giù per un'ampia scalinata in pietra che scendeva nella terra. La console sul muro lampeggiò al riconoscere il suo chip da polso e lei attraversò la camera stagna per entrare in una vasta sala sotterranea. L'aria umida odorava di avena fresca e argilla, e la stanza era quasi totalmente buia. Delle strisce guida di un rosso cupo segnavano il pavimento, e in alto il soffitto era costellato di migliaia di piccolissimi puntini luminosi.

Innumerevoli file di scaffali alti due metri si estendevano a perdita d'occhio, tutti colmi di cassetti bassi costruiti con plastica di amido di mais. Uno spazio di ventilazione separava ogni cassetto dal suo vicino, così che la stanza assomigliava a un incrocio tra un panificio e una biblioteca. Dei grossi cartelli erano affissi al termine di ogni fila, insieme a etichette più piccole su ciascun cassetto:

grilli (acheta domesticus)
tarme della farina (tenebrio molitor)
bachi da seta (bombyx mori)

Il padre di Del aveva avuto ragione. Non c'era stato bisogno di nessun premio per realizzare l'intuizione di sua madre; solo di qualche anno, una nuova strategia di marketing, un'emergenza ambientale e lavoro duro a sazietà. Un vago rossore d'orgoglio riscaldava Del mentre ispezionava l'ordinata fattoria degli insetti, con il logo a colori vivaci di sua madre stampato su ogni cassa e ogni scatolone.

Cibi organici da koumi: deliziosa proteina sostenibile

Superare la repulsione delle persone per quelle bestiacce striscianti era stata la loro difficoltà maggiore, finché non avevano capito che le attitudini culturali non erano un ostacolo, ma una risorsa. Se il più della gente non si era mai preoccupato quando i *corn chip* erano fatti con olio di palma e lacrime di orango, perché avrebbe dovuto farlo adesso che per la propria dose di formaggio in polvere poteva contare su una coltivazione sostenibile di grilli senza glutine? Finché aveva l'aspetto e il sapore di un *corn chip*, per la maggioranza delle persone non aveva importanza da dove venisse.

I banchetti di Lilana Koumi erano diventati una sorta di leggenda locale. Erano cominciati come vendite e occasioni sociali per i potenziali clienti, ma insieme al prosperare degli affari si erano trasformati in un'annuale festa di vittoria per la famiglia. Ed era vero, in fondo non importava a nessuno che le *tortilla chip* fossero fatte di farina di grilli, o che il curry di mango contenesse purè di termiti arrostite al pepe, o che gli stuzzichini consistessero di cavallette fritte al sale e pepe. Era tutto delizioso, e quasi niente sembrava un insetto.

Del percorse il corridoio dalla luce fioca, mentre un coro di frinii si riversava su di lei. Nonostante la maggior parte dei canti dei grilli fossero probabilmente approcci entomologici, non poteva non immaginarsene alcuni come malinconiche odi per l'ondeggiare dell'erba e la pioggia estiva. Mentre passava sollevò la rete di un cassetto e ci gettò dentro qualche pezzo di carota. La struttura aveva sistemi di foraggiamento automatici, ma a Del piaceva comunque regalare qualche spuntino premio.

La sala sotterranea era climatizzata naturalmente e le luci erano alimentate dal biogas del vicino caseificio. E anche se Del sapeva che era solo la sua immaginazione, a volte pensava che la luce avesse un leggero odore di cheddar.

All'altro capo del magazzino sotto terra, oltre una semplice porticina, si trovava il regno di Del. Era stato pensato come ripostiglio, ma Del aveva implorato sua madre di concederle quell'accogliente spazio.

Tu hai un grande laboratorio nel magazzino di sopra, aveva detto Del. *Questo lascialo a me.*

E così fu.

Serbatoi e terrari e vassoi e acquari gremivano il piccolo spazio, traboccante di erbe e felci e residenti pieni di zampette. Cimici d'acqua giganti sguazzavano pigre, mentre i ragni pavone danzavano le loro rumbe nervose. Le pareti erano coperte di grafici, e intorno a un microscopio consumato erano sistemate con cura delle scatole di diapositive. A ciascuna residenza di insetti erano affissi in bella vista dei severi cartelli: non da mangiare!

Del frugò in un terrario frondoso e con un gesto attento ne estrasse un delicato ragno color caramello grande all'incirca come una monetina. Il ragno faccia d'orco corse su per il braccio di Del e le si appollaiò sulla spalla, fissandola con i limpidi occhi neri.

"Ciao, Artemis," sorrise Del. "Pronta per andare ancora a osservare le stelle?"

Artemis continuò a fissarla e, non per la prima volta, Del si chiese se decifrare l'espressione di un minuscolo volto di aracnide fosse come cercare di leggere una poesia vergata su un chicco di riso.

Mentre la madre di Del passava gran parte del tempo a ricercare il valore nutrizionale degli insetti, Del era rimasta affascinata dalle meraviglie ingegneristiche dei tumuli delle termiti e dalla stupefacente aerodinamica delle ali delle libellule. La sua mente fioriva di possibilità, all'immaginare i modi in cui questa conoscenza poteva trasformare il suo mondo. Ipotizzava giganteschi grattacieli con sistemi a convezione di ricircolo dell'aria, che non avevano bisogno di essere climatizzati artificialmente, e agili droni che attraversavano in volo dense giungle in urgenti missioni di ricerca e soccorso.

Spesso, mentre Del scrutava nel microscopio, Artemis le teneva compagnia, vagava pensierosa sulle pagine di appunti di Del, o penzolava a testa in giù da una felce in vaso, di quando in quando agitando una zampa come per incoraggiarla. O magari per dirle di sbrigarsi così poi sarebbero usciti.

Del svolse un controllo di routine dei filtri e delle reti della stanza, esaminando con la massima attenzione le chiusure di un alto terrario cilindrico. Al suo interno, le formiche di fuoco stavano formando l'ennesima torre, arrampicandosi risolute l'una sull'altra per creare una robusta ingraticciatura che somigliava a una Torre Eiffel di formiche. Sembrava che lo facessero ogni volta che non riuscivano più a stare nella vecchia casa, ma Del si chiedeva fin dove potessero arrivare se lasciate incontrollate e se, forse, da qualche parte in quel reticolo brulicante, ci fosse una formica di fuoco che aspirava a raggiungere le nuvole.

Avrebbe dovuto trasferirle in un serbatoio più grande.

Tornata fuori, Del trovò un posticino tranquillo accanto alle jacarande, dove i fiori violetti caduti già avvizzivano in un potpourri. Da dov'era appostata, Artemis alzò lo sguardo al cielo.

Qualcuno tossì nell'ombra.

"Ehi, disturbo?"

Un adolescente dalla pelle marrone chiaro e con un sorriso aperto le si parò di fronte tenendo in mano un rustico piatto di legno. Del ricambiò il sorriso.

"Ehi, Ziad. Grazie di essere venuto."

La famiglia di Ziad era proprietaria di un forno di successo in città. Erano vegetariani, ma venivano a ogni banchetto, portando dolci e auguri cordiali.

"Be', papà adora le feste. Ho visto che eri straindaffarata, come al solito. Ho pensato che forse avevi fame."

Le offrì l'insolito piatto, che sembrava fare da base a una fine opera scultorea di arte contemporanea.

"Wow," disse Del. "Sembra uscito da una galleria d'arte."

Ziad era raggiante. "Si tratta di un sablé d'erba dei canguri con gelato al mirto limone, una crostata di quandong e una *tuile* alla patata dolce."

Proprio come la carne era ormai un lusso in un mondo sempre più arido, così anche le colture più esigenti d'acqua, come il riso e il grano, stavano diventando oggetto di preoccupazione. Chi era lungimirante passava a coltivazioni come l'erba dei canguri o l'atreplice, che non avevano bisogno di irrigazione né di fertilizzanti sintetici o pesticidi. Sfortunatamente, il palato delle masse doveva ancora essere convinto.

Del addentò il pasticcino caldo e burroso e cercò di non salivare mentre la pungente marmellata di quandong le investiva le papille gustative.

"Ha il sapore di una giornata perfetta. Sono sicura che in men che non si dica avrai la tua pasticceria."

"Non solo una pasticceria. Ci sarà anche un giardino, una fattoria, ortaggi antichi e frutti tradizionali e nuove emozionanti varietà di grano e bacche e miele." Sospirò. "O almeno il sogno è quello."

"Forse questo ti sarà d'aiuto." Del batté piano con il proprio il chip da polso su quello di Ziad e tra di loro si materializzò lo sfarfallio di uno schermo olografico. Un certificato ricco di decorazioni lampeggiò per un istante prima di essere sostituito da una pagina di fitti disclaimer. Infine, un grosso titolo apparve con uno *swoosh*:

benvenuti a crispr per principianti.

siete pregati di alterare i geni responsabilmente.

L'espressione a occhi sbarrati di Ziad lo faceva sembrare quasi una versione umana di Artemis. "Hai un kit crispr?"

"*Abbiamo* un kit crispr. Non ti esaltare troppo; è solo la versione per studenti con una fiala di *Drosophilia*, ma possiamo dividerci gli strumenti. Adesso puoi creare la tua erba cipollina resistente ai parassiti..."

"E tu puoi creare le tue falene resistenti al fuoco!"

Si scambiarono un sorriso mentre le falene del Bogong svolazzavano nell'aria torrida, e Artemis ammirava le stelle.

Altri dieci anni dopo

Tra le chiome della boscaglia, in cima a pali alti dieci metri, si annidava una lucida casetta di vetro fotovoltaico e legname di recupero. Nelle gronde, anziani ragni ordivano le loro tele, mentre, sul tetto, delle corelle saltellavano sui ventilatori girevoli, gracchiando fragorosamente.

Dentro le ariose stanze soleggiate, Del correva tra banchi e scaffali, depennando le voci da una lista olografica sospesa in aria alla sua destra. Infilò nel trolley un ultimo terrario accuratamente sigillato prima di staccare un volantino immacolato dalla bacheca.

esposizione e premio solaria grande
innovatori, utopisti, inventori, imprenditori, attivisti
in arrivo a terrarium city

Del si strinse al petto il volantino. Terrarium City distava solo dodici ore con il treno a levitazione. L'esperienza di sua madre alla mostra non era certo stata rincuorante, ma le sue descrizioni dei magnifici padiglioni e del pubblico cosmopolita avevano acceso l'immaginazione di Del. E per quanto Del amasse la sua casetta tra le chiome degli alberi, e il suo lavoro al locale Centro Comunitario per il Sapere, aspirava a esplorare il mondo oltre i confini di polvere rossa e di alberi della gomma a ghirigori della sua città natale. Molto oltre.

Un leggero scalpiccio annunciò l'arrivo della sua coinquilina. Un ragno fulvo grosso come un Labrador zampettò nella stanza, stringendo tra le zampe anteriori una rete di seta arruffata. Alla vista del trolley, nei suoi enormi occhi neri lampeggiò un rimprovero preoccupato.

Del chiuse di colpo la valigia. "Scusa, Devana. Vorrei poterti portare con me, ma so per certo che qualcuno andrà nel panico e cercherà di spiaccicarti."

Devana era una figlia distante di Artemis, e la beneficiaria degli anni in cui Del aveva trafficato con la crispr. Tuttavia, più Del sondava il criptico genoma di insetti e aracnidi, e più studiava i loro complessi comportamenti, meno si sentiva incline ad alterarli, e più aspirava a capire i loro mondi strani e attraenti.

Del estrasse una traslucida capsula dorata da un armadio riscaldato e la lanciò a Devana, che la catturò a mezz'aria e piantò le zanne nel morbido rivestimento gelatinoso, bevendo avidamente il nettare di callistemone. Per concepire quest'ultima formula a Del era servito quasi un anno, ma sembrava che Devana la trovasse appetibile, e donava al suo carapace una sana lucentezza.

"Fai la brava," disse Del. "Assicurati che i cacatua non mi riducano la casa a segatura con le loro beccate mentre sono via."

"Quando tornerai sarà tutto come l'hai lasciato," disse una voce dall'ingresso. La madre di Del si appoggiava al telaio lievemente incurvato della porta e teneva in mano un porta-vivande isolato. "Tuo padre ti manda i suoi saluti, e dei ravioli. Vegetariani."

Era stata una decisione straziante per Del, molti anni prima, quando aveva eliminato la carne dalla sua dieta, inclusa la proteina di insetto. Ma dopo aver passato così tanto tempo con i suoi minuscoli compagni, dopo aver visto le loro vite ricche e complesse, tanto piene di speranza, tragedia e gioia quanto lo era la sua, alla fine non c'era proprio altra scelta. La decisione aveva ferito i suoi genitori, ma avevano capito. Almeno stando alle loro parole.

"Tutti i filtri sono nuovi," disse Del. "L'armadio è pieno di capsule di nettare. Non bisogna fare niente per gli incubatori, ma se le formiche di fuoco ricominciano a costruire..."

"Andrà tutto bene. Tu pensa a divertirti, e ricordati, il premio non importa."

"Lo so." Del nascose il volantino nella giacca, sentendo di colpo lo stomaco palpitare. "È solo che... se ridessero di me?"

"Allora sarà una tradizione di famiglia. Del carissima, figlia mia, possono ridere di noi, ma non possono fermarci."

La madre di Del la strinse in un abbraccio e per un breve momento, tutto tornò a venti estati prima, quando i giorni profumavano di albicocche mature e gelsomino.

Mentre camminava sul sentiero frondoso che si allontanava dalla sua casetta, Del si voltò a guardare Devana che era salita sul tetto e agitava le zampe anteriori. Se fosse un saluto o un tentativo di catturare un incauto cacatua, Del non poteva esserne certa, ma si sbracciò per risponderle.

Ziad la stava già aspettando alla stazione dei treni a levitazione, con i suoi due droni di magazzino che lo seguivano obbedienti. Le loro slanciate forme cilindriche li facevano assomigliare a due frigoriferi da pasticceria che per arrotondare si erano reinventati come tirapiedi. Quando Del arrivò di buon passo con i bagagli, Ziad le rivolse un sorriso emozionato.

"Pronta a trasformare il mondo con la tua ricerca entomologica?"

"Vedremo. Pronto ad apportare un cambiamento graduale ma significativo con i tuoi raccolti resistenti al mutamento climatico e i tuoi strabilianti dessert di nutrizione responsabile?"

"Ho due vetrinette piene di pasticcini, pudding e tortini, per cui qualsiasi cosa succeda me la passerò bene."

La stazione era una piattaforma curvilinea in arenaria, delimitata in parte da grosse travi di legno e lucernari colorati. Anche nel caldo rovente dell'estate, il disegno angolare del tetto lasciava entrare l'aria fresca dei giardini nativi circostanti ed emetteva aria calda attraverso le ventole sul soffitto. Il suono di una campanella segnalò l'arrivò del treno, e Del lo osservò con un piacere ansioso mentre serpeggiava sopra la sabbia.

Nota con l'affettuoso nomignolo di Wyrm, l'argentea locomotiva serpentina si librava a un metro dal suolo privo di binari. Era guidata tramite GPS e segnalatori posizionati a ogni chilometro del percorso, e alimentata da un crogiolo di geomagnetismo, fotovoltaico e lampi di genio.

L'interno era metà Orient Express e metà Star Trek, con finestroni panoramici su ogni lato. Del e Ziad si sistemarono su un panchetto in classe economica, sorseggiando tè verde ed esercitandosi nelle loro presentazioni. Ma il mutare del paesaggio di fuori continuava a richiamare l'attenzione di Del: c'erano città proprio come la sua, punteggiate di pannelli solari e cisterne idriche. Ma c'erano anche villaggi natanti su mari interni, con i loro frenetici mercati che erano un ammasso di case da tè galleggianti e giunche cigolanti dalle vele rattoppate. C'erano foreste di turbine da tifoni pronte a catturare la furia di potenti tempeste, ed enormi serre nel deserto, fiancheggiate da impianti di desalinizzazione a energia solare.

Mentre fuori il terreno si faceva più arido – la terra riarsa si increspava in un ghiaietto – un'oasi apparve lentamente all'orizzonte. Una gigantesca cupola trasparente: un giardino urbano in una campana di vetro, pervaso di vegetazione e costellato di farfalle iridescenti e pappagalli scarlatti.

Terrarium City.

Il centro espositivo di Terrarium City era un enorme labirinto di padiglioni adiacenti, e l'ingresso per le iscrizioni pareva una fusione tra uno spazioporto intergalattico e una serra troppo cresciuta. Rose rampicanti cingevano le colonne di pietra, risalendo verso un soffitto che era poco più che una cornice di vetro per il cielo. Intorno a loro svettavano fichi adulti, con radici che scendevano nel profondo del suolo, ed era difficile dire dove finisse la moquette e iniziasse il muschio.

A un banco per l'iscrizione coronato da delicate mandeville rosa, Del e Ziad ricevettero finalmente i loro pass per la convention.

Ziad esultò a bassa voce levando un pugno in aria. "Sì! Sono nel Padiglione Prato. Dicono che sia uno dei più emozionanti. Tu invece?"

Del guardò il proprio pass. "Sono nel Padiglione Tundra."

"Uh, sono certo che ci sarà da divertirsi anche lì. Verrò a trovarti al tuo stand."

Del sbirciò la mappa che si apriva sopra di loro. "No, va bene così. Ha senso che vogliano collocare le esposizioni di esseri viventi molto lontano da quelle alimentari."

Come poi si scoprì, lo stand vicino a quello di Del era tecnicamente un'esposizione alimentare.

"Ciao, sono Xiaren Appelhof," disse una donna ossuta con guance rosee e un sorriso che sembrava un bagliore d'acciaio. "Generazione distribuita di biogas. Tu?"

"Del Koumi. Ricerca entomologica." Cercò di non fissare gli occhi sugli alti e complicati serbatoi che circondavano lo stand di Xiaren. Sembravano una versione più militante dei droni di magazzino di Ziad.

Xiaren seguì il suo sguardo. "Ah, vedo che hai notato il mio sistema portatile di biogas domestico. Normalmente, i sistemi di raccolta dei biogas necessitano di migliaia di tonnellate di formaggio per creare una quantità di siero economicamente sostenibile per la digestione anaerobica. Il mio sistema utilizza meno di venti chili di formaggio e genera gas sufficiente per riscaldare e cucinare in una casa ordinaria. Lo chiamo *Fromagerie 5000!*"

Xiaren aprì un pannello del serbatoio a rivelare cinque scaffali di formaggi in fase di stagionatura circondati da tubature gorgoglianti e latte borbottanti. Del sussultò a causa dell'intenso odore del gorgonzola che la investì con una forza quasi fisica.

"È... potente."

"Ho coltivato specificamente i microrganismi per generare molto più biogas del normale. E il formaggio è squisito."

Xiaren tagliò uno spicchio appiccicaticcio da un formaggio blu cremoso e lo porse a Del che, dopo un momento di esitazione, lo assaggiò. Accenti di peperoncino e litchi ribollivano sotto al gusto pungente, e i suoi occhi lacrimarono.

"Con questo si potrebbe fare un sugo eccezionale per la pasta." Aspettò un momento perché le scintille le sparissero dagli occhi. "Allora, come mai ti sei dedicata al formaggio?"

Xiaren scrollò le spalle. "La gente del mio paese non stravede per i prodotti caseari, ma abbiamo bisogno di energia pulita. E nella mia testa il gas è gas, che provenga da dentro una mucca o da una stella. O da una forma di formaggio."

Del guardò le mensole di placidi formaggi e si chiese se sapessero di avere dei cuori di stella.

Nel corso dei quattro giorni successivi, lei e Xiaren fecero amicizia tra involtini di carta di riso e toast al formaggio, ascoltandosi a vicenda mentre catechizzavano sui loro progetti la fiumana di visitatori incuriositi che scorreva senza sosta tra i padiglioni. Alcune persone sembravano interessate alla raccolta di fasmidi giganti e scarabei rinoceronte di Del. Meno alle sue infografiche, pubblicazioni scientifiche e poster di "curiosità".

"Koumi?" disse un uomo di mezza età, osservando la schermata informativa su di lei che le aleggiava sopra il chip da polso. "Parente di Lilana?"

"È mia madre."

Il sorriso dell'uomo si allargò. "Ho visto la sua presentazione quasi vent'anni fa. Sapeva il fatto suo. Generosa, anche. La mia presentazione per lanciare un caffè gestito da ex detenuti senzatetto fece fiasco alla giuria, ma tua mamma mi ha regalato uno starter kit per preparare la farina di grillo e la ricetta dei pancake al *butterscotch*. Ancora oggi sono richiestissimi al caffè. Mi ha fatto molto piacere qualche anno fa quando ho visto le sue Barrette Proteiche alla Cipolla Caramellata al mio supermercato locale. Di' a tua madre: 'Irvine ti saluta.'"

Tuttavia, non tutti i visitatori furono incoraggianti quanto Irvine. Lo stand di Del ottenne tante smorfie di disgusto quante furono le facce schifate per quello di Xiaren. Molti potenziali investitori filavano via distogliendo lo sguardo, premendo il fazzoletto sul naso. Quando sul pass di Del iniziò a lampeggiare la notifica della sua presentazione, non si sentiva affatto rinfrancata dalla reazione del pubblico.

"Ehi," disse Xiaren. "Non importa quello che dice la gente. L'importante è quello che fai tu al riguardo. Sono certa che i tuoi insetti ti adorano."

Del si fece largo tra la folla in subbuglio, prendendo un unico terrario. A ogni espositore era concesso uno spazio di novanta secondi per la presentazione, con un minimo di materiale a disposizione. Se la giuria avesse voluto altre informazioni, avrebbe investigato il tuo portfolio online e, se eri fortunato, avrebbero visitato il tuo stand.

Fece una breve deviazione per il Padiglione Prato, ammirando le luci scintillanti, gli sgargianti ologrammi e i deliziosi aromi. Uno stand si gonfiava dolcemente di nubi a cumulo, mentre un altro prometteva moduli di apprendimento tramite impianti neurali.

Individuò finalmente lo stand di Ziad. Le sue fantastiche esposizioni di dolci avevano attirato un vasto pubblico, e lui stava descrivendo con entusiasmo l'impatto ambientale di una crostata di uova normale paragonato a quello delle sue uova di allevamenti rigenerativi e crostate d'uovo di pasticceria al burro di macadamia. Del osservò, con notevole soddisfazione, che gli spettatori di Ziad includevano un numero significativo di droidi di procura, prediletti dagli investitori di professione che volevano ispezionare potenziali imprese senza uscire di casa. Del notò uno o due *faceport* che sembravano trasmettere l'espressione assonnata di qualcuno che probabilmente era ancora in pigiama.

Il pass di Del lampeggiò con più urgenza e lei accelerò il passo per arrivare al Padiglione Galassia. Il cavernoso teatro era quasi buio pesto, illuminato solo dalle scintillanti perle di luce sul soffitto e dal lieve nitore delle strisce guida sul pavimento. Il padiglione era in gran parte vuoto – il più della gente preferiva guardare le presentazioni sui propri schermi –, ma Del aveva comunque il cuore in gola mentre percorreva il corridoio e saliva sul palco.

Quasi le mancò il coraggio quando vide il comitato di cinque giudici seduti davanti. A qualche metro da lei sedeva Solaria Grande, con la pelle marrone cosparsa di macchioline olografiche, l'acconciatura *frohawk* cotonata di grigio e intrecciata di filamenti luminescenti. Dei contatti cibernetici rendevano le sue iridi un emblema di circuiti dorati, e appariva in tutto e per tutto la dea dell'ecologia che aveva costretto il deserto alla ritirata. I suoi droni per il rimboschimento avevano mitragliato la terra di praterie, boscaglie e foreste pianificate con scrupolo. I suoi programmi educativi e reti di supporto avevano reso possibile per le comunità gestire la rigenerazione naturale di sistemi di vegetazione dormienti.

Del sentì la propria voce evaporare mentre quegli occhi d'oro si fermavano su di lei.

"Adelie Koumi," disse Solaria Grande. "Che cosa ci ha portato?"

Con mani tremanti, Del posò il terrario coperto sul banco delle presentazioni. "Lo sterco…" La sua voce si spezzò, e il silenzio parve inghiottirla. Fece un lento e profondo respiro e immaginò di poter vedere Andromeda. "Lo scarabeo stercorario usa le stelle per orientarsi. La falena del Bogong migra per migliaia di chilometri alla luce delle stelle. Sappiamo ancora così poco sugli insetti e sul loro rapporto con le costellazioni, eppure potrebbero avere in mano la chiave delle nostre ambizioni interplanetarie.

"La nostra abilità di colonizzare altri pianeti è subordinata al nostro successo nel ricreare ecosistemi funzionanti. Come potremmo farlo senza gli impollinatori e i decompositori? Senza la complessa rete di organismi che sostiene la vita sulla Terra? Se abbiamo intenzione di crearci una casa su altri mondi, quella casa avrà bisogno di insetti.

"Le radiazioni spaziali rimangono inoltre uno dei più grossi ostacoli ai viaggi interstellari. Tuttavia, le cellule dei tardigradi contengono una proteina che protegge il DNA dai danni delle radiazioni, e questa proteina potrebbe non soltanto permettere agli uomini di viaggiare al di là della sicurezza del nostro pianeta, potrebbe anche rivelarsi decisiva nel proteggerci contro il cancro, la radioterapia e la degenerazione cellulare.

"Un'altra difficoltà è sviluppare materiali resistenti che possano tollerare sollecitazioni fisiche e radioattività, ma che restino sufficientemente leggeri e versatili per le esigenze di lancio e operative. Ho tuttavia condotto alcuni esperimenti con le proteine della seta di ragno, e credo che ci siano potenziali applicazioni nello sviluppo di navicelle spaziali autorigeneranti, habitat e corde di sicurezza.

"Infine, i detriti orbitanti rappresentano una minaccia non solo per il viaggio interstellare, ma per la sicurezza dei nostri stessi satelliti e stazioni spaziali. Ho studiato il movimento dei ragni in assenza di gravità e credo che dei robot aracnoidei automatizzati muniti di trappole a rete potrebbero recitare un ruolo chiave nel recupero dei rifiuti pericolosi in orbita.

"Ora, io non ho un prodotto da vendere o un piano aziendale da implementare. Quello che spero di fare è generare interesse, incoraggiare collaborazioni, stimolare ricerche. Quello che propongo è una stazione spaziale dedita allo studio degli organismi invertebrati in ambienti non terresti. Perché quando arriverà per noi il momento di avventurarci tra le stelle, credo che i nostri minuscoli colleghi non solo meritino, ma debbano necessariamente, venire con noi."

Del sollevò il telo dal terrario per rivelare una camera a gravità zero contenente un modello di navicella spaziale circondata da minuscole sfere volanti di foglio di alluminio. Puntò una penna laser contro l'oblò della nave, e un ragno faccia d'orco zampettò fuori freneticamente. Si lanciò in un grazioso movimento natatorio attraverso lo spazio senza peso e procedette a raccogliere la pallina di alluminio spalmata di nettare con una rete di seta.

Non era un prodotto, un servizio o un progetto. Probabilmente era piuttosto ridicolo.

Ma era memorabile.

Osò finalmente guardare i membri del comitato, le cui espressioni variavano da spaesate a impenetrabili.

"Grazie," disse Grande. "Prego, si goda il resto dell'esposizione."

Con un misto di imbarazzo ed euforia, Del scese dal palco. Mentre passava oltre al comitato, le parve di cogliere un barlume di sorriso sulle labbra di Grande, ma forse era stato uno scherzo della luce delle stelle.

Nell'ultimo giorno dell'esposizione, per il Padiglione Tundra non passò quasi più nessuno. A quanto pareva si era sparsa la voce, e si era convenuto che lì ci fosse ben poco da vedere.

"Sono sicura che la tua presentazione non c'entra niente," disse Xiaren. "Era carina. Voglio dire interessante. Quasi nessuno l'ha trovata strana."

"Uhm, grazie..."

Una figura familiare le raggiunse a passo svelto. "In realtà, un po' strana lo era. Ma anche proprio bella." Ziad appoggiò con cura un vassoio colmo di éclair, baklava, mochi e strudel di lampone.

Del si sforzò, senza riuscirci, di tenere a freno la sua agitazione. "Stanno per annunciare il vincitore. Non dovresti cercare contatti nel Salotto degli Investitori?"

"I miei dettagli sono online," rispose. "E poi ho visto un'irresistibile presentazione su certi incredibili formaggi esplosivi..."

Xiaren sospirò. "Non si è fatto male nessuno. E ho capito qual era il problema."

Mentre Ziad prendeva qualche assaggio dal piattino di degustazioni di Xiaren, Del cominciò da un éclair, interrotta solo da un impaziente *"ahem"*.

Una donna tarchiata di pelle marrone e con unghie laccate di scarlatto si era fermata di fronte allo stand di Del, a braccia conserte, con l'espressione di qualcuno che passa la giornata a mantenere un tono di voce cortese e nel frattempo reprime un uragano d'ira di categoria cinque.

"È lei quella che vuole costruire i razzi per i ragni?"

"Be'..." Del si chiese se stava per sorbirsi l'ennesima tirata sugli scienziati e i soldi dei contribuenti. Cercò il suo volantino di "Curiosità sulla scienza", abbinato a un'utile infografica relativa al ritorno degli investimenti al novanta per cento. "Be', sì, però ho questo volantino..."

"La mia Jada ha qualcosa da dirle." Evidentemente la donna non aveva tempo per le infografiche. Frenò la sua offensiva.

Del sbirciò oltre al banco e una bambina con un vivace sbuffo di capelli castani spinse un grosso foglio di carta verso di lei. Il disegno a pastello rappresentava una navetta spaziale che pullulava di ragni e una bambina dai capelli a sbuffo seduta ai comandi, con un sorriso come il sole.

"Jada vuole pilotare una delle sue navicelle quando sarà cresciuta," disse la donna. "Portare i ragni nello spazio per salvare il pianeta."

La bambina annuì con forza, sospingendo di nuovo il disegno verso Del come se fosse un curriculum da presentare. Del lo accettò con dolcezza, senza accennare al fatto che probabilmente la libera circolazione non era il miglior modo di trasportare una colonia di ragni.

"Grazie. Ti terrò presente."

La bambina salutò con impeto prima di marciare via con sua madre.

"Anche questo è stato strano," disse Ziad. "Ma adorabile."

Un accordo musicale si propagò dall'ingresso della sala, accompagnato da un'aurora ipnotica. Il palco, pervaso di luce, si fuse in una trasmissione olografica della cerimonia di chiusura che aveva luogo in contemporanea nel Padiglione Celebrazioni. Il coordinatore ringraziò tutti i partecipanti e una serie di ospiti tenne emozionanti discorsi su innovazione e perseveranza. Ma tutti aspettavano l'ultimo relatore, e l'annuncio finale.

Solaria Grande era sfolgorante in una giacca color smeraldo che dava l'impressione generare il proprio ecosistema e un momento sembrava ondeggiare come fili d'erba, per poi il momento dopo luccicare di muschio.

"Il premio non è questione di prestigio," dichiarò, "sebbene abbia lanciato carriere e cementato reputazioni. Il premio non è questione di soldi, sebbene abbia alimentato progetti e trasformato sogni in imprese fiorenti. Il premio è quello che avete portato qui con voi. Il premio è quello che avete ottenuto da questa esperienza. Il premio è quello che avete condiviso con tutte le persone che hanno varcato quelle porte. Ma non è per questo che gran parte di voi è venuta qui, non è vero? Quindi, senza ulteriori esitazioni..."

Nel silenzio senza fiato della sala, Del, Ziad e Xiaren si presero per mano, sorridendo della gioia inesprimibile dell'essere *qui* e *adesso*, sulla soglia di un momento straordinario, qualsiasi cosa venisse dopo.

"...il vincitore del Premio dell'Esposizione Solaria Grande è..."

Altri trent'anni dopo

La navetta attraccò senza quasi un urto, e Del lasciò la presa sui braccioli della sua poltrona in classe business. Ormai aveva fatto questo viaggio infinite volte, ma quell'ultimo *clic* delle morse di attracco le faceva sempre correre dei brividi elettrici fino alla punta delle dita. Accostò la faccia al finestrino del lato del passeggero, sfiorando con il naso la fredda griglia trasparente.

Nella vertiginosa vastità dello spazio, la stazione era sospesa sul vuoto punteggiato di stelle. Assomigliava a una complessa molecola, con grossi noduli di vetro interconnessi tramite passerelle semirigide. La superficie si increspava di squame fotovoltaiche, tutte sollevate per assorbire il sole in transito. Nella penombra dello spazio, sembrava quasi un serpente assopito, rannicchiato in nodi celtici.

Un polpo robot color rame schizzò via con grazia, portandosi dietro in una rete il suo bottino di detriti spaziali. Del lo osservò con un leggero mal d'orgoglio mentre si arrampicava dentro un portello della stazione e spariva insieme al suo carico.

Del passò dalla decontaminazione ed entrò nella sala arrivi. Si era immaginata, un tempo, che lo spazio sarebbe stato tutto cromo e vetro e luci pulsanti. Asettico, sintetico, facile da pulire. Ma, sulla Terra, i tentativi del passato di eliminare germi e insetti dalle abitazioni umane avevano portato a un'esplosione di allergie, malattie infiammatorie e microbiomi decimati. Un'esplorazione spaziale riuscita e a lungo termine non sarebbe stata – non poteva essere – un'impresa sterile, e quello che serviva adesso all'umanità era una sabbiera in cui sperimentare.

Da un capo all'altro della sala, le travature di alluminio erano contornate di glicini lilla e le griglie delle pareti luccicavano di felci e bromeliacee, dando forma a un viale di giardini verticali. Malgrado i sistemi di filtraggio e il loro lieve brusio, l'effluvio dei fiori d'arancio e delle crostate di pera si spandeva dai vicini caffè. La bocca di Del si scompose in un sorriso – come faceva sempre – alla vista della scritta luminosa incisa sull'arcata d'ingresso.

stazione spaziale terrarium

Del aveva pochi rituali, ma questo l'aveva mantenuto per dodici anni, fin dal giorno della sua prima visita. Proseguì verso l'Arboreto Estivo, oltre gli alberi di limone aromatici e i vellutati cespugli di lavanda francese. In un piccolo frutteto, recintato dal callistemone, si ergeva la statuetta bronzea di un ragno faccia d'orco che teneva in alto tra le zampe anteriori una minuscola luna.

dedicato ad artemis, i cui figli hanno raggiunto le stelle

Del alzò gli occhi verso l'ampio lucernario circolare – la Terra chiazzata di nuvole una delicata sfera sospesa nell'oscurità – e si chiese che cosa avrebbe pensato Artemis di tutto questo.

"Del! Ho visto solo adesso il tuo nome sulla lista degli arrivi." Una donna giovane ed esile con una corta chioma di ricci castani attraversò i giardini in fiore, con una tuta di volo blu marino ornata dalle spalline da capitano. "Perché non mi hai detto che stavi arrivando?"

"Jada! Pensavo che non dovessi tornare qui fino alla prossima settimana."

"Ieri era in programma l'arrivo di un team di biomeccanici dell'Astroviva, così ho pensato di ritornare prima. Stanno cercando di progettare un rover da asteroide con mobilità su terreni disomogenei, capacità aeree d'emergenza, tecnologia d'ancoraggio flessibile e un sistema di pannelli solari compatto e reclinabile."

"Ragni pavone," disse in automatico Del, e Jada sorrise.

"Sono con il team degli aracnologi proprio in questo momento."

"Ti sei data da fare. Ho visto nell'anteprima in volo i nuovi Moduli Habitat per i fasmidi e le mantidi."

"Sì, quelli hanno aperto il mese scorso. Non credo che gli insetti stecco si siano ancora resi conto di essere a gravità zero, e alle mantidi sembra che non interessi. Oh, e un'altra notizia entusiasmante – non è ancora di dominio pubblico, ma abbiamo intenzione di costruire un Modulo per i cefalopodi. In fondo chi non vorrebbe vedere dei polpi nello spazio?"

Il cuore di Del si lanciò in capriole di impazienza all'immaginare che dispetti avrebbe potuto combinare un polpo nello spazio. "Tienimi da parte un biglietto per l'apertura."

"Sarà fatto. Allora, stavolta sei venuta per lavoro o per piacere?"

"È sempre un po' l'una e un po' l'altra cosa. Ma più tardi devo incontrare qui un vecchio amico."

"Fammi sapere se ti serve qualche cosa. E salutami i tuoi."

"Certo."

Del visitò i vari moduli di ricerca, ascoltando ogni scienziato descrivere con entusiasmo il proprio ultimo progetto. Era difficile immaginare che, trent'anni prima, non aveva altro che una stanza piena di insetti e un sogno. Nel corso degli eventi, altre persone avevano condiviso quel sogno.

Alla fine, il Premio Solaria Grande era andato a un ente no profit che coordinava gruppi di insegnanti, bibliotecari e androidi, spedendoli in giro per il mondo su agili aeronavi per aiutare le comunità a costruire, attrezzare e fornire di personale delle scuole per bambine in regioni remote.

Ma l'approssimativo video di Del di un ragno senza peso che si avvinghiava a una pallina di alluminio aveva rapito l'immaginazione di diverse persone, tra cui alcune che avevano esaminato più a fondo i progetti di Del e si erano messi in contatto con lei, e tra di loro. E, come una colonia di ragni, la rete di connessioni era cresciuta fino a diventare abbastanza forte da catturare un elefante. O da lanciare una stazione spaziale.

Dopo, quella sera, Del gustò la cena in uno dei ristoranti della stazione – stufato di melanzane alle spezie e pancake al mango – prima di fare ritorno all'Arboreto Estivo. La cupola era passata al ciclo notturno, e con l'illuminazione offuscata brillava dai lucernari soltanto la luna. Del risalì i gentili pendii, e da una capsula distante dei grilli disorientati cantarono odi alla memoria del "sopra" e del "sotto".

"Ciao, Del. Ti ho portato una cosa."

Del si voltò e vide Ziad in piedi accanto a un gioco d'acqua in arenaria, con in mano un piatto di qualcosa che assomigliava a un vortice di luce.

Del rise, stringendo l'amico in un caldo abbraccio. "Com'è stato il volo?"

"Spaventoso. Mi riferisco al prezzo del biglietto, non al viaggio."

Del fece una smorfia. "Il turismo spaziale è ancora agli albori..."

"Vorrai dire che dei monopoli senza regole continuano a sfruttare i consumatori."

"Parlando di monopoli, come sta Xiaren?"

"Bene. Se la prende sempre ogni volta che la stampa la chiama 'magnate dei biocarburanti'."

"Ah, nel cuore sarà sempre una formaggiara."

Ziad sorrise, fermando lo sguardo sulla statuetta del ragno con la luna. "Be', siamo riusciti tutti a seguire il nostro cuore, vero?"

Del ci pensò su. "Credo, forse, che abbiamo seguito la scienza e la necessità. E i nostri cuori ci hanno sempre impedito di arrenderci."

Nel microclima dell'arboreto si sollevò una brezza, e Del quasi sentì il sapore delle estati fumose di tanto tempo prima. Lei e Ziad rimasero fermi fianco a fianco, guardando la Terra vorticare dolcemente insieme alle stagioni.

Da quassù, tutta l'umanità era poco più di un microcosmo, ogni puntino vivente indistinguibile da ogni altro. Eppure, a guardare con più attenzione, si vedeva la strabiliante complessità di ciascuna anima viva; si vedevano costantemente nuove storie svolgersi, costantemente nuovi viaggi iniziare.

Da qualche parte, laggiù, un paio di adolescenti ambiziosi si scambiava speranze sotto una luna gibbosa.

Da qualche parte, laggiù, un fuoco da campo ardeva sotto un cielo striato di galassie, e una falena volava, illesa, attraverso le fiamme.

E da qualche parte, laggiù, un ragno faccia d'orco guardava una strana stella vagare nel cielo della mezzanotte, e sognava.

Solarpunk: nuovi semi dalle ceneri del futuro

di Francesco Verso

Francesco Verso (Bologna, 1973) ha pubblicato: Antidoti umani, e-Doll *(premio Urania 2009),* Livido *(premio Odissea e premio Italia 2014) pubblicato negli Stati Uniti da Apex Books e in Cina da Bofeng Culture e* Bloodbusters *(co-vincitore premio Urania 2014) in uscita nel 2020 nel Regno Unito per Luna Press e in Cina per Bofeng Culture. Il suo ultimo romanzo* I camminatori, *pubblicato su Future Fiction, è composto da due volumi,* I Pulldogs *e* No/Mad/Land. *Suoi racconti sono apparsi su riviste italiane, spagnole, americane e cinesi, come* Robot, iComics, International Speculative Fiction #5, MAMUT, Chicago Quarterly Review #20, Future Affairs Administration, Worlds Without Borders. *Dal 2014 lavora come editor del progetto multiculturale Future Fiction. Vive a Roma con la moglie Elena e la figlia Sofia.*

> Siamo solarpunk perché le uniche altre opzioni
> sono la negazione o la disperazione.
> Adam Flynn

Mala tempora currunt, sed peiora parantur, basterebbe quest'antica lamentazione, tra il latino e il volgare, per cogliere in pieno lo spirito dei nostri tempi o di quelli in cui siamo già vissuti a cadenze regolari. Aprendo un sito di notizie di attualità o vedendo il telegiornale ci si rende conto di quante catastrofi e tragedie flagellino l'umanità quotidianamente: conflitti militari e guerre commerciali, fallimenti economici e finanziari, tensioni geopolitiche e una crisi ecologica causata da un sistema produttivo sempre più affamato di combustibili fossili con cui foraggiare il suo contradditorio sviluppo infinito in un ambiente finito.

D'altra parte, come afferma William Gibson in un'intervista su *Vulture* nel 2017, aggiornando il vecchio adagio per cui "il futuro è già qui solo che non è equamente distribuito", "neppure le distopie sono distribuite in modo molto equo."[12]

Queste narrazioni sensazionalistiche, costruite per generare paranoie e inquietudini settimanali, sono forse diventate il privilegio di chi può permettersi di parlarne con una certa sufficienza e autoindulgenza? O sono anche il passatempo di una classe sociale priva di empatia, il cui livello di umanità viene progressivamente ristretto, spostato, plasmato?

Ogni forma di comunicazione e intrattenimento, dai film ai libri, passando per i fumetti e i videogiochi, non fa altro che cavalcare quest'onda lunghissima di storie tutte uguali, metastasi narrative che propagandano lo stesso refrain a livello globale su un futuro funestato da totalitarismi e fondamentalismi, pandemie globali, apocalissi zombi, supereroi liberatutti, derive mutanti e disastri ambientali. È già successo con la bomba atomica, la guerra fredda, il Vietnam, la crisi petrolifera, la mucca pazza, l'invasione degli "stati canaglia".

Forse invece è quello che succede quando assoggettiamo la nostra sensibilità (e il nostro sistema nervoso) a sollecitazioni che non derivano più soltanto da altri esseri umani e da dinamiche esterne che ne influenzano le decisioni. "È il fenomeno noto come *automation bias* o 'bias di automazione' ed è stato riscontrato in ogni sfera della computazione – dai software di controllo ortografico ai piloti automatici – e in ogni tipo di persona. È il pregiudizio che ci spinge a considerare le informazioni automatizzate come più affidabili delle nostre stesse esperienze, poco importa se entrano in conflitto con altre osservazioni – e tanto più se tali osservazioni sono ambigue. L'informazione automatizzata è chiara e diretta, e interferisce

---

12 Intervista di Abraham Riesman a William Gibson. Vulture, 1 Agosto, 2017 <https://www.vulture.com/2017/08/william-gibson-archangel-apocalypses-dystopias.html>.

con le aree grigie che confondono la cognizione. Un altro fenomeno a questo associato, il bias di conferma, riplasma la nostra consapevolezza del mondo per allinearla all'informazione automatizzata, confermando la validità delle soluzioni computazionali fino al punto di farci scartare del tutto considerazioni che non sono in linea con il punto di vista della macchina."[13]

Che succederà quando avremo lasciato ai bot e agli algoritmi tutta la responsabilità di scrivere le notizie, i drammi, i dialoghi tra le persone e ogni narrazione con cui modelliamo i nostri principi e assegniamo una priorità alle cose? La questione non sembra neppure tanto legata alla narrazione in sé, quanto piuttosto alla sua unicità e ai suoi scopi. In effetti, "non è che tali narrative non siano necessarie. Nella migliore delle ipotesi, possono servire come campanello d'allarme per quelli che sono rimasti impigliati nel mito che abbiamo raggiunto la 'fine della storia' con la caduta del muro di Berlino e il trionfo del capitalismo su scala planetaria. Ma se perdura la visione primaria che la nostra cultura globalizzata ha del potenziale futuro, rischiamo di finire per riprodurre il cinismo pervasivo e la disperazione che rende tutte le crisi ineluttabili."[14] Senza contare che il nuovo millennio ci ha scaraventato a velocità supersonica nell'epoca del post-tutto: post-modernismo, post-apocalittico, post-capitalismo, post-verità, post-umano, post-*.*, dove i contorni della realtà sono più complessi e sfuggenti se non addirittura imperscrutabili, governati da forze di cui stiamo cominciando a renderci conto solo ora, forse con colpevole ritardo.

Per James Bridle la narrazione del presente, sotto la spinta di social network, strategie clickbait, economia dell'attenzione e Big Data, ha assunto caratteristiche ancora più minacciose: "Proprio come le telecomunicazioni globali hanno fatto collassare il tempo e lo spazio, la computazione ha fuso il passato

---

13 Kathleen Mosier, Linda Skitka, Susan Heers e Mark Burdick, "Automation Bias: Decision Making and Performance in High-Tech Cockpits", International Journal of Aviation Psychology 8:1, 1997 pag. 47-63.
14 Da "What is solarpunk?" <https://solarpunkanarchists.com/2016/05/27/what-is-solarpunk/>.

con il futuro. Quanto viene raccolto in forma di dati viene plasmato nella realtà per come la conosciamo, e poi proiettato in avanti con l'implicito presupposto che le cose non cambieranno né divergeranno da ciò di cui si è fatto esperienza in passato. In questo modo la computazione non governa solo le nostre azioni nel presente, ma fabbrica un futuro che si accorda al meglio con i suoi parametri. Ciò che è possibile diventa ciò che è computabile. Ciò che è difficile quantificare o complicato da modellare, tutto ciò che non è mai stato visto prima o che non può essere localizzato all'interno di uno schema prestabilito, ciò che è incerto e ambiguo, viene escluso dal reame dei futuri possibili. La computazione proietta un futuro identico al passato – il che la rende incapace di gestire la realtà del presente, instabile per definizione."[15]

Eppure, a ben vedere, in ogni panorama devastato dall'emergenza climatica, in ogni giungla di cemento innalzata dal capitalismo globale, cresce sempre qualcosa. Anche perché distopia, catastrofismo e fake-news sono diventati elementi così frequenti e normalizzati da non suscitare più quel senso del perturbante e del meraviglioso che si ritrova in certe forme di narrazione alternativa, come per esempio la fantascienza: è ancora possibile oggi scrivere e immaginare qualcosa di diverso dalle classiche narrazioni contemporanee? Anche solo ipotizzare un sistema economico diverso da quello capitalista rappresenta un esercizio mentale inutile e privo di fondamento, quasi una velleità da hippie nostalgici e geek troppo naïve? Aveva ragione Frederic Jameson nell'affermare che è più facile immaginare la fine del mondo che la fine del capitalismo? E ancora, credere che i confini nelle nazioni possano diventare porosi per gestire l'emergenza climatica è – alla luce delle attuali politiche internazionali sulle migrazioni – un'assurdità da idealisti incalliti? Oppure è ancora possibile sperare che come si è passati dal carbone al petrolio, lo stesso possa succedere al Sole, all'acqua e al vento? Da decenni, la letteratura mainstream – in

---

15 James Bridle, *Nuova Era Oscura*, Nero, 2019

un progressivo scivolamento verso un postmodernismo disincantato e un lucido cinismo giustificato dallo sfaldamento del presente – si è abilmente smarcata dalla responsabilità d'immaginare una società diversa, un individuo diverso e un futuro diverso da quelli attuali.

"Siamo del tutto sprofondati in sistemi tecnologici che modellano tanto le nostre azioni quanto i nostri pensieri. Non possiamo più uscirne; non possiamo neanche più pensare senza. Le nostre tecnologie sono complici delle maggiori sfide a cui oggi siamo chiamati a rispondere: un sistema economico fuori controllo che immiserisce i più e continua ad allargare il divario tra ricchi e poveri; il collasso globale del consenso politico e sociale che sfocia in un'escalation di nazionalismi, divisioni sociali, conflitti etnici e guerre fantasma; e infine un clima sempre più torrido che minaccia direttamente la nostra stessa sopravvivenza."[16]

E quindi dove andare a cercare altri mondi possibili e soluzioni alternative alla solita rappresentazione di un presente incapace di rinnovare se stesso? Su altri mondi colonizzabili? Nelle pieghe malleabili dello spazio più profondo? O invece in un tempo ucronicamente consolatorio o magari così lontano da essere, per forza di cose, poco plausibile?

La fantascienza – per sua natura narrativa della trasformazione – ha l'ambizione di descrivere ciò che non esiste, almeno non ancora, ma che a determinate condizioni potrebbe succedere. Perciò gli scrittori e le scrittrici di questo genere si pongono come ottimi costruttori di scenari (worldbuiling), di ipotesi speculative (future studies) su un domani dai tratti oscuri e sfuggenti. Poiché la fantascienza abita il futuro ne conosce i pregi (fatti di tendenze, potenzialità e speranze) e i difetti (le congetture palesemente sballate, le velleità profetiche alla "sindrome di Cassandra" e l'allarmistico "al lupo al lupo" su cui inciampano molte narrazioni). Ma dopo aver distrutto il mondo migliaia di volte, dopo averne celebrato le tribolate rinascite e aver ipotizzato le più bizzarre utopie mai realizzabili, passando

---

16 James Bridle, *Nuova Era Oscura* (Nero, 2019), pag. 10

per trasformazioni postumane, derive tecnocratiche e trasformazioni biopolitiche, ecco emergere – da più parti nel mondo e dalle discipline più disparate – un piccolo nucleo di storie, di genere *solarpunk*, che si propongono di sfidare l'ineluttabile concretezza del presente.

In un periodo così turbolento – in cui la narrazione globale è ostinatamente incentrata su decadenza, cinismo e distopia – c'è chi s'impegna a delineare le fattezze di un "mondo altro". In pratica, si tratta finora di una serie di racconti, illustrazioni, saggi e discussioni sui social e nelle comunità online, anche se molti vedono nel solarpunk l'inizio di qualcosa di più grande, qualcosa che potrebbe allontanarci dal disfattismo contemporaneo. Certo è una tendenza minoritaria e quasi latente, che spesso viene tacciata di essere niente di più di un volo pindarico, l'inconcludente desiderio di una società perfetta eppure la realtà è più complessa: l'utopismo è la linfa che alimenta il cambiamento, è la sabbia che s'insinua negli ingranaggi dello status quo e, nel corso dei secoli, non ha mai smesso di inspirare persone e movimenti al fine di migliorare la condizione umana.

Vedi Galileo Galilei, Martin Luther King, le suffragette, Vandana Shiva e Aaron Swartz. O, per restare nella fantascienza, Edward Bellamy, Ursula LeGuin, Iain Banks, Octavia Butler e Kim Stanley Robinson.

Non è un caso che la fantascienza abbia raccolto per prima i semi di questo cambio di prospettiva, come è già successo per la *climate fiction*, la narrativa sui cambiamenti climatici: poiché la fantascienza considera la realtà come inadeguata, priva cioè di quell'elemento immaginifico che completa la vita umana, critica la realtà apparente, presuppone che le cose potrebbero andare in maniera diversa e specula creativamente sul futuro senza preoccuparsi della morsa stringente del presente, anzi lo supera proprio in quanto ostacolo alla propria libertà d'immaginazione.

Il solarpunk è quindi una reazione al cinismo e al pessimismo delle visioni che insistono sul futuro prossimo. Naturalmente cinismo e pessimismo non possono essere sostituiti da un ottimismo cieco, ingenuo e infantile, bensì da una cauta speranza e dall'audacia di focalizzare sulle potenzialità che si possono trovare anche nelle situazioni più difficili. Nessuna drammaturgia che si rispetti può prescindere da un conflitto e dalla messa in discussione della propria realtà e identità e allora, per tornare alle narrazioni di cui sopra, qual è davvero il loro scopo e quale il messaggio che vogliono trasmettere? Forse, se proviamo a coltivare quei semi, qualcosa di più ecologico, liberatorio, egualitario dell'eredità che ci sta lasciando il Post*.* potrebbe sbocciare.

Come spesso succede, sono i giovani a portare in mano quei semi, nelle parole di Greta Thunberg, sedicenne svedese, alla COP24 di Katowice: "Voi parlate solo della crescita della green economy perché avete troppa paura di risultare impopolari. Parlate solo di andare avanti con le stesse idee sbagliate che ci hanno messo in questo casino. Anche quando l'unica cosa sensata da fare è tirare il freno a mano. Non siete abbastanza maturi per dire come stanno le cose. Persino questo fardello lo lasciate a noi ragazzi. (...) Voi dite di amare i vostri figli sopra ogni cosa, e tuttavia gli state rubando il futuro davanti ai loro stessi occhi. Finché non comincerete a focalizzare su cosa deve essere fatto anziché su cosa sia politicamente possibile fare, non c'è speranza. Non possiamo risolvere una crisi senza trattarla come tale. Dobbiamo lasciare i combustibili fossili sotto terra e dobbiamo focalizzarci sull'equità e se le soluzioni all'interno di questo sistema sono così impossibili da trovare, allora forse dovremmo cambiarlo. Non siamo venuti qui per pregare i nostri leader di occuparsene. Ci avete ignorato in passato e lo farete ancora. Voi non avete più scuse e noi non abbiamo più tempo. Noi siamo venuti qui soltanto per farvi sapere che il cambiamento sta arrivando, che vi piaccia o no. Il vero potere appartiene al popolo. Grazie."

Se tutti gli allarmi sono già suonati, i buoi scappati, le derive distopiche denunciate e se ogni apocalisse è finita in un'altra ben peggiore senza che nessuno abbia fatto niente, allora o siamo davvero spacciati o vale la pena di cambiare narrazione (per cambiare direzione). Almeno per chi non s'illude che bastino le parole a spengere l'incendio che divampa per il mondo. E non è una metafora: "Nel 2015, per la prima volta in almeno 800.000 anni, l'anidride carbonica nell'atmosfera ha superato le 400 parti per milione. A un simile ritmo – che non mostra cenni di rallentamento e che noi non sembriamo intenzionati ad arrestare – la CO2 atmosferica supererà 1000 ppm entro la fine del secolo. A 1000 ppm, le capacità cognitive umano crollano del 21 percento.[17] A concentrazioni più alte, la CO2 ci impedisce di pensare lucidamente."[18]

Benvenuti nell'antropocene.

Solarpunk, ovvero energia dall'alto, azione dal basso.
La prima traccia di storie Solarpunk risale alla pubblicazione in Brasile del volume *Solarpunk: Histórias ecológicas e fantásticas em um mundo sustentável* a cura di Gerson Lodi-Riberio (Draco, 2012), tradotta poi da Fabio Fernandes in inglese e pubblicata come *Solarpunk: Ecological and Fantastical Stories in a Sustainable World* (World Weaver Press, 2018) mentre nel 2014, Adam Flynn scrive un articolo, breve ma fondamentale, dal titolo *Solarpunk: Notes Toward a Manifesto*. In seguito sono arrivate altre antologie di racconti come *Sunvault: Stories of Solarpunk and Eco-Speculation*, a cura di Phoebe Wagner e Brontë Christopher Wieland (Upper Rubber Boot, 2017), *Eco-Punk, Speculative Tales of Radical Futures*, a cura di Liz Grzyb e Cat Sparks (Ticonderoga Publications, 2017) e *Glass and Gardens: Solarpunk Summers*, a cura di Sarena Ulibarri (World Weaver Press, 2018). A margine del discorso, vanno ricordati due precursori del solarpunk: i film di Hayao Miyazaki per

---

17 Joseph G. Allen, et al. *Associations of Cognitive Function Scores with Carbon Dioxide, Ventilation, and Volatile Organic Compound Exposures in Office Workers: A Controlled Exposure Study of Green and Conventional Office Environments*, Environmental Health Perspectives 124, (giugno 2016), pag. 805-12.
18 James Bridle, Nuova Era Oscura, Nero 2019 pag. 87.

quanto riguarda l'estetica e le sfide politiche (soprattutto *La principessa Mononoke*), e il romanzo di Ernest Callenbach, *Ecotopia: The Notebooks and Reports di William Weston* del 1975, dove s'immagina una società anticapitalista, de-urbanizzata e incentrata sui giardini.

Il termine solarpunk diviene popolare su Tumblr nel 2014, come reazione a una galleria d'immagini che cattura l'attenzione di molti blogger e si sviluppa su siti come *solapunkanarchist.com* e *medium.com/solarpunk* dando origine a una serie di post e riflessioni che spaziano dall'economia circolare alla sostenibilità ambientale, dalla critica al capitalismo predatorio alla costruzione di reti off-grid, dall'uso di risorse rinnovabili alle comunità resilienti in lotta contro la gentrificazione, fino all'estetica dell'Art Nouveau e alla moda che rielabora in chiave moderna i canoni dell'arte africana e di quella asiatica, passando per il biomimetismo come imitazione di forme e funzioni organiche allo scopo di migliorare prodotti ed esperienze, e l'antropocene, intesa stavolta come l'era geologica indotta dal comportamento umano.

Per Andrew Dana Hudson, attivista del movimento e autore di saggi e racconti sul genere, il solarpunk è un "movimento speculativo, uno sforzo comune per immaginare e progettare un futuro di prosperità, pace, sostenibilità e bellezza, ottenibile con ciò che abbiamo, dal luogo dove siamo."[19] Secondo Adam Flynn il solarpunk "immagina storie ambientate in un futuro che funziona con energie rinnovabili, come il solare o l'eolico, e dove la discriminazione basata sulla razza o sul genere è più limitata di quanto non sia oggi. (...) La sua estetica è fatta di pannelli solari, mulini a vento e frondose società high-tech."[20]

A differenza dello steampunk, che si rifugia intenzionalmente in un romanticismo nostalgico dell'Epoca vittoriana e che dunque difetta di realismo tecnologico, e del cyberpunk, il

---

19 Andrew Dana Hudson, *Sulle dimensioni politiche del Solarpunk*, Solarpunk, Future Fiction, 2020
20 Intervista ad Adam Flynn, <https://www.ozy.com/fast-forward/sci-fi-doesnt-have-to-be-depressing-welcome-to-solarpunk/82586>.

quale ha sì denunciato l'ascesa della tecnocrazia e della lotta di classe tra i ricchi capitalisti di quello che Yuval Noah Harari definisce "Dataismo"[21] e i poveri geek e nerd sfruttati senza però trovare soluzioni, il solarpunk esplora delle "exit strategies" dall'attuale situazione socio-economica attraverso narrazioni plausibili e pragmatiche che per la prima volta rispondono in modo consapevole e costruttivo all'antropocene, un *iperoggetto* – come lo chiama Timothy Morton nell'omonimo libro[22] – di cui abbiamo iniziato a scorgere le reali fattezze solo adesso.

In termini politici, il solarpunk tende a smarcarsi dalla falsa dicotomia che prevede da una parte l'economia di mercato e il socialismo di stato dall'altra, tra un individualismo spinto alla competizione estrema e un collettivismo soffocante; un'ipotetica società solarpunk dovrebbe puntare su un sano sviluppo della persona all'interno di una comunità solidale ed energeticamente sostenibile nel lungo periodo. Utopia? Forse, anche se lo scopo da raggiungere non è la perfezione in sé (basta ricordare che l'utopia del dittatore è la distopia di tutti gli altri) bensì un avvicinamento, progressivo e costante, a certi ideali. Sebbene il solarpunk ammetta che molti obiettivi (giustizia sociale, equa ripartizione dei profitti e sostenibilità ambientale, solo per citare alcune delle "stelle polari" da seguire) potrebbero non essere mai raggiunti, questa consapevolezza non ne scalfisce la rilevanza e l'originalità, se non fosse altro che per mitigare gli effetti nefasti di neppure 200 anni di capitalismo.

Idealmente, il solarpunk prosegue la lotta del cyperpunk contro il potere economico delle multinazionali e l'autorità dello stato ma soprattutto si concentra contro ogni tentativo di assoggettamento dell'umanità a forze che di umano hanno ben poco come la speculazione finanziaria, le esternalità ambientali, gli algoritmi predittivi, la privatizzazione di beni e servizi pubblici, i filtri pregiudiziali delle intelligenze artificiali e i provvedimenti dal sapore di leggi biopolitiche, tutto quel

21 Yuval Noha Harari, Homo Nexus, Breve storia del futuro, Bompiani, 2017
22 Iperoggetti, Timothy Morton, NERO, maggio 2018.

movimento contrario al controllo e alla gestione degli esseri umani che Jochi Ito chiama "Resisting Reduction" (MIT Press, 2019). Tuttavia, questa opposizione "punk", che spesso assume i tratti della disobbedienza civile, viene portata avanti ricorrendo a quella radice semantica "solar" che implica positività, solidarietà e democraticità (il sole che irradia tutti, senza distinzioni). Nelle parole di Andrew Dana Hudson: "Vedo l'emergere del solarpunk come una risposta a questa sensazione di degrado soffocante. Le persone vogliono sentire la vitalità del progresso, non solo l'ansioso capogiro della centrifuga capitalistica. Noi vogliamo esplorare e impiegare i nostri veri talenti, non modellare le nostre vite sul fare soldi in nome di altre persone più ricche. Vogliamo che il nostro lavoro significhi qualcosa di più della sopravvivenza."

Quindi, se da una parte il cyberpunk ha prefigurato le dinamiche socio-politiche del presente mediante il paradigma "low life–hi tech", (Mark Zuckerberg che rivende i dati delle persone alle multinazionali è celebrato come un capitano d'industria e le sue "cattive azioni" al massimo vengono multate per violazione della privacy, mentre Julian Assange che rende pubblici i segreti delle multinazionali viene arrestato come un criminale, solo per citare due esempi di cyberpunk realizzato), dall'altra il solarpunk prepara il campo dell'immaginario collettivo dei prossimi trenta, quarant'anni, invertendo i termini del paradigma e ribaltando la metafora in "hi energy–low act" (energia dall'alto-azione dal basso): Adam Flynn, estensore sul blog Hieroglyph di *Solarpunk: Notes Toward a Manifesto*, afferma che "i grandi programmi del ventesimo secolo sono iniziati spesso come proposte di finzione, dagli sbarchi sulla luna alla sicurezza sociale. È tempo di ritornare ad ambizioni più alte per quanto possiamo fare come società."

Del resto, i tempi sembrano maturi se si considerano la lotta al surriscaldamento globale (i ragazzi che saltano la scuola dei *Fridays for Future*, il movimento di disobbedienza civile *Extinction Rebellion* e la ricerca di soluzioni per l'indipendenza energetica off-grid) la produzione di beni dal basso (gli artigiani digitali della stampa 3D e l'economia a chilometri 0), il libero accesso ai dati (Open Access e reti mesh) o nuove forme di socialità (mini-case, comunità resilienti e Strong Towns) e le reti di mutuo soccorso (Occupy Sandy, We're the 99%) come agenti di trasformazione e segnali di cambiamento.

Dalle ceneri dello steampunk e del cyberpunk

Volendo raffigurare le innovazioni tecnologiche e i cambiamenti sociali tramite il modello di Koert van Mensvoort, ispirato alla piramide dei bisogni di Maslow, è possibile tracciare l'andamento di qualunque trasformazione mediante 7 livelli di sviluppo[23].

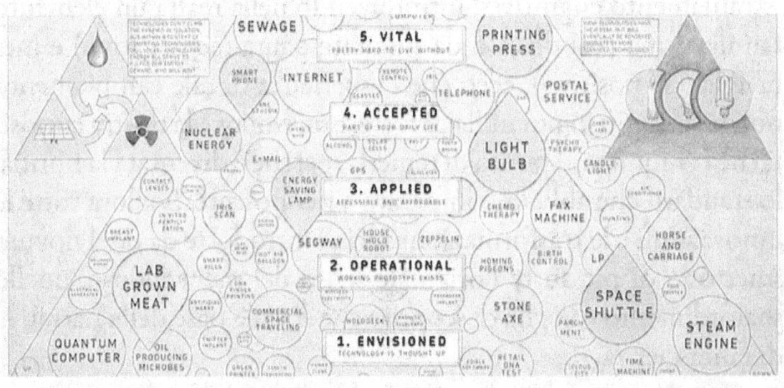

All'inizio, ogni tecnologia o trasformazione deve essere immaginata (nasce cioè da un'idea, un sogno o una visione come per esempio la teoria della relatività o la stampa 3D) poi viene utilizzata (mediante prototipi o esperimenti come quelli sulla carne cresciuta in vitro); in seguito viene applicata e diventa accessibile a più persone (uscendo dai laboratori come è avvenuto con i Google Glasses), quindi, salendo di livello, il suo impiego viene accettato su larga scala (entra cioè a far parte della vita quotidiana come nel caso degli smartphone) e si diffonde in ogni strato

---

23 Tratto dal sito Next Nature: https://www.nextnature.net/2014/08/pyramid-of-technology/

della popolazione, trasformandosi in un elemento senza il quale sarebbe più difficile vivere (Internet o le fognature) fino al punto di rendersi invisibile (nella sua intuitività e autenticità, come la stampa e il computer) e fondersi con il tessuto stesso della realtà (assumendo i tratti della naturalezza e dell'indistinguibilità da qualsiasi altro elemento considerato naturale, agricoltura e scrittura.)

Tuttavia, accanto all'asse verticale dello sviluppo, va considerato anche l'asse orizzontale rappresentato dal tempo e dal progressivo invecchiamento (o obsolescenza tecnologica) di qualunque innovazione, che sia tecnica, sociale o politica. Dopo un certo periodo, dopo cioè che un qualunque "novum" – per usare un termine caro al critico Darko Suvin – ha prodotto il suo effetto di "straniamento cognitivo", introducendo nella realtà un elemento familiare ma così diverso da suscitare paura (se negativo) e meraviglia (se positivo), ecco che l'esperienza di tale cambiamento non suscita più in noi nulla di forte, non smuove la nostra curiosità, né ci inquieta al punto di temerla, perché è diventata la norma, lo standard che abbiamo imparato a riconoscere. E allora tutte le innovazioni e le trasformazioni sociali introdotte da quel novum smettono di produrre l'originale senso del meraviglioso, quello sbalordimento e voglia di scoprire che sta alla base della narrativa di fantascienza.

Ecco un esempio concreto: immaginate di leggere una storia dove a un certo punto la protagonista, dopo aver fatto l'amore, prende una pillola straordinaria in grado d'interrompere – come per magia e senza nessuna conseguenza fisica – una gravidanza: cosa succederebbe a una lettrice che leggesse questa storia ai primi del '900? Di certo la prenderebbe per fantascienza. E a una che la leggesse negli anni '60? Forse ne sarebbe intimorita e spaventata, però chissà, magari la proverebbe come hanno fatto tante donne all'epoca. E a una lettrice di oggi? Probabilmente le sarebbe difficile fare senza.

Per questo motivo definisco la fantascienza come qualunque cosa capace di rendere la realtà obsoleta da un punto di vista tecnologico, sociologico o politico. Dopo l'invenzione della pillola, niente è più come prima: rapporti di coppia, controllo delle nascite, diritto familiare, la società si trasforma in senso libertario, cancellando di colpo, la storia precedente (i metodi anticoncezionali esistevano anche prima della pillola ma l'efficacia quasi assoluta la rende uno strumento di trasformazione ineguagliabile).

Ecco allora che soltanto quelle tecnologie e quei cambiamenti che si trovano nella loro fase di scoperta e nuova applicazione possono suscitare il desiderio o l'ansia di capire cosa succederebbe se quel novum diventasse realtà?

Lo steampunk è l'esempio perfetto al contrario: nel suo immaginare tecnologie anacronistiche, nel ricorrere a estetiche già note e vecchie di due secoli – dal motore a vapore, all'energia elettrica, dai computer meccanici, ai pizzi e ai merletti dell'epoca vittoriana – utilizza un novum scarico, una freccia spuntata, riempiendo la narrazione di armi caricate a salve, che possono colpire nel segno di un'ottima narrazione e di personaggi riusciti, ma che non possono aprire squarci di nuova conoscenza nei lettori né generare un vero senso del meraviglioso, così privato dell'elemento estraniante. Paradossalmente, nel caso in cui lo facesse diventerebbe fantascienza! Invece di chiedersi "cosa succederebbe se?", lo steampunk e il fantasy forniscono già la risposta, peccato che la domanda, diventando "come sarebbe stato bello il mondo se...", fa implodere qualunque realtà, rendendo la narrazione escapista e tutt'al più consolatoria.

Discorso diverso per il cyberpunk, i cui romanzi si svolgono quasi sempre in ambienti fortemente antropizzati – megalopoli di vetro e cemento – panorami sconfinati come lo "sprawl" orizzontale di William Gibson in *Neuromante* o la cupa Los Angeles verticale di Ridley Scott in *Blade Runner*, non-luoghi dove le esperienze naturali vengono vendute a caro prezzo sotto forma di vegetazione d'arredamento, animatronici da compagnia e realtà virtuali. In questi scenari assoggettati al turbocapitalismo che baratta il miraggio della ricchezza per l'illusione della sicurezza, l'uomo non vive ma sopravvive, evitando inquinamento e contaminazioni, rinchiudendosi in spazi angusti e protetti, ermeticamente isolati da qualunque contatto con l'esterno, che sia fisico, sociale o emotivo. L'eroe cyberpunk è tipicamente Case, il cowboy della rete virtuale, protagonista di *Neuromante*, un individuo solitario, bianco e americano, disadattato sociale che tira avanti sfruttando l'unica dote in suo possesso: la programmazione.

Le denunce del cyberpunk contro la globalizzazione tecnocratica, l'alienazione urbana e la criminalità informatica non trovano soluzioni, se non nella vittoria parziale del singolo individuo, nella momentanea salvezza dell'hack, fino alla prossima battaglia, fino alla prossima fermata di questo interminabile viaggio al termine della precarietà esistenziale.

Esattamente dove siamo noi adesso. Il "grado zero, l'oscuro presente in cui non comprendiamo nulla al di fuori di movimento ed efficienza, e in cui l'unica azione che ci è concessa è accelerare l'ordine esistente."[24]

Tirando le somme, se lo steampunk mette in scena retrofuturi in cui (nostalgicamente) ci sarebbe piaciuto vivere, il cyberpunk racconta di un presente futuribile già (cinicamente) realizzato in cui non ci piace vivere, il solarpunk prefigura scenari in cui (pragmaticamente) potrebbe piacerci vivere, a patto di rimboccarci le maniche.

Nel solarpunk – che si tratti del singolo o di un gruppo – i protagonisti non rinunciano alla lotta per la riappropriazione degli spazi abbandonati dal capitalismo o dall'inefficienza statale e la rivendicazione si trasforma in una lotta in nome di un'esigenza umana, di un principio condiviso dalla comunità, dal quartiere o da un paese intero contro la gentrificazione, l'espropriazione, l'abuso e la perdita d'identità.

Nell'articolo *On the Need for New Futures*, Adam Flynn afferma che queste storie si focalizzano "sulla ricerca dei modi per rendere la vita migliore per noi in questo momento e, ancora più importante, per le generazioni a venire, vale a dire, estendendo la vita umana come intera specie, anziché come individui singoli.

---

24 James Bridle, Nuova Era Oscura, Nero, 2019.

Il nostro futuro riguarda il riutilizzo e la creazione di cose nuove con quello che abbiamo già (al contrario del 'distruggi tutto e costruisci qualcosa di completamente diverso', come nel modernismo del XX secolo). Il nostro futurismo non è nichilista come il cyberpunk, né è quasi-reazionario tipo lo steampunk: parla d'ingegno, creazione positiva, indipendenza e comunità."

Dai saggi e dalle storie pubblicati sinora è possibile costruire un parallelo tra cyberpunk e solarpunk a partire da elementi chiave come nello schema seguente:

CYBERPUNK - DISTOPIA	SOLARPUNK - UTOPIA
Capitalismo: Bancarchia, Proprietà privata, Multinazionali, Classismo, Speculazione, Globalizzazione e automazione del lavoro, Alti profitti/bassi salari, Competizione	**Anticapitalismo** Blockchain, Creative Commons, Cooperazione di massa, Economia P2P, Crowdfunding, Crowdsourcing, P2P, Equità sociale, Non-profit, Mutuo soccorso
Industria di massa Combustibili fossili, Esternalità negativa, Big Pharma, Agrobusiness, Indice PIL	**Economia circolare** Risorse rinnovabili, Riciclaggio, Permacultura, Indice di Sviluppo Umano
Urbanizzazione E-waste, Deregulation, Gentrificazione, Brutalismo e Architettura biopolitica	**Deurbanizzazione** Comunità resilienti, Mini-case, Orti urbani, Km 0, Bioarchitettura
Info-tech Realtà virtuale, Reti e Computer, Banche Dati, Biotecnologie, Droghe sintetiche	**Biomimesi** Fotosintesi artificiale, Social Network, Stampa 3D, A.I., Nanotecnologia

Andrew Dana Hudson, nel saggio *Sulle dimensioni politiche del solarpunk* spiega che "il solarpunk dovrebbe muoversi con calma e piantare qualcosa. Non chiedete il permesso a uno Stato vincolato agli oligarchi, e certamente non aspettatevi che quegli oligarchi facciano qualcosa per voi. Il giardinaggio politico è il modello, ma guardate più in là. Installazione d'assalto di pannelli solari. Ripristino d'assalto di impianti di depurazione. Costruzione d'assalto del magnifico tempio dello spirito umano. Creazione d'assalto di megastrutture per la cattura del carbonio."

Ecco che la lotta di uno o di pochi, diventa la lotta di molti. Chi combatte per un'idea, invece che per il proprio tornaconto, spesso trova alleati lungo il percorso.

Più di un genere, meno di un'ideologia.

L'innovazione tecnologica, da sola, non garantisce nessun miglioramento socio-politico. Le trasformazioni sono sempre accompagnate da modifiche della sfera culturale e psicologica che altera le scelte delle persone e quindi il comportamento.

Ricostruzione virtuale delle Terme di Diocleziano a Roma.

La storia dell'energia solare ne è testimonianza. I primi a usarla, costruendo case orientate lungo l'asse nord-sud che massimizzassero l'irradiazione solare d'inverno, sono stati i

Greci a causa della scarsità di legname sul loro territorio, ma quelli che l'hanno impiegata su larga scala sia per il riscaldamento domestico che in progetti architettonici grandiosi come le Terme di Diocleziano, sono stati i Romani, tanto da includere nel corpus del Codice Giustiniano il diritto all'esposizione solare dei famosi *heliocamini* con cui si forniva calore agli ambienti.

Da allora e per tutto il Medioevo, il solare è pressoché scomparso, fino a dopo l'Illuminismo: "Nel diciottesimo e all'inizio del diciannovesimo secolo, le innovazioni nell'architettura solare videro un grande boom. Spronati dalla 'Piccola Era Glaciale' dal 1550 al 1850 – una stranezza geologica in cui l'Europa attraversò un periodo estremamente freddo – i metodi di riscaldamento alternati portarono alla proliferazione di strutture con vetrate e all'Epoca delle Serre (...). La capacità di coltivare prodotti durante tutto l'anno era particolarmente auspicabile, visti i nuovi frutti importati dalle colonie che gli europei avevano cominciato ad apprezzare."[25]

Al crescere della classe borghese, si è passati dalla serra alla veranda, una stanza con annesso impianto di riscaldamento solare in cui, invece dei prodotti agricoli, venivano esposte meraviglie botaniche come fossero oggetti di pregio e attestazioni di ricchezza, tanto da diventare un'importante caratteristica dell'architettura tardo-vittoriana. Un secolo dopo, quando si diffuse l'uso del carbone, le verande non vennero più riscaldate con l'energia naturale del Sole ma artificialmente, bruciando combustile fossile. E agli inizi del novecento, con l'avvento dell'Art Nouveau, le serre avevano già perso la loro funzione originale, restando un semplice ornamento ispirato alla natura: esempio decorativo di architettura sostenibile, relegato a una forma consentita di passatempo per casalinghe.

---

25 *Is Ornamenting Solar Panels a Crime?* Elvia Wilk, <https://www.e-flux.com/architecture/positions/191258/is-ornamenting-solar-panels-a-crime/>.

Tra i primi a impiegare la tecnologia solare in tempi moderni va ricordato Augustin Mouchot, matematico francese che inventò un prototipo di motore a vapore a energia solare intorno al 1860. Salutato come una meraviglia, venne mandato in Algeria, perché il sole francese non era abbastanza forte per alimentare la macchina. Lì, Mouchot sviluppò altri progetti, tra cui forni e pozzi di distillazione a energia solare, tuttavia il rapido miglioramento delle tecniche di estrazione e trasporto del carbone posero presto fine a una prematura "Età del Sole", che ancora oggi – nonostante le tecnologie siano pronte da anni – non sembra arrivare con la necessaria determinazione per mancanza di volontà politica e industriale verso una naturale transizione energetica.

La macchina solare di Augustin Mouchot in mostra all'Esposizione Universale di Parigi del 1878

Esteticamente, il solarpunk riporta la natura al centro e la osserva in maniera attenta e diversa da quanto fatto ultimamente, con materiali artificiali e un gusto postmoderno. Non si parla di

fantasie floreali o di un ritorno a una specie di "primitivismo".
Al contrario, il biomimetismo, l'ispirazione e il ricorso cioè a
materiali, schemi e modelli ispirati alla natura, prevede l'inserimento o la fusione di tali elementi nelle infrastrutture urbane[26],

negli edifici pubblici e privati, e nei tessuti dei vestiti[27].

Invece di rappresentare la natura con strumenti artificiali, si
imitano i suoi processi naturali: si pensi, ad esempio, alla geo-in-
gegnerizzazione solare, detta anche gestione della radiazione solare, per combattere il surriscaldamento globale attraverso l'im-
missione nell'atmosfera terrestre (a circa 20 km dalla superficie)
di grandi quantità di acido solforico con cui riflettere e disper-

26 Immagine sotto tratta da <https://designgallerist.com/blog/garden-
rhapsody-beautiful-experience-music-lights/>.
27 Immagine sotto tratta da <https://materialdistrict.com/article/
seeing-unseen/seeing-the-unseen-3/>.

dere parte della luce solare nello spazio. Questa tenue ombreggiatura, riducendo la quantità di energia solare che raggiunge il pianeta, diminuirà gli effetti di surriscaldamento provocati dai gas serra come l'anidride carbonica, mitigando, almeno in parte, la situazione generale. Oppure basti pensare al sogno della fotosintesi artificiale, proposto per la prima volta dal chimico italiano Giacomo Ciamician, durante l'ottavo Congresso Internazionale di Chimica Applicata che si tenne a New York l'11 settembre 1912. Parlando de *La fotochimica dell'avvenire*, Ciamician indicò la strada da seguire con parole che ancora oggi suonano profetiche: "il futuro della chimica e dell'industria, (...) è chiaro: sta tutto nella nostra capacità di imparare a 'fare come le piante'. Ovvero a trasformare la luce del Sole (energia radiante) in movimento ordinato di elettroni (energia biochimica) e conservare questa energia in molecole complesse. Detto in altri termini, noi chimici dobbiamo imparare come si fa la fotosintesi. Perché il futuro non solo e non tanto della chimica, ma anche e soprattutto dell'umanità, dipenderà molto dalla nostra capacità di sviluppare la fotosintesi artificiale."[28]

L'ostacolo principale per lo sviluppo della fotosintesi artificiale è che il procedimento in natura è inefficiente. Le piante convertono solo il minino indispensabile per la sopravvivenza, circa l'1% di carbonio e acqua in carboidrati. Tuttavia, l'efficienza ottenuta in laboratorio è arrivata oggi a circa il 10% e recentemente i ricercatori della Monash University di Melbourne, in Australia, hanno raggiunto un livello di efficienza del 22%.

Passando a un altro aspetto importante dell'approccio solarpunk, a una domanda di Suzanne Jackobs sull'idea di design del movimento Adam Flynn risponde: "Dobbiamo pensare a un paradigma (...) più costruito e modulare, in grado di adattarsi agli eventi futuri che non possiamo prevedere. Adoro cose come Rails-to-Trails[29] perché è un adattamento ragionato di

---

28 Lavorare per il sogno di Ciamician, Rivista Micron, 20/07/2019: <https://www.rivistamicron.it/temi/lavorare-per-il-sogno-di-ciamician/>.
29 Rails to Trails sono percorsi pubblici polifunzionali creati su vecchi corridoi ferroviari. <https://www.railstotrails.org/>.

un'infrastruttura esistente verso fenomeni che ci avvantaggiano qui e ora, in modo da non avere più mega-progetti giganteschi che prendono polvere da qualche parte perché i presupposti che li tenevano in piedi non sono più sostenibili. Alla fine, sarebbe bello se avessimo uno di quegli smartphone modulari, in cui sostituisci le parti un po' alla volta. In generale, sono dalla parte di chi pensa che dovresti poter aprire e riparare la tua tecnologia.

Un'immagine di "Arcosanti" di Paolo Soleri
e le "Torri nido di bamboo" di Vincent Callebaut

Per quanto bella sia stata l'esperienza del giardino recintato della Apple, ha incoraggiato un senso di opacità e passività nei confronti della tecnologia che ritengo deplorevole."[30]

L'arte solarpunk – in linea con l'idea di inclusività radicale – fonde l'architettura solare dei popoli antichi con le visioni futuristiche di architetti come Paolo Soleri e il suo prototipo di Arcologia chiamata *Arcosanti* in Arizona o la bioarchitettura di Vincent Callebaut e di Stefano Boeri, attualmente impegnato

---

30 Intervista ad Adam Flynn <https://grist.org/business-technology/this-sci-fi-enthusiast-wants-to-make-solarpunk-happen/>.

Fonte: <https://www.stefanoboeriarchitetti.net/en/project/
liuzhou-forest-city/>

nella costruzione di una Città Foresta, un modello urbani-
stico di rigenerazione ambientale, sostenibilità energetica e
incremento della biodiversità a Liuzhou, nel sud della Cina.

Nel tentativo di realizzare un'impollinazione artistica
incrociata, il solarpunk raccoglie suggestioni dalle fonti più
disparate, tecnologie di frontiera delle Maker Fair, da avan-
guardie artistiche come l'Afrofuturismo, da sprazzi di con-
trocultura come il Burning Man Festival, per rimodellarli in
qualcosa di liberatorio, rielaborando e reinventando stili e
tendenze in un contesto diverso. È un'ibridazione trasversa-
le che celebra l'antica saggezza popolare come conservazione della propria identità, l'esperienza artigianale rispetto alla
produzione massificata di oggetti e di esperienze alienanti, il
rispetto per la diversità culturale e uno sviluppo tecnologico
integrato, creativo e sostenibile, pur rimanendo sensibile ai
problemi dell'appropriazione culturale, quel "prendere" invece di "partecipare", tipico delle culture dominanti nei confronti di quelle subordinate.

Uno dei rischi maggiori infatti è rappresentato proprio dalla normalizzazione del contenuto rivoluzionario del solarpunk: essere ridotto a meme, a trend, ad hashtag, messo a scaffale con una copertina lucida, oppure addosso a una modella sorridente ed esposto in vetrina e venduto come il sogno di un futuro splendente.

"Un'etichetta a effetto e un manifesto," dice William Gibson in un'intervista al Paris Review del 2011, "sarebbero state le ultime due cose sulla lista dei miei desideri in carriera. Quell'etichetta ha permesso alla fantascienza tradizionale di assimilare in modo sicuro la nostra influenza dissidente, com'era in realtà. Il cyberpunk poteva quindi essere abbracciato e ricevere premi e accarezzato sulla testa, e la fantascienza poteva andare avanti senza cambiare. (...) Io non avevo un manifesto. Avevo un po' di malcontento. Mi sembrava che la fantascienza tradizionale americana degli anni '50 fosse stata spesso trionfalista e militarista, una specie di propaganda popolare dell'eccezionalismo americano. Ero stanco dell'America-come-futuro, del mondo come monocultura bianca, di un protagonista bravo ragazzo della classe media o superiore. Volevo che ci fossero più margini di manovra. Volevo fare spazio agli antieroi."[31]

Come già successo con il cyberpunk, il pericolo è che il solarpunk venga ridotto a un'altra moda passeggera, fagocitato dal consumismo e trasformato nell'ennesima arma d'intrattenimento e distrazione di massa. Al contrario, il solarpunk si configura come un contenitore di contro-narrazioni sulle ipotesi, presenti e future, che precludono la costruzione di valide alternative.

Le due anime del fenomeno: Solar + Punk

Composto dalla radice "solar" e dalla desinenza "punk", il solarpunk raccoglie in sé elementi che a prima vista possono sembrare lontani, se non addirittura contraddittori. Tuttavia, a

---

31 Intervista di David Wallace-Wells a William Gibson, The Paris Review, 2011 <https://www.theparisreview.org/interviews/6089/william-gibson-the-art-of-fiction-no-211-william-gibson>.

un'analisi più profonda, non faticano a convivere. L'uso che le narrazioni solarpunk fanno dei due termini, infatti, possono essere rappresentate mediante una seconda griglia che ne delinea le tematiche principali.

SOLAR	PUNK
Luce: in contrapposizione ai toni cupi e decadenti della fantascienza attuale e della narrazione del presente fatta dai media globali	**Ribellione**: esplorazione di tutto ciò che va contro il sistema, ricerca di soluzione "altre" non necessariamente negative, critica e messa in discussione della realtà
Giorno: in contrapposizione alla notte permanente in cui le storie cyberpunk e distopiche hanno luogo.	**Economia circolare** Risorse rinnovabili, Riciclaggio, permacultura, Indice di Sviluppo Umano

SOLAR	PUNK
Energia pulita: come strumento per non danneggiare l'ambiente e noi stessi. L'unione di natura e tecnologia, contro la sottomissione della Terra mediante deforestazione, inquinamento e industria.	**Entusiasmo**: L'energia positiva di un concerto rock o di una Maker Faire. Raggiungimento degli obiettivi con quell'energia contagiosa, fonte di ispirazione continua.
Inclusione di gruppi marginalizzati: Come il sole tocca tutti, senza distinzione di razza e ceto sociale, è necessario includere chiunque abbia una disabilità fisica o mentale, le minoranze etniche e quelle discriminate sulla base di preferenze sessuali o politiche.	**Tribalismo**: Estetica e identità di gruppo fatta di vestiti di pelle, tatuaggi, piercing, creste e acconciature rasta per riconoscersi e creare un senso di comunità e appartenenza da cui può emergere una nuova sensibilità.

Per quanto ambiziosi possano sembrare gli obiettivi del solarpunk, non si discostano molto dai fini delle carte costituzionali di molti paesi: "Una cultura solarpunk dovrebbe cercare di dissolvere ogni forma di gerarchia sociale e dominio – sia essa basata su classe, razza, genere, sessualità, abilità o specie – disperdendo il potere che alcuni individui o gruppi esercitano su altri e aumentando così la libertà aggregata di tutti; restituendo autonomia a chi ne è stato privato e includendo gli esclusi. Ha le sue radici nell'eredità di movimenti quali il socialismo antiautoritario, il femminismo, la giustizia razziale, l'emancipazione di *queer* e *trans*, le lotte alla disabilità, l'anti-segregazionismo animale e i progetti di libertà digitale."[32]

Nel mandare in frantumi la rigidità con cui la narrazione mainstream descrive il presente – tra la crescita infinita del capitalismo e la catastrofe apocalittica dei suoi detrattori – il solarpunk traccia il sentiero, accidentato e tortuoso, verso un cambiamento percepito da molti come necessario. Sebbene i mondi perfetti non siano realizzabili né tanto meno auspicabili, ciò non significa che dovremmo temere di immaginare un futuro migliore, soprattutto quando la lotta alle disuguaglianze e all'inquinamento ambientale sono alla nostra portata. Che sia in forma di narrazione fantascientifica, d'innovazione tecnologica, di movimento civico o di partito politico, il solarpunk è la cassetta degli attrezzi con cui costruire un domani migliore.

Come disse Oscar Wilde, "Non vale nemmeno la pena di guardare una mappa del mondo che non include l'Utopia, perché lascia fuori l'unico paese in cui l'umanità è sempre approdata. E quando l'umanità arriva lì, guarda lontano e, vedendo un paese migliore, torna a salpare. Il progresso è la realizzazione delle utopie."[33]

In conclusione, "le tecnologie che informano e plasmano la nostra attuale percezione della realtà non spariranno di certo, e

---

32 Tratto dall'articolo "What is Solarpunk?" <https://solarpunkanarchists.com/2016/05/27/what-is-solarpunk/>.
33 O. Wilde, *The Soul of Man Under Socialism*

in molti casi non dovremmo nemmeno augurarci che succeda. Su un pianeta di 7,5 miliardi di abitanti in crescita costante, i nostri sistemi di supporto vitale dipendono in tutto e per tutto da simili tecnologie. La comprensione di questi sistemi e delle loro ramificazioni, e delle scelte coscienti che compiamo nel momento in cui li progettiamo nel qui e ora, resta senz'altro alla nostra portata. Non siamo inermi, non siamo privi di agentività, non siamo limitati dall'oscurità. Dobbiamo solo pensare, e poi ripensare, e poi continuare a farlo. La rete – cioè noi e le nostre macchine e le cose che scopriamo insieme – ce lo impone."[34]

Se la fantascienza aiuta a riflettere sul futuro, il solarpunk propone strategie concrete su come realizzarne uno auspicabile, già adesso, ovunque siamo e con quel che abbiamo, per noi e le generazioni a venire. Che non sia l'ennesima falsa partenza.

---

34 James Bridle, Nuova Era Oscura, NERO, 2019. Pag. 281.

Bibliografia

Solarpunk: Histórias ecológicas e fantásticas em um mundo sustentável a cura di Gerson Lodi-Riberio (Draco, 2012)

Solarpunk: Ecological and Fantastical Stories in a Sustainable World (World Weaver Press, 2018)

Sunvault: Stories of Solarpunk and Eco-Speculation, a cura di Phoebe Wagner e Brontë Christopher Wieland (Upper Rubber Boot, 2017)

Eco-Punk, Speculative Tales of Radical Futures, a cura di Liz Grzyb e Cat Sparks (Ticonderoga Publications, 2017)

Glass and Gardens: Solarpunk Summers, a cura di Sarena Ulibarri (World Weaver Press, 2018).

Pacific's Edge, Kim Stanley Robinson, Orb Books, 1990

La parabola del seminatore, Octavia Butler, Solaria n.4, Fanucci, 2000

New York 2140, Kim Stanley Robinson, Fanucci 2017.

Biketopia: Feminist Bicycle Science Fiction Stories in Extreme Futures, a cura di Elly Blue, Microcosm Publishing, 2017

Ecotopia, Ernest Callenbach, Bantham, 1975

The Weight of Light, a cura di Clark A. Miller, Center for Science and the Imagination, Arizona State University, 2019

A Golden Thread, 2500 Years of Solar Architecture and Technology, Marion Boyars Publishers, 1981.

Linkografia

Adam Flynn, Solarpunk: Notes toward a Manifesto <https://hieroglyph.asu.edu/2014/09/solarpunk-notes-toward-a-manifesto/>.

Medium: <https://medium.com/solarpunks>.

Solarpunk Anarchist: <https://solarpunkanarchists.com/>.

Elvia Wilk, Is ornamenting Solar Panels a crime? <https://www.e-flux.com/architecture/positions/191258/is-ornamenting-solar-panels-a-crime/>

Intervista ad Adam Flynn: <https://solarpunkcity.com/2017/11/24/the-godfather-of-solarpunk-interviewed-adam-flynn/>

Intervista a Gerson Lodi-Ribeiro: <https://solarpunkcity.com/2017/05/31/solarpunks-interviewed-gerson-lodi-ribeiro/>

At the Very Least We Know the End of the World Will Have a Bright Side: <https://longreads.com/2018/12/12/solarpunk-review/>.

What is solarpunk? <https://solarpunkanarchists.com/2016/05/27/what-is-solarpunk/>.

Indice

Progetto grafico di Alda Teodorani
Illustrazione di copertina di Chiara Topo
Finito di stampare da BD Print - Roma

www.ingramcontent.com/pod-product-compliance
Lightning Source LLC
La Vergne TN
LVHW031428170726
843492LV00010B/2904